國家古籍整理出版專項資助項目

況周頤全集

八

況周頤 著

鄧子勉 編輯校點

人民文學出版社

天春樓脞語

五卷

《天春樓脞語》，原連載於《申報》上，起於一九二六年四月十四日，迄於是年八月二十三日，凡四十九次，每次登載，或一則，或數則。收入本編時，合每月所載爲一卷，釐爲五卷。

天春樓脞語卷一《申報》一九二六年四月

元旦典禮上

前清元旦典禮明備祇威，猶是海寓昇平景象，以迄於今，所謂春明夢華，令人感慨係之矣。略云：正月初一日丑初，駕詣寅字桌前拈香，團圓桌前拈香。詣光明殿神牌前拈香。詣天地前拈香，次拈斗香。次詣西佛堂拈香，放爆竹。至東煖閣明窗開筆，看時憲書畢。由吉祥門乘轎，出瓊苑西門，至天一門拈斗香。次詣欽安殿拈香，放爆竹。乘轎至天穹寶殿拈香，放爆竹。乘轎由基化門、端則門進吉祥門，還養心殿，步行至東煖閣小坐。丑正二刻，由乾清宮簷前乘禮轎，出乾清門，由景運門至奉先殿拈香。步行，升乾清宮寶座，進奶茶畢。步行至宏德殿，進吉祥餑餑畢。乘轎出鳳彩門，進吉祥門，還養心殿。寅正，由吉祥門乘轎，放爆竹。進鳳彩門，由乾清宮簷前乘禮轎，至東西丹墀，放爆竹。出乾清門，由景運門、東華門，至南池子堂子行禮畢。乘禮轎，仍由去路，回至乾清宮簷前，下轎步行(二)。由西煖閣乘轎，出鳳彩門，由瓊苑西門至千秋亭拈香，詣斗壇拈香，放爆竹。乘轎出殿後，至萬春亭拈香。乘轎由瓊苑東門至承乾宮，詣孝全成皇后御容前拈香行禮畢，由景和門至坤寧宮，詣西案、北案灶君前拈香。次詣東煖閣，詣佛前拈香畢，東丹墀放爆竹。乘轎仍由景和門進祥旭門，至敏慶宮，詣孝靜成皇后御容前拈香行禮畢。乘轎出祥旭門，進龍光門，至乾慶宮東煖閣，詣神牌前拈香，佛前拈香。次詣文宗顯皇帝聖容前拈香行禮，詣穆宗毅皇帝聖容前拈香行禮畢。步行，由後格扇乘轎，由隆福門、百子門至建福宮，詣孝德顯皇后神牌前拈香行禮，詣孝貞顯皇后神牌前拈香行禮畢。乘轎仍由百子門進吉祥門，還養心殿，詣太陽神前拈香畢。至東煖閣辦事，召見大臣畢。（四月十四日）

【校記】

〔一〕行：底本作『門』，據文意及下一段改。

元旦典禮下

辰初三刻，由吉祥門乘轎進鳳彩門，由乾清宮檐前乘禮轎，東西丹墀放爆竹。出乾清門，由隆宗門至永康左門外下禮轎，步行至慈寧門外幄次小坐，候慈禧端佑康頤昭豫莊誠壽恭欽獻崇熙皇太后。升慈寧宮寶座，至拜褥前，率諸王公大臣等行禮畢。步行至永康左門外乘禮轎，出隆宗門，進乾清門，至乾慶宮簷前下禮轎。步行，由西煖閣乘轎，由鳳彩門進吉祥門，還養心殿小坐。由吉祥門乘轎，至翊坤宮，率同皇后、瑾嬪跪接皇太后。還翊坤宮，升寶座，詣皇太后前，遞萬年如意畢。乘轎進吉祥門，還養心殿，進早膳。辰正，由吉祥門乘轎，至鳳彩門，由乾清宮簷前下禮轎。步行，由西煖閣乘轎，出鳳彩門，進吉祥門，還養心殿。巳刻，由吉祥門乘轎，放爆竹。由瓊苑西門出順貞門、神武門，進北上門。由西柵闌門至大高殿，拈香畢。乘轎出東隨牆門，進景山西門，至壽皇殿拈香行禮畢。乘轎由西山道出北山門，進神武門、順貞門，由瓊苑西門進吉祥門，還養心殿。午正，由吉祥門乘轎，走鳳彩門，至乾清宮，升寶座，賜近支王公、貝子、貝勒等宴畢。由鳳彩門、吉祥門還養心殿小坐，隨詣同樂園，觀吉祥戲。

（四月十五日）

萬壽賓筵志盛

光緒某年皇太后萬壽聖節，署兩江總督、南洋通商大臣張之洞大宴西賓，假座水師學堂。大門上高懸紅緞金字軟額，文曰『慈愛天長』，四圍遍插菊花，門內對牌面傅炒米，中嵌『萬壽無疆』四字。由是而二門，而甬道，以達正廳。窗扉牆壁並皆上張彩幔，下藉錦氈。正廳中懸彩繡麻姑一軸，上以菊花紮成匾額，分滿、漢、東西洋文作『福』、『壽』等字，廳之兩旁分懸彩繡八仙，隙處補以菊花，製爲『天錫純嘏』、『以介眉壽』、『天子萬年』等字。正廳屋脊遍揭各國徽章。廳側有門，門內天井一方，面南房屋九間，向爲華教習講舍。中央横設長桌，爲西賓宴會之所，桌長十丈有咫，廣六尺有奇，桌面覆以荷花色綢，兩旁設西式坐椅各四十張，桌之首尾設西式坐椅各一，亦以荷花色綢覆之。每椅之前各置一牌，上列中外各官銜名，俾入席時視此以爲坐次。復各置玻璃瓶一，滿插菊花，後壁堆菊爲山。山巔有二龍，長各數丈，捧一極大紅珠，圓徑二丈餘。下排五色雲，皆以菊花編綴。地鋪五色毯，院内亦然，接至側門，相連不斷。門楣高張五色綢，綴以菊花，爲圓長式，各『壽』字或以五色菊爲地，而字畫皆黄；或以黄菊爲地，而字畫五色相間。中央作五福捧壽形，一圓『壽』字，大可十圍，全用黄菊編綴。環以蝙蝠五，蝠身蝠翅皆綴紅菊，而用紫菊爲睛。是處爲大宴東西賓客之所，故裝潢陳設視他所尤佳。入其間者，幾疑置身五色雲中，無處不陸離璀璨。是日到者共三十三人，總督偕將軍、織造暨現任提鎮司道各員，依次陪座，酒初獻，首座西官起而舉盞，恭頌『皇太后萬壽無疆，大皇帝萬年鴻福』。繼又向督帥致祝，並稱『自今以往海宇永慶昇平，邦交益形輯睦』。各國官商教士羣起和之。督帥先令譯員撰就祝詞，至此肅然起立，各華官隨之，譯員清言徐吐，頌『東西各國大皇帝、大君主、大伯理璽天德鴻福，各官商教士壽考康寧』。祝畢，賓主咸坐而進饌，每進一饌，中樂、西樂更唱迭和，洵一片承平雅頌聲也。迨肴核既盡，賓主始盡歡而散。各學堂肄業生排班奏樂送之。並飭上元、江寧知縣坐大門內，江寧知府坐二門内，稽查出入。各營勇丁，排隊大門外，嚴行巡察。此一役也，所費約計一萬五千金，亦云巨矣。

（四月十七日）

萬壽賓筵樂章

慶節賓筵，敦槃輯睦。酒半，伶工歌祝釐之曲，八音克諧，洋洋盈耳。藝文而攸關掌故，烏可無述？其詞曰：『《錦纏道》：「嗣徽音，集歌舞，騶茲大慶。作平，讀若羌。麐鳳恣游翔。暢今朝羣集，堯母稱觴。最難得，鞏天維，璇宫毓祥。邁前代，宋宣仁，九載建朝章。萬里達梯航。都顧作，天家屏障。媊光燭未央。又早是，梅開嶺上，五洲嵩祝萃冠裳。」《普天樂》：「翼中興，咨將相。蔚三朝，籌保障。張懿鑠，承聖基皇。定東南，兵氣韜芒。河山復光。數從前，青史誰方。」《古輪臺》：「奏笙簧，疊頌箎筐。睦鄰邦，使臣眷屬都延賞。虛衷諮訪。惠政嘉謨，一一皆堪效仿。學舍宏開，軍戎特獎。喜交推，新命舊周邦。況又是，君恭后敬，奉金匜，綵舞將將。今日價，鷁舟初檥，麟符再綰，喜瞻媧陛，中外效賡颺。都歌頌，熙朝慈聖壽無疆。」《尾聲》：「菊筵徧挹蒲萄釀，寰海皇風諧鬯。合萬國，共祝娀臺歲月長。」』歌畢，屬舌人詣精造極者，譯爲西語、東語，先後歌之，亦復琅琅赴節，外賓意尤欣屬也。

徽號、謚法

清制，每逢慶典，恭上徽號及大臣賜謚，由內閣值班中書譔擬，擬四圈一。其圈用之謚法，多第二、第三者；圈一與四，十不獲一，屢試皆然。

日月合璧，五星連珠

曩歲己未十月之望，日月合璧，五星連珠，子初刻，見於西北方。嘗考有清御宇二百九十六年，此休徵僅三見：一爲雍正三年二月己巳，一爲道光元年四月初一日，一爲咸豐十一年八月初日。

《爾雅》「梫」字

清宣統帝遜國以還，刻意典學。某日，前翰林編修章梫進呈所譔詩文集，時番禺梁文忠鼎芬內直授讀。帝問十三經中有「梫」字否，文忠以未見對。帝曰：「《爾雅》中似有之。」《釋木》：「梫，木桂。」文忠主臣特甚，亟以疏陋自行檢舉，應得罰俸四個月。帝置之，不報也。（以上四則，四月二十日）

寶星考上

泰西各國以寶星酬庸，比歲已還，中國亦仿爲之，以褒美客卿效用者，或使節往來兩君互贈，從宜從俗，禮所當然，其制宜詳考矣。

寶星之制，託始古之羅馬，初以桂葉貼冠上，或賜之手釧項圈，以表其勛；或頭綴小角，以旌其伐。椎輪之始，未極標新。迨至一千六百九十三年，法皇累思第十四始創寶星，以賜將弁。及拿破崙第一卽位，凡有勞勣者，咸蒙大寶星之賜，中分公、侯、伯、子、男五等，公爵歲俸勿郎克三千枚，侯爵歲俸勿郎克二千枚，伯爵歲俸勿郎克一千枚，子爵歲俸勿郎克五百枚，男爵歲俸勿郎克二百五十枚。其制，聯眾星作十字形，旁有二星較大。又有作圓式牌者。

然數百年來代有沿革，今之制度已不免大異於前。至英之寶星，大約以彰武功，其第一等，大者約華度二寸五分，小者一寸，鎔金銀爲之，以賜戰陣有功者。兩國之君亦可互相贈遺，并可由此國之君賜彼國之臣。别有賜文員者，謂之寶帶，祇紅緑綢一條，長約一寸、闊五分，懸諸胷前，以示與齊民異。顧英例，臣民不能受他國之賜；其有賜者，不得佩之以謁國皇，須於拜受時白之朝廷，必俟允而後可佩。

日本寶星共分八等，名曰勳章，始制於明治八年，至九年，乃釐定其制。以金銀爲章，上繫以紐，紐上有環，佩之以綬。勳一等者曰旭日大綬章，徑二寸五分，以赤佛蒜嵌光線，以白佛蒜嵌紐，另以金製桐葉形，上綴桐花三枝，中七花，左右各五花，花以紫佛蒜嵌，葉以緑佛蒜嵌，環用金作圓形，綬闊四寸，紅白交織。勳二等者曰旭日重花章，徑三寸，日及線如一等制，無紐，無環，無綬，佩以銀鍼。勳三等者曰旭日中綬章，徑一寸八分，紐如一等，環用金作橢圓形，綬闊一寸，紅白交織。（四月二十二日）

寶星考下

勳四等者曰旭日小綬章，徑一寸五分，紐如一等，環用金作圓形，綬闊一寸。勳五等者曰金銀日章，徑一寸五分，紐用金製，爲桐葉形，上綴桐花三枝，中五花，左右各三花，如一等製，環用金作圓形，綬闊一寸。勳六等者曰銀日章，徑一寸五分，紐如五等，環用銀作圓形，綬闊一寸。勳七等者曰銀桐章，徑一寸，葉緑，花作紫色，花中五，而左右各三，其式如紐，而不别繫紐，環用銀作圓形，綬闊一寸。勳八等者曰銀桐花章，花葉皆以銀石嵌佛蒜，其他均如七等。越明治十年，又改爲大勳位菊花大綬章，及大勳位菊花章，然不輕授人，惟親王得逢異數。曩者，伊藤春畝侯爵亦蒙特賜，蓋勳高望重，寵異視親王焉。

中國當泰西通道之初，每以虛銜及頂戴賞西人，西人亦受之以爲光寵。光緒七年八月，始由總署奏准，行用寶星，釐定頭等：第一貽贈各國之君，第二給各國世子親王、宗親國戚等，第三給各國世爵大臣、總理各部務大臣、頭等公使等；二等：第一給各國二等公使，第二給各國三等公使、署理公使、總稅務司等，第三給各國頭等參贊、武職大員、總領事教習等；三等：第一給各國三等參贊、領事官、正使隨員、水師頭等管駕官、陸路副將教習等，第二給各國領事官、水師二等管駕官、陸路參將等，第三給各國翻譯官、遊擊都司等；四等給各國兵弁等；五等給各國工商等。頭等製以赤金，法藍雙龍；第一嵌珍珠，綬用黃色，上繡金龍；第二嵌紅寶石；第三嵌光面珊瑚；綬俱大紅色，上繡銀龍。二等製以法藍金雙龍，嵌起花珊瑚，綬用紫色，上繡黃龍。三等製以法藍金雙龍，嵌藍寶石，綬用藍色，上繡綠龍。四等製以法藍銀雙龍，嵌青金石，綬用醬色，上繡綠龍。五等製以白銀法藍雙龍，嵌硨磲，綬用月白色，上繡藍龍。比中國寶星制度之大略也。

此外如俄、如德、如意、如比、如和、如美，寶星之制度各異，不具詳。（四月二十三日）

坎巨提入貢事

有清光緒季年，中國疆土日蹙，交涉愈難，向來臣服中朝，號稱不親不叛者，若安南，若緬甸，若暹羅，若南掌，若高麗，若琉球，以强鄰迫壓故，翦滅無遺，藩籬盡撤，蠶食鯨吞，無時或已。坎巨提入貢事在丙午、丁未間，雖曰徼外彈丸，抑亦僅存之碩果矣。

考之，坎巨提，回疆部落也。《新疆識略》及《西域水道記》謂之乾竺特，《大清一統輿圖》謂之喀楚特，《中俄交界圖》謂之棍雜。地祇百餘里，人祇一萬餘。向嘗臣服中朝，而又暗與克什米通貢使；自克什米被英割據，英人遂視坎爲屬國之附庸，實則中國仍卵而育之，視同霍罕、安集延、巴勒提、拔達克之類，謂之朝貢之國，與藩服無甚差池。特以宇小爲懷，不欲取其地以益我版宇，故任其發號施令，惟歲頒正朔，使之遙戴聲靈耳。光緒十有七年，英人方有事於回疆，欲假道坎中，闢一通衢，以固興都哥士山門戶，使俄人不得越帕米爾東行。坎酋拒之，稱兵與戰，屢經敗北，率其眷屬而逃，英人遂欲據其版圖併入印度屬部。時適無錫薛叔耘京卿出使英、法、義、比，屢經爭辯，英人藉口坎酋暴虐無道，弒其父母，賊其人民，京卿乃幾費磋磨，會同另立新酋，以存宗祏。定於十八年某月日，由新疆巡撫派喀什噶爾道，會同英使及克什米王，行冊立之禮，嗣後制定每年入貢沙金一兩五錢，蓋以英苟據有坎疆，俄必占帕米爾以相抵制，帕米爾一入俄人之手，勢必直趨東下，覬覦印度。英不甘使印度之甌缺，必與俄人相見以戎衣，則中國邊陲靡有寧歲，故不憚苦心孤詣存坎之地，卽以安我之邊也。特是入貢一事，當時雖有明文，而遲之二年，尚未見有貢使來華，知必被英人所阻。京卿乃復白諸英外部，擬卽派員往駐坎之棍雜，明爲催貢，實則陰以握坎之政權。英外部雖不允從，然自此卽不復拒坎人入貢。

此次來貢沙金之摩韓美德拿星頭目，卽當日與英人會立者。其賞給大緞二匹，亦按照歷屆定章，並未故示懷柔，恩禮有加也。今茲時移世易，往事已矣，俯仰陳迹，未忍弁髦棄之。筆之於書，以貽來者，俾籌邊者知所考耳。（四月二十五日）

推班

清時宮門鈔有某日推班云云。考舊制，部院及各衙門直日次序，首吏部、翰林院侍衛處，次戶部、通政司、詹事府，次禮部宗人府、欽天監，次兵部、太常寺、太僕寺，次刑部、都察院、大理寺，次工部、鴻臚寺，次內務府、國子監，次理藩院、鑾儀衛、光祿寺，每八日周而復始。若奉旨推班，則本日當直者推下一日，其兵部太常寺太僕寺同日當直，當時戲稱『兵太太』云。

膳牌

清制，部院衙門當直日，堂官各壯銜名書牌進呈，牌木質，長九寸，寬一寸，厚不及半分。綠頭粉身，揩以油，使光澤，謂一膳牌一稱綠頭牌，以牌隨膳上也。是日召見何人，即將其牌提出，奏事處遵照，按名依次宣入。

女官名數

清制，宮闈女官名數、品級，及供事宮女名數此國初定制，後多缺額不備：乾清宮：夫人一位一品，淑儀一人二品，婉侍六人三品，柔婉二十人、芳婉三十人四品。尚宮局：尚宮、司紀、司言、司簿各二人，司闈四人，女史六人。尚儀局：尚儀一人，司樂二人，司籍、司賓、司贊各四人，女史三人。尚服局：尚服一人，司仗四人，司寶、司衣、司飾、女史各二人。尚食局：尚食一人，司饌四人，司醞、司藥、司供、女史各二人。尚寢局：尚寢一人，司設、司證各四人，司輿、司苑各二人。尚績局：尚績一人，司製四人，司珍、司彩、司計、女史各二人。宮正司：宮正、女史各二人六品。慈寧宮：貞容一人二品，慎容二人三品，勤侍無品級定數。

借用外債

咸豐間，粤海關監督恆祺，值寇氛正熾，需用浩繁，商人伍崇曜等有借用美國銀兩之舉，事平，未經籌還。同治初元，美國繕遞總理衙門照會，索還原款。此中國借用外債之濫觴也。

綠營

清時各直省軍府例稱綠營，緣其旂纛通用綠，唯於邊際以紅繒歸之。（以上五則，四月三十日）

天春樓脞語卷二《申報》一九二六年五月

四庫裝函

四庫書每部用香枏二片上下夾之，約以綢帶，外用香枏匣貯之。其書面皆用絹，經用黃，經解用綠，史用赤，子用藍，集用灰色。所約帶及匣上鐫書名，悉從其色，見王葑亭通政友亮《雙佩齋詩》自注。

英吉利國入貢

錢塘陳退庵文述《頤道堂詩·觀英吉利國入貢》云〔一〕：『絕域荷蘭外，重溟指大荒。一鍼天北極，萬里海西洋。但許瞻金爵，休言貨白狼。聖朝輕異物，珍御卻遐方。』按：英吉利入貢事在嘉慶十七年，道經浙江。姚香南觀察興潔有《送英吉利貢使》詩，序云：『有小貢使，年十四歲，玉貌錦心，風度可喜。差次聯舟，與數晨夕，雖言語不通，而意致殷殷，若有知己之感。瀕行，乘馬自湖墅，隨至江口，送其乘舟，另由粵東入海。臨別依依，似不忍去。』詩二首，其一云：『錦衣仗列天魔隊，繡幰人來帝子家。颶拜東都瞻禮樂，經行南國繪桑麻。』原注：貢使舟所過處，凡山川、城郭、人物、花木、鳥獸，悉繪圖攜去。次首有云：『何日乘舟重奉使，騎兵還問舊蕭郎。』觀察之哲嗣心齋大令湘芝云：『此番英國使臣有失禮處，中朝頗苛責之，後此遂不修貢。至道光二十年，林文忠在廣東嚴鴉片之禁，焚洋貨船數隻，而英人遂沿海肆擾矣。』

【校記】

〔一〕頤：底本作『穎』，據陳文述書名改。

教坊司改和聲署

清初沿明制設教坊司，凡慶典筵宴，用樂官妻四名，領女樂二十四名，由各省樂戶挑選，入京充補。由鐘鼓司引進，在宮內排列作樂。順治十六年改用太監，遂爲定制。先是，京師皇華坊有東院，有本司胡同，本司者，教坊司也。又有句闌胡同、演樂胡同今改眼藥胡同，在四牌樓南、馬姑娘、宋姑娘胡同、粉子胡同，出城則有南院，皆舊日之北里也。雍正七年，改教坊司爲和聲署，歷代教坊之名遂永革除矣。（以上三則，五月二日）

經濟科特記上

有清盛時，兩試博學鴻詞，一康熙己未，一乾隆丙辰，有《己未詞科錄》、《詞科掌錄》、《鶴徵錄》諸書，詳載諸公事實。其無別集行世者，一文一藝，甄采靡遺，可資論定。迨後光緒季年召試經濟特科。未幾，科舉停廢，舊章弁髦，高語新政者流視此特科之設，若爲科舉之駢枝，不屑置之齒頰。更數十年，雖欲敂其崖略，卽亦莫能舉似。國故之淪胥，操觚者有責焉。幸囊所綴錄，猶存篋衍，覆述如左，用備遺忘。

禮部奏：舉行經濟特科，酌擬考試事宜。

一、殿試讀卷大臣向例先期奏派，於文華殿住宿，閱卷兩日。今經濟特科與尋常考試不同，所有閱卷大臣擬請亦在文華殿住宿，俾得從容校閱，以昭詳慎。

一、殿試舊章，向派監試御史四員、受卷官四員、彌封官六員、收掌官四員。今考試經濟特科卷數較少，除監試御史仍照例奏派外，所有受卷、彌封、收掌等官，擬請各減二員，以歸簡易。

一、殿試讀卷，向由進士出身之大學士以下、副都御史以上開單奏派。又道光十五年奉旨，閱卷、讀卷大臣，除本身例應迴避者仍照例迴避外，其本科正副總裁、知貢舉均著一體開列。今考試經濟特科，各部院由進士出身例派閱卷者，均多保薦人員，若概令迴避，誠恐不敷奏派。擬請遵照道光十五年諭旨，一體咨取開列。

一、考試經濟特科試卷，前經奏准，照鄉、會試覆試卷式，酌增頁數。查鄉、會覆試卷紙質過於薄脆，今擬用白摺紙刷印橫直紅格，酌定十六頁，每頁十二行，每行二十字，卷頁加增，卷紙亦厚，俾不致屈抑長才。其卷首應留空白四頁，以便彌封。

一、經濟特科正場，既經奉旨於本月十六日考試，臣等酌度閱卷、進呈、拆封期限，擬將正場錄取人員於本月二十五日以前，恭請欽定一日覆試。其覆試場，奏派閲卷大臣暨閲卷處所，均擬照鄉會、覆試之例辦理。

一、殿試舊章，讀卷執事等官，每日供給，行光祿寺預備。今考試經濟特科，既擬請在文華殿閲卷，所有供給，自應援照辦理。（五月五日）

記經濟特科中

禮部附片：再查殿試舊章，由讀卷大臣密擬策問，進呈欽定。今考試經濟特科，經政務處奏明，論策各題，均請欽命。所有正場題目是否照尋常殿廷考試，由監試王大臣屆期宣示，抑或照貢士殿試例，先期由閲卷大臣密擬，進呈欽定之處。謹附片請旨。

經濟特科正場題目：《大戴禮》『保保其身，體傅傅之德，義師導之教訓』，與近世各國學校體育、德育、智育同義論。

漢武帝造白金爲幣，分三品，當錢多少，各有定值。其後白金漸賤，錢制亦屢更，竟未通行，宜用何術整齊之策。

此次所保經濟特科三百餘名，到京者不下二百名；赴政務處禮部報到投文者，僅一百三十名。考試時，優加賞賜點心等，均於先一日諭膳房備辦。

經濟特科取列一等四十八名：梁士詒、楊度、李熙、張一麐、宋育仁、陳曾壽、陸懋勳、李均壽、張通謨、秦樹聲、王季烈、馮巽占、尹彦鉌、魏家驊、熊元鍾、趙錫績、連文澂、孫儆、劉邦驥、楊道霖、胡玉瑨、華世芳、吴烈、陳啓咸、吴廷錫、羅惇融、陳驤、顧祖彭、楊毓輝、許寶蘅、俞陛雲、方燕庚、徐沅、陶坰照、成本璞、丁昌燕、羅良鑑、張祖廉、蔡鎮藩、許岳鍾、鄧邦述、章鈺、張孝謙、單鎮、王勛、趙寬、陳宗彝。

二等七十九名： 桂坰、端緒、劉炳堃、沈瑞琳、饒叔光、胡鈞、袁嘉穀、朱孫茀、錢麟書、曾文玉、李鍾豫、劉璡、劉敦瑾、陳兆奎、蕭應椿、饒寶書、蔡寶善、張佑賢、邵啓賢、梁煥奎、麥鴻鈞、田應璜、桑宣、張士瀛、祝廷華、秦錫鎮、江峯青、陳子夏、陸長儁、成謂、王清穆、趙長鑑、李振鵬、劉鍾琳、丁禧田、吴曾祺、陳君耀、蔡瑞年、馮喜徵、周學淵、姚炳奎、張百成、楊模、陸蕖、李廷樂、胡其敬、方履中、劉映藜、歐陽中桃、鄧承鼎、施世杰、周藴良、劉體藩、黎經誥、林炳華、王官基、鄭重、劉體智、丁保樹、胡鍾善、黄運藩、聶其昌、武曾任、毓昌傑、彭穆孫、姚廷炘、吴庚、程光甲、錢鑅、李金戣、賈酉山、朱士焕、蔣寶誠、袁勵凖、唐文治、易抱一、顧錫爵、楊體仁、崔朝慶。（五月六日）

記經濟特科下

經濟特科覆試題目：

《周禮》農工商諸政各有專官論。

桓寬言外國之物内浮而利不外泄，則國用饒，民用給。今欲異物内流而利不外泄，其道何由策？

經濟特科覆試名次、爵里及錄用單： 袁嘉穀，雲南石屏人，魏制軍光燾保，庶吉士，著授職編修，免其散館。張一麐，蘇州人，沈學使衛保，舉人，著發往直隸，以知縣補用。方履中，江西人，李侍郎昭煒保，庶吉士，著授職編修，免其散館。陶炯照，湖北人，沈學使衛保，河南試用知縣，著以知縣，仍留原省卽補。徐沅，江蘇人，陸總憲潤庠保，舉人，著發往直隸，以知縣補用。胡玉瑨，江蘇人，李學使殿林保，興化教諭，著發往湖北，以知縣補用。秦錫鎮，徐中堂郙保，內閣中書，著發往江蘇，以同知補用。俞陛雲，浙江德清人，陳中丞夔龍保，編修。袁勵準，江蘇人，張尚書百熙保，編修。均著記名遇缺題奏。馮善徵，江蘇通州人，李學使殿林保，優貢。羅良鑑，湖南善化人，曾京卿廣漢保，揀選知縣。均著以知縣分省補用。秦樹聲，河南人，張副憲仁黼保，工部郎中，著作爲俸滿截取。魏家驊，浙江人，周中丞馥保，編修，著准其保送知府。吳鍾善，福建泉州人，戴侍郎鴻慈保，副貢生，著以州判分省試用。錢鑅，江蘇人，陸侍郎寶忠保，直隸試用道，著以道員仍留原省補用。蕭應椿，張侍郎英麟保，候選道，著以道員發往山東試用。梁煥奎，湖南湘潭人，俞中丞廉三保，舉人。蔡寶善，浙江人，張尚書百熙保，舉人。均著以知縣分省試用。張孝謙，張副憲仁黼保，直隸補用道，著以道員仍留原省卽補。端緒，旗人，魏制軍光燾保，禮部額外郎中，著留部後，以郎中卽補。麥鴻鈞，徐中堂郙保，內閣中書，著作爲歷俸期滿。許岳鍾，湖南人，曾京卿廣漢保，攸縣教諭。張通謨，湖南人，劉忠誠保，舉人。均著以知縣分省試用。楊道霖，江蘇人，張尚書百熙保，戶部候補主事，著仍以主事卽補。張祖廉，浙江嘉興人，沈學使衛保，舉人。吳烈，河南人，張副憲仁黼保，候選直隸州州判。均著以知縣分省試用。陳曾壽，湖北人，張之洞、端方保，刑部學習主事，著作爲學習期滿。（五月七日）

特科備列補紀

經濟特科覆試，閱卷數公大率承望相國某公風旨，去取之間，未必盡如人意。其備列五十八名中，如程頌萬、曹元忠、曾廣鈞、易順豫，皆一時之選也。全單錄左：

劉體仁、梁志文、汪鸞翔、龐樹楷、王善述、傅以潛、王代功、黃立權、易順豫、王舟瑤、曾廣鈞、程頌萬、曹體熙、王豐鎬、馬承融、劉景松、陳壽彭、梅光羲、丁汝彪、王守恂、廖振椝、冒廣生、譚麥、曾習經、劉廣汾、崔廷獻、王成昌、萬廷獻、方永昌、李佃、胡仁源、陳毅、彭士華、盧靜遠、劉國柱、丁奎聯、李子茂、蔡相昌、徐振清、吴璆、龐林典、江謙、劉士驥、程霱、狄毓鄉、華學涑、唐浩鎮、王志修、顧其義、陶鏞、陳廣龢、江毓烜、陳衍、淳于鴻恩、程佐衡、曹元忠、張誠、魏允恭。

陶文毅軼事

陶文毅督兩江〔一〕，李文恭星沅在幕府。向例，文毅晨起，會客畢，正座聽事，旁列案處幕僚，分箋奏鹽務刑錢之屬。每日吏抱案牘進呈，公略區分，傳座客草答，疑難則立時處斷，自辰正迄午初，凡時半而畢事。一日盛暑，事畢，公先退，幕客尚在座，忽聞內衙女眷嘻笑聲甚眾，公披貂褂踉蹌出，釵釧聲及笑聲亦止戶外。旋知內院適曝衣，公入內呼水，羣姬戲捺公坐，以貂褂强覆公身，弗能脱，故跳而外出也。文恭嘗曰：『吾當時掌箋奏，見此事，頗不謂然。洎吾督兩江，自朝至丙夜，處決一日公事輒未竟，恆次日了之，乃知材敏之程度，去公遠甚。公真不可幾及，毋容以小節訾病也。』

【校記】

〔一〕『陶文』句：底本作『文毅督兩江陶』，疑誤，此改。

阮文達清德

阮文達元自翰林至入相，出領疆圻，垂二十年，清俸所入，皆以刻書。及編斠之用，家人生計弗問也。晚歲甫以朱提三千購一柴洲，越卅年而洲大漲，歲贏逾萬，孫曾百人，咸取給焉。論者以爲清德之報云。（以上三則，五月八日）

曾文正儒雅

咸豐辛酉八月，曾文正克復安慶，部署粗定，命莫子偲大令訪求遺書，商之九弟沅圃方伯，刻《王船山遺書》。既復江寧，開書局於冶城山，延博雅之儒校讐經史，政暇則肩輿經過，談論移時而去。住冶城者，有南匯張文虎、海寧李善蘭、唐仁壽、德清戴望、儀徵劉曾壽、寶應劉恭冕，此江南官書局之俶落也。王頌蔚《題書庫抱殘圖》云：『湘鄉相公老開府，手掃凶欃扶日月。邵亭兀兀求遺書，四部先刊甲與乙。』朱孔彰《曾祠百詠》云：『落花碧草冶城東，丞相車來訪侍中。漢代經生都老去，春光寂寂日華宮。』

日將論中國武事

日本福島中將，壯年時以單騎環游地球，因是知名。其人武勇沈毅，嘗隨小村大使入京，對我國人言：『近來中國講求武事，日不暇給，直隸、湖北最爲整練，然以余觀之，其去從前腐敗緑營，蓋無幾耳。今日所謂練兵者，但於形式上講求，不於精神上講求，練其身，未練其心也。夫服裝整齊，步伐嫻習，此兩三月可畢事，無足異也。若使人人有忠愛之心，懷必死之念，此非自幼教育、全國皆同此念不可，非可咄嗟辦也。』

野朮

天生朮最艱致，治疾有神效，尋常藥肆所售，皆種朮耳。縣令某需次武林，事母至孝，其太夫人患痰喘有年，更數醫弗愈。某年，購春蘭一束，中有一枝葉似蘭，而根作圓苞，大如指頂。詢之藥肆，朮也，蓋天生者。謹煎濃汁奉母，服僅及半，而喘疾若失，人以爲孝行所感云。此物至名貴，可遇不可求也。

燕與杜鵑之異聞

紫燕、黄鸝入詩詞絕韻。明鄭胄師仲夔《耳新》云：『雁燕去來相背，雌雄之情亦異，雁失偶，終不配，燕則旋配。客有言其家梁上燕已出雛矣，俄失其雄，獨飛一二日，卽有數雄來，一雄得配，餘乃去。雌遽啄前雛，或啣蒺藜飼之，雛死復乳。雄失雌，想亦應爾。』其毒如此，尚何韻之足云？杜鵑自唐已後多入詩詞，曰啼血，曰勸春歸，曰紅鵑、綠鵑，亦禽類中之絕韻絕怨者。乃宋車若水云：『杜鵑，鷂屬，梟之徒也。飛入烏巢，烏見而去，因生子於其巢，烏歸，不知是別子也，遂爲育之。既長，乃欲噉母。』誠如所云，詎非甚不宜稱耶？抑同名而異物耶？（以上四則，五月十四日）

采購軍馬規則上

曩光緒季年陸軍部改良馬政，試辦軍馬分監，籌訂採購軍馬資格、年限規則十條，精審詳明，堪備掌故，錄記如左。

採購軍馬規則清單：

一，軍馬資格，須依照左列各項注意採購：（一）額宜平闊。（二）耳宜削直。（三）目宜凸長。（四）鼻宜平直，鼻孔宜大。（五）上脣宜厚，下脣宜垂。（六）頭宜小而仰。（七）頸宜修細而活潑。

(八)前胷宜挺滿寬闊。(九)前足上截宜長，下截宜短，其隔離宜開，至少以一尺爲限。(十)後足宜長而細，其隔離宜隘。(十一)蹄宜圓厚堅固，其斜直須在垂線直角斜度三十度左右。(十二)行走時，宜以後蹄追蹴前蹄跡印爲佳。按：馬蹄跡印爲竈，卽此謂之跨竈。(十三)鬃宜纖長而綿薄。(十四)膀格宜寬。(十五)鞍部宜稍彎。(十六)腰幅宜廣，從側面視之，自前腹至後腰，須成一長方形。(十七)臀部上端宜高而方，其左右宜圓削。(十八)尾骨宜高。(十九)關節宜大而有力。(二十)全身以柔活短壯爲良。

二，前條但就普通軍馬資格示其標準，至分別騎、礮、輜重三項馬匹資格，可依左列各項注意採購：甲，騎馬資格：(一)富有悍威者。(二)頭輕而正，眼大而活，並耳絺良好者。(三)頸長而有力，又其傾斜適度者。(四)甲之發育良好而不突起者。(五)肩斜長而運動活潑者。(六)背直而廣且有力者。(七)腰短而强，其前後之結合適良者。(八)尻長而廣又稍傾斜者。(九)尾有力而附著得宜者。(十)胷前發育適度又肋骨圓者。(十一)四肢之長短適度者。(十二)腱鮮明而堅牢者。(十三)繫之長度及傾斜適良者。(十四)筋肉緊縮又發育良好者。(十五)步樣輕廣而正者。(十六)體高約在部尺四尺七寸以外、五尺一寸以內者。 乙，駕砲馬資格：(一)有悍威者。(二)背稍長而有力者。(三)腰廣而有力者。(四)究長而廣且有力者。(五)胷前開闊者。(六)步樣廣而正者。(七)體高約在部尺四尺七寸以外、五尺三寸以內者。 丙，輜重馬資格：(一)體幅廣者。(二)鰭甲豐厚而不突起者。(三)背短而有力，又背線不突起者。(四)步樣穩實者。(五)體高約在部尺四尺五寸以外、四尺七寸以內者。(五月十五日)

採購軍馬規則下

三，採購軍馬，須避左列各項：（一）有各種疾病者。（二）頭大而俯呈凹隘者。（三）兩耳如羊下垂而厚大者。（四）眼盂深陷者。（五）鼻狀如羊，鼻孔緊小者。（六）眼皮起稜角，睫毛過長者。（七）頸短而粗者。（八）前胷瘦隘者。（九）前肘突出者。（十）腕節短麤者。（十一）蹄如熊掌，又過於跛斜者。（十二）部過彎鞍，或反上凸者。（十三）腰部瘦細，或過長者。（十四）骨格平扁者。（十五）後足短直者。

四，採購軍馬，其毛色須以左列項爲合格：　棗驑，黑色，紅色，紫色，栗色，鼠灰，火灰，乾草黃，烟薫海驑，鐵灰，鐵青，油色兔花，鵲青。

五，採購北地馬匹，其體高約須在部尺四尺五寸至五尺以外，採購西口、伊犁等處馬匹，其體高約須在部尺四尺七寸至五尺以外。

六，滇黔土駒，體裁短小，或因山地利用，暫行採購。該處馬匹，其體尺不能概照第二、第六兩條規定之處，屆時可酌定適當之尺寸，注意選購，仍咨明本部查核辦理。

七，採購軍馬，年齡須以五歲、六歲爲合格，臕分須在七成以上。

八，採購馬匹撥充軍隊，以後應卽由各該鎮按照左列表式詳細填注，造具清冊，報告本部查核。

九，九以上各條係暫就現時各鎮採購軍馬，酌量擬訂，至將來軍馬分監，馬匹足敷補充，以後自應將各項詳細規則重加籌訂，俾臻完密。

强迫教育章程

光緒三十四年冬，學部擬訂實行强迫教育入手辦法，法意甚善，大略章程列下：〇一、由北京起，每一學區設一幼稺園，凡四歲以上之兒童，均令入園教育。〇二、男女兒童可入一幼稺園，以其甫屆沖齡，可仿效日本辦法，毋庸分析男女限制。〇三、兒童至七八歲時，卽撥入初等小學肄業，此後男女不能同學。〇四、另設女小學堂。〇五、凡有不令兒童入學者，罪及家長，予以相當之懲罰。〇六、著民政部，咨送戶口冊備查。（以上二則，五月十六日）

劉碧鬟

曩譔《餐櫻廡漫筆》：『虎丘有劉仙史墓，距真孃墓不遠，游人憑弔者尠矣。《蘇州府志》云：江蘇都御史行臺來鶴樓上屢見靈怪，乾隆十二年，安撫幕客宋晟扶乩叩之，云爲某中丞姬，（冢墓志云慕天顔之妾）劉姓，碧鬟，字。茗年賁玉，遺骨東牆下，作詩有：「玉碎珠沈事可憐，忍將名姓說人前。羣芳譜裏無雙女，來鶴樓中第一仙。」又：「我家原住隋堤曲，阿父相攜戍鴨綠。亭亭二八入侯門，可憐匝地塵埋玉。」因迹之，果得白骨於樓東。郡人朱宏業瘞之虎丘西麓，金兆燕誌其墓。』《漫筆》止此比閱《頤道堂詩·虎丘訪劉碧鬟墓》，有序略云：『碧鬟，乾隆初年人，籍廣陵。幼隨父戍遼東，有麗色，嫺文翰，精案牘，適某貴人爲妾。貴人撫江南，命掌箋奏，建來鶴樓以居之，寵冠後房。偶遺金釵文卷中，誤入外舍，貴人疑，失寵，因致之死，死年十七，埋骨樓東牆下。余友傅蘭齋，其尊人佐某中丞幕，知其顛末，並於乩壇題詠唱和，爲遷葬於虎丘真娘墓後，從鬟請也。蘭齋云其家藏有《碧鬟小記》一冊，許以見示，索之不得。王柳江示余一冊，本事半軼，柳江云墓在虎丘側柏徑，有劉仙姬墓石碣，并云事載《虎丘山志》也。其倡和之詩不勝錄，錄其一章云：「我家原住隋堤曲，阿父相攜戍鴨綠。十二十三學秦聲，十四十五教絃索。裁得鸞箋寫硬黃，吟成小句藏笥腹。亭亭二八入侯門，可憐匝歲塵埋玉。多情腸裂淚偷彈，牀頭濕透芙蓉褥。夜雨鈴聲泣馬嵬，秋風怨草悲金谷。詞名簷鐵付飄烟，瘦蘭十卷誰來讀。因緣會合紅蓮客，何年安我山之麓。」《簷鐵詞》，紀來鶴樓中事；《瘦蘭》，詩卷名也。』雲伯所記，較《蘇州志》加詳，詩全篇尤可誦，節錄如右，補《漫筆》所未備云。（五月二十日）

僕妾教忠

《魯論》曰『唯女子與小人爲難養也』，蓋甚輕之也。僕，小人；而妾，女子也，而顧以教忠聞，其品節識見，加人一等矣。咸豐丁巳冬，大學士兩廣總督葉名琛爲英人所虜，甫登舟，其隨行家丁某指海水呼葉而語之曰：『中堂，此海水也，此中國之海水也。』葉若弗聞也者。則又指而語之如前，葉不爲動。某無如何，則慘呼一聲，跳而赴海死。此僕教忠也。妾教忠有二事：柳如是既歸錢謙益，乙酉五月之變，如是勸謙益死，曰：『是宜取義，全大節以副盛名。』謙益有難色，如是奮身自沈池水中，侍兒持之，不得入。其時長洲沈明倫館於錢氏，其親見，歸說如此。甲辰五月，謙益卒，如是自經以殉。秦淮校書方芷有慧眼，能識英雄，與李香君最洽。香屈意侯公子，一日，芷過其室，曰：『妹得所矣，但名士止傾倒一時，妾欲得一忠義士，與共千秋。』香哂之。楊文驄耳其名，命駕過訪，芷浼其畫梅，楊縱筆攡樹，頃刻盈幅，芷大喜，竟與訂終身約。文驄黨馬、阮，士林所不齒，聞芷許事之，大惋惜，卽香亦竊笑。定情之夕，芷正色而前曰：『君知妾委身之意乎？』楊曰：『不知。』芷曰：『妾見君畫梅花瓣，盡作嫵媚態。而老幹橫枝，時露勁骨，知君脂韋隨俗，而骨氣尚存。妾欲佐君大節，以全末路，匳具中帶異寶來，他日好相贈也。』無何，國難作，馬、阮駢首，侯生攜李香遠竄去。芷出一鏤金箱，從容而進曰：『曩妾許君異寶，今可及時而試矣。』發之，中貯草繩，約二丈許，旁有物瑩然，則半尺小匕首也。楊愕然，遲回未決。芷厲聲曰：『男兒留芳貽臭，爭此一刻，奈何草間偷活，貽兒女子笑哉？』楊亦慷慨而起，引繩欲自縊。芷曰：『止，止，罪臣何得有冠帶？急去之。』楊乃幅巾素服，自繫窗櫺間。芷視其氣絶，鼓掌而笑曰：『平生志願，今果酬矣。』引匕首刺喉死。曩見京班戲目有《俠妓教忠》一劇，余未嘗屬耳目，柳事耶？方事耶？抑無與柳、方，别爲一呈耶？滬上今之沙丘淫風流行，此等不合時宜之戲，斷無登場之一日矣。（五月二十四日）

珠光

《頤道堂詩·神珠引序》云：『寶山城臨大海，有蜯甚巨，吐珠，光若明月。今漸徙去百里外，然當雨後日落，往往吐氣燭霄漢，餘光猶照及塘上。土人云：「曾有八龍取之，龍鬭不勝而去。」夫以八龍之力，不能取一球，則此珠其神矣。』又《後神珠引序》云：『戊辰歲，攝篆吳淞，聞父老言巨蜃吐珠之異，曾作《神珠引》以紀之，實未見也。今以承乏來崇明，崇明與吳淞相隔百里，一水相望，海上屢見珠光，見則數日内必有風雨。余以今年丁丑元旦之夕見之，其色紫赤，上燭霄漢，倏忽開闔，不可名狀，其光若此。珠之大，不知凡幾；蜃之巨，更不知凡幾也。考之志乘，唐武德中，海上巨蜃吐氣成紫雲，卽有漲沙，名以天賜，實爲崇邑所自始。又近與趙都督言，海舟篙師長得見之，見光而已，不見珠與蜃也，謂之野火；見則二三年中，其地必有漲沙，成沃壤焉，屢騐不失。』按：《山堂肆考》：『廉州府城東南有珠母海，海中有平江縣梅、青、嬰三池，池中出大蚌，蚌中有珠，每月明之夜，其光燭天，卽古合浦珠也。』久客西湖者云：『西泠山水明秀，由珠光照映使然。』寶山珠光，獨爲漲沙之騐，尤足異耳。余客上海久，上海距寶山近，未聞神珠之說，詎昔有而今無耶？

入梅出梅

『芒種後逢壬入梅，夏至後逢庚出梅。』見《碎金集》。『芒種後逢丙入梅，小暑後逢未出梅。』見《神樞經》。『芒種日謂之入梅，夏至日午後爲梅盡。』見《風俗占》。三説各不相同，《癸辛雜識》：『芒種後壬日入梅，壬日所種花草，雖至難活者亦皆活。』説與《碎金集》合。今年坊肆間所售日曆：『芒種後丙子日入梅五月初七日，小暑後丁未日出梅六月初八日。』從《神樞經》之説也。（以上二則，五月二十五日）

霓裳羽衣曲

《夢溪筆談》：『葉法善引明皇入月宮，見素娥十餘人霓裳羽衣，奏仙樂。及上歸，但記其半，遂於笛中寫之。會西涼府都督楊敬述進《婆羅門曲》，與其聲調相符，遂以月中所聞爲散序，用敬述所進爲其腔，名《霓裳羽衣曲》。其説出鄭嵎《津陽門詩》注。』明于奕正《天下金石志》：『山西蒲州唐《霓裳羽衣曲》，黄幡綽書，拓本未見。』陳雲伯文述《頤道堂詩·青溪水榭聽吹笛女子楚鬟奏〈霓裳羽衣曲〉因賦長歌贈之》序云：『蒲州逍遥樓楣上有唐人横書，類梵字，相傳是《霓裳》譜。』殆卽于氏所箸録。曰類梵字，卽白石詞旁譜字之類；書樓楣上，則非石刻，無拓本可求矣。昔人書木有歷久不磨者，北齊武平四年高僑爲妻王江妃造木版，出山東臨朐壞塔中，托活絡忠敏端方購藏。全文四百餘字，墨蹟完整可讀，書勢樸率，决爲北朝人手筆。詩序又云：『或謂今燕部有《獻仙音》曲，乃其遺聲。然《霓裳》本道調法曲，《獻仙音》乃小石調耳。《唐會要》謂《破陣樂》、《赤白桃李花》、《望瀛》、《霓裳羽衣曲》，總名法曲。今世所傳《望瀛》十二遍，散序無拍，曲終長引聲，頗與《霓裳》相同。按：《霓裳羽衣曲》始於開元，盛於天寶，行於長慶，故楊貴妃初入宮，奏《霓裳羽衣曲》以導之。白樂天侍宴憲皇，得觀霓裳羽衣舞，及出守錢塘，教妓女商玲瓏、謝好、陳寵、沈平諸人，爲之三度奏於虛白堂前。移守蘇州，乞舞人於元微之，微之爲作《霓裳羽衣譜》以寄，然則微之亦深於是曲也。今就樂天寄微之詩推之：初奏散序，六遍無拍，奏而不舞，所云「散序六奏未動衣，陽臺宿雲慵不飛」是也；中序始有拍，亦名拍序，則舞矣，所云「中序擘騞初入拍，秋竹竿裂春冰拆」是也；其服虹裳霞帔，步搖鈿瓔，其器磬、簫、箏、笛、箜篌、篳篥、笙，其舞曲亦六遍，十二遍而終，所云「繁音急節十二遍，跳珠撼玉何鏗錚」是也；凡樂將畢，皆聲拍促速，惟《霓裳》之末長引一聲，所云「翔鸞舞了卻收翅，唳鶴曲終長引聲」是也。楚鬟此曲得自涼州人所傳，首節多類普唵呪，或即《婆羅門曲》遺意耶？』按：于氏《金石志》又有四川酆都唐五雲樓石刻瑤池樂部，惜拓本亦未見。比聞《開天法曲》日本猶有存者，吾國東游士夫未嘗加之意耳。（五月二十六日）

王闓運致李鴻章書

長沙王壬秋闓運當同光朝，時譽藉甚，東南士流仰望若泰斗，非甲寅已後之王壬秋也。甲午冬，有致李鴻章書，錄左：

入秋以來，浮議紛紜，聞屢被嚴詔，波及甥壻，殆甚於越南之役。靜待朝命，退處無懽，固純臣之用心，然於事勢未爲得也。蓋三人成市虎，積毀銷骨，慈母之所以投杼也。明公榮遇如此其極，威望如此崇且久，故卅餘年不聞謀議之言。今又被謗，益不可以歸罪引咎之言諫。然不戰而敗，敗而求和，誰使爲之？豈非淮海諸軍之故哉？兵法責元帥，無待人言，其自咎可知也。昔田單以一小城卻樂毅之師，而後以全齊攻一城不能下。明公以孤軍奮起海隅，廓清天下，而今日之役，一船不能渡海，戰守之師望風而潰，此必有由焉，不可以軍械船礮論也。洪寇之平，由鄉勇徒搏倡海内之勇敢；青浦之戰，英軍先敗，而公部後勝，公之成功，由智略耶？抑皆假之利器也？如必器利而後可勝，則洋礮當侯，公何功焉？西學之說，由曾滌丈倡之，左季翁、沈幼丹和之，公堅主之，而張孝達張之。當是時，後生小子樂其新奇，猾商市官藉以牟利。五口有鉅萬之稅，朝廷無發帑之費。糜耗三十餘年，卽資通商之利，民不知役，固甚便也。今船不能行，礮不能發，屯軍積年，反資召募，兵械告匱，餉餉無繼。無知之臣稅及店房，天下騷然，無處不兵，是亦不可以已乎？凡戰不勝，由無主師，其軍三千，必曰方叔蒞止，知兵食不足恃也。公當率兩洋兵船，登舟誓師，尅日渡海，蹈隙而進，橫波直衝，糜碎爲期。展輪之日，日本必求服矣。猶當大創之而後許之，然後三十年之屯營、十年之海軍，公之生平蘊蓄可襮著於天下。今不此圖，而但駐蘆台，一瞬而返，將因敗以待和乎？抑不和以待敗乎？清卿未親行陣，勝敗成否，未耳。知峴莊代將，能勝公乎？元勳鉅臣，誠當體國。國之不利，公何利焉？士君子名節之爲貴，神威訏謨，屈於小醜，卽不求勝，亦當自刷恥也。公特恃朝廷保全耳。今道路流言公輜重已在香港，惟衣被留行臺。中傷至於如此，聞者爲之寒心，親舊之士有敢以告者乎？他日邵張行成，載在史冊，推原誤國，誰執其咎？

闓運，荊部之一民耳，明公屈己而友之，虚館以延之。今當詣旌門，備一客之數，而先已受館諸生羈留，因歲暮之間强扶首塗，至於上元。又自念相見，或議論不得無辯難以瀆清聽；且闓運所知，公千百焉；自悔其行之遽，但不獲申意，中心屏營，輒因驛以書進，唯垂省覽，哂其區區。（五月三十日）

馬兄驢弟、雁龜親友

朱梁遣使致書於蜀，命諸從事韋莊輩具草，皆不愜意。因使馮涓修復，一筆而成，大稱旨。召諸廳同宴，飲次，涓曰：『偶記一語，涓年少，多游謁諸侯。每行，必廣齎書策，驢亦馱之，馬亦馱之。初戒途，驢咆哮跳躑，與馬爭路而先，莫之能制。半日抵一坡，力疲足憊，遍體汗流，回顧馬曰：「馬兄，吾去不得也，可爲弟搭取書。」馬兄諾之，遂併在馬上。馬卻回顧，謂驢曰：「驢弟，我謂你多少伎倆，畢竟還搭在老兄身上。」蜀主大笑。』見《淵鑑類函》，所引之書闕名。《法苑珠林》：『佛告比丘：過去世時，阿練若池水邊有二雁與一龜共結親友。後時池水涸竭，二雁作是議，言：「今此池水涸竭，親友必受大苦。」議已，語龜，言：「此池水涸竭，汝無濟理，可銜一木，我等各銜一頭，將汝著大水處。銜木之時，慎不可語。」即便銜之。經過聚落，小兒皆言「雁銜龜去」、「雁銜龜去」，龜即嗔言：「何預汝事？」即便失木，墮水而死。』後一事，曩見坊間所售童畫有之，畫空中二雁舁一龜，羣孩稺仰望之。而覼縷故事於左。小女密文，所至珍弆，不知事出《法苑珠林》也。

移甎算法

今用一百人，移甎一百方，男子每人移四方，婦人每人移三方，小孩四人共移一方，應用男、婦、小孩各幾人？答：男九人，女十五人，小孩七十六人。

鬼聽琴二事

虞山趙雲所應良琴理爲天下第一。嘗獨夜對月，一彈再鼓。聞庭外鬼聲淒絶，諦視之，有人長二尺許，皆古衣冠，雜坐秋草間，作聽琴狀。見《柳南隨筆》。揚州梅藴生植之方弱冠，琴已擅名，喜深夜獨坐而彈。一夕，曲未終，見窗紙無故自破，覺有穴窗竊聽者，俄而花香撲鼻，已入室矣。乃言曰：『果欲聽琴，吾爲爾彈，吾顧不願見爾也。』急滅其燈，曲終乃寢。見《竹葉亭雜記》。藴生購藏唐田侁墓誌石，書勢精絶，吳讓之熙載爲譔楹言云：『家有貞元石，人彈叔夜琴。』蓋紀實也。滅燈終曲，非熟極不能？

（以上三則，六月一日）

海警戲目

廣東新編戲目八十齣，見《道光海警拾遺錄》，蓋有目無戲，而當時情事藉存概略者也。《許給諫奏開烟禁》、《黄鴻臚請塞漏卮》、《發表章羣臣會議》、《承簡命欽使啓行》、《十三行圍困顛哋》、《二萬箱勒繳洋烟》、《鄧總督奏獲番兒帽》、《林欽差堵禦阿娘鞋横檔山後地名》、《老舉館收買天癸褲》、《演武堂改造壯丁房》、《逞逆謀稱兵定海》、《用反間告狀天津》、《林總督奉旨落職》、《琦節侯立議主和》、《到粤省宴會紅夷》、《蒞制任恩釋白鬼》、《李廷鈺文武抗爭》、《陳聯陞父子盡節》、《討沙角大宴蓮花山》、《塞海口議取桑園石》、《索香港威逼用印》、《議定海屬託寄書》、《閉羊城百姓遭殃》、《破虎門三軍失利》、《劉參將脱衣免死》、《慶副戎割辮逃生》、《義律進兵黄浦》、《祥福戰死烏涌》、《余廣府初次講和番》、《怡中亟四門懸賞格》、《楊參軍廣收血馬桶》、《琦相國痛哭金龍牌》、《楊元帥奮勇斬挑夫》、《英都統奉旨拿琦相》、《鄧總督遭難獅子橋》、《長鎮臺大戰鳳凰岡》、《余太守兩次入夷館》、《楊參將一怒收城樓》、《怡和行洋商遭雷殛》、《城隍廟大將建星臺》、《祁宫保出示安民》、《大將軍潛師赴敵》、《做伴檔希畫翎頂》、《獻美婢喬換巾衫》、《扯牛皮楊子宣淫》、《選大鼻鬼婆待客義律大鼻》、《公司館架禍起狼心》、《娘子軍挺身探虎口》、《紮木排戰將落河》、《失泥城鬼兵登岸》、《佔山塞久困逆鬼》、《傷花旗誤斬良吏》、《西竺寺勇將落馬》、《觀音山餓鬼烹牛》、《殺小鬼參贊立威》、《淫老婦夷兵肆毒》、《余廣府三次求和》、《燒民房四面受敵》、《賢守令爲敵殞命》、《勇農夫殺賊立功》、《啖人肉楚師肆毒》、《諭兵頭義律勸和》、《殺壯勇幾遭民變》、《斬良民尚賈兵威》、《實議和連宵開庫》、《執令箭黄夜縋城》、《摘紅頂段鎮臺失機》、《插白旗朱糧道獻策》、《懸賞格反救真鬼子》、《翦辮尾爭捉假漢姦》、《多情太守四次講和》、《無用將軍一籌莫展》、《拆府署太守開壁洞》、《擊貢院將軍閉房門》、《閉城門總兵催開庫》、《收逃卒將軍議賞銀》、《拉水車兵民救藥局》、《收火箭神佛保穗垣》、《合城文武可憐蟲》、《八省弁兵喪家狗》。（六月六日）

大衣

製以氈裘之屬而襲於外者，滬人名曰大衣，蓋仿西俗爲之，量重而質韌，於體至不適。所謂寬博，寬大之衣也。按：陶九成《輟耕録》謂『元以婦人禮服曰袍，漢人則曰團衫，南人則曰大衣』，大衣之名，權輿於此。

葳言

明保山張志淳《南園漫録》有穢言一則云：『張綵爲郎中時，常言「父子之性非正，其原只爲求女色之樂」，每聞之，令人掩耳弗及。』近觀《孔融傳》載路粹誣奏，孔融與禰衡言：『父子無親，只爲情慾。』則悖理狂瞽之論，前固有之。近世非孝滅父之説，此其濫觴也。

愛妾換書二事

嘉靖中，朱吉士大韶性好藏書，尤愛宋時鏤板，訪得吳門故家有宋槧袁宏《後漢紀》，係陸放翁、劉須溪、謝疊山三先生手評，飾以古錦玉籤，遂以一美婢易之，蓋非此不能得也。婢臨行題詩於壁曰：『無端割愛出深閨，猶勝前人換馬時。他日相逢莫惆悵，春風吹盡道旁枝。』吉士見詩惋惜，未幾捐館。見《遜志堂雜鈔》。又朱承爵，字子儋，據《列朝詩集》小傳，知爲江陰人，有以愛妾換宋刻《漢書》事，此又一事。夫以愛妾美婢換書，博風雅之虛名，傎矣。卽出於真知篤好，亦復大殺風景，不近人情，所謂佞宋之癖入於膏肓者也。兩人皆姓朱，所換皆《漢書》，亦奇。

僅見之加銜

順治朝，曲阜世職知縣孔允淯，以居官廉能加東昌府通判銜，仍任知縣事，見《東華錄》。道光五年王文恪鼎以一品銜署戶部左侍郎，見馮桂芬譔墓志。通判銜，一品銜，及銜上冠以地名，並僅見。

五宇獄

曩余校《續碑傳集》，《翁文端墓誌》言『文端治五宇獄』。五宇，猶稍後之四恆，並都門錢肆極鉅者。咸豐間，因閉歇興大獄，而四恆踵起焉。刻本誤『五字獄』，爲更正之。

合歡梧桐花

世尊釋迦牟尼佛因黑氏梵志運神力，以左右手擎合歡、梧桐花兩株來供養佛，佛召仙人放下云云，見《五燈會元》，殊豔異可喜。（以上六則，六月十日）

孔廟異聞

山陰張宗子岱，晚號陶庵老人，所著《夢憶》有云：『至曲阜謁孔廟，買門者門以入。宮牆上有樓聳出，扁曰梁山柏他書作伯，此作柏，異、祝英臺讀書處，駭異之。』按：梁、祝故事，《鄞縣志》記載綦詳，其讀書處，乃在浙杭，與曲阜距離絕遠，無假託强附之可言。卽令二人者曾在曲阜讀書，亦何能築樓孔廟宮牆之上，宜陶庵氏之駭異甚深矣。昔人築此樓，不知所據何典？今曲阜孔廟，此樓不知尚存否？

即用道府

清制，三甲進士，以知縣分發省分即用。唯順治己丑科，新進士即用道府，二十餘人，分發兩廣。止此一科，後不爲例。道府班秩，超越知縣遠矣。此二十餘新進士，甲第在前者耶？抑在後者耶？不可考。

番錢

某説部載和珅籍沒單，番錢五萬八千元，即外國圓式銀錢也。外國銀幣通行於中國，未審始自何時。各直省俱用銀，唯江蘇、浙江、福建、兩廣用洋錢。道光初年，浙省長吏曾出示禁用，市井譁擾，以爲不便，不踰月復故，蓋已成積重之勢。和珅籍沒，事在嘉慶初年，乃有番錢如是之多，可知當乾隆朝，外國銀錢知已充斥內地。和氏所有，殆即江浙等省之苞苴耳。

擔生

酈道元注《水經》，多雅故異聞，引人入勝。濁漳水篇注云：『邑人有行於途者，見一小蛇，疑其有靈，持而養之，名曰擔生〔一〕。長而吞噬人〔二〕，里中患之，遂捕繫獄。擔生負而奔，邑淪爲湖，縣長及吏咸爲魚焉。』按：《後漢書·邛都夷列傳》注引《益州記》云：『邛都縣下有一老妓，家貧孤獨，每食，輒有小蛇，頭上戴角，在牀間，姥憐而飴之。後稍長大，遂長丈餘。令有駿馬，蛇吸殺之。令因大忿恨，責姥出蛇。姥云在牀下，令卽掘地，愈深愈大，而無所見。令怒，殺母。虵乃感人以靈言嗔令：「何殺我母？當爲母報讐。」此後每夜輒聞若雷若風，四十許日，百姓相見，咸驚語：「汝頭那忽戴魚？」是夜地方四十里，與城一時俱陷爲湖。土人謂爲陷河，惟姥宅無恙。』此事與前事相類，牽連書之。（以上四則，六月十五日）

【校記】

〔一〕生：底本作『任』，據標題及《水經注》改。

〔二〕人：底本作『之』，據文意改。

西湖四女士

西湖四女士，曰小青，曰菊香，曰楊雲友，曰林天素。小青名元元，廣陵馮氏女，錢塘馮具區子雲將妾，能詩善畫，爲大婦所不容，屏之孤山別墅，諷其去，小青不可，鬱鬱以終，蓋志節女子也。詩稿爲大婦所焚，僅存十餘篇。後人爲刻《焚餘草》，事見支小白、馮猶龍所撰小傳，及施愚山《蠖齋詩話》、錢牧齋《列朝詩人小傳》。以爲無其人者，謬也。諸九鼎《菊香墓誌》云：『菊香者，不知何氏婢女也，死葬孤山林處士墓側，聞諸故老，傳自宋時。生前吟詠，慕和靖之爲人，沒爲英靈，結梅花之伴侶。』徐電發《本事詩》注：『王西樵《十笏草堂集》、茜圃尺牘皆載之。雲友名慧林，錢唐人；天素名雪，皆前明湖上女士，並通文翰，解音律，尤精繪事。雲友有《斷橋烟柳小景》，天素工畫蘆雁，皖人汪然明供養之，雲友死，然明葬之智果寺西，有『花飛淨土香埋骨，烟暝寒林畫入禪』句，並於寺中建生龕祀之。雲友死，天素寂處無俚，然明因送之歸閩，見然明《春星堂集》，有雲友、天素合影，爲謝彬寫像，藍瑛寫圖。又雲友小像舊藏瓶花齋吳氏，不著作者姓名，有聞子將題云：『梅花數點石欹斜，料峭新寒約鬟鴉。愛佳暗香疎影裏，一生應不識烏紗。』『烏紗本是無情物』，雲友句。有『叢睦汪氏』小圓印，後爲陳頤道以蒙泉外史山水畫幀易得，亦春星堂故物也。頤道得隙地於孤山巢居閣西，爲菊香、小青兩女士脩墓，並建蘭因館，上爲夕陽花影樓，左爲綠陰西閣以祀小青，右爲秋芳閣以祀菊香。先是爲雲友脩墓智果寺西，因以祔祀秋芳閣中，紀之以詩，今此諸蹟不知尚存否矣。

郗璿

璿，字子房，晉太尉鑒女。工書法，王右軍妻，與衛茂漪齊名，當時不甚著聞，爲外氏掩也。

中曆勝西曆説

吾中國崇尚西曆至矣，其於中曆，不曰夏曆、舊曆，而曰古曆，推而遠之，亦至矣。象山陳漢章《綴學堂初稿》有中曆勝西曆説。甚哉！不合時宜之言也。雖然，此學説也罔關典要，言者無罪，姑存其説，可乎？説云：『湯若望言西曆有四十二事爲中曆所不能及。然中曆有勝於西曆者，如西曆以太陽中氣過宫爲歲首，春分定於白羊宫，與恆星歲差不合，分一日爲一千四百四十分，仍用日法，不如授時，屏之不言。有閏年閏日而無閏月，不能定四時以成歲。天正日躔起磨羯宫斗四度，不能履端於始；步月離始於望，不能平在朔易。紀日以七曜，紀度以十二象，則大撓所造甲子，《爾雅》所釋星名，皆可廢矣。不特此也，即湯若望所舉諸曜異天爲陽瑪諾法，而同於邦萌所論日月不附天體之説；蒙氣有差爲第谷法，而同於姜岌地有游氣蒙蒙四合之説；測算異古爲若往訥白爾法，而同於郭若思垜積招差之説。又改定諸應爲利瑪竇之法，而與郭若思不用積年法同；恆星東移爲泥谷老之法，而與祖暅測極星離不動體法同。推而廣之，亞奇默德言圜圈周徑三倍又七十分之十，即祖沖之徑七周二十二之密率；歌白尼言太陽静，地球動，即考靈曜地有四游，及張平子之地動儀。蓋西曆由九執萬年回回諸法而加精，猶中曆由太初以後七十餘家而漸密。至於王寅旭欲去整度，潘力田欲去定氣，薛儀甫欲去其分刻，孫淵如不信歲差，阮文達不用小輪，則未免主持太過爾。』（以上二則，六月十六日）

朝會樂章上

金壇于鶴泉振《清漣文鈔》十二卷，其卷二至卷四曰『律館纂述』，有朝會樂章：宴饗樂、部宴樂、導迎樂、鐃歌樂大樂二十七，細樂十五、祭祀樂、慶隆舞，各有敘，皆振所譔進。所謂雍容揄揚，著於後嗣，一片承平雅頌聲也。移錄於左，不逮十一，存其概略云爾。

《朝會樂章敘》：朝會之禮，首重元正，四海獻琛，九賓重列。至於一陽來復，見天地之心；萬壽無疆，效華封之祝。望袞而日昇於觀，凝旒而天啓其門。慶典特隆，宮懸大備。若夫璇闈孝養，萃萬國之歡心；椒寢凝祥，並兩儀之奠麗。彝章用考，廣樂斯陳。凡諸篇什所宜，並酌古今之當。其他嘉禮，附見於篇：

朝會陞座，行禮丹陛，大樂，奏慶平之章『明星有爛庭燎光，履彤廷，咸捧圭璋。觚棱紅日耀金閶，拜手祝扶桑。』太皇太后陞座，中和韶樂，奏升平之章『重闈慶壽康，燕翼詒謀福履長。寶冊著輝光，順協坤元熾以昌。皇情大孝彰，臣民祝及萬方。琚瑀耀銀潢，齊拜獻萬年觴。』行禮丹陛，大樂，奏晉平之章『宮闈重慶福履昌，戴尊親，地久天長。皇情廣孝合萬方，同祝壽無疆。』還宮，中和韶樂，奏恆平之章『璇扉瑞靄籠，母儀重慶御瑤宮。海上日曈曨，禁苑常開錦繡叢。尊親萬國同，如川至，福正隆。玉樹蔭菁蔥，億萬歲，永呼嵩。』皇太后陞座，中和韶樂，奏豫平之章『慈幃福履昌，瑞雲承輦獻嘉祥。徽流寶冊光，玉食歡心萃萬方。旭日正當陽，餕眉壽，樂且康。瑤池萱華芳，如山阜，永無疆。』行禮丹陛，大樂，奏益平之章『慈闈毓慶嘉瑞臻，徧遐荒，莫不尊親。我皇展孝祝聖人，景福自天申。』還宮，中和韶樂，奏履平之章『璿宮瑞靄霏，翬翟山河上袞衣。寶籙慶璇幃，萬國歡愉頌德徽。長日麗晴暉，青鸞舞，鳳在墀。康强福禄宜，億萬載，祝期頤。』（六月二十四日）

朝會樂章下

皇后陞座，中和韶樂，奏淑平之章『承天地道光，嗣徽音兮儷我皇。椒宮壼教彰，萬國爲儀燕翼昌。彤管紀芬芳，春雲渥，環佩鏘。安貞德有常，敷内政，應無疆。』行禮丹陛，大樂，奏正平之章『椒闈秉禮率六宮，嗣徽音，翊贊皇躬。雲移雉尾毖和風，萬國母儀同。』還宮，中和韶樂，奏順平之章『瑶樞焕上台，椒殿風和麗景開。晴旭上蓬萊，佳氣氤氲徧九垓。祥雲護燕禖，培麟趾，毓蘭垓。雉扇影徘徊，看瑞靄，集宮槐。』文殿試傳臚，陞座，中和韶樂『啓文明，五色雲呈。珊網宏開羅俊英，梧岡彩鳳雝喈鳴。氣如珠，河似鏡，集賢才於蓬瀛。』行禮丹陛，大樂『賢關大啓，五緯麗宵光。九苞彩鳳鳴高岡，日華五色舜衣裳。濟濟蹌蹌，多士思皇。』還宮，中和韶樂『海榴舒，木槿初榮。宣賜宮衣最有名，薰來殿角微涼生。鳳棲梧，麟在囿，致皇風於昇平。』武殿試傳臚，陞座，中和韶樂『上將星明翊紫宮，渭水兆非熊。豐城劍氣亙長虹，玉壘陽回細柳風。鼛鼓念元戎，儲材備折衝。太平聲教萬方同，資廟略，奏膚功。』行禮丹陛，大樂『鷹揚鶚薦，健翮厲秋坰。兔罝在野維干城，龍韜豹略蜚英聲。肅肅糾糾，王國克生。』還宮，中和韶樂『壁壘芒寒列宿雄，俊鶻起秋空。盡羅武庫入心胷，頗牧由來在禁中。尊俎有儒風，掄才典至公。揆文奮武得人同，鉦鼓臥，永銷鋒。』（六月二十五日）

壽聯渾雅

五月既望，鎮海虞洽卿生日，鄞縣蔡明存製聯爲壽，文曰：『乘長風破萬里浪，是何意態雄且傑近歸自日本；當吉日歌千秋歲，俾爾熾昌壽而臧。』聯語亦意態雄傑，且極渾成。明存嗜讀書，富收藏，與余談雅故，至夜分，不倦也。

蔡紓工書

明存第四女公子宛頎女史紓，今年十九歲，研精楷法。近爲余寫扇，端凝腴麗，自昔金閨諸彦，罕其儔匹。其書得厚、舊、秀其秀在神、茂茂密之茂、够字不盡意五字之妙，於唐賢宜學張從申、徐季海，上窺右軍《快雪》、《初月》諸蹟，從余假觀《玉臺名翰拓本》起衛茂漪，迄柳是如干家，諦審宛頎所書，方之諸家，無一近似，所以爲難能也。宛頎爲沙孟海先生文若女弟子，能文工書，兼工鐵書，有合於漢印方正平直之遺，皆得之師授，蓋駸駸乎青出於藍而勝於藍矣。

改姓奇聞

門人某屬譔其曾祖某君家傳，以事略來，一事絕奇，絕可笑。略言『其所居鄉區域廣袤，姑拆爲四。豪族某姓以甲姓代占其三，門人之族某姓以乙姓代得其一。甲姓恃其族大且彊，迫令乙姓改姓而同於甲。乙不屈，甲則聲言決自棄其姓，而以乙姓爲姓，約日糾合族衆，有事於乙姓家祠，勢洶洶，殊叵測也。乙族無策得解免。門人之曾祖某君急起而力捍之，嚴扃祠門，阻絕侵軼，甲姓繇是不得逞』云云。此事迫人改姓同於己，奇；自棄其姓而從人，尤奇。其爲率臆徑行，視秦趙高指鹿爲馬，以蒲爲脯，殆又甚焉。自文章有傳體以來，凡所記述，未聞若是奇事，抑亦滑稽之至矣。或言『豪族者，馬其姓，馬四足，缺一不能行，其必欲併一於三，至不恤以三就一，職是之故』。俗說謬悠，尤可笑。（以上三則，六月二十六日）

集唐超逸

馮君木集唐詩爲友人壽：『海上生明月，人間重晚晴。』語超逸可喜，亟記之。

老子卽老萊子

老子與老萊子，據皇甫謐《高士傳》，本是兩人。《續文獻通考》引《姓匯》云：『老子母洪氏，娠十二年，腋左而生聃，曰元祿，是爲伯陽。生而皓首，謂之老子，名耳而字聃，邑於苦之賴，賴卽萊也，故又曰老萊子。』此說甚新，他書未載。

梁山伯

周平王封其子三人，次曰唐，封於梁山，爲梁伯，見《續文獻通考》。世所盛傳之梁山伯，其命名本此，殊典雅。

治外法權

阮文達元督粵時，夷船在黄浦殺人，公嚴飭洋商，必得兇犯乃已。商不能庇犯，乃自刎死。有擊死民婦者，立予絞決抵罪。英國護貨兵船殺二民人於伶仃山，遂封閉其艙，不容貿易。數月後，夷目稟請查獻兇犯，始令照舊通商參劉毓崧譔《阮文達傳》、李元度譔《文達事略》。乾隆五十年，瑪拉特文清松筠奉命赴庫倫，查辦俄羅斯市易事務。時俄羅斯界上人，掠取庫倫商人貨物，庫倫辦事大臣勒保，檄俄官捕掠貨者，送恰克圖聽治。遷延不受命，上飭停市易，使公治其事。明年，庫倫巡兵出巡被殺，公嚴檄該國縛送殺兵者，斬於界上以徇。所謂治外法權，當中國盛時，固亦嘗有之矣。

五女歸一姓

吳縣潘文恭世恩有女子五〔一〕。汪學源、汪嘉森、汪溸、汪嘉梓、汪德英，其壻也。五女歸一姓，僅見。

【校記】

〔一〕女子五：底本作『女子子五』，當衍一『子』字，此刪。

迎春故事

王文簡士禛《香祖筆記》：『東坡守揚州，始至，卽判革牡丹之會。自云：「雖煞風景，且免造業。」予少時爲揚州推官，舊例，府僚迎春瓊花觀，以妓騎而導輿，太守、節推各四人，同知以下二人，歸而宴飲，仍令歌以侑酒。府吏因緣爲姦利。予深惡之，語太守一切罷去，與坡公事頗相類』云云。此事頗不類漁洋所爲，蓋卽紅橋冶春時也。迎春以妓導輿侑觴，殆猶沿明季故事。（以上六則，六月二十九日）

天春樓脞語卷四《申報》一九二六年七月

金山豔遇

湘臯解佩，千古豔稱。京江成林，自號竹隱，工繪事。年十九，寓居金山寺。偶玩月江際，忽有小艇乘潮而至。一婦人攜兩少女登岸，告成欲宿於寺。成思寺不能容婦女，乃以己所居室讓之，而於門外清坐徹夜。至日高，戶內闃然，乃排闥入，則虛無人焉。於枕函邊得一金龍釵，繫明珠七顆，知是神女所遺，遂收藏之。此與江妃交甫事絕類，唯交甫惝怳之間探懷無物，成林則珍物具在，藏之歷年，彌足異耳。『清坐徹夜』，成生之行，可以風矣！後乃離殃不祿，何耶？

夕陽詩

明黃九烟星周以夕陽詩得名，號稱黃夕陽。其詩云：『我聞詩人言，夕陽無限意。夕陽自夕陽，何與詩人事？多少蚩蚩兒，昏曉同夢寐。獨有多情人，烟雲滿胷次。所見皆夕陽，夕陽況相值。初不與詩期，爾詩詩自至。靈均纆指黃，淵明賦佳氣。夕陽本無言，詩人自憔悴。多情我亦然，見此欲下淚。

吁嗟一夕陽，宇宙相終始。碧雲惹相思，明霞澹搖曳。芳草恨無休，紅樹紛如醉。種種與偕來，茫茫白端萃。羈客劇傷心，美人漫凝睇。第一最銷魂，無如雨後霽。黯黯近黄昏，明滅半蒼翠。悲吟織暮蟬，殘虹空點綴。銷魂復銷魂，尤在秋冬際。草木倏變衰，悄如天地閉。斷雁與寒雅，點點皆愁思。終古此夕陽，閲盡人間世。河山送興亡，城郭今古異。松柏五陵烟，樓臺鑠薜荔。哀樂兩無端，歌哭都非是。所以鍾情人，詠歎恆不置。長篇或短篇，風謡及頌偈。詩但説夕陽，便有深妙義。或一兩句佳，定帶夕陽字。首尾縱參差，往往不忍棄。問我何爲然，殊不可思議。毋乃固癖成，韻事等魔祟。詩爲夕陽窮，亦爲夕陽貴。夕陽爲詩傳，或亦爲詩累。詩耶夕陽耶，是一還是二。若與我爲三，共命同根蒂。我今盡蒐羅，不獨充巾笥。愁以當醇醪，病以當藥餌。亦可驚天公，亦可泣幽魅。此集若告成，詩人應破涕。萬古復千秋，夕陽長不墜。』今諦審是詩，『吁嗟一夕陽』至『終古此夕陽』，剥蕉抽繭，愈轉愈深。『詩但説夕陽』四句，詞能達意，具徵功力。『詩耶夕陽耶』四句，與太白『對影成三人』同意，李瀟灑，黄纏緜，可云同工異曲。（以上二則，七月二日）

兩惠泉

《東坡集·荊門惠泉詩》自注：『在宜都大江之南，與虎牙相對。』此錫山而外，別一惠泉。

白雲先生

王右軍書學衛夫人，盛傳於世久矣。《世說新語》載右軍得筆法於白雲先生，則罕見稱述。《洞天福地記》云：『靈坡，白雲先生隱居處。』

古字慎用

文中用古體字，除非用不可外，便是以艱深文淺陋，甚無謂也。自明中葉已還，諸家文稿競尚古字，悅其新奇，無論當否。查他山見之曰：『此不明六書之故。若能解釋得出《說文》，則斷不敢用，古字豈易用哉？非用不可者何？如小學書關係聲訓，金石書依據元文之類。亦有古體文省，屬稿時圖便用之，至於授梓，宜加意審酌。凡刻書，體例最關緊要，通篇不用古字，只一二字獨從古體，卽爲自亂其例，不如不用之爲得也。有若北朝造象，離奇光怪之省俗字，出自瞀儒騶匠之手，用之如牛鬼蛇神，令人望而生畏，尤毋容與古體字同年語矣。』

刻書價廉

明朝人刻書，工價極低廉。何東海云：『刻一部古注十三經，費僅百餘金。』王遵巖、唐荊川兩先生相謂曰：『數十年來，讀書人能中一榜，必有一部刻稿。假使盡存，則雖以大地爲架子，亦貯不下。』又曰：『近人所刻稿板，以祖龍手段施之，則南山柴炭必賤如右』云云，猶爲文學之幸運矣。流弊所極，不過災梨禍棗而已。明刻十三經古注，今日欲購一部，非銀鉼數十不辦。當時刻費僅百餘金，令人爲之神往。

虎子狗

《爾雅·釋獸》：『熊虎醜，其子狗。』漢律曰：『捕虎一，購錢三千，其狗半之。』晉律：『捕得大虎，賞絹三匹，虎之子半。』《太平御覽》八百九十二引。馬文淵所云『畫虎不成反類狗』是也。司馬相如小名犬子，旨或託此。（以上五則，七月六日）

部宴樂章

金壇于鶴泉振《律館纂述》部宴樂有敘不錄。衍聖公筵宴樂章《普天樂》前朝會樂章，不具曲名，以簡爲重也：『洙泗發源長，麟鳳流芳久。眷茲後裔，克紹箕裘。詩書教澤延，禮樂家聲守。茆社長膺天眷厚，際端冕凝旒。桓圭章甫，彤庭舞蹈，時覲春秋。』《上小樓》：『詔宗伯，使饗人進羞，大酋獻酎。彤虎彤鹽，訓恭訓儉，慈惠兼施寵錫優。勵嘉修，素風益懋。庶不負，皇朝渥澤，旨酒思柔。』張真人筵宴樂章《出隊子》：『上清碧落，誦《黄庭》，游德園，道成龍虎衛靈壇。法貽後嗣承天眷，來朝金闕頒嘉讌。』《水仙子》：『論論論論仙家術，最最最最重是，無爲道德全。説説説説著這騎鳳與驂鸞，便便便便家風殊苦懸。恁恁恁恁役風雷，掌握間。爲爲爲爲黎民，蠲災沴。要要要要煉心性，金丹久自還。再再再再守清虛，雲月常舒卷。願願願願聖天子，福如川。』文進士恩榮宴樂章《塞鴻秋》：『啓天門，日麗黄金榜。逞驊騮，緩步青雲上。論聖賢，事業無涯量。況平生，溫飽何曾望。念鯫生，叨渥澤天來廣。雖持寸草心，莫報君恩蕩。涓埃矢竭酬天貺。』《脱布衫》：『玳筵内，金壺玉漿。月臺上，絲竹鏗鏘。繼自今，木天清敞。增岱巖，不辭土壤。』武進士鷹揚宴樂章《端正好》：『和氣洽，泰階平。皇威鬯，烽烟靖。念兔罝亦有干城，虎頭猿臂交相慶。看雕翮，秋來勁。』《倘秀才》：『須知道，羽扇綸巾。還有那，弓强箭勁。更兼之，武庫縱横。效折衝，驊騮騁。執戈殳，衛羽林，備公侯腹心。』外藩部宴樂章《點絳脣》：『萬國綏懷，聲靈無外圖王會。稽首金階，一統山河大。』《混江龍》：『敷天愛戴，蒲萄苜蓿貢西陲。看元龜象齒，兼孔翠玫瑰。渡滄溟，烏弋黄支遠，重九驛。銅題鐵脛來，詔行人。用頒嘉議，命宗伯，式賁尊罍。香生瀣露泛春醅。』（七月七日）

棘闈異聞

在昔科舉時代，鄉會闈中，每有神怪恩仇之説，見於前人載筆數矣。光緒己卯科，四川鄉試副主考長白景善，字茀庭，入圍後，所居爲前後兩間，後間之後小有餘地，繚以周牆，與外隔絶。牆之内，林陰蔽虧，榛蕪勿翦，人跡所不到也。某夕，景於後間窗下據案閲卷，其可采録者，别置之，備覆閲焉。久之，得一卷，殊愜心。甫别置，俄窗外有人抗聲曰：『使不得。』語作北音，若爭之甚力者。景瞿然，易置是卷於諸擯黜者之側，蓋欲擯黜之，而意未忍也。又久之，求佳卷，不可得，則又審諦是卷，自忖憑文取士是吾職，文信美，吾何責焉？仍易置於前所置處。詎窗外又疾呼曰：『使不得。』末『得』字，聲重且長，慘厲滋甚。景不得已，仍斥去之。又久之，夜逾丙，倦欲眠矣。計是夕所閲卷，實無一卷能出爲鬼所訶之卷上，爲之慨然。念寒儒進取之不易，文字知遇之難期，行吾心之所安，何鬼謀之足與？則毅然内斷，仍拔而出之，弁諸卷别置者首。置未定，窗外厲聲又作，鄭重而言曰：『我説使不得，斷斷使不得。』景之僕以料理衾裯至，亦聞之，亟秉燭出視，月黑草深，燭光閃顫欲滅，慄然而恐，無迹兆可尋也，而是卷卒因是見黜。事後景與友人言之，輒嘆惋不置云。昔東坡在惠州，好强人説鬼。長夏無俚，過君木回風堂，值脞語須語怪，苦乏資，因强君木説鬼，君木搜索久之，語我以此，似乎非杜譔也。

科舉運衰

君木又言：光緒某年吴縣洪文卿鈞典某省鄉試，慈谿陳子仙欽爲之副。頭場後，同考官所薦卷由内收掌，分致兩主考各十束。俄副主考處失卷二束，言之正主考，則亦失一束。事聞於監臨某撫軍，其幕僚某老於兹土習聞掌故，則曰：『此供給所之疏也。相傳内簾有狐仙爲居守，大比之年，必敬祀之。本科祀事不舉，故爲是狡獪耳。』亟祀而拜之如故事，瞬間而卷遂無缺。夫鎖闈，重地也；掄才，大典也，設竟不祀而拜，詎此二束一束之卷，竟終匿不出耶？蓋當是時，科舉之運亦寖衰矣。君木慈谿人，聞陳氏所自言，蓋確也。（以上二則，七月十日）

張真人家世本末考上

今年夏，江西張真人有漢臯之行，各報紙載其事，稱道其靈異婁矣。因考真人之家世本末，援據既紛，褒貶咸有。自昔從事譔述，迄今數十餘稔，舉凡筆之於書，率以善善從長爲主旨，不徒今之脞語然也。《神仙傳》云：『張道陵，沛國人一云徐州豐人，本太學生，博通《五經》，晚乃嘆曰：「此無益於年命。」遂學長生之道，入蜀，住鵠鳴鵠、鶴古通鳴山，市藥合丹。丹成，能分形作數十人。所居門前水池，常乘舟戲其中。諸道士賓客盈座，常有一道陵對談，而真道陵故在池中也。後白日沖天而去。』趙甌北翼云：『秦漢以來，但有方士爲神仙之說，無所謂道家者。以老聃爲道教之祖，張陵爲大宗，始於北魏寇謙之，而唐時乃盛行。至信州龍虎山張氏世襲封號，則又自宋始也。』按：《三國志》注及《邵氏見聞録》，張陵不作道陵漢順帝時人，入蜀，居鶴鳴山，造符書，爲人治病。陵子衡，衡子魯，以法相授，自號師君。其衆曰鬼卒，曰祭酒，曰理頭，朝廷不能討，就拜魯爲漢寧太守。此張陵之始末見於傳記者也。明胡氏應麟《筆叢》及《續通考》引道書，謂陵乃留侯八世孫，生於天目山，學長生之術。後隱於廣信龍虎山，章帝、和帝屢召不起。久之，偏游名山，至興安雲錦洞，鍊丹三年，青龍白虎繞其上，丹成，餌之，年六十而貌益少。既而入蜀，居鶴鳴山，老君授以祕籙，能通神變化，驅除妖鬼。《蜀中名勝記》云：『閬中縣東南三十五里有雲臺山，一名天柱，高四百丈。漢末張道陵在此學道，使弟子王長、趙昇投身絕壑以取仙桃，長等七試已訖，九丹遂成。』《郡國志》曰：『雲臺山天柱巖下有一桃樹高五尺，皮是桃，心肉似柏，張道陵與王長、趙昇試法於此樹，四百餘年不朽。漢永壽二年，道陵功成道著，乃以九月九日將諸品祕籙、斬邪二劍、玉冊玉印授其長子衡，而自與夫人雍氏白日昇天，時年百二十三歲。其四代孫盛，復來居龍虎山。』《通鑑》亦云張魯子自漢川徙居信州龍虎山也。

張道陵居蜀久，其軼聞傳爲蜀故獨多。《輿地紀勝》：『天師觀，在廣都今雙流縣北，道陵祠也。壇下有井。名伏鬼井。趙閱道記華陽縣衡山有井，妖怪藏其中，道陵運石以鎮之，乃絕。邑人爲立祠，植杖井旁，今爲喬木，曰戒鬼木矣。』《古今集記》：『溫江治西三十五步，有女郎祠，張天師孫靈真之女，名玉蘭，幼不茹葷，十七夢呑赤光感孕，爲母所責，一夕無疾而卒，有物如蓮花自腹中出。開視之，乃《太際經》十卷。葬百餘日，雷雨晦冥，失經所在。墳壙自開而飛昇，棺蓋挂於巨木之上。此三月九日事，鄉人至今如期齋祭之。』《郡國志》：『梁州女郎山，張魯女浣衣石上，感赤光而懷孕，生二龍。及女死，將殯，柩車忽騰躍升此山，遂葬焉。其浣衣石猶在，因名女郎山。』其説與《集記》略同。《名山記》：『益州西南青城山，其上有崖舍赤壁，藏諸靈書，張天師所治處，陵井監在古陵州南，今仁壽縣境。』《圖經》：『張道陵經此，有山神稱十二玉女，指陵上開鹽井。』因以陵名監，並以名州矣。（七月十四日）

張真人家世本末考下

《方輿勝覽》：『黼陽洞在州城北至道觀後，昔天師既誓玉女於井，因藏去其衣，鎖之石室，謂之藏衣洞。洞在重巖下，峆岈幽窈，晦明萬變，雖距闤闠不數武，而若與世隔，道陵修煉之區也。』又綿竹山有鹿堂致，即二十四化之第二化。漢元帝時，老子偕張道陵游此，有仙基仙宫，古人度世之處。仁壽縣有天師聖德碑，據云：天師以建安二年自沛游蜀。又有『東漢仙都』四字在天師洞，又天師自鬼城山在今灌縣境驅鬼於絕域，有戒鬼筆跡在大龍橋側，今存佚不可考。自魏晉已還，道陵後人但以其法私相傳授，未聞見重於朝廷。至北魏嵩山道士寇謙之自言嘗遇老子，命繼張陵爲天師，授以雲中音誦新科之戒、服食導引口訣之法。又遇老子元孫李譜，授以圖籙真經，劾召鬼神，及銷鍊金丹雲英、八石玉漿之法，使佐北方太平真君。乃奉其書獻於魏明帝，朝野多未之信，獨崔浩深信之，勸魏主迎致謙之弟子，起天師道場於平城東南，重壇五層，月設廚會數千人，此朝廷尊崇道教之始也。

按《水經注》『沔水篇』：『瀘水又南，徑張魯治東，水西山上，有張天師堂。』『江水篇』：『平都縣有天師治。』《晉書・殷仲堪傳》：『仲堪少奉天師道。』《王羲之傳》：『王氏世事張氏五斗米道初，道陵以術治病，令病人出米五斗，故名。凝之彌篤。』《郗超傳》：『郗愔事天師。《何充傳》：時郗愔及弟曇奉天師道。』觀此，足徵天師之稱與其教之盛，自晉已然，歷唐、宋益熾耳。朝廷崇奉道教，雖託始於寇謙之，而謙之自云繼張陵爲天師。又《太平廣記》：『梁武帝初，未知道教，因陶貞白詣張天師道裕，乃爲立元壇三百所。』而《通考》亦載唐天寶六載以後漢天師子孫嗣真教，冊贈天師爲太師。但其嗣世封號字名，史不經見。《通考》：『宋太宗祥符九年，賜信州道士張士隨號真靜先生。王欽若爲奏立授籙院及上清觀，蠲其租稅。自是，凡嗣世者皆賜號，然無階品。徽宗崇寧二年，賜張繼先，亦僅號虛靜先生。元世祖至元十三年，乃賜張宗演「靈應冲和真人」之號，給三品銀印，令主江南道教。《天師世家敘》：宋季有可大者，元太祖密遣使問之，可大謂後二十年當混一天下。至元十二年果驗，而可大已死，乃召其子宗演崇奉之。十五年，又爲建正一祠於京師，以其弟子張留孫居之。嗣後張氏承襲者屢有加號，進秩至一品。明洪武元年，太祖曰：『天豈有師？』遂革其舊號，封張正常爲正一嗣教護國闡祖通誠崇道宏德大真人，秩二品。天順間加封號至十六字。隆慶中降爲提點六品。萬曆時仍復之。清初沿明制，朝會班行，列左都御史下、侍郎上。康熙十九年，嗣真人張繼宗授光祿大夫。乾隆二年，署真人張昭麟題請承襲，得允。張真人家世本末大略如此。今茲玉步已更，滄桑屢易，而門閥依然，亦云幸矣。夷考張氏雅故，莫如張繼先，字嘉聞，有《虛靖真君詞》一卷凡五十闋，繼先卽徽宗賜號虛靜先生者。據此，知『靜』當作『靖』矣。詞能入格，在宋人中不失其爲中駟。比年歸安朱氏依知聖道齋藏明鈔本刻入《彊村叢書》。《夷堅志》云虛靜乃漢天師三十世孫，有斬同州白蛇一事。（七月十五日）

漢畫半身美人

宋王象之《輿地碑目》：『漢丁房雙石闕，在四川忠州巴王廟前。左闕高可二丈，覆以飛甍層觀。最上琢雙扉，一美人現半身倚立；中層琢車馬人物，旁刻文螭糺蟠，長可三四尺許。《金石古文》云此漢畫之始也，是誠豔絕古今，令人爲之神往，惜拓本不復可求矣。』

雞子殼內上海

以沸水浸雞子，令溫，於其一端鑿小孔，吸而嚥之，輕清沖淡，能補益人，尤宜於年老者。畫家湖北吳君寬仲，年七十矣，某日，方吸食雞子如右法，值晨曦照映，驀見卵甲內薄膜上若有字蹟甚夥，審諦之，則有『上海』二字，尤端楷朗晰，自餘或僅具偏旁，無文理可尋繹。吳君簡重不喜事，當時呼家人共觀之，旋卽棄去。偶與一二友人言之，不屑措意深究。然而茲事誠異聞矣。此最近旬日內事，日前預祝彊村於修能學社，席次彊村說。

真娘宜謚曰貞

近人吳縣陸璇卿鴻賓名曷以書，褒之也，能表章貞節故撰《虎丘小志》，其志真娘墓云：『真娘，本姓胡，名瑞珍。父爲官清廉，被姦徒陷害死，母亦逝世。女孑然無依，誤落姦人手，遂墮平康。率以一詩一棋、一琴一曲，藉博纏頭。守身爲玉，從不留髡。一日，有客王蔭祥擬留宿，假母已允。真娘僞許之，以期翌夕。王去，卽投環死。明日王來，附身之具，竭力營辦，己亦誓不再娶。爲築墳於虎丘試劍石之上，並建碑築亭，題曰真娘墓云。』夷考前人載籍，如《吳地記》、《雲溪友議》，並謂真娘吳國佳麗，比於錢唐蘇小。吳士譚銖至有『何事世人偏重色，真娘墓上獨題詩』之句，詎於泥蓮貞操竟充耳無聞耶？是宜表而出之矣。若王蔭祥其人，亦復庸中佼佼。青山不改，附真娘之名以傳，可也。

張真人打彈事

信州張氏軼事，新奇可喜者多，稍一幡帋，琳瑯觸目，更僕未可終也。按：《白醉瑣言》：『真人之始祖善相地，負其親骸骨，行求十餘年。到龍虎山，睹其崖吉利，而峻險不可梯而升。乃粉骨爲丸，以弓發之，至若干丸而墮。後復再中，至若干丸而止。故其封爵中絕復續，此其驗也。』道陵，東漢人，其始祖又在前若干年，可知塋兆風水之說，由來舊矣。（以上四則，七月十八日）

砒石入藥

旬日以還，報端有《談砒》、《續談砒》、《服砒駁議》諸作。偶閱會稽章氏學誠《丙辰劄記》有云：『陸王之學，非不甚偉，然高明易啓流弊。但程朱流弊雖較陸王爲輕，而迂怪不近人情，則與狂禪相去亦不甚遠。如陸當湖，最爲得程朱之深矣，猶附和砒霜可吃之謬論，況他人遠不若當湖先生者乎？』劄記止此。據此，則砒石入藥，二百數十年前有附會其說者，當湖博學多通，必能言之成理，未知其所附會爲誰氏之說，其所附會云何，他日當檢陸書讀之。

辨賈充女穢行之誣

『世傳賈充女午與韓壽通者，訛也。壽先與陳騫女通，約娶之，未娶而女亡，壽乃娶賈氏，故世誤以爲充女。而《晉書》：「騫弟稚與其子輿忿爭〔一〕，遂說騫子女穢行，騫因表徙其弟，以此爲世所譏」，則騫女之事亦未必然矣。觀武帝賈公女五不可之語，則其姊妹似非光麗豔逸、端美絕倫者。此說見《五雜組》，應補入《證壁集》。

【校記】

〔一〕輿，底本作『與』，據《晉書·陳騫傳》改。

孫文同姓名二人

《丙辰劄記》：『錢塘吳聖徵錫麒詩集《水月老人故居》詩序云：「出良山門，有塘曰百步塘，上有水月菴，卽水月老人故居也。老人姓孫，名文，字文若，會稽諸生。隱於杭，榜所居曰梅園〔一〕。性狷介，能爲長短歌辭。問其年，嘗稱九十，髮盡禿，人多以僧呼之。」』餘不贅。又《明外史·俞孜傳》：『孫文附見，餘姚人。幼時父爲族人時行箠死，長欲報之，而力不敵。乃僞與和好，時行坦然不復疑。一日，值時行於田間，卽以田器擊殺之。坐戍，未幾，遇赦得釋。』此又一孫文，明嘉靖間人，見《圖書集成》『氏族典』。

【校記】

〔一〕『字文若』以下四句：底本重複，删。

集句佳妙

濟南歷山舜廟楹言：『高山仰止，景行行止；卿雲爛兮，紅縵縵兮。』武陵王夢湘以慜集句工巧典切，不能有二。『紅杏枝頭春意鬧，烏衣巷口夕陽斜』，並習見之句，妙手偶得之。（以上四則，七月十九日）

雷書考證

昨月下旬某日晡時，疾雨傾盆，迅雷震電。傳聞太倉沙溪地方，雷殛李相濤、曹寶卿、德卿三人，各報紙言之確鑿，可爲雷殛惡人之證。李姓背上雷書一字，兩曹姓背上各六字，其字亦見報端，皆不可識。按：《七修類稿》明仁和郎瑛仁寶譔述有云：『嘗聞震死之人，有硃書於背，如此四字，人無識者。後有人云此「米中用水」四字，特去中之直畫耳。』今沙溪被雷殛者背上之字，與郎氏所述之四字大略近似，誠足異矣。又《國史補》唐李肇著云：『岳州玉真觀爲天火所焚，唯留一柱，倒書「謝仙火」三字，字如刻畫。有識者曰此雷部中鬼，夫婦皆長三尺，色如玉，掌行火。後於《道藏》中檢之，果然。』《春渚紀聞》宋何薳著云：『晉江尤氏，其鄰朱氏園中有柿木高出屋上，一夕雷震，中裂木身，若以濃墨書「尤家」二字，連屬而上，不知其數，至於細枝亦有之。尤氏乞得其木，作數百段，遺好事者。字體帶草，勁健如王會稽書。朱氏尋衰，園歸尤氏。』《庚己編》明陸粲著云：『玄妙觀李道士早歲精於焚修，晚寢怠忽，嘗上青詞，乘醉戲書天尊爲夫尊，大帝爲犬帝。一日，被雷震死，背上朱書二行可辨，云：「夫尊可恕，犬帝難容。」事在天順、成化間。』《堅瓠續集》清褚人穫輯引《文海披沙》云：『元和中，惠州震死一娼，朱書其脅：「姦相李林甫。」』又：『宋紹興元年，漢陽蔡氏女被雷震死，背有文曰：「唐相李林甫。」』《湧幢小品》載：『永樂中，雲南趙州雷震一夷人，朱判其背云：「木子唐朝一佞臣，罰他千劫在牛羣。而今逃脫爲夷卒，霹靂來尋化和塵。」火烙字曰「李林甫」。』《堅瓠餘集》引《廣聞錄》云：

『萬曆中，吳郡西洞庭翠峯寺比丘維心，新構一室，初塗白堊。夜聞霹靂繞室，晨起視之，四壁皆寫山川樹木人物屋宇，極其工緻，燦然朗晳，似梅道人筆法。』

雷書奇跡，前人記述殊夥，稍一幡帑，得如干事。此外類此者殆指不勝僂，乃至能詩能畫，其爲神奇，亦已甚矣。然總不如《類稿》所述之四字，得近事之確證於三四百年前。彼太倉沙溪人，度無曾讀郎氏書，而爲之附會者也。《類稿》述此四字在卷五十一，其卷四十八李林甫一則有云：『洪武間，吳山雷殛蜈蚣，背書「白起」。』又云：《癸辛雜識》所載，有雷震耕牛批背事。（七月二十一日）

畫學試士

以畫試士，屢見前人說部，當時作者各具慧心，往往新奇可喜，彙記如左：

政和中，用太學法補試四方畫士，以古人詩句命題，嘗試『竹鎖橋邊賣酒家』，人皆向酒家上著工夫，唯一士但於橋頭竹外挂一酒帘，已見酒家在竹内也。又試『踏花歸去馬蹄香』，一人但掃，數蝴蝶飛逐馬後，表出香意。又試『蝴蝶夢中家萬里』，畫蘇武牧羊臥草中，蝶舞其旁。或云此宋徽宗時畫工戰德淳事。又有『氣霽地表，雲斂天末』、『洞庭冶波，木葉微脫』、『春草碧色，春水綠波』、『送君南浦，傷如之何』、『海風吹不斷，江月照還空』、『四更山吐月，殘夜水明樓』諸題，未知赴試者如何命意也。明英宗召試天下畫工，以『萬綠枝頭紅一點，動人春色不須多』爲題，諸人皆於花卉上妝點，獨杭州戴進畫茂松上立一鶴，丹頂閃爍；一人寫『翠袖天寒倚修竹』意，風篁數百竿，靜女徙倚其側，脣上有一點紅也。朝廷竟取畫美女口脂之工，時以戴進不遇爲命，竊意當時必以戴畫少春色之意。古人以花比美人，脣上一點之紅，切於題而能托出題情，且於動人字有合，尤見良工心獨苦也。《玉塵集》洪北江少年作，二卷，其自序末云蓮自記，卷端署藕莊氏著，蓋其初名與字云：『近吳中某學使以畫試士，嘗見其「夜雨滴空階」題，一生畫柳色乍昏，衡門半啓，一人者倚戶立，左手執燭，右手以焦尾硯向檐底承溜，意思深閒，遂拔置第一。』一說，元時以畫甲乙多士，試『萬綠叢中一點紅』題，其首置者，繪海隅日出，蒼濤萬頃，忽火鏡飛出。主司評曰：『氣象萬千。』余謂此畫佳則佳矣。唯是海隅日出，氣象萬千，此一點之紅，無乃太大？萬頃蒼濤，與萬綠叢中之『叢』字，亦復不甚相稱，不如茂松深竹之爲得也。（七月二十三日）

盜慧

盜某，以盜世其家。有子逾冠，亟思自試，請於父，不許，固請，至再三。父曰：『汝穉弱，置材技勿論，姑試汝權術。今吾在樓上，汝能以術賺吾下樓，則庶乎可矣。』其子俛首蹙頞久之，言於父曰：『兒何敢賺父？卽賺，亦安能？或者父在樓下，兒侍父上樓，較易爲力耳。』父曰：『如是亦可。』下樓，謂子曰：『汝今何術賺吾上也？』子曰：『父命兒賺父下樓，今父下樓矣，幸父恕兒。』頃者兒之言，卽賺父之術也。父恍然，爲之掀髯而樂，旁觀者亦贊賞其慧不置云。

琴操墓

丙寅暮春，陳散原先生同友人游玲瓏山，訪獲琴操墓。余紀其事，入《好麗樓叢語》，比閲《徐氏筆精》明徐𤊹興公譔有云：『琴操墓，在天目山石佛殿角，後人爲之立碑。至是山者，率多題詠。』據此，則琴操墓，當明時已著聞於世矣。

瑞菊

潮陽陳質庵彬有瑞菊圖，余爲題詞，調《滿庭芳》。是年秋，陳氏庭中黄菊作並蒂花，而質庵適有弄璋之喜。按：《徐氏筆精》云：『宋季崔清獻與之，廣州人號菊坡，至八世，其家有菊數本，每年作花，皆一蒂兩蕊，人咸異之。』曩作陳圖題詞，甚惜未用此典。凡吾舊譔文詞，閲時稍久，往往檢出恰合之典當用而未用者，甚愧記誦之多疏、藻采之不足也。

合體之奇人

距今約五年前，滬上號稱游戲場曰大世界者，有二奇人，男子也，兩體合併爲一，腰際相連屬處，與酒盞較巨者等。二人體貌不逾中人，年約三十左右，彥色和悅，神致活潑，衣履修潔，起居作止純任自然，絕無牽率跼蹐之態。當時余挈兒女往觀，其人方分時果共食。以情形揆度之，宜若至今存在矣。比閱《松蔭庵漫錄》：『同治十三年二月二十四日《申報》有云：暹羅有二人孿生者，華籍，生於暹。生時兩體合一，腰際有肉股如帶，闊三寸許。經美國人攜往歐洲各國，眩異斂錢。醫者欲剖分之，審驗再三，萬難下手。其後竟得姊妹兩人爲之配耦，各設寢室，分日輪居。某年，忽先斃其一，又其一逾數刻亦斃。』同治十三年，距余目見兩奇人之年壬戌、癸亥間僅五十年，而奇事竟再見，所謂生物不測者，其信然耶？（以上四則，七月二十五日）

逃生朝

今年秋，彊村朱先生七十正壽七月二十一日，有避壽之說。桉：元洛陽姚文公燧《牧庵詞·清平樂》序云：『大德改元之明年，辰在戊戌，春三月十一日，宣慰麓堂邀飲，怪坐客無吾肖齋。或云逃生朝矣，卽席賦此解壽之』：『南陽昔歲，此日懸弧記。不料長沙今款避，紅袖青軒負醉。橫闌直楯西東，飄殘萬紫千紅。不是荼蘼噴雪，爭些閒煞春風。』此前人避壽雅故也。又桉：朱竹垞八月二十一日生，彊村先一月。

射虎兩事

《新序》：「昔者，楚熊渠子夜行，見寢石，以爲伏虎，彎弓而射之，沒金飲羽，下視，知其爲石。」此與唐盧綸詠李廣事「平明尋白羽，沒在石棱中」政同。

元明時天師工畫

宋天師張繼先有《虛靖真君詞》，刻入《彊村叢書》，誠藝林雅故矣。考元、明兩朝，襲天師者多畫人。元天師三十八代張羽材一作與材，字國梁江西志作甲梁，號薇山，別號廣微子，封留國公，畫竹與龍。見《圖繪寶鑑》。每畫龍，輒呼曰「龍來」，頃之，忽龍飛於絹上，有合於神異之說矣。天師張嗣成，號太元，羽材子，亦能畫龍。嘗畫廬山圖見同前，題《何祕監歸去來圖》，蓋兼工吟事矣。天師張嗣德，號太乙，畫墨竹禽蟲見《畫史會要》。明天師張宇初，字信甫《畫史會要》作子璿，號無爲子。洪武十年，方髫丱，襲掌道教，能詩文，工書翰，寫墨竹自成一家，亦精蘭蕙，兼平遠山水見《皇明書畫史》。天師張宇清，宇初弟，宣德初，進號崇謙守靜貞人，善寫山水《明史·張正常傳》附見。天師張元慶一作慶之，善蘭蕙竹石，博學能文，工詩見《名山藏》。天師張澹然，本名懋丞，字文開，別號九歸道人。山水宗二米，布景清雅，亦能作枯木竹石見《畫史會要》。天師張子言，號靜淵一作靜遠，善山礬、水仙、墨梅見同前。兩朝共得八人，亦云盛矣。

綴玉軒集句楹言

綴玉軒主人屬集句爲楹言：『北方有佳人張華《情詩》，淑貌曜皎日陸機《豔歌行》；西城善雅舞陸雲《代贈》，芳氣入紫霞楊方《合歡詩》。』並見《玉臺新詠》，是亦綴玉也。鄭讓于先生書。（以上四則，七月二十七日）

天春樓脞語卷五《申報》一九二六年八月

括弧闌格

錄前人文字入報端，有非註不明者，仍將元註錄入，不作雙行夾註，唯於起訖處句勒之自譔之文自註，例同，名曰括弧闌格，俾清眉目，不致牽混正文也。

張真人玉印

張真人世傳玉印，篆文六字，曰『陽平治都功印』，印二：一，三寸彊；一，二寸許，相傳以爲漢製。劉翰怡京卿說前真人字曉初，與翰怡交舊也。按：桓驎譔《西王母傳》引《尚書帝驗期》曰：『王母之國在西荒也，昔茅盈字叔申，王褒字子登，張道陵字輔漢，洎九聖七真，凡得道授書者，皆朝王母於崑陵之闕焉。時叔申、道陵侍太上道君，乘九蓋之車，控飛虯之軌，越積石之峯，濟弱流之津，浮白水，淩黑波，顧盼倏忽。詣王母於闕下，甄清河之軼聞，其斯爲最古矣。』又《松蔭菴漫錄》同治十三年十月十八日《申報》：『甲戌小春，六十一代天師張仁晸，法駕駐於漢臯。某日，詣萬壽宮卽江西會館拈香，並懸挂「道參今古」四字扁額。真人三品頂戴，緞褂，仙鶴補服，蜜蠟朝珠，蟒袍，緞鞾。三稽首，三興，禮畢。贛人客鄂中者公讌真人於内花廳，梨園侑觴，備極歡洽。』據《漫錄》云：『百餘年來，未聞張真人入鄂之舉。』今丙寅距甲戌，僅五十三年，而真人漢上之行與前事遙遙相映，雲籤雅故，亟爲連綴書之。翰怡云：『曩見江西所有琳宫紺宇，真人時復瞻謁，率常服如吾輩事在辛亥以後，無所爲星冠霞帔也。』

裸游館

王子年《拾遺記》：『漢靈帝初平三年，於西園起裸游館十間，採綠苔以被階，引渠水以遶砌，周流澄澈。乘小舟以游漾，宫人乘之，選玉色輕體者以執篙楫，搖蕩於渠中，其水清淺，以盛暑之時，使舟覆沒，視宫人玉色。帝乃避暑於裸游館，長夜飲宴。宫人年二七以上、三六以下，皆靚妝，而解上衣，或共裸浴。西域所獻茵墀香，煮爲浴湯，宫人以之沐浴。浴畢，餘汁入渠，名曰流香渠』云云。今滬濱裸游之館夥矣，在昔衰亂之世，妖孽之徵，禁之不止。而顧侃侃爭之，謂學術之文野係乎是，詎非亙古異聞耶？（以上三則，八月一日）

爲人代杖二事

人而至於爲人代杖，其事絕奇，其遇可悲甚矣。長夏逭暑，幡帒羣書，得二事焉，後一事尤可傳，然而慘矣，連綴書之如左：

明中山公子徐青君家資鉅萬，性豪侈，自奉甚豐。廣蓄姬妾，造園大功坊側，擬於平泉、金谷。每當夏月，置宴河房，選妓徵歌，邀賓侑酒，綸巾鶴氅，真神仙中人也。福王時，加中府都督前驅班列，呵導入朝，愈榮顯矣。乙酉鼎革，籍没田產，遂無立錐，羣姬星散，一身孑然，與傭丐伍，乃至爲人代杖。其居第易爲兵道衙門。一日，與當刑人約定杖數，計償若干，受杖時，其數過倍。青君大呼：『我徐青君也。』兵憲林公駭問左右，有哀王孫者，跪而對曰：『此魏國介弟徐青君也，窮苦，爲人代杖。此堂乃其家廳，不覺傷心呼號耳。』林公憐而釋之，慰藉甚至，且曰：『君尚有非欽產可清還者，當爲查給，以終餘年。』青君跪謝曰：『花園是某自造，非欽產也。』林唯唯，厚贈遺，查還其園，賣花石，貨柱礎以自活。見余懷《板橋雜記》。

乾隆間，有某甲者，以縣尉莅任滇南，未一年而卒。無子，止一妻、一妻弟、一僕、一嫗。居無何，妻弟亦死，僕嫗皆散去。妻尚少艾，寄居民舍，久之無食，爲人浣衣以自給，十指流血，而不免飢寒。有鄰嫗者，在官之媒氏也，過而謂之曰：『何自苦乃爾？今有一策，可暫救飢寒，能從之乎？』婦問何策。嫗曰：『新到縣官，少年佻㒓，而慕道學名，喜笞妓，笞必去衣。妓恥之，以多金求免，不得，又以多金募代者，亦無其人，若能代之到官，吾當與諸妓約，受杖一，予錢千。諸五百受妓賂，杖必輕，且形體是而名氏非，不爲泉下人羞也。』婦以貧失志，竟從其策。嗣後邑有妓應到官，悉此嫗爲介紹而代之，縣中皂隸無不識者，皆笑其頑鈍無恥也。然婦竟積二百餘金，以其夫之喪歸葬。見俞樾《右台仙館筆記》，樾附論曰：『此婦受辱雖甚，然究未失身，不得謂之不貞；不惜父母遺體，以歸其夫之遺骸，不得謂

之不義。』則託旨仁恕，所謂吉祥載福之言也。（八月六日）

雷書續證

炎景流金，手一編，遺長日。前作『雷書考證』，茲又得數事，往往絶奇，綴述如左：

▲晉時雷書，至明猶存。▲《聞見卮言》顧珵美撰：『晉時義興善卷寺，雷震其柱，題字凡三，曰「詩米漢」，曰「射鈎記」，曰「謝君之」，皆大書，徑尺許，非篆非隸，深入木理。正統間，周文襄命試削之，字隨削而入，鄉人摹搨佩之，云可愈瘧。』

▲雷書因蛛絲成字。▲《卮言》又云：『順治間，福州饑，晝錦坊賣米者，雷震死三人，有字大書尸上曰：「兴口月八、㞐口月八亘。」或摹之萬壽塔壁，夜有蛛絲垂於字中，乃「米中用水」、「康中用木查」九字。詢知其人，平日果然。』比與《七修類稿》所記略同，加詳。

▲雷公被樹夾，能與人言，授以篆書。▲《五雜組》云：『唐代州西有大槐樹，雷擊樹裂，雷公爲裂處所夾，狂吼彌日。都督狄仁傑逼而問之，乃云：「樹有乖龍，所由官中給役者之稱，唐、宋人文字多用之令我逐之，落勢不堪，爲樹所夾，便求相救。」狄命匠鋸樹出之。又，葉遷招曾避雨，亦救雷夾樹間，翌日，雷公授以墨篆。與仁傑事同。』

▲雷書旌孝。▲明顧文亨《孝女格天記》：『孝女某氏，吳江人，年十三。父歿母老，貧不能存，鬻女於邑之迮氏。居相近，女日節己食，歸以遺母。不足，又爲諸婢嫗任勞，丐其餘飯，摶以餉母。一日，

摶飯置胷，墮溷中，取出，滌於河，留以自飽。復乞餘於諸寮，得少許以奉母。俄母室有異烟起，鄰媼見之，恐火漏，警之。母曰：『斷炊久，恃女活，安得烟？』頃之，烟益甚，且氣如硫磺，則彊邀母女過鄰舍。坐未定，巨靈發母室，無所損，唯遺金若干，包裹如摶飯狀，上書「天賜孝女」字。衣經雷書，可愈瘧癘。』《右台仙館筆記》：『錢塘朱振甫，居十五奎巷。光緒己卯夏，獨坐樓上。俄大風雨，朱爲暴雷攝去。雨後家人登樓，失朱所在。窗櫺有火灼痕，遺一履窗下，大索至樓後隙地，見朱已死，唯胷次尚溫，面目焦黑，所衣白布短衫蒼黑之文，似字非字，似畫非畫，皆莫之識。夜半而甦，問雷攝後情狀，不能言也。適其家有病瘧者，寒熱交作時，偶覆以衫，病若失。自後病瘧或癘疫，及患邪魅，得此衫，無不立愈，至今猶珍藏云。』（八月十一日）

朔十五日

閩黃公渚行生孝紓藏北魏造銅佛像，背有文曰：『熙平二年三月朔十五日，弟子陽德爲父母敬造佛像一區供養。』字徑二分弱，正書。曰『朔十五日』者，此云望，彼謂之朔。桉：明陳留謝肇淛《五雜組》卷二第十一葉云：『中國以月晦爲一月，天竺以月滿爲一月。』二語所出未詳，明人引據疏略，類此者多。《西域記》云：『月盈至滿，謂之白分；月虧至晦，謂之黑分，或十四日，或十五日，月有大小故也。』此云朔十五日，蓋其前月之晦爲十四日，而本月值大月也。佛像制作精審，字文遒逸，公渚家藏之數世，絕珍閟云。

女寵關係興亡

明之亡、清之興也，一女子轉移其間，吳梅村《圓圓曲》所謂『一代紅妝照汗青』者也。前乎此有一事，其關係亦甚重。《秋燈錄》譔人闕名云：『流賊之起，始於裁驛遞。驛遞之裁，倡於御史毛羽健，成於科臣劉懋。羽健納姬絕明豔，嬖之甚，其妻乘傳至，立遣之。來速，不及預防，羽健恚極，遷怒於驛遞，倡爲裁驛夫之說，而懋附和成之。驛遞一裁，游手千萬人，倚驛遞爲生者無從得食，相率爲盜，遂至滋蔓。闖賊得以招集之，流毒中邦，明社遂屋。兩人首禍，萬死不足贖，而實厲階於一婦人。其後吳三桂之陳圓圓，猶得謂清朝功臣；若羽健之嬖姬，則直明廷禍水云爾。』此事罕見傳述，可以誡，故書之。

活字紙版

以活字排印書籍，以紙之質韌性綿者如干層，逐層裱褙從俗，承用字，約厚二分。每版排成，先不刷色，趁紙未乾，覆置版面，重量壓之。字畫凸出者，著紙凹入，顯豁呈露，不爽豪髮，與古人泥封之法略同。下次印書，鎔鉛澆紙即成版，費省工倍。間有奪譌，修改亦易爲力。外國人謂之澆製，始於饒弗。按：宋慶曆中畢昇創活字板，以膠泥燒成。明陸深《金臺紀聞》云：『毘陵人初用鉛字。』清康熙年間編纂《古今圖書集成》，刻銅字爲活板。乾隆時又以木字代之，錫名聚珍板，此活字印書之權輿也。

外國活字板，始造者爲谷登保，生於明永樂元年，世居每納士。所印拉丁字《新舊約》，今存普魯士書庫。其法：分每字母爲活板，不必逐板雕刻，而數十百種之書悉可取給。發明澆製之饒，弗導源於谷氏者也。中國活字之興，先於外國幾二百年。區區紙版之發明，猶爲仿自外人，苟力求進步，何遽不相及若是耶？（以上三則，八月十五日）

避生朝之雅故

《脞語》甄述避生朝故事，得元姚文公《清平樂》詞，頃又得一事。南海譚舍人瑩《樂志堂詩文集》多胎息六朝之作。相傳阮文達開府兩粤，以生辰避客，屏騶從，往來山寺，見舍人題壁詩文，大奇之，詢寺僧，知爲南海文童，現應縣考者。翼日，南海令來謁，公諭之曰：『汝治下有博學童子，我不能告汝姓名，近於奪令長之權，代人關說。汝自捫索可耳。』令歸，加意物色，首拔舍人，自此文望日起矣，其後遂爲學海堂高材生。夫一避生辰之微，而於提倡風雅、奬藉後進有攸係焉。昔人云『因過竹院逢僧話，又得浮生半日閒〔一〕』，烏可同日語矣？

【校記】

〔一〕生：底本脱，據李涉《題鶴林寺僧舍》（《全唐詩》卷四七七）補。

九九古諺

曩居萬縣西山，偶入城，閱坊肆，得日曆一種，厚逾寸許，蓋私家輯述，與官樣時憲書不同。長夏無俚，檢敝簏得之。其九九古諺，語質而近雅，移錄如左：夏至後，九九氣候諺云：『一九二九，扇子不離手；三九二十七，冰水甜如蜜；四九三十六，汗出如洗浴；五九四十五，頭戴秋葉舞；六九五十四，乘涼入佛寺；七九六十三，牀頭尋被單；八九七十二，思量蓋夾被；九九八十一，階前鳴促織。』冬至後諺云：『一九二九，相逢不出手；三九二十七，籬頭吹篳栗；四九三十六，夜眠如露宿；五九四十五，太陽開門戶；六九五十四，貧兒爭意氣；七九六十三，布衲擔頭擔；八九七十二，猫犬尋陰地；九九八十一，犁耙一齊出。』

又京師諺云：『一九二九，相逢不出手；三九四九，圍爐飲酒；五九六九，探親訪友；七九八九，沿河看柳；九九八十一，香車盈廣陌。』聞之坊主人，此輯述者之家，藏有甲子一周及明季某年時憲書，其九九古諺，或據依明曆也。

靛染天鵝翎

毛奇齡《武宗外紀》：『上初好武，特設東西兩官廳於禁中。比之團營，兩廳諸領軍於遮陽帽上拖靛染天鵝翎，以爲貴飾，大者三英，次二英。尚書王瓊得賜一英冠，以下教場，矜殊遇焉。』按：靛染天鵝翎，即清制五品以下飾冠之藍翎五品以上花翎，三英、二英，猶花翎之三眼、雙眼也。《外紀》又云：『上自領内侍善騎射者爲一營，謂之中軍。晨夕下操，呼譟火砲之聲達於九門，浴鐵文組，照耀宫牆間。上親閲之，名曰過錦，言度眼如錦也。』此二字絶新。（以上三則，八月二十一日）

天婚四字

曩譔《好麗樓叢語》『奇娶二事』，略云：

明永樂間，山東新城王某方鰥居，一日，大風晦冥，既霽，於塵坌中得好女子，年十八九，云外國人也，乘車遇風，欻然飄墜。遂爲夫婦。自後王氏貴盛無比，清初名輩如漁洋、西樵，皆天女後也。

金參政肅者梁公作舉子時，與諸生談鬼神事。有閒山廟塑像獰惡，公言能夜半入廟，巡廊一周。諸生慫恿之，遂入，至廟東隅，摸得一人，倚壁而立，以爲鬼也。負而出，取火照之，乃是一美女子，狀如昏醉，良久，言：『我揚州某氏女，忽爲大風所飄，不知何以到此？』諸生曰：『梁生尚未授室，此天婚也。』公攜女歸，尋擢上第，歷通顯，時稱天賜夫人。

『少女風』一則略云：少女風者，風吹少女，遠離其鄉也。乾隆乙丑，袁簡齋先生宰江寧，五月十日，天大風，晝晦，城中女子韓姓，年十八，被風吹至銅井村，離城九十里。村氓問明姓氏，次日送其還家。女婚東城李秀才子，李疑風無吹女子至九十里之理，必有他故，控官退婚。先生曰：『古有風吹女子至六千里者，汝知之乎？』李不信，先生取元郝文忠經《陵川集》示之，有詩詠梁參政天賜夫人事，與舊說一一脗合。李猶遲疑。先生復曉之曰：『郝文忠豈肯誑語？但當年風吹吳門語，竟嫁宰相，未卜此女有此福否？李大喜，婚配如初。』《叢語》止此。前事見《五雜組》；後二事，所見書失記。

清徐岳《天婚記》略云：『山右有羊子壽者，叔子之裔也。子壽之祖年三十，未有室，牧羊山中。或以其誠實，妻以女。彼力辭，必德容兼備，復厚奩資者娶之。聞者匿笑。某年冬，南風大作，瓦石俱飛，墮一女於庭，豔容縞飾，自言真定平山縣秦氏，父母俱亡。頃仿佛亡母來告，與此處羊十三郎有緣，挾我至此，遂失母所在。真定距汾二千餘里，瞬息飄至，衆咸異之，爲醵資，諧伉儷焉。或戲羊：「新人德容備矣，百兩之將，風姨不能致，奈何？」女言：「家固巨商，都門室中窖金十萬有奇，有老僕居守。擇日往，盡取之。」子孫百指，稱富室云。』岳記附著新城王氏事，略云：『王氏累世科甲，嘗見其先立峯民部《大槐記》載曾祖某避難新城爲傭，一日大風雨，一女子從空墮，而萊州初氏女也。居停以爲天作之合，結爲夫婦。』與《五雜組》小異。（八月二十三日）

陳圓圓事輯

《陳圓圓事輯》，不分卷，有民國時騰衝李氏刻《曲石叢書》本，今據以錄入。

序

金天羽

臨桂況夔笙舍人輯圓圓事一卷，以贈曲石，曲石補輯一卷。圓圓生長吴閶，以明慧習歌舞，翥聲於時。值國運傾否，流轉宫闈戚里、兵戈盜賊間，卒歸延陵。延陵以逐闖、斃永曆功，稱王於滇。圓圓一弱女子，以其身繫人家國興衰存亡五華翠湖間，留仙之裾，響屧之廊，蓋往往而在焉。延陵既萌逆節，圓圓獨先幾，蟬脱鴻驚，長齋繡佛。清師入滇，獨能免於纍囚驛送之酷、織室之輸。或云城破投華國寺蓮花池以死，或云先從玉琳國師受戒祝髮爲比丘尼，後來三聖庵住持終焉。均之，旱蓮火坑，能自拔濯者，智矣。

夫曲石語余：「永曆既被害，實渴葬昆明城北，滇人詭託圓圓梳妝臺故基，以是得免。樵牧者二百餘載，其繫人思深矣。圓圓晚年結跏趺數珠像，焜於火。」道光朝，楊嶰谷、黎木庵、史澹初於三聖庵中得橅本重臨。」而光緒庚子黄鹿泉在滇所見，乃宫妝、釋妝各一，又見京師友人所藏，爲三影。一作垂髫女子簪杏花狀，云是初入宫見思陵時容飾也。縉紳先生樂道圓圓故事，往往遣工畫者圖其影，以誌哀慕，廣題詠，蓋如此。葉南雪既圖秦淮八豔，而石禪先生藏有兩幀，爲行看子，則余異日作客昆明時，必有詩題其後。

舍人既輯此稿贈曲石，欲改署曲石名。曲石曰：『吾豈能與郭象同科？』因補綴數十條，將彙刊之。今舍人没兩年矣。戊辰歲不盡，一夕與曲石挑燈圍爐話往舊，出此冊，命筆爲序，蓋不勝山陽聞笛之感云。金天羽。

陳圓圓事輯

圓圓名元明，史作沅，字畹芬。父業驚閨，俗呼曰陳貨郎，常州奔牛鎮人即金牛里。一說姑蘇女子，本姓邢，父邢三，住四畝田，在後板廠，今建寶藏寺，見《五畮園小志》。生圓時，羣雉集屋，因呼爲野雞。母蚤殤，育於姨氏，陳因從其姓。尤西堂少時猶及見之，見《艮齋雜說》。一說本崑山人，住蘇州桃花塢，有梳妝樓一角，今歸袁順興，水木作主者名袁土保。此說極確鑿，惜未詳所本。

鈕玉樵琇《觚賸》云：延陵將軍美丰姿，善騎射，軀幹不甚偉碩，而勇力絶人；沈鷙多謀，弱冠中翹關高選，裘馬清狂，頗以風流自賞。一遇佳麗，輒爲神留，然未有可其意者。嘗讀《漢紀》，至『仕宦當作執金吾，娶妻當得陰麗華』，慨然歎曰：『我亦遂此願，足矣。』雖一時寄情之語，而妄覬非分意肇於此。明崇禎末，流氛日熾，秦、豫之間，關城失守，燕都震動，而大江以南阻於天塹，民物晏如，方極聲色之娱，吳門尤甚。有名妓陳圓圓者，容辭閑雅，額秀頤豐，有林下風致。年十八，隸籍梨園，每一登場，花明雪豔，獨出冠時，觀者魂斷。維時田妃擅寵，兩宮不協，烽火羽書相望於道，宸居爲之顰頞。外戚周嘉定伯以營葬歸蘇，將求色藝兼絶之女，由母后近之，以紓宵旰憂，且分西宮之寵。因出重貲，購圓圓，載之以北，納於椒庭。一日侍后側，上見之，問所從來，后對：『左右供御，鮮同里順意者，茲女吳人，且嫺崑伎，令侍櫛盥耳。』上制於田妃，復念國事，不甚顧，遂命遣還，故圓圓仍入周邸。延陵方爲上倚重，奉詔出鎮山海，祖道者綿亙青門以外。嘉定伯首置綺筵，餞之甲第，出女樂佐觴。圓圓亦在擁納之列，輕鬟纖屐，綽約淩雲，每至遲聲，則歌珠纍纍，與蘭馨併發。延陵停巵流盼，深屬意焉。詰朝使人道情於周，有紫雲見惠之請。周將拒之，其暱者說周曰：『方今四方多事，寄命干城，嚴關鎖鑰，尤稱重任，天子尚隆推轂之儀，將軍獨耑受脤之柄，他日功成奏凱，則二八之賜，降自上方，猶非所悋。君侯以田竇之親，坐膺紱冕。北地芳脂，南都媚黛，皆得置之下陳，何惜一女子以結其歡耶？』周然其說，乃許諾。延陵陛辭，上賜三千金，分千金爲聘，限迫卽行，未及娶也。嘉定伯盛其奩媵，擇吉，送其父襄家。未幾，闖賊攻陷京師，宮闈殲蕩，貴臣巨室悉加纍纍。初索金帛，次錄人產，襄亦與焉。闖擁重兵，挾襄以招其子，許以通侯之賞，家人潛至帳前約降，忽問：『陳娘何在？』使不能隱，以籍入告，延陵遂大怒，按劍曰：『嗟乎！大丈夫不能自保其室，何以生爲？』卽作書與襄訣，勒軍入關，縞素發喪，隨天旅西下，殄賊過半。賊憤襄，殺之，懸其首於竿，襄家三十八口俱遭慘屠。蓋延陵已有正室，亦遇害，而圓圓翻以籍入無恙。闖棄京出走，十八營解散，各委其輜重婦女於途。延陵追度故關，至山西，晝夜不息，尚未知圓圓之存亡也。其部將已於都城搜訪得之，飛騎傳送，延陵方駐師絳州，將渡河，聞之大喜，遂於玉帳結五綵樓，備翟茀之服，從以香輦，列旌旗簫鼓三十里，親往迎迓，雖霧鬢風鬟，不勝掩抑，而翠消紅泫，嬌態逾增。自此由秦入蜀，迄於秉鉞滇雲，垂旒洱海，人臣之位，於斯已極。圓圓皈依上將，匹合大藩。回憶當年牽蘿幽谷，挾瑟句闌時，豈復思有茲日？是以鶴市蓮塘，采香舊侶，豔此奇逢，咸有咳唾九天之羨。吳梅村太史有《圓圓曲》曰：『鼎湖當日棄人間，破敵收京下玉關。慟哭六軍俱縞素，衝冠一怒爲紅顏。紅顏流落非吾戀，逆賊天亡自荒讌。電掃黄巾定黑山，哭罷君親再相見。相見初經田竇家，侯門歌舞出如花。許將戚里空侯伎，等取將軍油壁車。家本姑蘇浣花里，圓圓小字嬌羅綺。夢向夫差苑裏遊，宮娥擁入君王起。前身合是採蓮人，門前一片橫塘水。橫塘雙槳去如飛，何處豪家强載歸。此際豈知非薄命，此時只有淚沾衣。熏天意氣連宮掖，明眸皓齒無人惜。奪歸永巷閉良家，教就新聲傾坐客。坐客飛觴紅日暮，一曲哀絃向誰訴？白皙通侯最少年，揀取花枝屢回顧。早攜嬌鳥出樊籠，待得銀河幾時渡？恨殺軍書抵死催，苦留後約將人誤。相約恩深相見難，一朝蟻賊滿長安。可憐思婦樓頭柳，認作天邊飛絮看。徧索綠珠圍內第，彊呼絳樹出雕闌。若非壯士全師勝，爭得蛾眉匹馬還。蛾眉馬上傳呼進，雲鬟不整驚魂定。蠟炬迎來在戰場，啼妝滿面殘紅印。專征簫鼓向秦川，金牛道上車千乘。斜谷雲深起畫樓，散關月落開妝鏡。傳來消息滿江鄉，烏桕紅經十度霜。教曲伎師憐尚在，浣紗女伴憶同行。舊巢共是銜泥燕，飛上枝頭變鳳皇。長向尊前悲老大，有人夫壻擅侯王。當時祇受聲名累，貴戚名豪競延致。一斛珠連萬斛愁，關山漂泊腰支細。錯怨狂風颺落花，無邊春色來天地。嘗聞傾國與傾城，翻使周郎受重名。妻子豈應關大計，英雄無奈是多情。全家白骨成灰土，一代紅妝照汗青。君不見館娃初起鴛鴦宿，越女如花看不足。香逕塵生鳥自啼，屧廊人云苔空綠。換羽移宮萬里愁，歌珠翠舞古梁州。爲君別唱吳宮曲，漢水東南日夜流。』此詩史，微詞也。皇朝順治中，延陵進爵爲王，五華山向有永曆故宮，乃據有之。紅亭碧沼，曲折依泉，傑閣豐堂，參差因岫。冠以巍闕，繚以雕牆，袤廣數十里。卉木之奇，運自兩粵；器玩之麗，購自八閩。而管絃錦綺以及書畫之屬，則必取之三吳，綑載不絕，以從圓圓之好。延陵既封王，圓圓將正妃位，辭曰：『妾以章臺陋質，謬污瓊寢。始於一顧之恩，繼以千金之聘。流離契闊，幸保殘軀，獲與奉匜之役。珠服玉饌，依享殊榮，分已過矣。今我王析珪胙土，威鎮南天，正宜續鸞戚里，諧鳳侯門，上則立體朝廷，下則垂型禪屬，稽之大典，斯曰德齊。若欲蔕弱絮於繡裀，培輕塵於玉几，既蹈非耦之嫌，必貽無儀之刺，是重妾之罪也，其何敢承命？』延陵不得已，乃别娶中閫，而後婦悍妒絕倫，羣姬之豔而進幸者，輒殺之。惟圓圓能順適其意，屏謝鉛華，獨居别院，雖貴寵相等，而不相排軋，親若姒娣。圓圓之養姥曰：『陳故幼從陳姓，本出於邢。』至是府中皆稱邢太太。居久之，延陵潛蓄異謀，邢窺其微，以齒暮，請爲女道士，霞帔星冠，日以藥爐經卷自隨。延陵訓練之暇，每至其處清談，竟晷而還。府中或事有疑難，遇延陵怒不可解者，邢致一二婉語，立時冰釋。常曰：『吾晨夕梵修爲善是樂，他非所計耳。』内外益敬禮焉。今上之癸丑歲，延陵造逆，丁巳病歿。戊午滇南平，籍其家，舞衫歌扇，穉蕙嬌鶯，聯艫接軫，俱入禁掖。邢之名氏獨不見於籍，其玄機之禪化耶？其紅線之仙隱耶？其盼盼之終於燕子樓耶？已不可知。然遇亂能全，捐榮不御，皈心淨域，晚節克終。使延陵遇於九原，其負愧何如矣？陸次雲雲士《圓圓傳》云：圓圓，陳姓，玉峯歌妓也。聲，甲天下之聲；色，甲天下之色。崇禎癸未歲，總兵吳三桂慕其名，齎千金往聘之，已先爲田畹所得。時圓圓以不得事吳怏怏也，而吳更甚。田畹者，懷宗妃之父也，年耄矣，圓圓度流水高山之曲以歌之，畹每擊節，不知其悼知音之希也。甲申春，流氛大熾，懷宗宵旰憂之，至廢寢食。妃謀所以解帝憂者於父，畹進圓圓。圓圓掃眉而入，冀邀一顧，帝穆然也，旋命之歸畹第。時闖師將迫畿輔矣，帝急召三桂對平臺，錫蟒玉，賜上方，託重寄，命守山海關，三桂亦慷慨受命，以忠貞自許也。而寇深矣，長安富貴家胥皇皇，畹憂甚，語圓圓，圓圓曰：『當世亂而公無所依，禍必至，曷不締交吳將軍，庶緩急有藉乎？』畹曰：『斯何時，吾欲與之繾綣不暇也。』圓圓曰：『吳慕公家歌舞有時矣，公鑒於石尉不借人看，設玉石焚時，能堅閉金谷耶？盍以此請？當必來，無卻顧。』畹然之，遂躬迓吴觀家樂。吴欲之而故卻也，强而後至，則戎服臨筵，儼然有不可犯之色。畹陳列益盛，禮益恭。酒甫行，吴卽欲去，畹屢易席，至邃室，出羣姬，調絲竹，皆殊秀。一澹妝者，統諸美而先衆音，情豔意嬌，三桂不覺其神移心蕩也。遽命解戎服，易輕裘，顧謂畹曰：『此非所謂圓圓耶？洵足傾人城矣，公寧勿畏而擁此耶？』畹不知所答，命圓圓行酒，圓圓至席，吴語曰：『卿樂甚？』圓圓小語曰：『紅拂尚不樂越公，矧不逮越公者耶？』吴頷之，酣飲間，警報踵至，吴似不欲行者，而不得不行。畹前席曰：『設寇至，將奈何？』吴遽曰：『能以圓圓見贈，吾當報公家先於報國也。』畹勉許之。吴卽命圓圓拜辭畹，擇細馬馱之去，畹爽然無如何也。帝促三桂出關，三桂父督理御營名襄者，恐帝聞其子載圓圓事，留府第，不令往。三桂去，而闖賊旋拔城矣。懷宗死社稷，李自成據宫掖，宫人死者半，逸者半。自成詢内監曰：『上苑三千，何無一國色耶？』内監曰：『先帝屏聲色，鮮佳麗，有一圓圓者，絶世所稀，田畹進帝，而帝卻之。今聞畹贈三桂，三桂留之其父吴襄第中矣。』是時襄方降闖，闖卽向襄索圓圓，且籍其家，而命其作書以招子也。襄俱從命，進圓圓，自成驚且喜，遽命歌奏吴歈，自成蹙頞曰：『何貌甚佳而音殊不可耐也。』卽命羣姬唱西調，操阮筝擊缶，已拍掌以和之，繁音激楚，熱耳酸心，顧圓圓曰：『此樂何如？』圓圓曰：『此曲祇應天上有，非南鄙之人所能及也。』自成甚嬖之，隨遣使以銀四萬兩犒三桂軍。三桂得父書，欣然受命矣。而一偵者至，詢之曰：『吾家無恙耶？』曰：『爲闖籍矣。』曰：『吾至，當自還也。』又一偵者至，曰：『吾父無恙耶？』曰：『爲闖拘縶矣。』曰：『吾至，當卽釋也。』又一偵者至，曰：『陳夫人無恙耶？』曰：『爲闖得之矣。』三桂拔劍斫案，曰：『果有是？吾從若耶？』因作書答父，略曰：『兒以父蔭，待罪戎行，以爲李賊猖狂，不久卽當撲滅。不意我國無人，望風而靡。側聞聖主晏駕，不勝眦裂。猶意我父奮椎一擊，誓不俱生，否則刎頸以殉國難，何乃隱忍偷生，訓以非義？既無孝寬禦寇之才，復愧平原罵賊之勇，父既不能爲忠臣，兒安能爲孝子乎？兒與父訣，不早圖賊，雖置父鼎俎旁以誘三桂，不顧也。』隨效秦庭之泣，乞王師以剿巨寇。先敗之於一片石。自成怒，戮吳襄並其家三十餘口。欲殺圓圓，圓圓曰：『聞吳將軍捲甲來歸矣，徒以妾故，又復興兵，殺妾，何足惜？恐其爲王死敵，不利也。』自成欲挈圓圓去，圓圓曰：『妾既事大王矣，豈不欲從大王行，恐吳將軍以妾故而窮追不已也。王圖之，度能敵彼，妾卽褰裳跨征騎。』自成乃凝思，圓圓曰：『妾爲大王計，宜留妾縱敵，當說彼不追，以報王之恩遇也。』自成然之，於是棄圓圓，載輜重，狼狽西行。是時也，闖膽已落，一鼓可滅。三桂復京師，急覓圓圓，既得，相與抱持，喜泣交集。不待圓圓爲闖致說，自以爲法，戒追窮，聽其縱逸，而不復問矣。旋受王封建蘇臺，營郿塢於滇南，而時命圓圓歌。圓圓每歌『大風』之章以媚之，吳酒酣，恆拔劍起舞，作發揚蹈厲之容。圓圓卽捧觴爲壽，以爲神武不可一世也。吳益愛之，故專房之寵，數十年如一日。其蓄異志，作謙恭，陰結天下士，相傳多出於同夢之謀，而世之不知者，以三桂能學申胥以復君父大仇，忠孝人也，曷知其乞師之故，蓋在此而不在彼哉？厥後尊榮南面三十餘年，又復浪沸潢池，致勞撻伐跋扈，豔妻同歸殲滅，何足以償不子不臣之罪也哉？陸次雲曰：『《語》云「無徵不信」，圓圓之說有徵乎？』曰：有徵諸吳梅村祭酒偉業之詩矣。梅村效《琵琶》、《長恨》體作《圓圓曲》以刺三桂，曰『衝冠一怒爲紅顏』，蓋實錄也，三桂齎重幣求去此詩，吳勿許。當其盛時，祭酒能顯斥其非，卻其賄遺而不顧，於甲寅之亂似早有以見其微者。嗚呼！梅村非詩史之董狐也哉？按圓圓事蹟，鈕、陸兩家所記，互有異同，大概陸傳徵詞較多；吳翌鳳注梅村《圓圓曲》，亦兼采二家之説。

吳梅村詩《雜感六首》，其五云：『武安席上見雙鬟，血淚青娥陷賊還。只爲君親來故國，不因女子下雄關。取兵遼海哥舒翰，得婦江南謝阿蠻。快馬健兒無限恨，天教紅粉定燕山。』亦詠圓圓事。

陳其年《婦人集》云：如皋冒先生常言，婦人以姿致爲主，色次之。碌碌雙鬟，難其選也，蕙心紈質，秀澹天然，生平所覯，則獨有圓圓耳。崇禎末年，戚畹武安侯劫置別室。中侯，武人也，圓圓若有不自得者。李自成之亂，爲賊帥劉宗敏所掠，我兵入燕京，圓圓歸某王爲次妃。吳縣葉襄《贈姜垓百韻詩》有云：『酒罏尋卞賽，花底出陳圓。』家伯兄有《贈畹芬》絕句：『瀟湘一幅小庭收，菡萏香餘暮色幽。細細白雲生枕簟，夢圓今夜不知秋。秋水波迴春月姿，淡然遠岫學雙眉。清微妙氣輕噓吸，谷裏幽蘭許獨知。』

吳江鄒貫衡樞《十美詞紀》：陳圓，女優也。少聰慧，色娟秀，好梳倭墮髻。纖柔婉轉，就之如啼。演《西廂》，扮貼旦紅娘，腳色體態輕靡，説白便巧，曲盡蕭寺當年情緒。後爲田皇親以二千金醻其母，挈去京師，聞又屬之某王，寵冠後宮，入滇南終焉。

圓圓工倚聲，有舞餘詞《荷葉杯·有所思》云：『自咲愁多懽少，癡了底事，倩傳杯。酒一巡，時腸九迴。推不開，推不開。』《轉應曲·送人南還》云：『堤柳，堤柳。不繫東行馬首。空餘千縷秋霜。凝淚思君斷腸。腸斷，腸斷。又聽催歸聲喚。』《醜奴兒令·落梅》云：『滿溪綠漲春將去，馬踏星沙。雨打梨花。又有香風透碧紗。聲聲羌笛吹楊柳，月映官衙。孏賦梅花。簾裏人兒學喚茶。』見《衆香集》。華亭王鴻緒、玉峯徐樹敏及漁洋、迦陵諸名輩撰定國朝閨秀詞，名《衆香集》。

初圓圓與某公子有生死盟，田皇親購得之，公子遣盜劫之江中，誤載它姬以還。盜再往，已有備矣，力戰易歸。已而事露，禍且不測，公子度不能爭，遂以獻。見《眾香集》小傳。

無名氏《吳三桂傳》：自成聞三桂回師據關，執其父襄，令作書招之，略曰：『汝以君恩，特簡得專閫任，非真累戰功、歷深資也。今汝徒飾軍容，怯懦觀望，使李兵長驅直入，既無批吭擣虛之謀，復乏形格勢禁之力，事機已去，天命難回。我君已逝，爾父幸存。嗚呼！識時務者，亦可以知變計矣。及今蚤降，不失通侯之賞，猶全孝子之名。萬一徒恃憤驕，全無節制，主客之勢既殊，眾寡之形不敵，頓兵堅城，一朝殲盡，使爾父無辜並受屠戮，身名兩喪，臣子俱虧，豈不大可痛哉？』遣將唐通賞銀四萬犒師，並襄手書以往，而令別賊率兵二萬守關拒三桂。三桂得書欲降，爲書覆父：『國破君亡，兒自當以死報。今我父諄諄以孝字督責，兒自又不得不勉遵嚴命』等語，適有愛妾陳沅在襄所，爲自成奪去，三桂詢知，大憤，乃遣師乞降於我朝，求兵討賊。

明内監王永章陷賊中，著《甲申日記》，中載三月十九日後三桂與襄諸書。四月初一日吳襄繳到三桂廿二日書云：『聞京城已陷，未知確否？大約城已被圍，如可遷避出城，不可多帶銀物，埋藏爲是。並祈告知陳妾，兒身甚强，囑伊耐心。』第二書云：『得探報，京城已陷，兒擬卽退駐關外，儻已事不可爲，飛速諭知。家口均陷賊中，只能歸降，陳妾安否？甚爲念。』第三書念五日發云：『接二十日諭，知已歸降，欲保家口，只得降順。達變通權，方是大丈夫。惟來諭陳妾騎馬來營，何曾見有蹤跡？如此輕年小女，豈可放令出門？父親何以失算至此？兒已退兵至關，預備來降，惟此事實不放心。』第四書念五日發云：『前日探報，陳妾被劉宗敏掠去，嗚呼哀哉！今生不復相見，初不料父親失算至此。昨乘賊不備，攻破山海關一面，已向清國借兵，本擬長驅直入，深恐陳妾或已回家，或劉宗敏知係兒妾，並未奸殺，以招兒降。一經進兵，反無生理。故飛稟問訊。』第五書云：『奉諭陳妾安養在宮，但未有確實之說，此說究竟何來？太子既在宮中，曾否見過？父親既已降順，亦可面奏，說明此意。但求將陳妾、太子兩人送來，立刻降順』云云。

《日記》又云：四月初九日，闖下僞詔，親征三桂。十二日起程，太子、定王、代王、秦王、漢王、吳陳氏、吳氏、吳氏、吳李氏，僞后嬪妃皆從行。吳陳氏，卽圓圓；兩吳氏，皆三桂妹也。念五日戰於一片石，闖大敗，退入關。太子與圓圓遂皆至三桂軍中。按延陵復得圓圓。鈕云：『駐師絳州，將渡河時。』陸云得之京師。據王氏《日記》，闖敗於一片石，圓圓遂至三桂軍中，其說獨異。吳梅村《圓圓曲》云：『若非壯士全師勝，爭得蛾眉匹馬還？』又云『蠟炬迎來在戰場』，由鈕之說駐師絳州，追闖未及，無所爲戰勝；由陸之說，京師覓得，非戰場迎來。延陵之師，唯一片石一戰可云全勝，永章身陷賊中，見聞較確，其說固有可信之道。『若非壯士』二句，勃勃有英氣，似乎乃公馬上得之。梅村詩工於體物，儻由尋覓而得詞意，必不如是。其『徧索綠珠』二句，言圓圓被掠下，卽緊接『若非壯士』二句，可見當日珠還，未嘗甚費周折。其言『簫鼓秦川』在『蠟炬迎來』後，可見迎圓圓一時一事，向秦川又一時一事，再下『畫樓妝鏡』云云，則是延陵追闖，圓圓隨軍，道涂供張之盛也。昔賢長篇名作，通篇有層次，卽數句亦有層次，雖極抑揚跌宕之致，而條理不紊，事蹟可尋，所以爲詩史也。

南昌劉健《庭聞錄》云：延陵開藩時，健父官雲南府同知，康熙五十八年健追憶趨庭所聞爲錄。陳沅之事，言者多殊。陸次雲《陳沅傳》以奪沅者爲李自成，不知其爲宗敏也，傳文雖詳，考究未確，其點綴處尤多已甚之詞。又有云：崇禎辛巳年，田弘遇進香普陀，道經蘇州，購沅以歸。三桂奉命出鎮，弘遇餞之，出沅佐觴，三桂悦之，以爲請，弘遇許，俟終年，後果送至襄宅，襄不敢受，仍歸田氏，而客以報。三桂時有入衛之命，疾馳赴京，欲乘便取沅，中途聞劉宗敏踞弘遇宅，挾沅日事酣宴，遂大怒，出關乞師。又有云：吴妓陳沅、顧壽，並名噪一時，田弘遇以重價市壽，而沅名更高，不易得。會其壻以細故得罪，欲求好，無以通媚，百計購沅以獻。弘遇善之如初。未幾，弘遇卒。襄入都，三桂使人持千金隨襄市沅，既得，襄遣送寧遠。京師陷，劉宗敏踞弘遇宅，聞沅、壽名，索之。壽從優人私逸，而沅先爲三桂購去。宗敏於是斬優人七，而縶襄索沅。襄具言送寧遠已久，宗敏不信，拷掠備至。一説彼此微異，至謂三桂入衛之時，方欲取沅，與謂沅在寧遠者，皆非也。惟吴梅村《圓圓曲》爲得其真，當日梅村詩出，三桂大慚，厚賂求毁板，梅村不許。三桂雖横，卒無如何也。

《庭聞録》又云：自成潰敗，奔至永平，使降臣張若麟詣三桂軍議和。明日，三桂追至永平，又敗之，自成殺吴襄於永平城西二十里范家莊。二十六日，狼狽近都門，盡戮吴氏家屬三十四口，尸諸王於二條胡同。二十七日，宵遁。二十九日，餘黨焚宮殿及各城門樓，出阜城門西奔。五月初一日，京師爲大行發喪，設位都城隍廟，諸商民合資爲吴氏發喪，遺屍悉以厚櫬殮之。是日輦下喧傳三桂從賊中奪太子以入，入卽太子嗣位，延頸以待。而三桂兵至榆河，睿王檄其追賊。請入都，不許，乃於道中命人求陳沅，而自從蘆溝橋逐賊而西。按王永章《日記》云：戰於一片石，闖大敗，太子、圓圓遂皆至三桂軍中。與劉録所云三桂從賊中奪太子以入，略相脗合。而劉録下云三桂兵至榆河，被檄追賊，乃於道中命人求陳沅，卻與王記不合，何也？劉父官滇中，當延陵開藩時，事隔久遠，究係得諸傳聞，非永章同時見聞者比。圓圓之於太子，關係有重輕，卽傳聞有詳略，故劉錄不能與王記悉合，而王記之可信，卽以劉錄之言太子者證之可矣。王記又有云：『五月初一日，接太子手敕，以初三日入都，舉行大行帝后大事，正擬具本入奏，忽傳太子已至城外，王德化亟備鹵簿迎駕，永貞在內預備』云云。《日記》至此遂畢。今以劉錄證之，當日延陵被迫西行，大約太子至城外，卽丁變故，如何阽危轉徙，永章不復得聞消息，因無可記而輟筆耳。劉錄亦與王記合也。

陳圓圓致吳三桂書，見《閨墨萃珍》，未審其傳錄奚自也。書云：『妾承將軍垂愛，貯之金屋，列之雲屏，則妾庶幾與鸞皇爲儔侶，何至溷獸鳥之蹏跡哉？闖賊於四月朔首冕旒，身龍袞，肆然擁仗升御座，逼妾承僞旨，妾念將軍之恩義，憤家國之破亡，戟指罵賊，奮不顧身，冀拚一死以謝將軍，以成妾志。詎闖賊忽揜兩耳，充如不聞，指揮僞宮嬪及一僞侍衛，仗劍迫妾入後宮。妾偶回顧，不禁竊喜，蓋此僞侍衛非它，卽將軍舊部施保住也，保住揮劍示意，欲言仍噤，夜漏三商，聞窗格彈指聲，亟啓樞，則保住竄身入，問妾不忘舊主，將何爲，嗟嗟，妾尚何爲哉？此身可留，則固爲將軍之身；此身不可留，請待將軍於地下。敢布腹心，唯將軍圖之。』書言闖賊僞侍衛卽延陵舊部施保住揮劍示意情事，宛然當日綠珠絳樹，粉絮天涯，維持調護，保住與有力焉。此書得達延陵，殆亦保住爲之魚雁耳。

《武陽志》『摭遺』：圓圓陳姓，其父曰陳貸郎。三桂鎮雲南，問圓圓宗鄙，謬以陳玉汝對，乃使人以千金招致之。玉汝咲曰：『吾明時老孝廉，豈能爲人寵姬叔父耶？』謝弗往。陳貸郎至，三桂觴之曲房，持玉盃，戰栗墜地，厚其賜歸之。按圓圓本姓邢，滇南邸中稱邢夫人，宗鄙之對，不爲邢地，何也？邢實無可舉對，因次及陳。當是時圓圓違里閈久矣，而彼老孝廉之姓字，顧猶在天涯憶念中，事亦絕奇，卽玉汝亦未嘗自言確非圓圓宗鄗，特不欲爲人寵姬叔父耳。

嶺南黎木庵訥《三聖庵訪陳圓圓遺像記》道光庚寅作略云：余少寓姑蘇，聞人道陳圓圓事，顧未得其詳。歲己未來滇，見《商山鸞影》册，謂其墓在商山。阮賜卿公子著《後圓圓曲》亦同此說，然其事託之鬼神，非實有可據。今年春，李生祖杰從余遊，具言西郊瓦倉莊三聖庵有圓圓遺像，太和楊嶰谷約會稽史澹初及余同訪之。至則比丘尼言其先師小像垂二百年，近燬於火，今所存橅本耳。尼又不解事，合數世之像共爲一幅，出所遺衣鉢及康熙間瓷盌，皆不能確定爲圓圓故物。其言墓在歸化寺後曇花庵側，與前所聞諸說又異。復言圓圓法名寂靜，號玉庵，今有康熙二十八年碑記在，尚稱寂靜募修。予觀諸尼皆質樸無雕飾，似非欲以謾詞爲利者。彼謂大兵平滇時，圓圓實從玉林國師，在宏覺寺祝髮。後乃挈其徒，僞昆陽牧夫人李氏來居此庵，不能執爨，無以爲食。李又收弟子一二人，饔飧始具，而僞昆陽牧爲誰，李氏何自而相從薙度，則又無可攷。要之，滇當王師掃蕩之後，逆藩家屬深懼緣坐，相率隱遁，諱莫如深。其不肯留蹤跡以示後人，理也，又何從鑿空求之乎？

會稽史澹初昺《陳沅遺像後記》略云：歲庚寅仲春晦，楊嶰谷約黎木庵及余至西郊三聖庵，訪圓圓遺像，木庵作記。越二旬，嶰谷復來，以盤一、素珠一、盌一見示，盤黑髹，中繪水西異獸，邊繞金龍，珠爲雀腦，色潤澤。盌識嘉靖年，畫飛鳳，與曩所藏康熙年盌若相似。此數物，前所未見，故木庵記中不載。尼云皆其開山祖師遺物也。始尼見諸人往，莫測其意，祕不肯告。嶰谷微導之，乃稍稍吐露。久之，知無他意，始盡出其藏。言其師陳姓，江南人，吳王時妃，俗稱爲陳娘娘。盤爲吳王平水西時銘勛物，後以賜娘娘者。初不言其名圓圓，然其爲圓圓，信矣。歷觀所藏，固未能確定爲圓圓手澤，但其器皆繪龍鳳，斷非民閒所應有，村寺中何從得此？木庵謂城破後，逆黨懼罪，相率避匿，不肯留跡以示後人，斯通人語耳。嶰谷以其數世同圖，不能傳觀，仍倩畫手別繪一圖，並藏寺中，亦考古之一助也。

孔魯瞻龍章《金蓮庵陳圓圓遺像詩冊跋》道光己亥作略云：「予滇昆明西郊之三聖庵有圓圓遺像，因憶予在廣西，於景司馬署中得見《明紀》鈔本，紀明末事甚詳。明京師城陷時，圓圓爲賊所掠，欲犯之，拒不從，欲殺之，未果。一夕，竟逸去，賊求之弗得，因思佛道諸經，謂梵修徒衆，凡心一萌，即謫塵寰，有所謂塵劫而生者。圓圓於百萬軍中倏忽不見，安知非有根基、爲大手眼提攜而去？茲聞三聖庵諸尼所言，大兵平滇時，圓圓實從玉林禪師，在宏覺寺祝髮，法名寂靜，遺像焜於火，此其橅本耳。昔無垢子云：『蜣螂離糞蛋，脫殼化金蟬。』吾謂商山之墓，亦金蟬之脫殼也。疑之，議之，勿庸也。其墓聯云：『塵劫中不昧本來，朗月仍輝性海；迷障裏能開覺悟，淨蓮更出汙泥。』又扁云：『圓光寂照。』」

善化黃鹿泉膺《三聖庵訪寂靜比丘碑記》光緒庚子作略云：「八月二十三日，偕笛舫至金蓮寺，閱《商山鸞影》冊。越日，同出西門半里許，循驛路行，往右下田中，穿壠至瓦倉莊，俗呼瓦蓋倉，亦云瓦草莊。遠望有村莊數十家，循街行不遠，街左即三聖庵。庵門塑彌勒韋馱像入苑門，壁塑觀音巖，爲送子觀音像。殿內左壁有二碑，一爲康熙二十八年己巳四月八日住持尼僧寂靜立，略云：土主廟不知始何時，今重修，易其名爲三聖庵。其先嘉靖乙卯重修，隆慶庚午增闊其規，崇禎己卯復修葺。後殿兩廡，辛酉刼火遭焜，住持尼僧寂靜募修。督理雲南通省民屯糧儲、兼管水利道、按察司僉事闕里孔興詔譔，濂溪張其英書。一爲乾隆二十年乙亥歲重修碑，略云：『瓦倉莊原有土主廟，前明嘉靖改爲三聖庵，本朝康熙辛酉禪尼寂靜駐錫於此，闊其規模』云云。碑詞儷體可誦，分三段，刻書亦有法度。

又《題陳圓圓遺像并序》略云：此圖爲山陰陳南卿太守鶚所摹宮妝、釋裝各一。曩在京師，見友人所藏圓圓像卷冊不一，有三影者，於釋裝、宮妝外，作一垂髫女子簪杏花，云是入明宮初見思陵容飾。其雙影者率與此冊同，凡題識皆祖滇南三聖庵黎木莽本。庚子秋，與長沙陳笛舫立達尋瓦倉莊故蹟，三聖庵雖已毁，而正殿猶存。廟中無僧尼，鄉人傭保雜作居之。陳沅出家後，釋名寂靜，字玉庵，世傳寂靜募修三聖庵，古碑尚嵌於廡壁，詢之居民，云此庵有法徒老尼年七十，住滇垣洗馬河金蓮菴。越日往訪老尼，出黎木庵舊冊，題曰《商山鸞影》，首繪比丘尼坐蒲團像，署曰玉庵禪師小影，乃道光庚寅歲木庵所重摹，及同人題詠者。蓋原本只一比丘像。其三影、二影者，殆後人增之以爲韻事爾。詩不錄

番禺葉蘭臺衍蘭《秦淮八豔圖》詠圓圓小傳略云：三桂建鉞滇南，將正妃位，圓圓固辭。三桂乃別娶，而後婦悍妒，羣姬多被殺，圓圓遂長齋繡佛，削髮爲尼，三桂爲築蘭若於五華山居之，名華國寺。大兵平雲南，圓圓投寺外蓮花池，滇人哀之，爲葬於池側。寺中藏有小影二幀，蓮花池有刻石詩，皆至今存。按《觚賸》有云：圓圓自請爲女道士，今以諸書之説考定之，延陵暮年，圓圓爲女道士，居五華山華國寺。葉云削髮爲尼，非也。及辛酉城破，乃從玉林國師在宏覺寺祝髮爲尼，遯跡三聖庵，託言自沈蓮花池以避禍。三聖庵之小影，卽華國寺之小影也。圓圓晚節大略如此。

錢塘陳雲伯文述《頤道堂詩》有《題阮公子賜卿後圓圓曲》七絕十首，自注云：『辛酉，大兵平滇，圓圓自沈於蓮花池，卽葬池旁，池中曾放並頭蓮。在城北商山寺中有《商山鸞影》一卷，載圓圓降鸞之詩。賜卿名福，文達公子曾親至圓圓墓上訪求遺事。』按圓圓自沈於蓮花池，卽葬池旁，此説它書未見，當卽葉譔小傳所本。辛酉，康熙二十年，據三聖庵碑記，稱康熙二十八年己巳四月八日住持尼僧寂靜

立，則是圓圓至己巳尚存，辛酉自沈之說恐未足信，故孔魯瞻云：『商山之墓，猶金蟬之脫殼也，疑之議之，勿庸也。』

臨桂王半塘鵬運四印齋藏圓圓像凡三幀：一明璫翠羽，一六珈象服，一緇衣練帬。

延陵侍姬有名連兒者，麗質清才。嘗夏日觀荷，練裳縞袂，執白羽扇，竚立赤闌橋上，遠而望之，如出水芙蕖。辛酉城破，爲趙良棟部將所得，不屈死，其絶命詞句云：『君王不得見，妾薄命如烟。』是亦不負延陵者。又有八面觀音，與圓圓並擅殊寵，故宗伯南昌李明睿妓也。宗伯擁紈十數輩，聲色極一時之選，而八面觀音冠其曹。四面觀音，亦美姿容，亞於八面。宗伯老，爲給事高安所得，以奉延陵。大兵收滇，八面歸綏遠將軍蔡毓榮，四面歸征南將軍穆占，以視圓圓，則青泥汙泥，不可同年語矣。

江陰沙定峯氏所譔《陳圓圓傳事輯》脫稾後，乃繼見之坿錄備攷。圓圓，陳姓，玉峯歌妓也，聲藝甲於一時。崇禎癸未，吳三桂慕其名，賫千金往聘之，已先爲田畹所得。時圓圓以不得事吳，怏怏也，而吳尤甚。田畹者，烈皇田妃之父也，耄聵特甚。圓圓每歌，必庋流水高山之曲，畹擊節，不知其悼知音之希也。甲申春，寇患益急，軍書旁午，烈皇宵旰憂之，廢寢食。妃謀所以解帝憂者於父，畹進圓圓，冀邀一顧，而帝以國事杌陧，雖居深宮，時翹首盼捷，不暇留意，旋命歸畹第。當是時，寧武已破賊，雖已攻堅大創，而重鎮淪沒，聲勢甚盛。大同總兵姜瓖率十萬衆先降於賊，宣府總兵王通繼之。亡何，居庸及各鎮總兵并昌平文武相繼迎降，蛇豕長驅，京師人人自危，內廷相對失色。吳三桂卽於是時召對平臺，賜蟒玉，上方封平南伯，出鎮山海關，丰采隱然動一時。敗將逃卒，多走依之。三桂亦以上下屬目，誓戮力破敵，以慰衆望，時蓋以圓圓在京師故也。方吳之初召也，上下洶洶，傳賊且至，位尊多金者，舉室作決絕容，田畹以貴戚且多少艾，涕泣相慰，欷歔欲絕。圓圓因進曰：『方今衣冠易慮遠邇崩心，公以貴戚之尊，姦人之伺其旁也久矣，今環顧中外，將帥聯翩，公無一與綢繆者，禍患之來不旋踵，豈待寇賊之至而後及於難乎？爲今之計，可以爲援者，無如吳將軍。幸其來也，深情以結納之，庶緩急其有藉乎？』畹曰：『夙無縞紵，一旦深詞厚幣以納交焉，不獨人疑視我，且吳將軍奉召至京，加珂戴幘，從事君命有不暇，安所得而與之繾綣乎？』圓圓曰：『聞吳慕公家歌舞有年矣，不但爲盜賊姦人計，始與吳爲緣，卽宴樂無事，而吳以一世之雄，致羨於公者若是，一旦有變，安知不卽起於石尉之禍耶？況今者，國家之危亡在旦夕矣，尚區區金谷侑酒者，是愛而忘終身之禍乎？盍以此納交於吳，吳必欣然樂從，於公無所喪而結一大援焉。妾謂今日之計，無逾於此者。』畹然之，令所親通款洽於吳，出家樂盛設於庭，躬迓吳。吳欲之而故卻者數四，强而後可。至則戎服臨筵，懍然有不可犯之色。管絃雜奏，肴膾紛陳，畹爲禮益恭，而吳愈嚴重，酒數行，吳卽欲辭去，田不得已，屢易席，至邃室，出羣姬，調絲竹，皆絕色。一雅妝者導諸美而前，三桂不覺神志移蕩，遽命解戎服，易輕裘，顧謂畹曰：『此非所謂圓圓耶？洵傾城矣，公得無朝夕擁之乎？』畹遜謝，不知所答，遂暢飲，爲樂甚酣。忽內召踵至，吳似不欲行者，不得已，起辭，畹前席曰：『設寇至，將奈何？』吳正遲徊欲請，不得間，遽曰：『公能以圓圓見贈，公無恙，國亦無恙也。』畹勉許之，吳卽命圓圓拜辭，攜之去。畹憤甚，然無如何也。吳得圓圓，昵之百倍，問曰：『卿在畹第樂乎？』陳曰：『紅拂尚不樂越公，矧不逮越公者耶？』吳大留戀，遲遲不行。寇氛甚惡，嚴詔促其出關，欲載與俱，父驤時督理御營，恐帝聞其事，留之，勿令往。三桂悵悵前進。京師旋陷，烈皇死社稷。三桂聞變，據山海關。李自成旣入京，擄禁掖，宮人之死者半，逸者半。自成詢內監曰：『上苑三千，何無一國色耶？』內監曰：『先帝憂國，屏聲色，鮮佳麗，有一陳圓圓者，絕世所希，田畹進之御，而帝卻之。後畹贈吳將軍，將軍去，留府內，今在吳驤處。』是時驤方降，進於闖，自成見之，驚且喜，命歌，奏吳歈，自成蹙額曰：『何貌甚佳而音殊不可耐也？』即命羣姬唱西調，操阮箏，已按拍和之，繁音激楚，熱耳酸心，顧圓圓曰：『此樂何如？』答曰：『此曲祇應天上有，非南鄙之人所能及也。』自成絕愛憐之。因念三桂爲己勍敵，今據其所愛，恐悉死以爭，乃遣叛將唐通賞銀四萬兩犒吳師，并手吳驤書招之，書曰：『汝以深恩，特簡得專閫任，非真累戰功、歷年歲也。不過爲强敵在前，非有異恩激勸，不足誘致，此管子所以有素賞之計。漢高一見韓、彭，即予重任，蓋類此也。今爾徒飭軍容，頓兵觀望，使李兵長驅直入，既無批吭搗虛之謀，復乏形格勢禁之方，事機已去，天命難回。吾君已逝，爾父須臾。嗚呼！識時務者，亦可以知變計矣。昔徐元直棄漢歸魏，不爲不忠；子胥違楚適吳，不爲不孝。然以二者擬之，爲子胥難，爲元直易，我爲爾計，不若銜璧輿棺，及今早降，不失通侯之賞，猶全孝子之名。萬一徒恃憤驕，全無節制，客主之勢既殊，衆寡之形不敵，身家骨肉，一朝殲盡，使爾父無辜受戮，身名俱喪，臣子均失，不亦大可痛哉！語云「知子者莫若父」，吾不能爲趙奢爾，殆有疑於括也，故爲爾計如此，至屬，至屬。』唐通至關，謂吳曰：『李總兵，新主十分優禮，專待主軍，共圖大業。』且言『東宮無恙。』三桂得書，猶豫，會偵者至，詢之曰：『吾家何如？』曰：『爲賊籍矣。』曰：『吾至，當自還也。』又偵者至，詢曰：『吾父何如？』曰：『闖拘縶矣。』曰：『吾至，當即釋也。』最後一使者至，詢曰：『陳夫人尚在府內耶？』曰：『賊得之矣。』三桂矍然起，拔劍擲案，曰『果有是。』大怒曰：『逆賊如此無禮，我吳三桂堂堂丈夫，豈肯降此狗子，受萬世唾罵？忠孝不能兩全。』叱左右斬來使，曰：『吾忠不成忠，孝不成孝，何顔立於天地？死見先帝，何以爲辭？』抽佩劍自刎，帳下止之。參將馮有成進曰：『吾輩願抵死殺賊，今不如收其金幣，散賜士卒，然後起兵，使彼不及爲備，何必殺來使以激其怒？』三桂從之，佯喜，謂唐通曰：『願一見東宫，卽降。』報書復命，闖計以定王往。卽日遣别將挈定赴唐營，蓋唐通營，自成入京時卽營於山海關内，以禦吳師者也。三桂既絶望，誓欲興兵，計舊帥洪承疇舅氏祖大壽皆爲清所嚮用，於是有乞援之意，遂悉鋭破山海關，唐通迎降。定王至三桂軍，三桂致書絶父曰：『不肖男三桂泣血百拜上父親膝下：男以父蔭，熟聞義方，得待罪戎行，日夜勵志，冀得一當以酬聖恩。屬邊警方急，寧遠巨鎮爲國門戶，淪陷幾盡。兒方力圖恢復，以爲李賊猖獗，不久卽當撲滅，恐往復道路，兩失事機，故爾暫稽時日。不意我國無人，望風而靡，吾父督理御營，勢非小弱，巍巍百雉，何以一二日内便已失墜？使兒捲甲赴闕，事已後期，可悲！可恨！側聞聖主宴駕，臣民戮辱，不勝眥裂，猶意吾父素負忠義，大勢雖去，猶當奮椎一擊，誓不俱生，否則，刎頸闕下，以殉國難。使兒縞素號慟，仗甲復仇，不濟，以死繼之，豈非忠孝媲美乎？何乃隱忍偷生，甘心非義？既無孝寬禦寇之才，復愧平原罵賊之勇。夫元直乃母之罪人，王陵實漢之義士，我父嘍喈宿將，矯矯王臣，反愧巾幗女子。父既不能爲忠臣，兒亦焉能爲孝子乎？兒與父訣，請自此始，父不早圖，賊雖置父鼎俎之旁，兒不顧也。』并檄自成必得太子而後止兵。自成得報大憤，盡戮吳驤家口三十餘人，欲殺圓圓，圓圓曰：『聞吳將軍捲甲來歸矣，徒以妾故，以致興兵。殺妾，何足惜？恐其爲王死敵，不利也。』得免。自成於是率劉宗敏九大帥等四十萬衆號百萬，下令親征，三桂聞之，痛哭誓師，刻期進剿，軍聲震遠近。自成前鋒至關，三桂與之十三戰，勝負相當。自成大隊進薄永平，至一片石，巨壘連屯，圍三桂數重，吳軍望之奪氣。三桂知難與爭鋒，遂遣使乞援□□□□□□總大軍將入塞，途遇吳軍使，疑之，□相謂曰：『定三桂知我南來，故設此誘耶？且以吾堅甲利兵，三圍彼都，不能遽克自成，一舉破之，其智勇必有大過人者，今統大軍親來，志不在小，得無乘戰勝精甲有窺遼意乎？不如分兵固守，以覘動靜。』遂頓兵不進，駐營歡喜。嶺嚴整軍甲，休息士馬，遣使往吳營覘之。兩軍傳命者相望於道，吳使凡十餘，復命而□□全軍始至，共十四萬騎。三桂知□已□抵關外，突圍出外城，馳入□□□□□□稱臣髡其首□□曰：『明朝文武素無信義，將軍欲建大功，我國何難發兵助陣？恐成功之後，不知將置身何地耳？』三桂曰：『今目擊巨寇鴟張，神人共憤，士庶傷心。桂聞勇士不惜死而滅名，忠臣不先家而後國，且君后俱遭慘弑，桂世受朝廷厚恩，焉有坐視之理？如必計成敗而後行，是有覬覦於衷也。今日之事，誓死報國，肝腦塗地，所弗辭也，安問其他？』痛哭陳詞，□□爲之改容，於是殺馬折箭，歃血爲盟。三桂前爲嚮導，□□總重兵居後，□□張左翼，統二萬騎從西水關入；□□張右翼，亦統二萬騎從東水關入。三桂斬關直進，盡髡其民，迫於戰，兵髮尚種種，恐決鬬無以辨，夜半令軍士悉纏腰以白布。蓋三桂知入關後有數十惡戰，必致死以爭，而後勝敗可定也。部署略定，□□不敢與自成輕敵，委三桂當之。於是吳、李大戰於一片石，是役也，在□□則一以覘三桂之誠僞，一以覘自成之强弱。而三桂則前後俱敵，尤不可不悉力以爭一勝，始取信於人而有所依據，故兩軍相鬨，吳軍無不以一當十，戰方酣，□□縱鐵騎助之，風發潮湧，所至無不披靡，闖兵大敗。劉宗敏所向無前，亦被重創，蓋闖兵入都，恣意淫掠，各懷重資，無有鬬志，故及於敗，屍橫八十餘里，所棄輜重不可勝計。自成狼狽回兵，駐永平，三桂使人議和，并請太子。自成命張若騏奉太子赴三桂軍，請各止戰，遂與自成約□□□□□將奉太子卽位，自成旋。三桂以既有約矣，故自成得安行至京，時崇禎十七年四月廿六日也。自成既歸，欲挈圓圓西去，圓圓曰：『妾既事大王矣，豈有二心？行，恐吳將軍以妾故而窮追不已也，王圖之，度能制其死命，妾卽褰裳而西，不待大王命矣。』自成凝思，圓圓曰：『爲大王計，宜留妾以緩敵，當說彼以不追，報王之恩遇也。』闖方新創，膽喪吳軍，聞圓圓言，畏其果以所愛而躡其後，又不敢殺以絕三桂留戀也，不得已，委之爲西奔計，與牛金星等謀曰：『北軍勢大，城中人心未定，我兵豈可久屯於此？卽十北京不敵一秦中險阻，爲今之策，不若退處□□以圖堅守。』金星曰：『大内搜括已盡，但皇居壯麗，焉可棄於它人？不如付之一炬，作咸陽故事，卽後世視我輩者，亦不失爲楚霸王之英豪也。』自成然之，所經之處，大肆焚掠，尸骸如山。然當時倉皇逃命，宮禁之焚已救獲免。圓圓遁於民家，三桂既與自成約後，不數日，擁太子前進，棄定王於永平，傳檄至京曰：『欽差鎮守遼東等處地方總兵官平西伯吳示：爲復大讎、殲大寇以奠神京而安黎庶事。竊痛先皇被弒，亙古奇殃；劇寇披猖，往代未有。凡屬臣僚士庶，能不碎首隕心？今義兵不日來京，爾紳衿百姓各穿縞素，協力會剿，所過地方，供應糧草，務期罄擣巢穴，纖介靡遺，庶使克復神京，奠安宗社，乾坤再整，日月重光，特示檄。』至京，士民聞太子至，走相慶幸，共集貲爲三桂家發喪。吳軍至榆河□□檄其西速追賊，不許入都，三桂折軍追至定州，潛送太子於民間，時自成已遠颺。而京師延頸翹足，日望太子。五月庚寅，北京諸臣迎候於朝陽門外，傳呼奉太子至，迎者望塵俯伏，及近，非東宮也，各駭愕而退。入城，始知爲自□□之攝政王也。三桂追自成，過定州，及於真定，反兵入京，遂以前驅功封平西王，時十七年五月甲午也。聞圓圓尚在京師，急覓，得之，相與抱持，喜泣交下，嬖之甚於前。吳每酒酣，拔劍起舞，作發揚蹈厲之容，圓圓清歌以和之，蓋欽其不可一世之概而傾身事之，圓圓可謂知人，而延陵以一婦人之故，始縞素興師，豔妻之禍，又烈於在昔奪人家國於牀笫衽席者百倍也。

附录

附錄一　生平資料

況周頤自述、家族成員名録、受業知師及朱卷

筆者按：況周頤參加鄉試，其自述及家族成員名録，還附載於試卷。王娟《況周頤詞學文獻研究》據衡鑒堂刻《廣西鄉試朱卷》卷七抄錄，茲轉錄如下。

自述

況周儀，字夔笙，行一。咸豐十一年辛酉九月初一日吉時生。係廣西桂林府臨桂縣廩貢生，民籍。分發江西試用同知。

家族成員名録

上欄：一世祖一几，一世祖妣氏曾；太高祖成武，太高祖妣氏周；高祖宏剛，高祖妣氏梁；曾祖世榮，曾祖妣氏黄；祖祥麟，祖妣氏朱；父洵，字雲衢，號瑜卿，行七，邑廩貢生，候選訓導，歷署河池州學學正，西林縣學訓導，敕授修職郎賜封文林郎、欽加内閣中書銜，誥封奉政大夫。母氏許，生

母氏李。

下欄：　伯高祖宏猷、宏略、宏韜；　叔高祖宏智；　伯曾祖元俊、元傑、元偉、元僎；　叔曾祖世貴、世昌、世福、世顯、世爵、世勳、世翼、世俊、世臣；　胞叔曾祖世永；　堂伯叔祖前修、前獻、毓琪；　堂伯叔祖應麟、紱麟、兆麟、翠麟、鍾麟、寶麟、堉麟；　嫡堂叔祖瑞麟、振麟；　胞叔祖德麟；　堂伯名區、名章、名邦、名彥；　堂叔泰、溶、瀾、沄、瀚、沅、潮、治、溥、沛、潤；　嫡堂叔灃、濂；　胞伯泌、澍、澄、淦；　堂兄桂□、桂榜；　堂弟桂楝、桂植；　嫡堂兄桂森、桂楨、桂彬、桂楫、桂標、仙根、桂梁、桂樾；　胞兄吉生；　堂侄仕健、繼祖、仕燮、經元、繩祖、肇元、念祖、召祖；　胞姊三。元室趙氏，繼聘周氏。

受業知師

表兄許爵臣夫子，魏良輔夫子，陽瑞庭夫子，太岳丈趙子繩夫子，謝琴石夫子，楊晴宇夫子，王定甫夫子，三芷庭夫子，周生霖夫子，姊丈劉汝和夫子，吳峻峯夫子，姊丈朱識庭夫子，蕭乃斌夫子，蔣申甫夫子，文式崖夫子，許涑文夫子，周蕪江夫子，壽玉谿夫子，楊芝庭夫子，曹謹堂夫子，歐陽用甫夫子，張振軒夫子，范楣孫夫子，慶蘭圃夫子，沈容伯夫子，倪心畊夫子，曹介蕃夫子，胞伯雨人夫子，胞伯少吳夫子，胞伯怡卿夫子，嫡堂兄嘉樾夫子，嫡堂兄仲干夫子，嫡堂兄培齋夫子。

族繁未及備載，世居省城水東門外水東大街。

朱卷

中式第九名況周儀係桂林府臨桂縣廩貢生，民籍。分發江西試用同知。

同考試官賜進士出身卽用知縣朱閱薦：研煉精純。

大主考翰林院編修潘批：取。又批：文成法立。

大主考翰林院編修李批：中。又批：局度雍容。

又：

本房原薦批：首藝綿密熨帖，次三酣暢，詩工秀。二場經義明澈，議論淹通。三場敷陳明悉，五藝一律。

衡鑒堂原批：首藝志和音雅，聲澈鈴圓；次博大閎深，斟酌飽滿；三氣充詞沛，機暢神流。詩工雅韶秀。二場精理內含，光華外耀。三場詳明典贍，無懈可擊。（輯自王娟《況周頤詞學文獻研究》據衡鑒堂刻《廣西鄉試朱卷》卷七，廣西師範大學出版社二〇一五年版）

況蕙風先生外傳

腹　痛

蕙風先生姓況氏，名周儀旋以避宣統諱改頤字，字夔笙，別字蕙風，廣右臨桂人也。少有夙慧，讀書輒得神解，六齡已授《爾雅》，垂髫應府縣學試，冠其曹，舉案首，同考或竊竊私語：『何以稚子獨爭上流？』府中至榜示謂『廣右以靈淑所鍾毓，誕此英才。所望該家長者，善爲掖進，俾以有用之身，致國家之用，則宦轍所至，亦復與有榮』云。九歲釋褐，十三齡舉拔貢，十七登賢書，即以文學馳譽鄉里。其童時嘗侍父行，登獨秀峯，涉筆爲詩，驚其耆宿。十三歲省姐氏，偶得《蓼園詞選》讀之，試爲小詞，而沈浸者以日深。其集中附有《存悔》一卷，即十七前作也，輕倩流慧，理境兩絶，有曰：『春小於人，花柔似汝。雲涯悵望知何處。』每謂神來之筆，若有所感，至於垂老追念，都難爲懷。娶於趙氏，浚儀郡，伉儷綦篤。夫人擅雅樂，因並習操縵，儼然理曲。既而堂上見背，宦游京國，用内閣中書。一時名俊，都在薇省，同聲相應，著作日積。凡所輯刊《薇省同聲集》、《薇省詞鈔》，傳誦彌廣。維時王半唐前輩鵬運方同值，以提刱詞學爲己任，一開宗風，輯刊名集，因得獲交，誼逾骨肉。半唐老人固同貫籍，兼爲葭莩之親，因訂譜焉。王氏刊書至三十餘家，爲汲古閣後所未有，先生任校勘者獨多，其《漱玉》、《蛾術》諸集，猶出所藏以足成之。當時海宇澄清，人物豐穰，廠肆購書之樂，葦灣清游之勝，裙屐畢集，似可終古。半唐笑傲烟霞，一鐙斗室，先生尤以詞學相砥礪，得益抵於大成。而先生亦併傳半唐之鐙，其文具并半唐所餽遺也。先生併治金石文字，凡有碑板，無不羅致，得萬餘本；龍門造像得千餘本，至今獲存。又長於許氏《說文》，名聲訓詁，潛造精研，故其治碑板，并爲淵源之學，兼工考據。於書自經籍百家，至於稗官家言，無不涉歷。讀書決疑，片言立折，旋歷參張文襄、端忠敏幕府，兩公愛才重士，與先生均有沆瀣之合。陶齋尤多收藏，輒自先生鑑定之，藏石一記，□出手纂。又嘗任夔府中學、兩湖師範、兩江師範教習，悉心指授，學子無不樂訓誨，相與德之。南北汗漫，所與訂文字之交者，歸安朱彊邨尤篤，蓋並世詞家，聲氣類感，投贈之作，集中累什可徵。辛亥以還，遁跡海上，賃廡一椽，漸漸不繼。

設鄉福書肆，以不善經紀，又致耗蝕，遂定值鬻文。而一時諸老多來寄跡，晨夕素心之樂，正亦不可倖致。彊村翁往還尤密，一詞屬稿，必相品定，晦明風雨，陶寫自娛。庚申北上，交伶官梅畹華，延賞備至。翌年辛酉，畹華南來，香南雅集，排日聽歌，爲詞張之，幾二百闋，所謂《修梅清課》，飲井水者，庶咸知之。畹華藝特高，不必以詞增重，而詞之足以重畹華者實多。彊邨翁并相投和，雖集一卷，至十五餘家，其後每來，亦必相見，投以珠玉。而世之求先生詞者趾踵日接，無不工勝卓絕，匪言可喻。嘗自謂『世界無事無物不可入詞，但在余自運途其筆，使宛轉如意耳。』十年棲息，家國之感，身世之情，所觸日深，而詞格亦日遒上，方之古人，庶幾白石，亦自謂：『五百年後得爲白石』，庶復相類也。甲子喪其配卜夫人，傷神獨絕，摒擋一切，益復瑣集。遂棄上海，移吳閶，以爲傍夢窗楊柳閶門之勝，可拾古歡。吳中名流聞風相至，過從無虛日，李印泉將軍尤雅重之。繼又來海上，並攜一姬，同人公宴觴之，或餽以詞，方之子野。乃者七月暑溽，遽染微疴，甫三日，委頓不能堪，每作譫語，醫者危之，遽於十七日寅刻謝世，壽六十有六。而環堵肅然，尤復可念。溯先生之學問，具足人天，而先生之境遇，則特多困阨，亦天之固以慳於才人者至如此耶？嗚呼傷矣！（載於《申報》一九二六年八月二十八日）

清故通議大夫三品銜浙江補用知府況君墓誌銘

慈谿　馮　幵撰文
歸安　朱孝臧書丹
寧鄉　程頌萬篆蓋

君諱周儀，以避國諱，更儀爲頤，字夔笙。臨桂況氏，明蘇州知府鍾之裔孫也。鍾籍江西靖安，數傳徙湖南寶慶。明末有一几者，復由寶慶遷廣西，是爲君之七世祖。曾祖世榮。祖祥麟，嘉慶五年舉人，並封通議大夫。父洵，道光二年進士，官河南按察使，授通議大夫。母許淑人，生母李淑人。君受天雅性，髫齔媚學，神解超朗，目所染著，胷卽儲之；心所披豁，手卽隨之。十一歲成諸生，文采琦瑋，辟易曹耦，學使者榜書，矜異目爲瑰寶。年十八充優貢生，二十一中式。光緒五年鄉試，遵例官內閣中書，遭回京曹，靡所抒渫。尋以會典館纂修，敘勞用知府，分發浙江，並加三品銜，不槩於懷，浮湛而已。南皮張文襄公之洞督湖廣，瀋陽托活洛忠敏公端方督兩江，欽君才望，先後禮聘，署之賓職。文移牋奏，率與參懷。君從容贊畫，動中倫脊。嘗爲忠敏斠訂金石，零文隊簡，多所諟正，旁籀博稽，莫不贍舉。夙昔尤精聲律，官京曹，日與同里王給事鵬運以詞學相摩揳，託音閒寫，互有述造，閎約要眇，悉協分刌。伶倫播其芳逸，文流以爲職志。清尚高致，靡得而睎已。辛亥而後，棲遲海濱，憂生念亂，但有喟息。性故豪曠，酒歌合還，放於所好，遘會輈張，寢斂恆度，察言避色，恐恐若浼。盛會稠坐，樂笑喧豗，往往仰屋捲舌，不羼一詞。執謙自詭，益巽益激。內鑠於孤憤，而夷坦以窮年，茲可謂憂心悄悄，危行言孫者也。春秋六十有八，以丙寅七月十八日病殤上海寓次。配趙淑人，繼配周淑人、卜淑人。子二；維琦，維璟；　女二：　長適平湖陳犖，次字慈谿馮貞用，皆卜出。君生母李，前葬湖州道場山，君殤一年所，維琦、維璟用遺命奉君柩與周、卜二淑人附葬焉。側室施歸數月而君殤，施銜哀矢志，克葆端操，貞疾慢尋，馴至奄忽，距君殤未一朞，隨瘞塋左，從其志也。法宜附書。其銘曰：

有瑋者況，菀於桂林。曾曾纓紱，滂澤下覃。誕育夫子，玉質金心。弱年發藻，卓犖北南。京華孤宦，委佗微省。隨牒南圖，蹙蹙靡騁。質韲文肆，天假之鳴。沫玉脫吭，瓏玲其聲。匪曰昌辭，究極墳典。意林說苑，蔚其述撰。晞髮海濱，高餓自顯。惜誦致愍，反真晼晚。道場鬱鬱，永閟天才。谷音於邑，萬古造哀。

吳縣　周梅谷刻

寒冬虹《新見況周頤墓志銘拓片》附，見《文獻》一九九四年第一期。附寒氏文：

一九九一年初，在整理、合流古文獻時，新見近代詞學家況周頤墓誌銘二紙。

該拓爲難得之整幅拓本，由近代詞學家馮幵撰文，近代詞學家朱孝臧書丹，近代作家、戲曲理論家吳梅收藏。該拓既能如實再現石刻之形狀、大小、行款、字數、神韻風貌、損泐漫漶等情況，又能全面反映況周頤其人、其事，爲我們瞭解清末民初社會政治、經濟、文化狀況，提供了珍貴資料。

是拓爲長方形。長四十八厘米，寬四十七厘米。篆書題名。慈谿馮幵撰文，歸安朱孝臧書丹，寧鄉程頌萬篆蓋。銘文二十五行，滿行二十九字，左行。計六百六十餘字。

況周頤墓誌拓本原係近代作家、戲曲理論大師吳梅生前珍藏之物，一九五五年，由吳氏後裔吳良士、吳見青、吳涑青、吳南青捐贈北京圖書館。吳梅與況周頤爲同時代人，又都雅愛詩詞，故拓得況周頤墓誌銘珍藏，視作至寶。

況周頤（一八五九—一九二六），廣西臨桂人，原名周儀，字夔笙，一字葵孫，號蕙風，又號玉梅詞人。爲清末民初著名詞家，號稱清季四大家之一。清光緒五年（一八七九）舉人，官內閣中書，曾爲張之洞、端方幕僚，晚年居上海。況氏生平以詞爲專業，致力五十年，鑄意遣情，工力很深。其詞作鍾煉不失自然，輕俏流慧，理境兩絕，多膾炙人口。辛亥革命後所作，往往寄寓其眷戀清室之意。況氏《蕙風詞話》是常州詞派系統的一部詞論和詞學批評著作，影響頗大，與王國維的《人間詞話》同爲清末民初的詞學批評名著，迄今仍被學界重視。況周頤的《香海棠館詞話》、《餐櫻廡詞話》、《蕙風簃隨筆》、《選巷叢談》等著作皆盛傳於世。

況周頤先祖爲著名蘇州知府況鍾。爲政務，鋤豪强，植良弱，興利除害，不遺餘力，得到當地百姓的擁戴。曾祖世榮，事不可考。祖父況祥麟，清嘉慶五年舉人，並封通議大夫。善迪後進，人稱大師，晚年究心於六書，旁通博採，所得多有先儒未道者。祖母朱鎮，亦能詩。父況洵，道光三當作二年進士，官河南按察使，授通議大夫，能詩。叔父況澍，清道光進士，以翰林庶吉士協修《康熙字典》，改刑部主事，升員外郎。後掌教桂林經古書院，能詩。叔父況澄，清道光進士，由庶吉士改戶部主事，歷刑部員外郎，不久，以御史轉給事中，四年之間，奏議見於詔行者三十餘條。簡放河南鹽糧道，署按察使。後歸，閉門肆力於學，長考訂，工詞章，爲詩神清而味永。況周頤妻卜氏，亦能詞。葉恭綽在《廣篋中詞》卷二評論說：『蕙風……寄興淵微，沈思獨往，足稱巨匠。』此說不爲過也。

爲況周頤墓誌撰文的馮幵（一八七三—一九三一），浙江慈溪人，字君木，號階青，人稱回風先生，著有《回風堂詩文集》、《回風堂詞集》等，在清末民初詞壇上佔有不可忽略的一席之地。

爲況周頤墓誌書丹的朱孝臧（一八五七—一九三一），浙江歸安（今吳興）人，原名祖謀，字古微，號漚尹，又號彊村。始以詩名，後專攻詞，著有《彊村語業》、《集外詞》等書，他校輯的《彊村叢書》精審卓特，學者奉爲寶典。朱氏詞作，被近代詞家尊爲『集清季之大成』。

況氏的辭世，使當時的詞界萬分悲痛，馮幵、朱孝臧揮筆，寫下了這篇情感深厚、筆力雄渾的墓誌銘。一九五五年入藏北京圖書館後，未經正規編目，寶藏至今，爲世所罕見。一九八九年，北京圖書館金石組編纂《北京圖書館藏歷代石刻拓本彙編》時，也未收入。

蕙風遺事

步章五

蕙風先生歿於丙寅七月十八日，生年歲雖家人不能知也，今從諸方印證，定爲六十八歲焉。

先生生日亦不肯言，子女請問，輒曰：『問生日何爲？欲知我爲人日也、狗日也？』

先生學有夙慧，九歲入庠，十二中優貢，十五中鄉舉，一上公車，不第，故不復爲也。

先生文章詩詞皆工，詞尤有大名，嘗著詞話一書，行於當世，詞家能事宣洩盡矣。

先生絕筆於《詞學講義》一篇，窮數日夜力成之，文成而病，病五日而歿，可哀也已。

先生生平負奇，不少諧俗，余作挽聯云：『一生負奇氣，四海失詞宗。』語雖簡，紀實也。

先生不事生產，中年常一筦鹽税，例得多金，數年都盡。晚年賣文爲活，身後無十金之積云。

先生善飲酒，喜拇戰，歡呼跳躍，其飲始暢，至老不衰，或以爲勸，終不肯聽，蓋氣盛，不肯讓人也。

先生於伶人最賞梅蘭芳，作詞至百餘首，蘭芳見先生，亦敬禮備至，故先生樂爲之賦焉。

先生平時不喜女伶，自余以潘雪豔爲介，先生大喜，以爲寄女。先生之殁也，雪豔素服，三臨哭焉，先生可以瞑目矣。

先生殁前，若早自知，檢點舊作，分年作束，謂諸子曰：『吾殁，無有庭訓，觀此，亦可增進學問也。』

先生嘗攜雪豔至吴昌老處，立求昌老爲雪豔作畫，昌老未允，則命取昌老舊贈先生畫至，求題數語，轉贈雪豔，昌老亦未應。先生不悦。退謂余曰：『吾今生不見此老矣。』孰識此言竟成語讖哉？

先生尊人官吾豫有年，嘗攜先生登中岳，先生賦詩有云：『舉頭天外烟雲低，俯見大千無一物。』尊人笑曰：『詩語誠奇，將置我何地乎？』時先生僅十一歲。

癸亥年，先生病中自作挽聯云：『半生沈頓書中，落得詞人二字；十年窮居海上，未用民國一文。』親書以示子壻陳巨來。余戲謂巨來曰：『十年後，吾不知即此可以見先生之風節矣。』

先生淑配曰卜夫人，名娱，字清姒，美而能文，著有《織餘瑣述》行世。先生謂余曰：『書與吾雜著同刻，而售比余多，可見女子文字易傳也。』卜夫人殁於甲子年，年僅四十，先生已六十餘。晚年喪偶，是其致病之根也。滬山西路有雜貨店，曰時新昌店，中有一蠟人，先生謂絶似卜夫人，欲購之，店人不肯售也。李雲書君爲言，亦執不可。先生以爲恨事，每過其店，輒徘徊不忍去也。

先生二子，曰又韓，曰小宋。有二女，長適平湖陳巨來，次字寧波馮氏，名文學家馮君木子也。二子工詞，能世其家；二壻皆年少好文。余與巨來友善，知其他日必以文名世云。

先生弟子甚眾，過從尤密者曰陳蒙庵，曰趙叔雍。及先生之歿，叔雍經紀甚至。其尊人趙公竹君廣交遊，爲叔雍擇師，得先生，可謂知人。先生之歿，趙公資助極厚，輓近世俗，古道可敬也。

先生之貌絕似清初人雪苑侯朝宗，有人攜朝宗畫像至，見者皆以爲先生中年也。朝宗歿年三十六，先生六十八，此爲不同。才名則先後相埓，而先生之詞，則非朝宗所及云。

先生之姓從氵從兄，時俗不察，多誤作『境況』之『況』，有折柬相邀誤書『況』字者，先生不往，曰：『字且不識，尚欲識吾耶？』

余來滬即識先生，今已八年。而過從之密自去歲始，先生來訪，同至酒市，作消夜之飲。回想此樂，不啻天上矣。

先生去歲納一姬人，極樸素，事先生甚勤。有謂先生耽於娛樂因而致病者，悠悠之口，不足置辯，稍知先生者，決不信也。（載於民國乙亥刊《林屋山人集》卷十三）

近世人物志一則

金　梁

況周儀：翁記：（同，十，六，一。）楊少和太史，自廣西學政回，云：『有況童子周儀，年十歲，詩賦可觀，成語屬對極妙。』又：（光，一四，一，一。）況周儀來見，號夔生，己卯舉人，二十八歲。其兄桂森，余

壬戌本房，以教授終。（金梁《近世人物志》，臺灣明文書局《清代傳記叢刊》影印本）

同光風雲錄一則

邵鏡人

況周頤，字夔生，别號蕙風。幼讀書有神悟，九歲補博士弟子員，二十一舉於鄉。惟輕倩流慧，不守繩墨。幼有句云：『春小於人，花柔似汝。雲涯悵望知何處。』每自謂曰：『世間無事無物不可入詞，但在余能自運其筆，使宛轉如意耳。』然而終身坎坷，所如俱不合。兩江總督端方曾禮聘入幕，又優以稅差，亦未終歡。既入民國，竄居上海，憔悴益甚。室人以無米告，占《減字浣溪沙》：『逃墨翻教突不黔。瓶罍何暇恥罍鹽？半生辛苦一時甜！　傳語枯螢共寧耐，每憐飢鼠誤闚覘。頑夫自笑爲誰憐！』以民國十五年卒，年六十有六，祇剩得『空餘高詠滿江山』而已。

綜觀清季詞壇，自半塘謝世，古微導揚宗風，稱一代之詞宗。夢華、蕙風各張旗鼓，彬彬然蔚成風氣；而歸趣略同，其能承風揚波，演詞入於劇曲者，惟海寧王靜安耳。（邵鏡人《同光風雲録》下篇之二二『朱祖謀附馮煦、況周頤』，臺灣明文書局《清代傳記叢刊》）

清稗類鈔十八則

徐珂

龔定庵會試之起講：嘉慶乙丑春闈，同考官王植閱浙江一卷，至第三藝起講，以爲怪，大噱不止。

鄰房溫平叔侍郎聞聲往視之，爲言此必龔定庵卷無疑，乃慫恿呈薦，遂獲售。況夔笙太守嘗言見是科第十房同門錄，有定庵闈作，三題爲『夏曰校，至小民親於下』，其小講云：『昔者三代之制，八歲入小學，十五入大學。小學學六書、九數而已，大學之道，在明明德，在親民。』雖簡淡疎樸，然亦不甚怪異，其首次兩藝，氣格尤醇簡，不骫時藝矩度。詩題爲『春色先從草際歸』，第四韻云：『出山名遠志，入夢戀慈暉。』尤渾雅可誦也。此在定庵，蓋已俛就繩尺矣。（中華書局一九八四年版《清稗類鈔》『考試類』）

漢人取滿名：漢軍取滿名者甚多，若漢人，則固絕無而僅有也。臨桂況夔笙太守周頤，嘗官內閣中書。在京日，得一子，甚慧，愛之篤，懼其夭也，爲命名曰額爾克。額爾克，滿語也。以漢文譯之爲鐵，欲其如鐵之堅固耐久也。然其後竟夭。（同前書『姓名類』）

桂林清議絕可畏。況東橋所居，距其弟夔笙太守周頤之廬不數武。某日嚮夕，詣兄，值盛暑，未易長衣，甫出門，遇一友，遽訶太守曰：『汝何故著短衣出門？』太守亦笑詰之曰：『汝何故著長衣出門？』（同前書『才辯類』）

詞學名家之類聚：

明崇禎之季，詩餘盛行，人沿竟陵一派。入國朝，合肥龔鼎孶、真定梁清標皆負盛名，而太倉吳偉業尤爲之冠。其詞學屯田、淮海，高者直逼東坡，王士禛以爲明黃門陳子龍之勁敵。自餘若錢塘吳農祥、嘉興王翃、周篔，亦有名於時。其後繼起者，有前七家、後七家、前十家、後十家之目。前七家者：華亭宋徵輿、錢芳標、無錫顧貞觀、新城王士禛、錢塘沈豐垣、海鹽彭孫遹、滿洲性德也。徵輿，字轅文，其詞不減馮、韋。芳標，字葆馚，原出義山，神味絕似淮海。貞觀，字華峯，號梁汾，考聲選調，吐華振響，浸浸乎薄蘇、辛而駕周、秦。士禛，字貽上，號阮亭，別號漁洋山人，尤工小令，逼近南唐二主。豐垣，字遹聲，其詞柔麗，源出於秦淮海、賀方回。孫遹，字羨門，多唐調，士禛撰《倚聲集》，推爲近今詞人第一。嘗稱其吹氣若蘭，每當十郎，輒自愧傖父。性德，原名成德，字容若，其品格在晏叔原、賀方回間。更益以華亭李雯、錢塘沈謙、宜興陳維崧三家，遂爲十家。雯，字舒章，語多哀豔，逼近溫、韋。謙，字去矜，步武蘇、辛，而以五代、北宋爲歸。維崧，字其年，鬱青霞之奇氣，譜烏絲之新製，實大聲宏，激昂善變者也。

同時與其年齊名者，爲秀水朱彝尊。彝尊，字錫鬯，號竹垞，當時《朱陳村詞》流徧宇內，傳入禁中。彝尊又別出新意，集唐人詩成數十闋，名《蕃錦集》，殊有妙思。士禛見之，以爲殆鬼工也。然彝尊詞一宗姜、張，其弟子李良年、李符輔佐之，而其傳彌廣。康、乾之際，言詞者幾莫不以朱、陳爲範圍。惟朱才多，不免於碎；陳氣盛，不免於率。故其末派有俳巧奮末之病。錢塘厲鶚、吳縣過春山，近朱者也。興化鄭燮、鉛山蔣士銓，近陳者也。太倉王時翔、王策諸人，獨軼出朱、陳兩家之外，以晏、歐爲宗。時翔，字抱翼，其詞淒惋動人。策，字漢舒，意味深長，亦自名家。至宜興史承謙、荊溪任曾貽自出杼軸，獨抒性靈，於宋人吸其神髓，不沾沾襲其面貌，一語之工，令人尋味無窮，而又不失體裁之正，則亦詞家之作手也。

乾、嘉之際，作詞者約分浙西、常州二派。浙西派始於厲鶚，常州派始於武進張惠言。鶚詞宗彝尊，而數用新事，世多未見，故重其富。後生效之，每以捃摭爲工，後遂浸淫而及於大江南北。然鈔撮堆砌，音節頓挫之妙未免蕩然。惠言乃起而振之，與其弟琦選唐宋詞四十四家百六十首爲《詞選》一書。闡意内言外之旨，推文微事著之原，比傳景物，張皇幽渺，約千編爲一簡，蹙萬里於徑寸，誠爲樂府之揭櫫，詞林之津逮。故所撰作，亦觸類修鬯，悉臻正軌。其友人惲敬、錢寄重、丁履恆、陸繼輅、左輔、李兆洛、黄景仁、鄭善長輩，亦皆不愧一時作家。其學於惠言而有得者，則歙縣金應珹、金式玉也。其以惠言之甥而傳其學者，則武進董士錫也。荊溪周濟友於士錫，嘗謂詞非寄託不入，專寄託不出。其所立論，實足推明張氏之説而廣大之。所著《味雋齋詞》及《止齋詞》，堪與惠言之《茗柯詞》把臂入林。蓋自濟而後，常州詞派之基礎益以鞏固。潘德輿雖著論非之，莫能相掩也。

後七家者：張惠言、周濟、龔自珍、項鴻祚、許宗衡、蔣春霖、蔣敦復也。惠言，字臯文；濟，字保緒，號止菴；自珍，字定菴；鴻祚，字蓮生；宗衡，字海秋；春霖，字鹿潭；敦復，字劍人。七家中，蓮生、海秋、鹿潭之作，大都幽豔哀斷。而鹿潭尤婉約深至，流別甚正，家數頗大，人推爲倚聲家老杜。合以張琦、姚燮、王拯三家，是爲後十家，世多稱之。

其效常州派者，光緒朝有丹徒莊棫、仁和譚獻、金壇馮煦諸家。棫，字中白；獻，字仲修；煦，字夢華。

光、宣間之倚聲大家，則推臨桂王鵬運、況周頤、歸安朱祖謀、漢軍鄭文焯。鵬運，字幼霞；周頤，字夔笙；祖謀，字古微；文焯，字叔問。（同前書『文學類』）

譚復堂爲詞學大家：同、光間有詞學大家。（下略，見《近詞叢話》）

大令所著《復堂詞》，在《半厂叢書》中。又選順、康至同、光人詞，爲《篋中詞》，更取周濟《詞辨》，爲徐珂評泊之。其跋曰『及門徐仲可中翰録《詞辨》，索予評泊以示榘範。予固心知周氏之意，而持論

小異。大抵周氏所謂變，亦予所謂正也，而折衷柔厚則同』云云。觀此，可以知復堂詞宗旨之所在矣。（同前）

況夔笙述其填詞之自歷：（下略，見《近詞叢話》）（同前）

程子大與況夔笙以詞相切劘：（下略，見《近詞叢話》）（同前）

徐新華能書畫：杭州徐室女新華，字彤芬，印香舍人恩綬次孫女。早慧能文，淵源家學，父珂、母何墨君皆鍾愛之。工楷法，嘗爲其從伯花農侍郎及父執況夔笙太守、丁和甫舍人作楹聯屏條，僉以筆意渾健酷類北海贊之。家藏左文襄爲其曾大父辛齋理問孝酉所書楹聯，心摹手追，亦頗神似。且精繪事，所作山水，不失宋、元人矩矱。夔笙謂其冰雪聰明，流露楮墨之表，於石谷、麓臺勝處，庶幾具體，時宣統辛亥，年十有八也。（同前書『藝術類』）

況桂珊工小楷：臨桂況桂珊，字月芬，夔笙太守周頤之仲姊也。能詩，且工小楷，昉歐陽率更，秀勁娟潔。曾手書《爾雅直音》全部，授夔笙讀，後嫁同邑刑部主事黃俊熙，年二十四卒。（同前）

湯柏龢涉目錄之學：揚州書賈湯柏龢稍涉目錄之學，樂與名士游，有都門廠肆大賈風。臨桂況夔笙太守周頤客揚二年，與之晨夕過從，往往清譚逡晷，不聞世俗之言。夔笙曰：『斯人如蜀岡楊柳，紅橋璧月矣。』（同前書『鑒賞類』）

阮文達家廟藏器：阮文達家廟藏器，有周虢叔大棽鐘、格伯簋、寰盤、漢雙魚洗，皆無恙，惟全形椎拓不易，因而真蹟甚稀。況夔笙求之經年，僅獲一本。復本所見非一，石刻較優於木，然真贋相形，神味霄壤，可意會不可言傳，不僅在花紋字畫間也。

寰盤拓本上款下形，又於形中拓款作側懸形。真本拓不及半，復本輒過之，以氈椎有難易之分，凹與平之不同也。

真器拓本，悉出阮氏先後羣從之手，墨色濃淡不勻，字口微漫，不能甚精。（同前）

况夔笙得阮文達家廟藏石：文選樓在揚州太傅街阮文達家廟之後進，中有藏石，漢畫象一，北齊、北周造象各一，並嵌置壁間，此阮仲嘉《瀛舟筆譚》所載者也。况夔笙據以求之而得，完整如新。漢武氏畫象殘石，高四寸一分，寬六寸五分，左鹿形，右分書一分，舊釋，惟『此金萬』三字可辨。細審『金』字上一字，左偏作『甼』，筆畫顯然，當是『獸』字僅存一角。武氏可室畫象，並陽文隆起，此獨陰文句勒，惟分書則酷肖漢蹟耳。北齊道朏造象，武虛谷曾藏之。北周曇樂造象，真書，徑五分彊，環列佛座三面，石高三寸二分，前後面各寬八寸五分，側面寬七寸五分，十九行，行二字至六字不等。（同前）

劉蔥石藏宋拓嘉祐二體石經：宋拓嘉祐二體石經，海內孤本也。咸豐丁巳，山陽丁儉卿得於淮安市肆，何子貞爲賦七言長篇。後歸貴池劉蔥石參議世珩，屬况夔笙堪《蘭陵王》詞以張之，詞云：『輭塵隔。青案摩挲翠墨。蘭臺製，平揖漢京，三體黃初黯無色。氈椎世幾易。鄒嶧七篇未佚。內有《孟子》三十七紙，未經前人著錄。鐫瑨字，三萬有餘，玉筯銀鉤競標格。經文凡三萬餘，篆正二體。簪豪憶恢餤。胡恢、謝泌奉敕書。「雅故三蒼函占意」，儉卿和蝯叜詩句。悵劫墮淤黃。朱竹垞謂經石沈黃河於泥下。塵閟瓻碧，《周禮》一種，開封修學已作瓻甒。殘縑珍弆錢吳畢。竹汀、山夫、秋帆所得皆殘本。羨攬羽威鳳，見斑全豹。高齋頤志舊審釋，儉卿所著《頤志齋叢書》有《北宋二體石經記》。付蝯叜吟筆。石癖。快良覿。共硯北香南，中壘晨夕。鴻都虎觀餘荊棘。念俊賞無恙，古芬須惜。廛開百宋，蔥石藏宋板書甚夥。更異彩，動四壁。』（同前）

況夔笙得甎於揚州：　光緒戊戌九月，況夔笙以客授揚州故，自瓊花觀街移居舊城小牛彔巷。其地距舊城遺址不遠，虹橋西南有頹垣一角，屹立荒烟蔓草間，輒督郭姓老僕登城尋甎，辰往午還，肩荷甃甓，殊苦。得甎一，旌以錢百。僕嗜飲，得錢供杖頭，又甚樂。城築於宋而甎則唐，蓋當時取用他處舊甎耳。所得城甎七，其文曰鎮江前軍，書勢精勁圓腴，神似郁孝寬書《武侯祠碑》，又文曰鎮江後軍，又文曰鎮江右軍。又文曰揚州，宋甎也，『揚』字從『手』從『易』，質地色澤，不逮從『木』之甎遠甚。又文曰高郵縣，又文曰全椒縣，又文曰步軍司交燒造修天長塔。（同前）

劉蔥石藏大小忽雷：　蔥石既得小忽雷，以爲迭經劫火而未遺失，則大忽雷或亦尚在人間，乃百計物色之。宣統庚戌十一月，蔥石訪大興張瑞山琴師，與之縱談古樂。瑞山言三十年前得一古樂器於市，曰大忽雷。蔥石索觀，瑞山爲取而彈之，其聲清越而哀。越翌日，蔥石攜小忽雷訪瑞山，以二器並陳，見其斷紋隱隱，諦審之，覺與舊藏唐雷威、雷霄製琴，斷紋髹漆絕似，益信其爲唐物。瑞山知蔥石之喜而欲之也，割愛歸之，於是大小忽雷皆爲蔥石所有。蔥石大喜，遂倩閩縣林琴南孝廉紓爲作《枕雷圖》，而名其閣曰雙忽雷閣。蔥石更屬況夔笙題《鳳凰臺上憶吹簫》詞以張之，詞云：『別殿春雷，長門夜雨，玉蔥銀甲當年。悵劫塵甘露，舊譜荒烟。黯說延津一劍，新樂府唱徹瓊筵。孔東塘得小忽雷，曾作院本以張之。誰得似，紫雲雙貯，中壘清緣。　吟邊。摩挲倦枕，對如此江山，淺醉閒眠。漫《霓裳》法曲，回首開天。貽我故山詩事，叢桂影曾拂么絃。小忽雷曾在伊小尹處，後歸繼蓮龕，自桂林寄貽劉燕庭。知音少，珍琴更攜，蔥石又藏唐雷威、雷霄製琴，斷紋髹漆，竝與兩忽雷同。何處成連。』（同前）

莊某著《長隨論》：　況夔笙太守周頤嘗寓金陵。一日，於東牌樓匢董攤購書二冊：　一九峯書院本《中州樂府》，後爲朱古微侍郎據以覆刻；一寫本《長隨論》，前序略云：『《偏途福》，又名《仕途軌範》，俗曰《長隨論》。曩余寄跡漣水官廨，見有《長隨福》一書，友人置之案頭，據載，國朝莊有恭作，相傳已久。開卷流覽，撥宂迻錄。其篇之語易解，所載之法易明，所述之言頗有淺俗之句，惟是初入長隨之諸君子，不可不加意溫習。類如卷中十要一節，十不可一節，呈詞分別刑錢一節，用印信條款一節，禮部鑄印局一節，國家喜詔遺詔一節，皆文墨之要訣。又梆點金鼓一節，朝賀祭祀一節，柬帖稱呼一節，皆典禮之要訣。又接詔迎官一節，驛遞差徭一節，綵觴宴會一節，鋪墊親隨一節，皆差務之要訣。至於監獄班館，紅衣督護，尤爲防範攸關，不可稍涉疏忽。是書條分縷析，理明詞達，令讀者觸目會心，易於倣法者也。同治戊辰六月，北平劉炳麟錄於祝其捐局。』序後一則略云：莊先生諱有恭，廣東人，乾隆己未科狀元。未第時，父爲蘇州府司閽。及第後，仍執司如故，經太守婉謝，不肯歸。嗣先生督學江蘇，太守親送江陰使署，爲封翁焉。舊例，長隨之子毋許應試。據光緒丙子科某省有捷秋闈者，計偕入都，同鄉官不肯出印結，竟不得覆試。而莊不然，詎當時尚可通融，視輓季稍忠厚耶？是書於州縣衙門公事程式，記載至詳。（同前書『奴婢類』）

鋪地錦：臨桂況夔笙太守周頤官內閣中書時，一日，讌集宣武門外半截胡同江蘇會館，院落修廣，見偏地纖草如罽，名鋪地錦。時屆暮春，著花五色，每色又分濃澹數種，或一花具二色三色，或併二色三色爲一色，如茶綠、雪湖之類，殆不下數十色，風偃瀫紋，蹙繡彌望。（同前書『植物類』）

況夔笙之常食：臨桂況夔笙太守周頤之赴讌會也，不甚進食。在家常膳，好以火腿佐餐。惟以晏起遲眠，每至夜午，輒飯，冬夜亦然。時僕婢已寢，則必其婦爲之料簡焉。（同前書『飲食類』）

安持人物瑣憶十一則

陳巨來

朱名祖謀，原名孝臧，字古微，浙江歸安人。清某年二甲一名傳臚翰林，官禮部侍郎，爲清季四大詞人之一。年四十後，始向王半塘給諫學填詞，庚子年困處危城，日與半塘唱和自遣，遂以學夢窗名馳天下矣。時先外舅即況周頤已由內閣中書外放知府，居張之洞幕府中矣。直至民國後，朱、況二公始成莫逆也。況公嘗謂余曰：『朱丈于半塘應稱師，吾於半塘在師友之間也。』朱丈任廣東學台時，得門人汪精衛。入民國後，汪逆每至上海必詣朱宅晉謁，仍跪拜如舊儀，朱丈亦不擋駕，也恭送爲儀；汪有贈禮，則原封不動退之，絕不與之通一訊者。居上海後，只認一龍榆生沐勳，江西萬載人爲弟子，臨終以常用一硯贈之，龍君遂倩人作遺硯圖，遍求題詠爲紀念者。因此得先任暨南大學文學院長，又任廣東中山大學中文系主任，最後汪僞時又任立法委員，均借朱丈門人之名耳。朱丈夫人，河東獅也，居蘇州，朱丈每對況公談及時，輒曰『獅子』不已。無子，嗣弟孝威子爲兒，名方飭，殊平平。故朱丈臨終作詞《鷓鴣天》，內有二句曰：『眼前犀角非耶是，身後牛衣怨亦恩。』殊淒涼也。朱丈身矮而小比余更短小，與吳缶翁同樣也，但姿態凝重，不威而莊，性溫和，視余似子姪，與況公視余爲賓客，另有一種感覺也。朱亦訂有潤賫詞，短令十元，長調二十元，但無一而非況公代作者，潤歸況收，知其貧也。況公生平不作詩，朱亦如此，均云：詩至海藏、散原，難得之至矣，然去宋人尚遠云云。

朱丈與況公同居蘇州時，與大詞人鄭大鶴文焯均至好，後與鄭均入絕交狀態，非關同行嫉妒。據況公云：　鄭至貧，有嗜好，先嘗乞烟過癮，應之，後作爲常例，日非供給不可，如不給以滿意，即作函譏況公吝嗇不止，故與之絶交者。朱丈因鄭屢屢告貸不已，亦敬謝不敏了。但二公論大鶴詞時，均云爲文廷式所不及云云因其時有與鄭不睦者，將『四大詞人』名去鄭易文耳。在丙寅春日，有廣東新會人陳洵，字述叔，任中山大學文學系教授，主講詞曲，陳氏亦一專學夢窗詞者，特在廣州郵呈《海縛當作綃詞》一卷，求朱丈指正。丈大喜，以謂後繼有人，遂作論詞小令《望江南》三十首左右，自清初朱竹垞，以及常州派以次，直至王半塘、鄭大鶴、況公爲止，因爲捧陳述叔而作者，故最後一詞有意將兩廣詞人同列，後三句云：『新拜海南爲上將，敢邀臨桂角中原。來者孰登壇。』當時所謂詞人龍榆生、趙叔雍、汪旭初、陳蒙庵，曲家吳瞿安等等均未齒及者。況公讀後連連道好不已，時余在傍親見之事也。及朱丈行後，況公喟然長嘆，謂余曰：『朱老伯今日捧人太甚矣，把吾與陳同列，還要……似不當如此也。』又曰：『吾官比朱小，故人稱「朱況」耳。』但其後二公一無意見，而龍、汪等等均把陳大批之下，終使陳名未揚。此或者因己名未列入《望江南》而望洋興嘆邪？抑亦同行相妒邪？惜余於詞一竅不通，不敢妄言矣。

況公周儀，後更名周頤。十三歲進學，當時學使南豐趙某某即以女妻之，早亡，無出。側室卜娛，内子等生母也，至甲子逝世後，始扶正。據況公云，十二歲至姨丈家中，見書架上有一册《蓼園詞選》，遂攜歸，試作，名家見之，羣爲可造，遂刻意用功，而成詞人云。十八中舉人，十九會試，在隔座一同年朱某某年輕貌美，況公心不在焉，涉及遐想，竟將『皇上』二字應三抬頭，而寫在下面了。當時主考只看謄錄，遂以進呈，錄取第二名進士矣，及看原卷，遂撤銷了。（以上，陳巨來《安持人物瑣憶》『記朱彊邨一二事』，二〇一四年上海書畫出版社）

況公生平學生至多，只繆子彬藝風之子、林鐵尊二人，寫信時稱『仁弟』，其他一列『仁兄』也。自視寫字，認爲惡札，凡題字等等，均鄭蘇堪、朱古微、鄭讓于三人代筆者。大門上每歲換一春聯，總爲鄭、朱、吴缶翁三人輪流所書，舊者絕不取下，故累累然高凸也。其住屋，大廳上不設一几一桌，空空如也，廂房門上貼一集南北史句，上聯『錢眼裏坐』，下聯『屏風上行』。上一横額貼於壁上曰『惟利是圖』，均吴缶翁篆書也。乙丑春，因取妾吴門，遷居蘇州只三月又回上海了，余特請朵雲軒至空房中鏟取吴書，二元工資，只鏟得『惟利是圖』四字，聯句牢粘木門上，竟不能得矣。此四字余至今尚保存未失，後遂有朱丈長題原妥當作委。余藏缶翁書只此一件耳，亦可寶也。

況公性奇乖，玩世不恭，嘗請吴缶翁畫荔枝一幅，上題『惟利是圖』四字，又填《好事近》五首，均由缶翁所書，生前總挂在會客室中，逝世後由大兒子以廉值售去，後歸上海西泠印社，影印入《缶翁遺墨》中矣，今不知下落矣。五詞余均抄存者，幸未失也。況公平日只對一林鐵尊常常提及，今杭州名詞人夏癯禪，林之得意弟子也，于況氏爲再傳弟子矣。況公生平所填詞，凡題什麼圖什麼詩文集者無一留稿草稿都撕光不留，但作文生涯頗不惡，西泠印社出一書，嘉業堂劉氏刊一書，序跋無一非其大筆，但說明代筆始寫也。又不甚肯獎掖後進，故大都恨之不已。黄孝紓，字公渚，福建人。父久任山東知府，故成魯人矣。在黄二十余歲時，即以駢文名，嘉業堂劉氏聘之爲記室。其時另有一駢文名家，蘇州人，名孫德謙，字隘庵，亦爲劉之記室。孫、黄二人居同一樓，食同一桌，五年之久，見面若不相識者，可云奇事也。黄氏以久仰況公大名，請劉翰怡作介紹，恭謁況公，以文求正。況公收下後，從不啓視，隔三月黄又去求正，況公原封不動還之，云：『已拜讀過，佩服，佩服。』黄事後逢人必大罵不已矣。解放後任青島大學教授，聞以假造古畫黄擅山水畫欺騙博物館，愧而自縊故世了。龍榆生初從江西來滬時，亦先謁況公，爲所拒，乃改入朱丈門下者，事後亦深恨不已了。況公乙丑春居蘇州後，李根源幾每日往訪，叩以金石考據之學，入晚又有曲家吳瞿安訪問，談宋詞元曲爲樂。丙寅七月況公逝世後，吳氏來申，一度爲銀行家王元伯之西席，余每往訪之，吳氏云：『夔老之詞，比朱爲佳，因朱只擅夢窗一路耳』云云。余結婚後，二家照舊風俗須會親，先君幕友出身，不知文學者，與況公格格不入，故特請名翰林沈淇泉太丈、名進士嘉興詩人金甸丞蓉鏡作陪客，況公于沈老殊泛泛而談，與金丈先只略談，後談至詩詞，二人相互大談爲歡了。後金丈謂余曰：『世稱朱、況，其實你丈人好，因朱年長官尊，故名在上耳。』聞馮君木丈告余云，蘇北興化李審言詳，當世文學名家也，與況公二人嫌隙至深，況從不提及李名，而李見人輒痛詆不已云。但金壇馮煦夢華則最服膺況公者。今事隔數十年之久，何人猶能憶及此等事邪？

況公自內閣中書外放後，初至湖北入張之洞幕，張不重視詞章，況拂袖而去，改入西江端匋齋方幕，端多收藏古碑帖，況專事考據，褚松窗副之，賓主至相得，端乃任之爲大通鹽局長，二年獲八萬元。入民國，在三馬路開『琅嬛書室』書店，被店員所紿，蝕光了，乃賣文爲生矣。第一次生意，乃余朱氏舅父喪愛妾，朱舅異想幻念，囑況公代筆，仿冒辟疆《影梅庵憶語》，爲之寫某某憶語，說明每則不問長短二三十字亦一則，每條潤一元，愈多愈妙。況公想入非非，無中生有，三日成三百餘則之多，朱舅大樂，印數百冊以遺親友云。況公當時親告余者也。

況公撰《詞話》五卷，多談作詞之法，曰有三要：重、拙、大，並云：重者沈著之謂，在氣格不在字句。其卷一第一、二則即將『詩餘』二字作解釋如下：『……唐宋已還，大雅鴻達篤好而專精之，謂之詞學，獨造之詣，非有所附麗若爲駢枝也。曲士以詩餘名詞，豈通論哉。』又曰：『詩餘之餘，作贏餘之餘解。唐人朝成一詩，夕付管弦，往往聲希節促，則加入和聲，皆以實字填之，遂成爲詞。詞之情文節奏並皆有餘於詩，故曰詩餘。世俗之説，若以詞爲詩之剩義，則誤解此餘字矣。』全書五卷，從不將同輩友好或其他近人評譽一番等等，惟于納蘭容若《飲水詞》一再書之，有一則云：『寒酸語不可作，即愁苦之音，亦以華貴出之，飲水詞人所以爲重光後身也。』朱丈每告人云：《蕙風詞話》爲況公千秋不臭之作，非若前人袁子才、近人陳石遺之詩話等，專以互相標榜爲樂之作耳。惟內曾有二一處寫及外姑卜清似（當作姒）夫人時，頗有佳評，如云：『清似（當作姒）學作小令，未能入格……得劉仲尹「柔桑葉大綠團雲」句……曰：只一「大」字，寫出桑之精神，有它字以易之否？斯語其庶幾乎略知用字之法。』此亦未能免俗，聊復爾爾邪。朱、況二公均同葬於湖州道場山，六六年朱丈墓先被掘平，屍骨狼藉，況公墓恐亦難保矣。其長子又韓至今不肯向內子道及也。

又，在乙丑春日，況公已六十七歲矣，遷居蘇州，爲訪豔納姬也，當時朱、馮二丈苦勸不從，不久聘一待詔之女施氏，入秋又遷申矣。至丙寅七月逝世之夕，余始獲見此新太太，固一端莊之小家碧玉也。不久，大先生強令返蘇再醮，渠臨行聲明不嫁矣。至丁卯春突接其父來電，云『施氏已死，速來殯殮』云云。大先生故意遲遲去蘇，及抵靈前，死者忽張目視，使大先生魂飛魄散，只能從豐辦了後事，並遵從遺言，扶柩至道場山附葬況公之側。故馮君木丈撰況公墓志銘時，特書曰：『側室施附葬公墓，從其志也。』以一已死三十餘小時之死者，尚能對所懷恨之人張目怒視，斯真不可解矣。（《安持人物瑣憶》『記況公一二事』）

據蒙安自云，曾在復旦大學讀書，但未畢業也。渠至況氏拜師，乃毛遂自薦，奉巨金爲束脩，況公時正窘乏，故即允以學生相待耳。蒙安自拜師之後，頗能勤於用功，故況公對之與叔雍相等，有詞來，總詳爲改削，故學業日進，而驕狂且逾於叔雍矣。學北京話，亦尚似不惡。當時北方榮寶齋來滬設分店，店員均北京近縣土人也，蒙安每日必買筆買紙，目的專學北京話也。於是動輒以陳二爷自稱，尊況又韓爲況大爷了。風格神氣，獨具一路。時況公已故，渠竟目中無人矣。故人皆以『十大小狂人』之一尊之。（《安持人物瑣憶》『記陳蒙安』）

冒孝魯景璠，如皋老狂人鶴亭詩人之子也，爲北京某大學專攻俄文之高材生，任顏惠慶駐蘇大使館一等祕書有年。解放後，任復旦大學外文教授時，余以鶴丈之介始與相識，覺其人之狂傲，有逾于老父。渠每讀鶴丈詩文後，必指摘之，連呼『不通，不通』，老人亦只能默認而已。蓋其邃于國學，故敢如此也。凡有自命文人雅士者，以詩文就正者，至多讀三行，即云『好，好』，擲還了。憶先外舅況公，昔年黄公渚孝紓、龍榆生沐勳嘗以詞求正，原封未動，外批『至佳』二字還之。故黄、龍二人提及況公時，必大詈不已。孝魯還讀三行，似比況公略謙邪？　湖帆平日以詞自炫，嘗親書小楷，付珂羅版影印後附《和晏詞小令》一卷，乃倩女詞人周鍊霞代書而捉刀者，名曰《佞宋詞》，求孝魯爲作序。孝魯以其老父至好也，故囑湖帆求鶴老撰之。鶴老大窘，事後謂余曰：『這詞，做周女徒孫都不够格，真無從恭維之也。』湖帆又堅囑孝魯作跋，跋成，竟莫名其妙。余後問之，孝魯笑云：『他詞更莫名其妙呀。』（《安持人物瑣憶》『記十大狂人事·冒孝魯』）

陳蒙庵，此人與前二公指冒孝魯與沈劍知迥然不同矣。他殆一世中從無二色之正人君子也。其狂放自傲之態與二人略有不同，蓋狂而有顛狀，又口沒遮攔，說後尚不知已闖了禍。他在況大先生處信口幾句，害內子大病三四年之久，余與況大至今尚未釋嫌，均其一句胡言，而有此後果者也。前已記之，茲不贅。茲憶在丙寅、丁卯間，余爲之介紹與湖帆爲友，湖帆以其況氏及門，頗善之。他一再囑書，無不允者。後又屢代商人求書，湖帆云：『富商之件，需叨光付潤。』他竟打了京片子說：『這，瞧您得起，給您寫的呀。』使吳大怒，乃與之絕交了。他除況公幾個知交如朱彊邨、馮君木、程子大寥寥數老外，其他至友易大厂、呂貞白爲好友，袁伯夔、周梅泉、陳病翁等等，均不肯與蒙庵往來，都云：土膏店小主人，一身土頭土腦云視爲鄉曲之意也。與趙叔雍二人時時彼此奚落，余時時見之。但平心論之，文字似不在叔雍之下也，否則聖約翰亦不致聘之爲文學教師也。而他能挈況大作助教，且爲之每日整備課文，每與函及文，總曰某某教授兄，此則不負師門，余至今認爲可嘉之事。第生平未至北方，與真正名士如溥氏諸昆仲，以及羅癭公、楊雲史、李釋堪等接觸，而一口北京話，卽爲甚是，以致于對袁伯夔、周梅泉、沈劍知等巨宦後裔談吐進退之間，大有票友登臺演劇，不甚自然，反不如若龍榆生、盧冀野前之一口的江西、南京土音爲落落大方。惜蒙庵見不及此，爲可惜耳。（《安持人物瑣憶》『記十大狂人事・陳蒙庵』）

附録二　詞學專論

蕙風詞史

趙尊嶽

臨桂況蕙風先生，詞學淵粹，爲世宗尚，無俟贅述。而自製諸詞音節流美，寓意深遠，尤爲讀者擊節稱歎。顧其微尚所寄，指事寫言，猶或爲讀者所勿習。尊嶽從先生遊，側聞緒論，並以己意領會所及，率爲臚舉，讀者就箋讀詞，且益深羣怨之思，仰止之意矣！

先生少穎悟，矜才絶豔，而凌霜晚節，窮愁抑鬱，賫志以歿。其所爲詞，《存悔》、《新鶯》，少年興會，固無所謂感事，而詞筆流露，往往似爲之讖，先生輒以舉示，謂不知其何以致此也。略舉一二，以概其餘：

不是雲山幾萬重，近近近。人間天上，蓬山只在，靈犀一寸。《醉春風》

未解飄零無限意，恰西風已覺思量苦。如我瘦，最憐汝。《金縷曲》

當時不誤不而今，後時莫説而今誤。《踏莎行》

不爲此時顑頷損，只爲前時媚嫵。《金縷曲》

風雨枉教人怨，知否無風無雨，也自要飄零。《水調歌頭》

凡此《存悔》之作，均在二十歲前，已復如此，可知慧心至性，有所通於數十年以後之境界，誠匪夷所思矣。至《存悔詞》中有本事者，《臨江仙》一闋：

淺笑輕顰情約略，嫩悰撩亂花天。倦紅亭樹碧陰圓。未能通一語，春趣飽眉彎。　已是而今惆悵處，也休還憶當年。登廔無奈看雲山。好春千里意，楊柳可勝緜。

初，先生居粵西，其顯宦有楊姓者，漢軍旗，得先生應試文字，驚異讚美，欲以女孫議婚，且輒召使先生入署園：『綠陰芳樹，微波初通。』既而楊他遷，議婚之説亦解。遂別娶于趙，然此後偶過署園，流連光景，輒多追憶，遂賦此詞。

先生戊子入都，應試入薇垣，因與王佑遐遊。佑遐行輩較長，且於內閣爲前輩，然以同里閈，共音磬，故漸敦曷弟之好。其所爲《新鶯詞》初稱丈，後稱前輩，卽此友誼之遞嬗，可概見也。方作《新鶯詞》時，輒與薇垣諸公酬唱，亦卽選輯《薇省同聲》之時。《新鶯》一集，輒有論及者焉。

先生初爲詞，以穎悟好爲側豔語，遂把臂南宋竹山、梅溪之林。自佑遐進以重大之説，乃漸就爲白石，爲美成，以抵於大成。《新鶯》詞格之變，草綫可尋，若《湘潭夜泊》、《春草》、《紅綠菊》諸篇，均足覘之，其微尚亦有可傳者：

知伊誰爲，但一抹修眉，凝顰不語，向人空翠。《過秦樓》

長亭路，爭忍玉驄輕去。《南浦》

西風意苦，料一抹山眉，瘦如人否？《齊天樂》

晚節鮮妍，未到西風有誰識？《紅情》

顑頷東籬冷豔，只傲骨丹心猶昔。《紅情》

慘綠何人，晚節誰知，不受世間秋熱。《綠意》

年少冶遊心，飄零後，禁得萬蟬淒哽。《南浦》

但值秋天能皎潔，何妨春影特瓏玲。《滿江紅》

凡此於家國承平之際，遽作秋聲，似已自知將罹易代之變，且甘爲肥遯、薇蕨自持者，真不可測矣。

先生得《花草粹編》明刊本於廠肆，訝爲罕覯，錄副以贈佑遐。其書於晚年以百元售之李祖年。李歿，又售之於王靜安。《新鶯詞》有《金縷曲》，爲此書詠也。

葦灣觀荷，有所遇，屢作詞以記之。凡《南浦》、《臨江仙》、《江南好》、《鶯啼序》，皆此遊本事。

《碧瀣詞》，端木子疇著。端木本青田籍，旋籍金陵，子疇同值薇垣，爲題其集，作《齊天樂》，又輯詞入《薇省同聲集》。

朱依真，字小岑，與先生同里夙好，時客京師，輒有酬唱。《滿江紅》、《念奴嬌》均同作。

先生漸遊廣州，回臨桂，再出，由杭而蘇，於蘇納桐娟，始回京師。桐娟妍麗而不祿，《玉梅》一卷，大抵爲桐娟詠，其署玉梅詞人，亦自此始，故卷中特多豔詞。然先生斯時造詣益進，故於豔詞亦能悟「重」、「拙」、「大」之旨，爲他人所未易。

金溎生，名武祥，江陰人。好吟詠，所刊《粟香叢書》，多得善本。時供職粵西鹽局，薄宦讀書，遊冰泉，與客聯吟成一集。得晤先生，爲題其首，賦《買陂塘》。

譚仲修，名獻，杭人。一時詞流，奉爲大師。先生由粵北行，過杭州，暢論詞學，爲題《斜陽烟柳填詞圖》，賦《齊天樂》。由杭而蘇，賦《壽樓春》、《高陽臺》。其：

玉梅花下相思路，算而今不隔三橋。怨良宵、滿目箏華，滿目蕭條。《高陽臺》

先生最喜誦之，此蓋其識桐娟之始。以豔詞而出以秋聲，所謂樂極而不自知其悵觸無端，此真詞心所流露，而筆力又足以勝之者也。

《永遇樂》、《憶舊遊》、《法曲獻仙音》、《早梅芳近》，均其時本事：

慘碧山塘，畫舡只在，銷淚多處。《永遇樂》

宛轉碧淞潮，共垂楊縈恨難翦。《法曲獻仙音》

紫鸞簫，丹鳳琯。金粉江南怨。仙山樓閣，不抵人間繡簾遠。《早梅芳近》

歌管山塘，任珠簾十里，不卷離愁。《憶舊遊》

凡此以蕃豔之詞寫疏俊之思，悲從中來，真足使人黯然魂銷者矣！

先生於蘇識易實甫、文小坡，因有《壽樓春》及《喜遷鶯》聯句之作。

先生漸重遊京師，入值薇垣，而桐娟已歿，先生哀之，爲賦《浣溪沙》『重到長安景不殊』一首。方桐娟之喪，先生寄殯於蕭寺，賃一室以居，長夜無侶，校書自遣。作絕句詩，有『殯宮風雨如年夜，腸斷蕭郎尚校書』句，其全詩不傳。

先生悼桐娟之喪，每有所作，輒多傷感云：

最是不堪回首處，鳳城春去棠梨雨。《鳳棲梧》

天涯休怨凋零，便腰肢似舊，難消媚嫵。《南浦》

鴛衾空復煖，魂共爐烟斷。《菩薩蠻》

迨桐娟生辰，則又製《青山濕遍》一曲、《石州慢》一曲，《青山》蓋飲水自度腔也。時半唐校刊《夢窗詞》，先生助成之，並賦《玉漏遲》、《浣溪沙》，世人嘗薄夢窗與賈似道遊，獨劉毓崧闢其說，先生引爲同調。故有句云：

晚歲西原疏佞友，早年秋壑亦能臣。

其時先生名噪王城，都人士多以乞得一詞爲幸。故於王正軒則兩題其圖卷，江建霞則題其日本女郎象，《靈鶼閣叢書》有全帙甚富。而是時先生提倡詞學，不遺餘力。故得《彈指詞》，卽題《穆護砂》；得《百名家詞》，卽題《寶鼎現》。蓋亦漸好拈澀調爲之矣。《彈指詞》爲康熙刊本，嶽猶及見之，《百名家詞》則晚年歸拙藏。蓋先生謂：『售書與不能讀者，不如俾能讀者讀之，得人籤閣，書亦何憾』云云。嶽以先生手澤護持甚力也。

『寒夜聞角』一詞，先生深自喜之，尤愛自誦：

憑作出百緒淒涼，淒涼惟有，花冷月閒庭院。珠簾繡幕，可有人聽，聽也可曾腸斷。

謂：『當時筆力千鈞，百練鋼化爲繞指柔，極詞家明轉之說，與早歲所作又不相侔矣。』蓋早歲《落花詞》有云：

擁被不聽雨，算作一宵晴。

此爲硬轉法也。

繼《錦錢詞》一卷爲《蕙風詞》，蓋取楚《騷》『悲蕙風之搖落』也。時在癸巳、甲午間，先生感於中東之役，寓意益深，詞筆亦益矯健。輒就佑遐讀詞，並助其校勘《四印齋詞》，集中《蝶戀花》、《燭影搖紅》、《壽樓春・落花》、《三姝媚》、《采綠吟》、《鶯啼序》，均與半唐有連者也。

甲午事亟，主和主戰者兩不相能，馴至敗績。其於和戰紛呶之際，先生詠蟲以喻之，作《摸魚兒》，其結拍云：

寒催堠鼓。料馬邑龍堆，黃沙白草，聽汝更酸楚。

則其指戰事之必敗可知。又九月一日爲先生生日，嘗刊小印曰『與歐陽文忠同生辰』，時戰事瀕潰，京師驚悉其事，先生賦《唐多令》，有云：

東望陣雲迷。邊城鼓角悲。我生初、弧矢何爲。

則其憂時之切，慷慨之情，直躍紙上，恨不親就矢石，以策勳授命也。迨次年戰事大敗，其賦《水龍吟・大雪》、《水龍吟・聞角》，並云：

聞說東皇瘦損，算春人也應憔悴。凍雲休卷，晚來怕見，欃槍東指。嘶騎還驕，棲雅難穩，白茫茫地。

鬢絲搔短，壯懷空付，龍沙萬里。莫漫傷心，家山更在，杜鵑聲裏。

蓋未能忘情於敗績者也。是時先生極賞《玉田詞》，詞筆亦有神似者，如《南浦》換頭云：

壺山山下吾家，料環溪一帶，桃花放了。花外舊遊蹤，松楸路，夢魂幾回愁到。

則和春水儼然得其骨髓者矣。而當時君臣酣嬉，先生爽然憂之，輒以詞諷。《三姝媚》、《采綠吟》、《鶯啼序》有云：

啼鵑聲自苦。卻紅樓依然，玉容歌舞。《三姝媚》

瓊簫影事，畫角愁邊……有恨江山，那能禁淚。《鶯啼序》

待重尋、吟事尊前，滄洲怨、多恐不堪題。《采綠吟》

言婉而諷，足知其字裏行間正有無數忠愛之忱在也。

既而先生娶吳縣卜娛，輒同遊於祕魔寶珠間，彌復相得。《祝英臺·病新愈》一首，卽爲娛作。

先生後此去京師，南遊，由金陵而維揚，《菱景》一卷，卽其時作，亦多感逝傷離之音，而睠睠於半唐者獨深。《齊天樂》、《憶舊遊》、《角招》、《壽樓春》諸闋，均爲半塘。有云：

落日觚棱，清霜斥堠，此際銷魂禁否。君須寄語。盡顑頷、而今後期休誤。《齊天樂》

驪歌。甚無謂，恁草草分攜，如此關河。北雁傳消息，也安排琴劍，一櫂烟波。《憶舊遊》

佇月聞簫，苦憶清霜殘角。《石州慢》

此際君應念我，向風雪地飄零，更狂吟能否。《角招》

恨不平山闌檻，共君登臨。《壽樓春》

君有酒，吾中之。甚慰吾知音相思。《壽樓春》

讀之令人增氣類之感、家國之思。而其時先生旅食江湖，彌難爲懷，詞中亦多有自況者，約略舉之：

飄零最苦。算金粉江南，是人愁處。《齊天樂》

茂陵不勝清怨，彈淚向誰多。《憶舊遊》

衰桃一樹，算也自惜容顏，嬌雲冷抱閒池閣。《石州慢》

流波照影堪腸斷，祇酸風不定，一霎回旋。《高陽臺》

憐何極，賸江湖、滿地飄零苦。《鶯啼序》

似此者不可勝記，蓋先生襆被去都，依違江湖間，身世之感已流露於吟事，此亦後來詞境入於白石之所由。天之生人，困其境以成其學者，乃至於此！

先生之至維揚，揚人士倒屣相迎，詞流尤多勝會，先生亦多有酬贈。集中《高陽臺》、《鶯啼序》、《金縷曲》、《六幺》均在揚作，所往來者徐嘯竹、張午橋、沈芝房、王木齋，亦一時名彥。歌酒清歡，琴尊盛集，在先生觀之，無以解其牢愁也。有云：

畫裏移家，愁邊選夢。《高陽臺》

盡登臨、江山絕勝，暫消遣、吟邊淒苦。《鶯啼序》

顦顇東陽，三生懺盡情禪。《高陽臺》

茵溷飄零隨分好，祇落紅、身世淒涼定。《金縷曲》

甚淒婉、蘭成詞賦，恰年來，烏帽黃驄，總然棲旅。《鶯啼序》

渺河山，能幾知音，且澆芳酒。《鶯啼序》

先生尤愛京師風物，每有所憶，輒形之詞翰，有云：

春明回首惜夢華。海王村、東去駐車。《戀繡衾》

記得駐金勒，袖滿鑪烟班直退。《遶佛閣》

巷陌麴塵，鞭絲絮影。纔當日、已成銷凝。《殢人嬌》

其尤致傷感者，次子新喪，春明舊夢，一一抒之於詞，《摸魚子》、《花心動》有云：

天涯路，我亦伶俜薄命。霜風不耐淒緊，須知別汝無多日，見汝祇愁難定。《摸魚子》

鳳紙鈿盟，鸞柱爭塵，此際不堪腸斷。總然蘭絮論因果，情何忍墜歡重戀。《花心動》

蓋是時中年哀樂，已非入直金鑾可比擬。其《題落花詩卷》與前賦落花不用衰颯語者相提並論，迹象迴異，足以知方寸之間情致之不同也。比讎讀之，使人迴腸盪氣矣！一云：

凭遍了、玉闌細數，飄上了，錦茵更舞。《東風第一枝》

爲花早拚飄零分，等飄零、猶隔人天。《高陽臺》

《蔆景詞》刻於光緒戊戌年。自此先生卽留南寧，掌教吾鄉龍城書院，講學南京師範學堂。又一之杭，再之吳，一入川，遂入江督端忠敏公幕府。旋至大通掌榷運。至辛亥十月，鼎革，始來上海。其在江寧也，忠敏收藏最富，凡陶齋藏畫藏石諸記，皆出先生手筆。其時所爲詞多不存。《玉梅後詞》十餘闋，則豔詞之成於蘇、杭、常州者也。維時先生雖流離江海，而朋友文字之樂不減疇昔，故詞境又趨於側豔一流。然有絕重、絕拙、絕大處，則非作豔詞者所可望其肩背矣。

《玉梅後詞》成，文叔問嘗竊議之，先生大不悦，其於詞跋有云『爲傖父所訶』，蓋指叔問。叔問在蘇，治詞亦精，享盛名。時人與王半塘、朱彊邨及先生合之，稱爲清季四大詞人。叔問學白石，學清真，雅尚面目，而天分或不及先生。先生充其所至，胡帝胡天，外蕃麗而內幽怨，不爲叔問所知，故有所議也。

先生《臨江仙》『記得』詞八首，有賦阿芙蓉者，爲前人所無，可與《滄櫻》之賦樗蒲同傳，其詞特雅冶，云：

記得瓊窗風不度，芙蓉香霧氤氳。丹成九轉費溫存。爲憐蔥玉損，重撫昨宵痕。　屢試靈犀通也未，櫻紅潤到情根。如烟恨事莫重論。鬟絲禪榻畔，腸斷對燈昏。

至豔詞之至拙至重者，先生輒舉《玲瓏四犯》：

總然真薄倖，但保終媚嫵。衰桃不是相思血，斷紅泣垂楊金縷。

其謂桃作斷紅，垂楊初不之顧。而衰桃泣血，固不求知於垂楊，亦以盡其在我而已，以此喻家國之大，喻忠孝之忱，同非求知，自盡其我，正復一理，可以舉反也。

其豔詞姚麗入骨，而靈心慧筆足以濟其勝，爲詞林所罕覯，約略舉之：

第一矜莊堪痛哭，無雙明豔莫端相。《浣溪沙》

有夢便須安枕簟，如雲猶自想衣裳。《浣溪沙》

忍更推篷，不如昨夜，猶見去時路。《四犯》

已拚不思量，難生受、天涯病餘情味。《徵招》

怕緗桃未抵離襟色。瘦不禁憐，那人知否，分付吳天寸碧。《淡黄柳》

淚泣鮫殘，血啼鵑碎，脈斷高城，暮山凝紫。《側犯》

落紅如雨，飛不到、愁春處。玉鴨水沈微，裊寸碧、鬘天能否。《長亭怨慢》

凡此嘗鼎一臠，初未盡其妙緒，而詞中往往有生澀處，纏綿悱惻之中，寓以惆悵哀抑之旨，此多情種子之言，文人慧業，於此真獨擅勝場矣。

再就上舉諸首言之：其曰『矜莊堪痛哭』，諷入世之以僞面目向人也；其曰『有夢如雲』，則情之所專，無間於境界之別也；其曰『忍更推篷』，極惜別之情也；其曰『已拚不思量』，則情之所鍾，欲擲勿得，置而勿思，更無可以自聊，轉不如思量之尚足自慰，見其一往之深也：其曰『瘦不禁憐，那人知否』，則專其在我，而正復不諒於人，顧我既專之，則亦不更求人諒，以易堅貞之操也；其曰『淚泣血啼』，盡傷離之致也；其曰『落紅如雨，飛不到愁春處』，則視『那人知否』之旨爲更深，蓋明知其不爲人知，而我固不悔，其忠誠直往之情爲何如者？獨此深情，終能爲人所知與否，則亦如玉鴨水沈之裊寸碧鬘天，未必倖達。初求知於人，漸不求人知，而終亦倖得人知。思緒層層，蕉心繭殼，情文兩絕，難觀止矣！

自此而後，先生詞集久未付刊，偶作亦隨手棄去，直至辛亥九月先生在大通榷運局，聞警來滬，卽居滬瀆。初賃廡於梅福里，而生事日艱，遂出其藏書，設一書肆，然先生因不工市儈，朋從至，道姓名，輒以書奉贈，舉手輒盡。既乃棄去，移居東有恆路，時朱彊邨侍郎卽居德裕里，衡宇相望，過從甚頻，酬唱之樂，時復得之。先生患不繼，輒鬻文自給，每歲致千金。維時吳興劉翰怡京卿刻《嘉業堂叢書》、《吳興叢書》，亦延先生與其事。旋又遷北河南路，所與遊者，一時名俊，盡東南之美。蓋國變以還，流人多寓海上，無不景企先生，以得聞謦咳爲慰。時先生益勤詞事，尤多與彊邨侍郎賡揚唱和，《二雲》、《餐櫻》、《菊夢》胥是時所成也。

《二雲詞》以贈傅彩雲及朱素雲二詞爲名，蓋先生有所寄托，諱以二雲也。其自跋云：『以二雲名，非必爲二雲作。』從可知之。傅彩雲嘗偕洪文卿使英，庚子之變，又在京師與德帥瓦德西遊，飽更世變。迄辛亥後，又張幟海上，時如皋某君與之稔，介先生識之，遂投之以《鶯啼序》。朱素雲，都下名優，工小生，傳王楞仙、徐小香之學。方其在都，多與貴人遊，先生夙習之。辛亥後，又來海上，謁先生寓廬，因爲賦《綺寮怨》。

先生辛亥後幽憂顦顇，於詞益工，淒麗迴絕。蓋故國之思，滄桑之感，一以寓聲達之，而又輒以綺麗緣情之筆出之，遂益見其格高而詞愴，殿有清一代之聲家，開自唐以來之韻令，何止工吟事、集大成而已。

《鶯啼序》贈彩雲，初爲聲家常舉之題，而出以先生之妙筆，便覺生色，蓋其橅寫鉤勒，有特到之處。其敘彩雲使英及庚子事云：

記曾泛蓬海仙槎，翠濤飛作香雨。鳳城陰、桃花細馬，更誰識、英雄兒女。

其致家國之感，則曰：

山圍故國，涕雪新亭，恨人定後侶……凭危闌、苦憶春歸路。……相如倦後，庾信愁邊，看鬢絲倩汝。

先生遷居作《握金釵》，述海隅勝致，搖曳生姿。其云『無塵』者，謂可托以避世也。

鐵笛倚層樓，天涯怨芳草。空巢新燕能到。畢竟無塵是壺嶠。花作伴，海流愁，人未老。

先生凡此之作甚多，《蝶戀花》『柳外輕寒』直逼宋賢，《買陂塘》尤多感喟，其曰：

千萬卷珠簾，斜陽過也，著意看新月。

則易代之感，以逝者托於斜陽，來者謂之新月，令後之視今，亦猶今之視昔，微尚所寄，有如此者！

乙丑之後，項城秉國，已有僭位之思。時先生撰輯《繪芳詞》成，媵以小詩，有云：

傾城傾國談何易，爲雨爲雲事可哀。

即隱詆之也。《繪芳詞》撰録古今詠美人詞，自髮迄影，幾百餘闋，有前人所未賦者，先生爲補撰之，題曰『周夔』，又有托卜娱之名者。其《高陽臺》一首，托諸玉顔，自致淪落之思，讀之，輒爲雪涕，云：

玉顔自昔悲青鏡，盡搓酥作雪，知爲誰容。一寸瓊瑶，能消一曲絲桐。彩雲猶作真真唤，甚昂藏七尺飄蓬。

寧鄉程頌萬，字子大，號十髮。善畫蘭石，工詞賦。先生在鄂，與之同任教職於學校，一别數年，於其來也，作《絳都春》。

朱彊邨翁自廣東學政還，即往來蘇、滬間，吟嘯自適，與先生知好特深，蓋同研詞學於半唐者也。方彊邨以詞抵半唐訂拍，先生見之，亟爲稱許。半唐嘗函彊邨曰：『夔笙少所許可，見子詞而驚佩，其推挹爲可知。』先生在滬，幾與彊邨日必相見，而彊邨輒還吴閶小憩，其所居在醋庫巷舊吴氏園，先生賦《霜花腴》贈之。

先生在滬鬻文，求者雲集，朋從亦多以乞一字爲增重。貴池劉聚卿京卿富收藏，得宋拓二體石經及大小忽雷、馬湘蘭爐等，名重一時，因丐先生爲詞。先生在寧固與舊契，因賦《蘭陵王》、《鳳凰臺上憶吹簫》、《緑意》，蓋聚卿方刊《暖紅室傳奇》數十種，每就先生勘定，因徇其請而爲之。

程十髮之來，輒多酬唱，先生又賦《壽樓春》、《臨江仙》。迨其歸湘，又寄以《瑞龍吟》焉。《臨江仙》詞筆清麗，有云：

一桁湘簾塵不到，除非燕子歸來。

先生輒自言：『此境清絶，至不易到。』其欣賞如此。又有云：

相逢切莫誤橫波。雍門成舊曲，無計惜韓娥。
愁邊萬一損風懷。雁箏猶有字，蠟炬未成灰。
長亭霜葉後，辛苦又辭枝。

凡此皆寓情感事，以自然嫺雅之筆寫無聊侘傺之音。其他詞之尤繾綣兼以自況者，有云：

東風裏，殘花藉草，何計更飄茵。《滿庭芳》
玉奴羯鼓悔催花，花若遲開應未落。《玉樓春》
賺人墜佩貽簪，輭塵何世。《解蹀躞》
袖薄天寒誰倚竹，也占取、嬋娟先誤。《卷珠簾》

時先生客滬，大人之求題以爲增重者益夥。集中《買陂塘》之題水繪園書畫册子，徐積餘藏『石家侍兒』印，均是時作。積餘名乃昌，南陵人，藏書甚富，尤好詞，嘗刊《小檀欒室閨秀詞》一百家，與先生雅稱莫逆。先生所爲詞，卽其所刊。又先生藏詞集最富，亦盡歸之積翁。縞紵之篤，有如此者！

先生此時亦間作豔詞，讀之令人迴腸盪氣，《浣溪沙》四闋尤稱絶勝。卽其製題：『綠葉成陰，苦憶閶門楊柳。』亦屢自言其工妙，饒有遐思也。哀怨之音，千錘百鍊以出之，可爲特開境界者矣！有云：

啼鴂啼鵑不盡聞。䫲鬟羅幕盪斜曛。

紅瘦何因怨綠肥。須知綠暗卽紅稀。留春春卻損芳菲。
玦絶環連兩不勝。幾生修得到無情。
蝶夢戀花兼戀葉，燕泥黏絮不黏萍。
翠袖單寒亦自傷。何曾花裏並鴛鴦。只拚陌路屬蕭郎。

徐仲可名珂，杭縣人，屏居天蘇閣，好詞翰，客滬，多所纂述，與先生遊，輒請題作，先生咸爲之不辭。《最高樓》、《婆羅門》、《月華清》，均爲徐氏作也。

先生酷愛櫻花，前後所作甚夥，卽以《餐櫻》名其集，而莩甲則自一《浣溪沙》始。蓋舊有盆供，亂後失去，追憶及之，形諸吟事也。漸仲可來，同遊六三園，則綠櫻之詠，再而三四，裒然成集矣。先生憂國憤世，其情益深。而甲午以還，鑒於東禍之亟，故詠櫻花每多寄託，不徒爲紅芳點染也。如：

東風也自東來，盡吹殘鬢色，知應惜汝。香國渺滄洲，靈槎約、多恐暈眉人妒。
東家信美非臣里，更宋玉、鬢霜催織，向十洲、譜盡羣芳，卻憶故園歐碧。
淺暈鄉愁，濃分海色，回首東風第幾町。
尋芳直到海東頭，容我碧雲深處宿。

其防閑之至，壁壘之嚴，勝負之分，恢復之切，胥可於此見之。知先生之詞初非浮烟浪墨也。

先生旅食海隅，夫卜娛及子三女二，同賃梁廡。長維琦，次維璟、維琛。二女：長維琚適陳巨來，次維瑀適馮仲足。維琛幼殤。先生偶暇，亦攜兒輩過闠市間行，姜白石『只有凭肩小女隨』，可爲先生詠之。《解蹀躞》則擕二女觀焰火，《踏青遊》又擕二兒過愚園。愚園舊在靜安寺側，花木明瑟，樓閣參差，後易主，別築市樓，遺址不可復跡矣！先生二詞亦似白石之風格，有云：

獨憐衰鬢歸來，短檠對。莫誤京雒元宵，禁烟時節，依稀柳條能記。

念舊約天涯能幾，一分春，還只賸，三之二。

先生初以天才爲詞，雖節拍不乖，亦未嘗一字一聲，三探三討。自辛亥來滬，與彊邨侍郎遊，同音切磋，益臻嚴謹。於是四聲相依，一字不易。蓋先生不特詞境之日深，亦詞律之日鵠矣。其和清真《意難忘》，蓋守律之作，樹之矩範者也。其於彊翁推挹情親，輒托於詞。《紫玉簫》一首，殊足見先輩之交誼，而先生沈痛之懷亦於此覘之，云：

流水凝眸，迴潮逐夢，素心人在花間。

還商略一字一聲，按譜興闌。

矜持幾費，恰啼鵑身世，說與春寒。

繼《二雲詞》，則爲《餐櫻》，蓋以賦櫻花者特多也。《鶯啼序・題訪碑圖》、《眉嫵・題馬湘蘭石印》、《玉京謠・題徐氏畫》、《風入松・題松風琴》、《醉翁操・賦銀幣》，均集中詠物之作，而秀句新意，絡繹迴環，亦復可誦。有云：

便秋山、也說新來瘦。荒苔一抹，依稀片石韓陵，是淚墨知否。《鶯啼序》

其他可存者稱是。而四詠松風，隸事繁切，尤見工力，惟先生尚以爲不足存也。

《燭影搖紅》自張材甫而後，代有作者，卽明季諸賢亦輒有可取，先生於甲寅除夕填之，不減蓮社，其云：

椒紅柏綠總依然，誰念朱顏改。夢裏風雲萬態。作闌夜、笙歌一派。

以真率之筆寫穠摯之情，惟淡乃見其真，惟率乃見其至，此不易與不知者言之矣。

其時海上有詞社，徐仲可、王蒪農、周夢坡諸君，奉彊翁爲社長。先生填詞，獨往獨來，初未入爲社友，而彊翁促爲社課，始賦《高陽臺》，其情至之語，有云：

戲鼓錫簫，尊前盡費春聲。蘼蕪特地傷心碧，算年年、總負清明。

自先生之賦櫻花，彊翁繼起，於是唱酬益繁。《花犯》蓋彊翁首唱，而先生和之者也，其托詣一同於曩作，有云：

晚晴晝罨明霞綺，闌干萬里。漸暝入銷魂，金粉滄洲餘淚幾。

可以知之。繼斯而作者，爲《浣溪沙》九首，則先生特工之作，於境，於格，乃至詞筆之穠纖，幾無一不足以淩絕並世矣。其最搖曳者，如：

萬里移春海亦香。五雲扶艦度花王。

於櫻花之身份立爲增重，而其姿態之端凝、氣度之雍愉，亦一一神情活躍。至其跳脱之筆，如：

不分羣芳首盡低。海棠文杏也眉齊。東風萬一尚能西。

又以鉤勒之法顯櫻花之神，此探驪而得其珠者。至：

綠雲紅雪繡雙隄。梅花冢畔惜香泥。

則組繡之工，兼之以運用之妙，慧心聖手，庶或兼之。其饒有逸致者，又如：

風味似聞櫻飯好，天台容易戀胡麻。一春香夢逐浮槎。

合花合人，信有巨力糅之至和，足以見其運斤如風也。至有寄托，涉感慨者，有云：

鬟影衣香滄海外，花時人事夢魂中。

似此春華能愛惜，有人芳節付蹉跎。

纏綿一往，繞指成柔，而假櫻花以諷日本。又云：

未必移根成悵惘，祇今顧影越纖穠。怕無芳意與人同。

其云中日之不能親善，已騰躍楮墨，乃不期今有東省之變，移根悵惘，先爲語讖。則先生之明燭知幾，知其於邊事及今所謂外交國際者，籌之深矣。至其云：

紅樹仙源仍世外，綵旛春色换鄰家。

則以日人愛招吾亡命者往居。在昔勝清，則革命黨羣集其間；辛亥之後，升吉甫諸遺老又復避地，永爲世外。而人事之不同如此，亦可爲慨嘆者也。

先生於一字一句，固極推敲之長，而於一篇一章，尤尚結構。此九詞者以詠櫻之形態起，而以作者之懷抱作結。其尾聲云：

安得薾雲飛綺夢，盡教裛露折繁枝。三山立馬豔陽時。

其懷抱之卓絕伉遠，蓋取金主亮『立馬湖山』之遺意，則其於東鄰之壯志尚有奔踔及於富士之雄心，廉頑立懦，固不當僅作詞章觀，詠物奇托，至此而始極其能事，亦必有此而始足盡《金荃》、《蘭畹》之美。繼此又賦《戚氏》、《小重山》，其微旨之相類，亦多如此。

彊邨侍郎《校詞圖》兩幅，一蘇州顧西津繪，一安吉吳昌碩繪。蓋侍郎校刊唐宋金元人詞二百餘家，《彊邨叢書》夙已追汲古而抗四印。一時名流題贈殆徧，先生爲作《還京樂》。其填《還京樂》者，以侍郎題《餐櫻詞》亦作此調。先生以侍郎而言，念及半唐，復作《清平樂》一解。淵源之誼，笙磬之雅，知先生之特過尋常者多矣。集中復有讀半唐自定詞之《繞佛閣》自定詞，彊邨侍郎爲刊。初半唐有《袖墨》、《味梨》諸集，最後自爲刪定，以付彊邨鋟之。題《半篋秋》之賦《八歸》子苾，湘人，所著《半篋秋詞》，有石印寫本行世。《丹鳳吟》、《解連環》之和中秋，《徵招》、《浣溪沙》、《千秋歲引》之酬贈彊翁，靡不流連，以至於涕泗。衰世殘霜，故人酬對，乃至迴憶年時，鬭酒分籌，論文品詞之樂，宜其有不能忘情者矣。其尤沈痛者，如：

萬一共淪落，話雨滄洲須酒滿。容易夢中，相逢醒已遠。《繞佛閣》

二十年前分袂地，黯慘暗、銅駝烟月。《八歸》

香塵人海，鐵笛玉笙消歇。爲語雙鬟，須意解、唱黄河休徹。《丹鳳吟》

悵青瑣洞房，夢搖難續。太液波翻，秋光、孤冷誰掬。《夜飛鵲》

點檢浣花箋，珍珠字、天涯更無人見。念咫尺翠隔吳雲，也難爲別暫。《徵招》

莫向天涯輕小別，幾回小別動經年。《浣溪沙》

其身世家國之感，胥於此以見之。蓋先生至誠真意，流露行間，有不自知其何以致此者矣。

《蕙風詞》境界，已由豔而頑，更勝一層，蓋平視白石矣。然間有悵觸，亦偶拈豔詞。先生豔詞，多有理解，故爲至情至真之意，其云：

戶網遊絲渾是罥。被池方錦豈無緣。爲有相思能駐景。消領。逢春惆悵似當年。《定風波》

則言韶華逝水，而吾心匪石，初不可移，惟其不可移，則延跂以之，欣慰以之，轉能駐景。蓋欲留此身以有待，則地老天荒，亦當守之不渝，豈非年事轉長乎？又云：

杳杳蘅皋，茫茫桑海，碧城往事愁重省。問訊寒山，可有無限傷情，作鐘聲。《曲玉管》
點檢青衫紅淚，夕陽衰草，不見傾城。

其淡處彌遠，重處彌摯，非凡手作豔詞者所敢輕於下筆也。

先生既客海上，久不他往，雖山水之樂，懶病卻赴，亦但寄之於翰墨。集中《隔浦蓮》、《品令》、《垂絲釣》、《鷓鴣大當作天》均遙情遐思、拂葉披花之作，清致可掬，而微尚勿渝。試略舉之：

影娥上。含情怕問，玉容別久無恙。夕陽芳草，負了紅衣雙槳。《隔浦蓮》
翠娥期與經春見。杜鵑須喚，珍重韶華晚。《品令》
湖上柳。更繫船能否。綸竿手。問卅年忍負。無奈飄零後。佳處非吾有。《垂絲釣》
如夢如烟憶舊遊。聽風聽雨臥滄洲。燭消香灺沈沈夜，春也須歸何況秋。《鷓鴣天》

時先生侘傺益甚，暇日僅理舊書自娱，間不能存，則輂之以去，顧無改於清貧之樂。《浣溪沙》『無米』、《秋宵吟》『賣書』、《鷓鴣天》補元殘本《爾雅》此書後歸吳興劉氏嘉業堂、《南鄉子》均爲此詠。其可傳之句，尤有理有致者，如：

半生辛苦一時甜。《浣溪沙》
似怨別侯門，玉容深鎖。字裏珠塵，待幻作、山頭飯顆。《秋宵吟》
尋常豹鼠何難識，未必終童我不如。《鷓鴣天》

秋士慣疏蕭。典盡鷫裘飲更豪。況有鸞笙丹鳳琯，良宵。不放青燈照寂寥。《南鄉子》

而『秋士』一首，雖藿鹽之境，出之以富麗之音，所謂不作寒酸語者，先生其庶幾知音矣。時先生雖造詣日深，而才情輒自患其不如少日，曾有詞題云『爲詞不能豔歎』，可以知之，後刪去矣。先生以少年之詞風流自賞，每見性靈，故鄭重自惜者特深。暇日並作《浣溪沙》、《戀繡衾》，以擬《新鶯》、《存悔》於二十年前，詞筆雖婉約可喜，而詞境已迥非當日。春華秋實，於此覘之。云：

但有蟬娟都照徹，秋心爭得似梧桐。《浣溪沙》

上階三五流螢小，見秋風紅淚海棠。《戀繡衾》

先生多夢，夢輒有憶，醒而哭，蓋至性人也。然其境界爲可悲矣！集中《西江月》、《鷓鴣天》即爲此詠，云：

羅衾寒惻作深秋，清淚味酸於酒。《西江月》

十年鳳紙相思字，併作天涯老淚渾。《鷓鴣天》

其沈痛有至此者！然非先生之筆，固不足以達之。

在甲寅、乙卯間，項城柄國，輒有僭位之思，其事漸顯。先生以勝朝故老，益爲痛心，遂作《定風波》、《多麗》以諷之。彊村侍郎亦憾袁氏之盜竊，一日戲謂姬人曰：『我當化虎，撲殺此獠。』姬人爲之戚然，應曰：『脫不得項城，而君身已虎，且將奈何？』侍郎大笑，以告之先生。先生又爲賦《醉翁操》，題曰『爲漚尹賦與客人談變虎事』者即此。有云：

便相姚黃妃魏紫，多事，騷人閣筆費平章。《定風波》

指欲僭竊者，逕自受禪，必僞造民意，殊患多事也。有云：

問誰消蟲聲四壁，知難醒蝶夢重衾。《多麗》

指項城之不顧清議，必欲帝制自爲也。有云：

美人隔紅牆碧漢，塵世自晴陰。《多麗》

指美人古德諾以君憲之說，進於項城，但圖竊祿，初無深意，蓋坐觀成敗者也。有云：

費香添薰爐恁爇，兼露滴鶴警還痞。前調

指一面籌備大典，一面反對者已從事征討也。有云：

變徵無端，移宮未穩，鄰家鐵笛入雲深。前調

指日人之兩舌，一方佐項城以《二十一條》勸進，一方又佐黨人以抗之也，意義深遠，含蘊隱浹，事外之致，備盡於斯，非爲之疏，未易獲解也。其《醉翁操》云：

我意動怦怦。欲負嵎咀嚼有聲。

暫宜豹霧，紅袖丁寧。

虎拜舊通明。殿中風度誰敢攖。

則隱括彊邨侍郎與姬人酬對之詞，其曰『拜通明』，則以侍郎於庚子事嘗直言敢諫者也。

哈同花園在靜安寺路，爲猶太人哈同所居，擴地二百畝，林樹翼然，暇輒招客盛會其間，蓋以得中朝士夫之臨存爲榮幸者也。先生之遊，賦《霜花腴》、《紫萸香慢》，均重九日，協節調令。繼此又賦《最高樓》、《浪淘沙》、《玲瓏玉》，先生以極疏極峻之筆，轉見其爲極哀極頑者焉。云：

愁目亂雲殘照，怕文峯一曲，易換哀絲。葵麥吟情，茱萸年事，蘭成鬢雪誰知。《霜花腴》

拚一回扶醉，便消得夕陽西。信是無風無雨，甚寥天鴻唳，夢壓雲低。《紫萸香慢》

高樓何況聞鴻雁，重衾生怕夢山河。《最高樓》

西風殘照各矜持。花若有情應念我，雙鬢成絲。《浪淘沙》

慢惜何郎髩綠，念江山金粉，一例成悲。嬾具鶡裘，向東籬且看寒枝。《玲瓏玉》

至撫時感事之作，始『一九消寒』之《醉翁操》、『遙夜坐愁』之《聲聲慢》，均可傳誦，其云：

豔陽錯認，生怕啼鵑。玉鐘翠袖，回首承平少年。《醉翁操》

則年時故國之思也。其云：

倦倚屏山，依然金粉江南。寒衾夢春能否，近垂楊、須學腰纖。《聲聲慢》

則寓調侃於沈痛者也。倚枕迷離，江南烟月，然不能纖纖學舞，正恐未易夢春。其矜持之際，有難於爲懷者矣。

《餐櫻詞》後，續作者爲《菊夢詞》，其云『菊夢』者，蓋以丙辰年有九秋復辟之議，康長素僕僕道途，時以大言炫入，先生或信其説，終不果成，付諸夢幻，故曰菊夢。

先生詞境益老蒼，而詞筆仍極妍麗，其《鷓鴣天》一首，堪奪宋賢之席，亦大有寄託在。云：

錦障香濃一夢中。持觴消得酹殘紅。憑渠斷送春歸去，未是消魂第一風。

先生心事艱貞，往往於詞中流露，已數舉之。其『秋熱』《金縷曲》亦有云：

門外風沙驕陽路，珍重填胷冰雪。

可以知芳堅之思矣。

彊邨翁於丙辰爲七十壽，避赴蘇州，海上詞林，於其歸也，集愚園補祝之，先生賦《石湖仙》、《定風波》二詞，意蓋有在，云：

一鄒凝眸，百回搔首，每依南斗。《石湖仙》

把酒祝君千萬壽，知否，天教留眼看紅桑。《定風波》

《菊夢》之徵，思之思之矣。

《玉燭新》、《鷓鴣天》兩詞題，一云『倚此爲寒花問』，一云『天時難知，晴雨無準』，其睠睠之情可以概見。詞尤韻致，思緒縈廻，云：

安排更把茱萸，怕剗地烟塵，放晴難穩。素娥問訊。應不負、占取一天風韻。《玉燭新》

似聞青女嬋媛甚，珍重紉蘭作佩萸。《鷓鴣天》

先生九月一日生辰，自賦《傾杯》，感憤特甚，有云：

去日蹉跎，青鏡鬢絲，較甚文章賤。持此恨誰遣？

《洞仙歌》『遊園』、《紫萸香》『重九』、《玉京謠》『白菊』，均爲問菊而作，期之至深，而望之不至，聊以行吟自慰，情見乎詞，云：

殘蟬肯共傷心語，問幾見斜陽疏柳挂。誰慰藉，到重陽，插菊攜萸事真假。《洞仙歌》

其云『斜陽疏柳』，亦知成事之難，一成一旅，初不易見，而事真假之尚待於推敲，終恐於無所成就，故其結拍云：

怕蹉跎霜訊，夢沈人悄西風乍。

則於謀事之先，而策事之無成，知其無成，而尚欣許以之，其情緒何如？不言而可喻。其《紫萸香》有云：

最足無風無雨，費遙山眉翠，鎮日含顰。

蓋所處之境不同，則所期之願各異。『無風無雨』，以喻新局之日臻奠定也。『遙山眉翠』，以喻菊夢之益不易成也。在遙山之心眼，期於乘風雨以顯其烟姿。此無風雨，彼卻含顰，意在深入，筆能騫舉，意内言外之恉，於此庶其通之。繼云：

念東籬俊約，迹往越成塵。渺過雁幾重冷雲。

則益明其無可回挽矣。詞以企之，亦詞以悼之也。

《玉京謠》率以自況，起拍云：

絕代姿天與，占取東籬，顧影空凡卉。

其氣象便爾不凡，身份具足，迨云：

最澹遠、秋水文章，甚色相、繁霜身世。西風裏。矜持晚節，鉛華應洗。

則爲花爲人，即花即人，已合之爲一，極詠物之能事，盡寄託之遠致，與《金人捧露盤》『詠芙蓉』之

拒霜高格，與東離當作籬傲骨同論。

可爲異曲而同工矣。

《被花惱》詠蟲，蓋詆議員之作，其云：

玉砌更雕闌，得意爭鳴會相妒。樓臺占蟻，鼓吹憑蛙，未算平生遇。

於議員之舉止心事一一曲繪，亦盡調侃之長者也。《竹馬子》『賦看竹』，俗謂之『麻雀』，彊邨翁好之，先生因賦其事。其

早燈遲酒。

先生自謂，刻畫博徒心理無微不至矣。

梅畹華演劇，馳譽壇坫，所編《散花》、《嫦娥》諸曲，尤盛傳日下。其來海上也，彊邨翁與先生極賞之，先生前後作《滿路花》、《塞翁吟》、《蕙蘭芳引》、《甘州》、《西子妝》、《浣溪沙》、《鶯啼序》，刊之集中。其集則別有五十餘調，梓爲《修梅清課》。先生以側豔寫沈痛，真古人長歌當哭之遺，別有懷抱者也。舉以明之：

蟲邊安枕簟，雁外夢山河。不成雙淚落，爲聞歌。《滿路花》

香塵人海，唱徹《定風波》。又

冰輪。凭闌見、嫦娥自昔，渾未肯、多情向人。《塞翁吟》

玉雪伊人，星辰昨夜，總付悵觸。《蕙蘭芳引》

占取人天紅紫，早頹垣斷井，分付銷魂。《甘州》

其以自況身世之感者云：

點鬢霜如雨，未必愁多。問天還問嫦娥。《滿路花》

便真個、聞聲對影，也無望、點拍《霓裳》，駐得浮雲。《塞翁吟》

問能幾消磨，何止鬢難再綠。《蕙蘭芳引》

拚隨波未肯，何計更飄茵。便三生、願爲香土，費怨歌、誰惜翠眉顰。《甘州》

飄零信苦。只逐水、沾泥太誤。《西子妝》

莫辭身化作微雲，傍落英、已歌猶駐。又

宛轉低徊，淒麗欲絕，而其稱道者又無微不至，云：

見說寰中秀，曼睩修娥，舊家風度無過。《滿路花》

算憐卿憐我，無雙傾國，第一愁人。《甘州》

嬌隨步。著意憐花，又怕花欲妒。《西子妝》

其纏綿悱惻有如此者！夫融家國身世於一詞，而又出以旖旎溫馨之筆，宜其超軼等倫，流芳並世也。

其《浣溪沙》五首尤爲傳誦之作，云：

解道傷心《片玉詞》。此歌能有幾人知。

明其聽歌之意，不僅爲聽歌發也。云：

誤人畢竟是芳姿。

以自況也。云：

花若再開非故樹，雲能暫駐亦哀絲。不成消遣只成悲。

猶屈翁山『新枝不是故時枝』之遺，嘆易代之感也。云：

蜂蝶無情剗地飛。楊花薄倖又成歸。落紅身世底矜持。

『蜂蝶』蓋指革命之勃興也，『楊花』喻二臣之效新也，『落紅』以自喻其身世也。過拍云：

便似青山蘸玉骨，願爲香霧護瓊枝。

則以己身融入《葬花》劇內，言劇而身世之感已明。接云：

棖棖歌管夜何其。

仍收入歌劇，而出之以有餘不盡絃外之音，殊爲難能。其：

儂亦三生杜牧之。多情何事誤芳期。最傷春處送秋時。　紫陌銅駝勞悵望，黄河羌笛費

凄其。閒愁萬一阿儂知。

則先生一生情事，已經披瀝無遺。詞筆至此，殊臻聖域矣。

《鶯啼序》一首，其章法謹嚴，筆力跳脱，無或逾之，蓋先生功候兼至之作也。其第一段自聞歌

起，以

湖天可有癡雲駐

一句，轉入由滬之杭，而以遲喜之感引起下文。於是第二段追溯往事，以己身與畹華糅雜言之，一則臥

雨滄洲，一則《渭城》唱遍，而落至其南來搬演，故以

昨夜星辰，縞衣仙路。

爲作一小結。然後再開之爲第三段，用筆極跳脱之能事，云：

驚鴻片霎，怨宇三生，此情定念否。

以『驚鴻』況梅，以『怨宇』自況，於是併入此情，作一總結，微著頓挫，再用筆一提：

人去後，一聲雙淚，便抵《河滿》。

以下卽重以家國之感，至

再休提、舊曲《霓裳序》。人天幾劫，何曾換卻華鬘，葬花怕無香土。

而沈痛已極！夫併葬花之地而無之，則其視前者爲極高，今者爲極下，已不言而自明。此下第四段，歸入畹華遊杭，以點本題，曰：

離魂化蝶，到得西泠，要柳絲繫住。

然後再申之以家國之感曰：

尚彷彿江山金粉，未盡銷磨，幾見娉婷，舊家風度。

則以家國托之於畹華之一身，謂賴有此耳，以觀舊情於萬一，則其重視畹華，又爲如何？迨結句：

淞潮待翦還慵，自撥湘絃，斷腸訴與。

則仍歸本題，冀其由杭而歸滬，且以『斷腸』作結，則仍緯以平居之恩。綜此調離合迴環，程次井井，歸入本題，不粘不脫，信非易爲。而先生以性靈之筆隨意抒寫，真令讀者歎『觀止』矣！

彊邨翁往返蘇、滬，其觀劇之次日，又之蘇而詞不至。於是先生復以《浣溪沙》促之，題曰『期漚尹定詞不至』。

先生題詠之作見於此集者，一王定甫《課誦圖》，一何女士畫冊。定甫事備詳原跋。何女士則康長素之次室，歿後爲題者也。《課誦圖》題極枯謹，而先生善以妙筆爲粉藻，其用姊氏典，則曰：

便蘭騷能歌嬋娟。

其況秋士貧家，則曰：

驚秋斷杵，映雪寒窗。

均非有學問有筆力者，不易扨鐵爲撥也。

《六州歌頭》爲先生自賞之作，其三字句貫串而下，真不能爲增損毫釐，云：

能似舊，青青否，一絲絲，不須悲。

此以問髮人手，而不明言問髮，蓋少變稼軒之體製者也。其曰：

草木無情物。催換葉。清秋節。芳未歇。寒先惻。底禁持。

以物理入詩，而娓娓可誦，乃繼之曰：

似我工愁，天不教顛頦。造物何私？況天涯飄泊後、昨夢都非。

則一層深似一層，順理成章，而感喟自見。其下半闋逆入，以

念歡事少，憂心悄。吾衰早，復奚辭？

爲言，以明其髮之應白；而又轉一意，以及於吟髭，以爲之繼曰：

一樣傷心色，行滋蔓，到吟髭。

此詞家之開拓境界法也。其詞既窮，於是復側入，以商婦相喻，以自明其怨抑。故曰：

商婦琵琶，咽到無聲處，惜娥眉。

而結句仍倒敘以生色，曰：

忍憶少午時。醉插花枝。

以返映其身世，乃至於江山金粉之感。論章法，論筆法，允推絕唱，無俟贅陳也。

《菊夢詞》將刊，自題《浣溪沙》，其云：

叢菊賺人多少淚，況梅枝。

仍菊夢之本恉，而以賦贈畹華者特多，故輕輕帶到梅枝，不見痕跡，其云：

雪壓霜欺須拚得，鬢邊絲。

則言其忍死以待，艱貞之情，可以見矣。

徐積翁爲刊《菊夢集》，先生謝之，賦《金縷曲》，遂爲殿卷。

自是而後，先生刻《修梅清課》一卷，均爲畹華賦者。又自定詞二卷，刪次《新鶯》以下，迄於《菊夢》，又別增以新製者，余爲梓之，以附行於《詞話》之後。余之撰此文也，初擬卽用自定本，而自定者特爲謹嚴，殊不自饜，始仍取諸詞原刊本用之，或非先生意也。此後無他刊本，卽以自定詞次遞論之：

《水調歌頭》『題瞿忠宣公印』一首，徇友人請作之。

《繞佛閣》過王佑遐舊居作，此蓋先生迎太夫人櫬，因有京師之行。太夫人卽葬吳興道場山，先生亦自營生壙其間，植梅花十株繞之。

《水調歌頭》爲嘉興沈子培五十緡辰作，子培所居海日樓，在新閘路，耄而好學，手不釋卷。先生時往就談。

《望江南》二首，哀怨淒麗，謂『試擬少作，渾復不似』。其：

花如畫，未必畫非真。見說畫中花不落，移家作個畫中人。占取最長春。

設想超絶，別成一格，而高致可尋。至下半闋：

> 春未肯，著我軟紅塵。花若有情花亦瘦，十年香夢太酸辛。

以春與人對待，乃人則香夢十年，徒然其爲酸辛，花亦爲之瘦損。此非萬感縈迴者，固不能道也。至結句：

> 我與我溫存。

則自視之高，莫可倫比，又與前闋之

> 漂泊不能狂

相呼應，而益見其伶俜之情。小令至此，章法句法，以至於一字一聲，堪爲『峯極』矣。

畹華去滬，越歲更來，先生屬吳昌碩爲繪《香南雅集圖》，並兩集於余家，一時裙屐並至。圖卷題者四十餘家，畫五幀，則吳昌碩、何詩孫二幀、沈雪廬、汪鷗客作也。彊邨翁每會輒至，先生屬以填詞，翁曰：『吾填《十六字令》，而子爲《戚氏》可乎？』於是先生賦《戚氏》，翁亦賦《十六字令》三首，合書卷端。

阿蘩、粵優李雪芳，時來海上，聲譽鵲起，幾摩畹華之壘，先生賦《鷓鴣天》寵之。其上半闋：

> 桃李爲容雪作膚。本來珠海出明珠。十年看舞聽歌倦，脆管簾櫳一起予。

一時傳誦，謂諧適中，彌見作者心力拋殘之旨。

《甘草子》小令『賦夜雨』，《鷓鴣天》『九日』，先生自謂：『其渾成如宋賢諸作。』《摸魚兒》『癸亥八月二日賦』，蓋挽張少軒者。少軒復辟不成，遁而之津，是年死，先生爲詞哀之。其：

十年花事伶俜甚，禁得綵旛摧折。

蓋言國是之蜩螗，而規復之不易也。其：

風雨咽。爲已斷，鵑魂苦憶啼時血。

則言明知復辟之不可成，而猶欲爲之，是曝其忠義之忱也。其：

情天一髮。念芳約俱寒，墜歡何望，曲怨玉笙裂。

則以一髮指少軒之爲辮帥。『芳約』、『墜歡』，則明其事之無成也。

花落後，無那佳人又別。

則於清亡之後，而復悼其死也。下此並爲哀挽之詞，然一以寄之於芳情遐思，不疏且無以名焉，先生蓋又行之以稼軒之筆者矣。

重陽不登高，謂客用避災字，賦《鷓鴣天》，清勁絕塵，情筆俱足。《浣溪沙》八首，迴腸蕩氣，以豔筆抒哀思，而言中有物，所寓甚大，一時騰誦，傳抄幾遍，可爲晚近詞林之冠。嘗試箋之：

風雨高樓悄四圍。殘燈黏壁淡無輝。篆烟猶裊舊屏幃。

前二句述眼前景事，以況國步之維艱。『篆香』則以自況不能忘情於勝國。

已忍寒欺羅袖薄，斷無春逐柳緜歸。坐深愁極一沾衣。

『已忍』者斥項城僭竊名位，『斷無』者明知勝國之萬難復辟也。知其如此，無可奈何，則亦以一泣沾衣，以自慟自怨而已。

花與殘春作淚垂。何論茵溷已辭枝。憐花切莫誤情癡。

花爲殘春而濺淚，明復辟之徒勞而無益也。『茵溷』、『辭枝』，則國已亡，豈能再復之説也？老成哀怨，亦徒見其情癡而已。此首筆力跳脱，逆入平出，以花作淚在前，辭枝在後，説來益見深刻。以下聽雨聽風，則作者自抒其抑鬱牢騷之致，廻環往復之情，措辭命意，均上上乘。

荏苒霜華改鬢絲。自從青鏡見顰眉。杜鵑啼徹落花時。

此自傷之詞也，然入手用倒置法，先説霜華，後再窺鏡，遂爾筆花飛舞。其曰『落花時』，輕輕一點五月復辟之役，於無意中插入正文，尤見功力。下此『屏上有山，釵頭無鳳』，借物緣情，可謂哀怨之致，頑豔者至此而極矣！

一曏溫存愛落暉。傷春心眼與愁宜。畫闌凭損縷金衣。

『愛落暉』，言睠睠於故國也。『傷春心眼』者，自知其無可倖致，而猶不之悔，以愁自安也。『畫闌凭損』，則希冀之情，仍不能已也。層層深入，乃見深情。然思之思之，再自思之，接云：

漸冷香如人意改，重尋夢亦昔游非。那能時節更芳菲。

則知世步已更，人情非舊，廻黃轉綠，事所不能。以希冀爲詞中著眼處，以無可希冀爲詞中用力處，比並言之，益致愴感。

紅到山榴恨事多。斷無消息奈情何。尊前唱徹《懊儂歌》。

『山榴』指五月之役，『斷無消息』則傷其事之不成，而尊前徒唱《懊儂歌》也。

猧子局翻悲短劫。鮫人涙織委空波。鈿盟禁得幾蹉跎。

『猧局』言一瞬而局勢已變,『鮫人』則希望之詞,『鈿盟蹉跎』以喻當時南北諸將會盟於先,始以發難,終於寒盟而僨事也。如此情事,一一以詞筆寫來,非先生曷克臻此?

風雨天涯怨亦恩。漂摇猶有未銷魂。能禁寒徹是情根。

夫論成敗興存者,已盡於前五詞。則此下三詞,率爲先生自抒其胷臆之言,怨復不返之旨。其曰『怨亦恩』者,真『盡其在我』之謂也;『未銷魂』者以自況,而復以『能禁寒徹』自相勗勉也。

月作眉顰終有望,香餘心字索重溫。不辭癡絕竚黄昏。

往復之情,迄不自已。而又知其無可斡旋,乃不能不自爲希望僥倖之詞以自遣,故曰『終有望』、『索重溫』也。然先生又何嘗不知其不可倖致,而必欲言之,徒爲自作解人,故又重申之曰『不辭癡絕』以『竚黄昏』。此真怨極之恉,讀者勿謂其真可希冀也。

慘碧鬘天問不譍。護花能得幾金鈴。摧殘風雨若爲情。

『問不譍』者,知叩閽之無可爲力也。『能得幾金鈴』者,此時更誰爲興復之謀也。但有從而摧殘之者,寧非大可哀事?故曰『若爲情』也。下此言『搗麝』,言『飛龍』,曰『淡薄』,曰『伶俜』,均知其無可爲而言之,故曰『無夢』也,無夢而不能如醒,冀於醉中求之,其情之深長可知。

錦瑟知人恨已深。如何絃柱不侵尋。暗思前事擁輕衾。

以錦瑟相喻,此詞家作法,自側處入手也。『絃柱不侵尋』,是時不我與矣,徒『擁輕衾』、『暗思前事』,其悲憤爲何如?

燈灺自憐偏炯炯，更長難得是沈沈。一簪華髮十年心。

夫曰『燈灺』而『炯炯』，明其憤慨之切。『更長』不『沈沈』，是欲求睡夢沈酣而不可得。『一簪華髮』，是先生未去髮以自擬之詞。『十年心』則合遜位至五月之役，舉成數而言之也。前後八詞，夾敘夾論，結之以『十年心』，其布局章法，於此而迴顧具足，是知『撲朔迷離』間，有『草蛇灰綫』之跡在也。

《金縷曲》『題沈子培遺墨』，蓋彊邨翁屬撰者。翁又以《霜花腴》卷求題，卷蓋同人繪以壽彊翁者，故於詞中輒見引年之意，而絕無塵俗，爲可師法云。

先生自定詞終於此，別有《修梅清課》一卷，余所輯《集外詞》二卷。《清課》已付梓，《集外》則詠物介祝之詞居多，爲先生所屏棄者也。余箋先生詞，起《新鶯》迄自定本，約爲一卷，容當再箋《清課》。惟先生生平學養所專，師友淵源，忠愛之忱，孝友之篤，則率見於斯數集中。余箋先生詞，亦庶可爲先生作外傳，備當世學者所甄擇，不僅以論風會，讀詞翰爲已也。癸酉九月晦日，尊嶽並記。（載於《詞學季刊》第一卷第四號）

況夔笙蕙風詞話詮評

夏敬觀

臨桂況舍人夔笙，最善於論詞，雖其所作之詞，亦不能盡符其論詞之旨。要其所論，類多名言。茲擇其《蕙風詞話》中之有關作詞旨要者，加以擴充闡明，其所說未愜吾意者，亦加以辨正。

作詞有三要，曰：重、拙、大。南渡諸賢不可及處在是。又曰：重者，沈著之謂，在氣格，不在字句。又引半塘云：『宋人拙處不可及，國初諸老拙處亦不可及。』

按：況氏言重、拙、大爲三要，語極精粲。蓋重者，輕之對；拙者，巧之對；大者，小之對。輕、巧、小，皆詞之所忌也。重在氣格。若語句輕，則傷氣格矣，故亦在語句，但解爲沈著，則專屬氣格矣。蓋一篇詞斷不能語語沈著，不輕則可做到也。一篇中欲無輕語，則惟有能拙，而後立得住，此作詩之法。一篇詩安得全是名句？得一二名句，餘皆恃拙以扶持之，古名家詩皆如此也，名家詞亦然。北宋詞較南宋爲多樸拙之氣，南宋詞能樸拙者方爲名家。概論南宋，則纖巧者多於北宋，況氏言南渡諸賢不可及處在是，稍欠分別。況氏但解重、拙二字，不申言大字，其意以大字則在以下所說各條間。余謂重、拙、大三字相連係，不重則無拙、大之可言，不拙則無重、大之可言，不大則無重、拙之可言，析言爲三名辭，實則一貫之道也。王半塘謂國初諸老拙處亦不可及。清初詞當以陳其年、朱彝尊爲冠，二家之詞，微論其詞之多涉輕、巧、小，卽其所賦之題已多喜爲小巧者，蓋其時視詞爲小道，不惜以輕、巧、小見長。初爲詞者，斷不可學，切毋爲半塘一語所誤。余以爲初學爲詞者，不可先看清詞；欲以詞名家者，不可先讀南宋詞。

張皋文、周止菴輩尊體之說出，詞體乃大。其所自作，仍不能如其所說者，則先從南宋詞入手之故也。大凡學爲文辭，入手門徑，最爲緊要。先入爲主，既有習染，不易滌除。取法北宋名家，然後能爲姜、張；取法姜、張，則必不能爲姜、張之詞矣。止菴謂問塗碧山，歷夢窗、稼軒以還清真之渾化，乃倒果爲因之說，無是理也。

詞中求詞，不如詞外求詞。詞外求詞之道，一曰多讀書，二曰謹避俗。俗者，詞之賊也。

多讀書，始能醫俗，非胷中書卷多，皆可使用於詞中也。詞中最忌多用典故，陳其年、朱彝尊可謂讀書多矣，其詞中好使用史事及小典故，搬弄家私，最爲疵病，亦是詞之賊也，不特俗爲詞之賊耳。

詞筆固不宜直率，尤切忌刻意爲曲折。以曲折藥直率，卽已落下乘。昔賢樸厚醇至之作，由性情學養中出，何至蹈直率之失。若錯認真率爲直率，則尤大不可耳。又曰：詞能直，固大佳。顧所謂直，誠至不易；不能直，分也。當於無字處求曲折，切忌有字處爲曲折。

詩境以直質爲上，詞境亦然，此云直，當謂直質也。直質者，真之至也。曲直之直，又是一義。此二條措辭甚不明白，當分別說之，方能明顯。

詞筆不宜直率，尤忌刻意爲曲折，以曲折藥直率，卽已落下乘，曲折須出之自然也。

詞求曲折，當於無字處求之，切忌有字處爲曲折。曲折在意，不在字句間也。

詞能直質爲上乘，顧大不易。昔賢樸厚醇至之作，由性情學養中出，故真率之至，真率乃直質也，不可誤直率爲真率。

如此分別，則語意明顯。

詞中轉折宜圓，筆圓，下乘也；意圓，中乘也；神圓，上乘也。又曰：詞不嫌方，能圓，見學力；能方，見天分。但須一落筆圓，通首皆圓；一落筆方，通首皆方。圓中不見方，易；方中不見圓，難。

轉折筆圓，恃虚字爲轉折耳。意圓，則前後呼應一貫；神圓，則不假轉折之筆。不假呼應之意，而潛氣内轉。方者，本質，天所賦也；圓者，功力，學所致也。方、圓二字不易解釋。夢窗，能方者也；白石、玉田，能圓者也。知此，可悟方圓之義。方中不見圓，蓋神圓也，惟北宋人能之，子野、方回、耆卿、清真，皆是也。

詞過經意，其蔽也斧琢；過不經意，其蔽也褦襶。不經意而經意，易；經意而不經意，難。又曰：『恰到好處，恰够分量一作消息。毋不及，毋太過。』半塘老人論詞之言也。又曰：詞太做，嫌琢；太不做，嫌率。欲求恰如分際，此中消息，正復難言。但看夢窗何嘗琢，稼軒何嘗率，可以悟矣。

此三條反復申明不琢不率之道，乃鑪火純青之功候也。夢窗學清真者，清真乃真能不琢，夢窗固有琢之太過者。稼軒學東坡者，東坡乃真能不率，稼軒則不無稍率者。況氏從南宋詞用功，所説多就南宋詞立論，前條明方圓之義亦然。

真字是詞骨，情真、景真，所作必一作爲佳，且易脱稿。

處當前之境界，棖觸於當前之情景，信手拈來，乃有極妙之詞出，此其真，乃由外來而内應之。若夫以真爲詞骨，則又進一層，不假外來情景以興起，而語意真誠，皆從内出也。

詞人愁而愈工。真正作手，不愁亦工，不俗故也。不俗之道，第一不纖。寒酸語不可作，卽愁苦之音亦以華貴出一作書之，飲水詞人所以爲重光後身也。

此二條可互參，皆謂士大夫之詞也。讀書多，致身爲士大夫，自不俗。其所佔身分，所居地位，異於寒畯之士，自無寒酸語。然柳耆卿、黃山谷好爲市井人語，亦不俗不寒酸。史梅谿，一中書堂吏耳，能爲士大夫之詞，以筆多纖巧，遂品格稍下，於此可悟不俗不寒酸之故矣。況氏以纖爲俗，俗固不止於纖也。

作詞最忌一『矜』字。矜之在跡者，吾庶幾免矣；其在神者，容或一作猶在所難免。茲事未遽自足也。

矜者，驚露也，依黯與靜穆，則爲驚露之反面。依黯在情，靜穆在神，在情者稍易，在神者尤難。情有迹也，神無迹也。驚露則述情不深而味亦淺薄矣，故必依黯以出之。能依黯，已無矜之迹矣。神不靜穆，猶爲未至也。

詞有穆之一境，靜而兼厚、重、大也。淡而穆不易，濃而穆更難，知此，可以讀《花間集》。

此條與前條互相發明，穆乃詞中最高之一境，況氏以讀《花間集》明之，可謂要訣。

《花間》至不易學，其蔽也，襲其貌似，其中空空如也，所謂麒麟楦也。或取前人句中意境而紆折變化之，而雕琢鉤勒等弊出焉。以尖爲新，以纖爲豔，詞之風格日靡，真意盡漓，反不如國初名家本色語，或猶近於沈著、濃厚也。庸詎知《花間》高絕？即或詞學甚深，頗能窺兩宋堂奧，對於《花間》，猶爲望塵卻步耶？

《花間》詞全在神穆，詞境之最高者也，況氏說此最深。所指近人之弊，確切之至。小令比慢詞爲難，今初學入手便爲小令，便令讀《花間》，從何得其塗徑耶？

凡人學詞，功候有淺深，即淺亦非疵，功力未到而已。不安於淺而致飾焉，不恤顰眉、齲齒，楚楚作態，乃是大疵，最宜切忌。

此示初學，亦甚切要。蓋凡爲文辭，必先令理路清楚，理路既清，逐漸用功，步步增進。若理路未清，而東偷西竊，駁雜無敘，遂永無成就之希望矣。理路清，雖淺無害也。不安於淺，又遂欲描頭畫角以文之，仍是理路未能徹底清楚耳。

填詞先求凝重，凝重中有神韻，去成就不遠矣。所謂神韻，即事外遠致也。即神韻未佳而過存之，其足爲疵病者亦僅，蓋氣格較勝矣。若從輕倩入手，至於有一無『有』字神韻，亦自成就，特降於出自凝重者一格。若並無神韻而過存之，則不爲疵病者亦僅矣。或中年以後讀書多，學力日進，所作漸近凝重，猶不免時露輕倩本色，則凡輕倩處，即是傷格處，即爲疵病矣。天分聰明人最宜學凝重一路，卻最易趨輕倩一路，苦於不自知，又無師友指導之耳。

此條示學者以擇取之塗徑，至關緊要，蓋入手卽須不誤，誤則爲終身之疵病，醫之不易也。余前言學詞不可從清初詞入手，卽是此意。清初詞輕倩者多，未知詞之品格高下者，最易喜輕倩一路，以輕倩易於動人耳。嘉、道前詞人喜爲姜、張，正是好輕倩之故，卽有成就，所謂成就其所成就也。姜、張亦自有凝重之神韻，好輕倩者不知之。姜、張之圓，非輕倩，好輕倩者以爲輕倩，此不善學姜、張也，姜、張豈任其咎？

詞學程序，先求妥帖停勻，再求和雅深秀，乃至精穩沈著。精穩則能品矣，沈著更進於能品矣。精穩之穩，與妥帖迥乎不同，沈著尤難於精穩。平昔求詞詞外，於性情得所養，於書卷觀其通。優而遊之，饜而飫之，積而流焉，所謂滿心而發，肆口而成，擲地作金石聲。情真理足，筆力能包舉之，純任自然，不假錘鍊，則沈著二字之銓一作詮釋也。

此程序分作四層，祇妥帖停勻一層爲初學者道，後三層皆已有成就者所由用功之方法。天生詞人，固一蹴卽至，未有如許程序也。

初學作詞，只能道第一義。後漸深入，意不晦，語不琢，始稱合作。至不求深而自深，信手拈來，令人神味俱厚，槼一作規橅兩宋，庶乎近焉。

此補充前條之意耳。意不晦，語不琢，是作詞之條件。故初學作詞者，須先求妥帖停勻。功夫未到，勿妄求深入，但求意不晦，語不豖，漸漸向和雅深秀一路走。若不安於淺，而顰眉齲齒，楚楚作態，是初學者所最忌。此數條皆是指導初學者之名言。

填詞之難，造句要自然，又要未經前人說過。自唐五代以還，名作如林，那有天然好語留待我輩驅遣？必欲得之，其道有二：曰性靈流露，曰書卷醞釀。性靈關天分，書卷關學力，學力果充，雖天分稍遜，必有資深逢源之一日，書卷不負人也。中年以後，天分便不可恃，苟無學力，日見其衰退而已。江淹才盡，豈真夢中人索還囊錦耶？

作詞功力，能漸至於名家，既要天分，亦要學力。有天分而無學力，終不能大成也。譬之於弈，二十歲後，便無國手希望；必在二十歲前，即成國手，此天分也。以後造就至八段九段以上，則係之功力矣，不復用功，亦止於是而已。古今神童，造就有限者，自恃其天資，不求於學力也。

詩詞文章，雖前賢名作如林，仍有無窮境界，待後人開發。書卷醞釀，得之於前人者也；性靈流露，則得之於目前之境地，得之於平昔之學養。

作詞至於成就，良非易言，卽成就之中亦猶有辨。其或絕少襟抱，無當高格，而又自滿足，不善變，不知門徑之非，何論堂奧？然而從事於斯，歷年多，功候到，成就其所成就，不得謂非專家。凡成就者，非必較優於未成就者。若納蘭容若，未成就者也，年齡限之矣。若厲太鴻，何止成就而已，且浙派之先河矣。

絶少襟抱，無當高格，又自滿足，不善變，不知門徑之非。乾嘉時此類詞甚多。蓋乾嘉人學乾嘉詞者，不得謂之有成就，尤不得謂之專家，況氏持論過恕。其下以納蘭容若、厲太鴻爲喻，則又太刻。浙派詞宗姜、張，學姜、張亦自有門徑，自有堂奥。姜、張之格，亦不得謂非高格，不過與周、吴宗派異，其堂奥之大小不同耳。

吾詞中之意唯恐人不知，於是乎有勾勒。夫其人必待吾勾勒，而後能知吾詞之意，卽亦何妨任其不知矣。曩吾詞成，於每句下注所用典，半塘輒曰『無庸』。余曰：『奈人不知何？』半塘曰：『儻注矣，而人仍不知，又將奈何？ 矧填詞固以可解不可解，所謂烟水迷離之致爲無上乘耶？』

勾勒者，於詞中轉接提頓處用虛字以顯明之也，卽張炎《詞源》所云：『用虛字呼喚，單字如正、但、任、甚之類，兩字如莫是、還又、那堪之類，三字如更能消、最無端、又却是之類。』南宋清空一派用此勾勒法爲多，用之無不得當者，南宋名家是也。乾嘉時詞，號稱學稼軒、白石、玉田，往往滿紙皆此等呼喚字，不問其得當與否，遂成滑調一派。吴夢窗於此等處多換以實字，玉田譏爲七寶樓臺，拆下不成片段，以爲質實，則凝澀晦昧。其實兩種皆北宋人法，讀周清真詞便知之。清真非不用虛字勾勒，但可不用者卽不用。其不用虛字，而用實字或靜辭，以爲轉接提頓者，卽文章之潛氣内轉法。今人以清真、夢窗爲澀調一派，夢窗過澀則有之，清真何嘗澀耶？ 清真造句整，夢窗以碎錦拼合。整者元氣渾侖，碎拼者古錦斑斕。不用勾勒，能使潛氣内轉，則外澀内活。白石、玉田一派勾勒得當，亦近質實，誦之如珠走盤，圓而不滑。二派皆出自清真，及其至，品格亦無高下也。今之學夢窗者但能學其澀，而不能知其活，拼湊實字，既非碎錦，而又捍格不通，其弊等於滿紙用呼喚字耳。詞固不可多用典，用典充塞，非佳詞也。清初竹垞、迦陵犯此弊，後人爲之箋注，閱之尚可厭，自注則尤鄙陋。

作詞須知『暗』字訣，凡暗轉、暗接、暗提、暗頓，必須有大氣真力斡運其間，非時流小惠之筆所能二字一作能勝任也。駢體文亦有暗轉法，稍可通於詞。

文賦詩詞，皆須知此法，卽潛氣內轉也。不知此法，皆非高品。一意相貫，或直下，或倒裝，或前後挪移，總由筆氣筆力運用之，有轉接提頓，而離迹象，行文之妙訣也。

名手作詞，題中應有之意一作義，不妨三數語說盡，自餘悉以發抒襟抱，所寄託往往委曲而難明。長言之不足，至乃零亂拉雜，胡天胡帝，其言中之意，讀者不能知，作者亦不蘄其知。以謂流於跌宕怪神、怨懟激發而不可以爲訓，則亦左徒之『騷些』云爾。夫使其所作，大都衆所共知，無甚關係之言，寧非浪費楮墨耶？

高品之詞，不必有題，吾意中所欲言，卽題也。有題如詠物等，已下於不必有題者一等矣。有題而沾滯於題，直是笨伯。至題目纖小，乃明以後人所爲，不惟不足以登大雅之堂，且鄙瑣不堪入目。試看宋賢之詞，師其製題之雅者，蓋有題之詞，亦須加以裁製乃雅也。

文辭至極高之境，乃似有神經病人語，故有可解而不可解之喻。然非胡說亂道，其間仍有理路在，但不欲顯言而玄言之、不欲逕言而迂回以言之耳。又往往當言不言，而以不當言者襯出之，其零亂拉雜，祇是外表覺得難喻，而内極有敘，非真零亂拉雜也。此境爲已有成就而能深入者道，初學者勿足以語此。

初學作詞，最宜聯句和韻。始作，取辦而已，毋存藏拙嗜勝之見。久之，靈源日濬，機括日熟，名章俊語紛交，衡有進益於不自覺者矣。手生重理舊彈者亦然。離羣索居，日對古人，研精覃思，寧無心得？未若取徑乎此之捷而適也。

此説余極不以爲然。玉田謂詞不可强和人韻，若倡之者，曲韻寬平，庶可賡和；倘韻險，又爲人所先，則必牽强賡和，句意安能融貫？徒費苦思，未見有全章妥溜者。此語誠然，和韻因韻成句，聯句因人成章，但務爲名章俊語而已。初學者成章成句，尚頗費力，爲人牽制，安得名俊。以此示初學，誤盡蒼生。

學填詞，先學讀詞，抑揚頓挫，心領神會。日久，胷次鬱勃，信手拈來，自然丰神諧鬯矣。

讀詞不成腔，不能知詞之韻味，不能知腔調音節之要處，故必得讀之訣而後可。韻味在表者，見詞之字句可知；韻味在内者，非讀不悟也。音節之要處，在平仄及四聲，在句豆，如一領二、二領一、一領三等等。又凡文義二字相連者，不可離而爲二；一領二，不可連而爲三，諸如此類是也。平上去入四聲自有分别，音須分清，此非謂填詞必墨守四聲也，但讀詞時必須四聲不混耳。

佳詞作成，便不可改。但可改，便非佳詞三字一作是未佳。改詞之法：如一句之中有兩字未愜，試改兩字；仍不愜意，便須換意，通改全句；牽一作掔連上下，常有改至四五句者。不可守住元來句意，愈改愈滯也。又曰：改詞須知挪移法。常有一兩句語意未愜，或嫌淺率，試將上下互易，便有韻致；或兩意縮成一意，再添一意，更顯厚。此等倚聲淺訣，若名手，意筆兼到，愈平易，愈渾成，無庸臨時掉弄也。

一詞作成，當前不知其何者須改，粘之壁上，明日再看，便覺有未愜者；取而改之，仍粘壁上；明日再看，覺仍有未愜，再取而改之，如此者數四，此陳蘭甫改詞法也。鄭叔問作詞改之尤勤，常三四易稿，甚至通首另作，於初稿僅留一二句。朱漚尹作詞，有數年後取改數字者。作詞貴有詞友，其未愜處己不能覺，友能指摘之，或商定一二字，則尤有益也。又有因音律不叶，而再三改者，如玉田《詞源》稱其先人於所作《瑞鶴仙》之『撲』字改爲『守』字；《惜花春・起早》之『深』字改爲『幽』，又改爲『明』，此則關於音律，不易曉也。

詞中對偶，實字不求甚工，草木可對禽蟲也，服用可對飲饌也。實勿對虛，生勿對熟，平舉字勿對側串字。深淺濃淡、大小重輕之間，務要侔色揣稱。昔賢未有不如是精整也。

對偶句要渾成，要色澤相稱，要不合掌，以情景相融、有意有味爲佳。忌駢文式樣，尤忌四六式樣。忌尖新，忌板滯，忌飣餖，忌草率。詞中對偶最難做，勿視爲尋常而後可。又有一句四字，一句七字，上四字相對者，其七字句之下三字要能銜接，五字句、七字句對偶，忌如詩句。

近人作詞，起處多用景語虛引，往往第二句一作韵方約略到題，此非法也。起處不宜泛寫景，宜實不宜虛，便當籠罩全闋，他題便挪移不得。

詩詞起句，最關緊要，得勢與不得勢全在此處，故一開口便須籠罩全篇。若以不相干之語虛引而起，全篇委靡不振矣。

作詞不拘說何物事，但能句中有意卽佳。意必己出，出之太易或太難，皆非妙造，難易之中，消息存焉矣。唯易之一境，由於情景真，書卷足，所謂滿心而發、肆口而成者，不在此例。

有全闋之意，有句中之意，全闋意足，詞必脫手而成。情景真，書卷足，是其輔也。句中之意貴深語淺出，看似易，卻甚難。看而覺其出於難，則不能淺出之故。

作詠物、詠事詞，須先選韻，選韻未審，雖有絕佳之意，恰合之典，欲用而不能。用其不必用、不甚合者得一本無『得』以就韻，乃至涉尖新，近牽强，損風格，其弊與强和人韻者同。

作詞選韻，須看是何律調，有宜用支脂韻、魚虞韻、佳皆韻、蕭宵韻、歌戈韻、佳麻韻、尤侯韻者，有宜用東冬韻、江陽韻、真諄韻、元寒韻、庚耕韻、侵韻、覃談韻者，二類之音響有抑揚之別，宜抑者用前類，宜揚者用後類。拈調後，參看多數宋人同調之詞，諸詞惟用一類者，則祇可在一類中擇之，兩類均有用者則不拘。況氏但就典、就意擇韻，此法未善。嘗見今人作律詩，先得一聯，於是湊合六句以成一律，其弊與此同。書卷多，何愁韻不就我？即有好典故，在不宜用時，亦當割愛；必欲塞入，絕非好詞也，矧詞體本不宜多用典耶？

性情一本作情性少，勿學稼軒。非絕頂聰明，勿學夢窗。

此說固是，但仍未具足，余更下一轉語曰：學夢窗太過者，宜令改學稼軒；學稼軒太過者，宜令改學夢窗。蓋善作詞者，作澀調，務使之疏宕；作滑調，務使之凝重。

詞貴有寄託，所貴者流露於不自知，觸發於弗克自已。身世之感，通於性靈，即性靈，即寄託，非二物相比附也。橫亙一寄託於搦管之先，此物此志，千首一律，則是門面語耳，略無變化之陳言耳。於無變化中求變化，而其所謂寄託，乃益非真。昔賢論靈均，書辭或流於跌宕怪神、怨懟激發，而不可一本下有『以』字爲訓，必非求變化者之變化矣。夫詞如唐之《金荃》、宋之《珠玉》，何嘗有寄託？何嘗不卓絕千古？何庸爲是非真之寄託耶？

此論極精，凡將作詞，必先有所感觸，若無感觸，則無佳詞。是感觸在作詞之先，非搦管後橫亙一『寄託』二字於胷中也。時不同，境不同，所感觸者隨之不同，是感觸有變化，不待求而有真寄託矣。若以爲詞之門面，搜尋寄託，豈不可笑？

詞無不諧適之調，作詞者未能熟精斯調耳。昔人自度一腔，必有會心之處。或專家能知之，而俗耳不能悅之。不拘何調，但能填至二三次，愈填愈佳，則我之心與昔人會。簡淡生澀之中，至佳之音節出焉，難以言語形容者也。唯所作未佳，則領會不到。此詣力，不可强也。

宋時舊調，作者不止一人，大率皆經樂工譜過，自然無不諧適。能自度腔者，必諳音律，亦必無不諧適。有許多調，平仄頗不順口，多讀數遍，始覺其諧適。其初覺得不順口者，久之覺其有至佳之音節焉。但多讀，無不能領會者，不必填至數次，始知之也。

澀之中有味，有韻，有境界，雖至澀之調，有真氣貫注其間。其至者，可使疏宕，次亦不失凝重，難與貌澀者道耳。

作澀調詞，工者能凝重，乃當然之勢；能疏宕，則功夫深矣。余謂學夢窗太過者當令學稼軒，即此意也，貌澀者不知此訣。

問：『哀感頑豔』『頑』字云何詮釋？曰：拙不可及，融重與大於拙之中，鬱勃久之，有不得已者出乎其中而不自知，乃至不可解，其殆庶幾乎？猶有一言蔽之，若赤子之笑啼然，看似至易，而實至難一本下有『者』字也。

頑者，鈍也，愚也，癡也。以拙之極爲頑之訓，亦無不可，譬諸赤子之啼笑，亦佳。余謂以哀之極不可感化釋之，尤確。《莊子》：『子輿與子桑友，淋雨十日，子輿裹飯而往食之。至子桑之門，則若歌若哭，子輿入，曰：「子之歌何故若是？」曰：「吾思夫使我至此極者而不得也。」』可引作『哀感頑豔』

四字之正訓。

近人學夢窗，輒從密處入手。夢窗密處，能令無數麗字一一生動飛舞，如萬花爲春，非若琱瓊蹙繡，豪無生氣也。如何能運動無數麗字？恃聰明，尤恃魄力。如何能有魄力？唯厚，乃有魄力。夢窗密處易學，厚處難學。

此條論夢窗詞最精，實字能化作虛字之意使用，靜辭能化作動辭使用，而又化虛爲實，化動爲靜，故能生動飛舞，是在筆有魄力，能運用耳。能運用，則不麗之字亦麗，非以豔麗之字填塞其間也。密在字面，厚在意味，學得密處易，學得厚處難。密固近厚，欲真厚，不得專從密處求之，密而能疏宕，始能真厚也。

重者，沈著之謂，在氣格，不在字句，於《夢窗詞》庶幾見之。卽其芬芳一本作菲鏗麗之作，中間雋句豔字莫不有沈摯之思、灝瀚之氣，挾之以流轉，令人玩索而不能盡，則其中之所存者厚。沈著者，厚之發見乎外者也。欲學夢窗之緻密，先學夢窗之沈著。卽緻密，卽沈著，非出乎緻密之外、超乎緻密之上，别有沈著之一境也。夢窗與蘇、辛二公，實殊流而同源，其見爲不同，則夢窗緻密其外耳。其至高至精處，雖擬議形容之，未易得其神似。穎惠之士，束髮操觚，勿輕言學夢窗也。

夢窗與東坡、稼軒實不同源，東坡以詩爲詞者也。稼軒學東坡，夢窗學清真，東坡、清真，不同源也，以二派相互調劑則可，謂之同源則不可。

兩宋人詞宜多讀多看，潛心體會某家某某等處或當學，或不當學，默識吾心目中，尤必印證於良師友，庶收取精用閎之益。洎乎功力既深，漸近成就，自視所作於宋詞近誰氏，取其全帙研貫而折衷之，如臨鏡然，一肌一容、宜淡宜濃，一經侔色揣稱，灼然於彼之所長、吾之所短安在，因而知變化之所當亟。善變化者，非必墨守一家之言，思遊乎其中，精騖乎其外，得其助而不爲所囿，斯爲得之。當其致力之初，門徑誠不可誤，然必擇定一家，奉爲金科玉律，亦步亦趨，不敢稍有踰越。填詞，智者之事，而顧認筌執象若是乎？ 吾有吾之性情，吾有吾之襟抱，與夫聰明才力，欲得人之似，先失己之真，得其似矣，卽已落斯人後，吾詞格不稍降乎？ 並世操觚之士，輒詢余以倚聲初步何者當學，此余無詞以對者也。

近來有志於學詞者就問於予，亦輒問予倚聲初步何者當學，此誠難答之問也。況氏此說深愜乎予心，然兩宋人詞多矣，令其多讀多看，彼必不知從何下手，而亦無從知何者當學、何者不當學也。是答初步者之問，尚缺一層。夫初步讀詞，當讀選本，選本以何者爲佳，不能不告之也。故予答來問，必先告以讀《草堂詩餘》及《絕妙詞選》。近人所選者，則告以馮煦所選《宋六十一家詞》，及朱彊尹所選《宋詞三百首》、龍榆生所選《唐宋名家詞選》，並告以應備萬紅友《詞律》及戈順卿《詞林正韻》，以便試做時之參考應用。此雖極淺之言，來學者亦恆有不知，而但知有學校中教師之選本與講義，其備於案頭者，又祇《白香詞譜》一類，及書店中不知誰何所選詞，皆極陋劣之書； 稍高者，亦不過有龔定盦、黃仲則等集一部而已。（載於《同聲月刊》第二卷第二號）

學詞津逮——況蕙風先生《詞學講義》

金受申

談了幾次詞，有幾位讀者來函，詢問作詞方法，這不啻問道於盲，連我自己都不算會作，那有能力教人？最近得到近代大詞家況蕙風先生名周頤，臨桂人遺著《詞學講義》，誠初學入門津逮，不避公開鈔襲之嫌，迻錄原作，但總比區區不才寫些不成熟見解强的多。

詞學講義

臨桂況周頤蕙風遺著

詞於各體文字中，號稱末技。但學而至於成，亦至不易原注：不成何必學。必須有天分，有學力，有性情，有襟抱，始可與言詞。天分稍次，學而能之者也，及其能之，一也。古今詞學名輩，非必皆絕頂聰明也。其大要曰雅，曰厚，曰重、拙、大。厚與雅，相因而成者也，薄則俗矣。輕者，重之反；巧者，拙之反；纖者，大之反，當知所戒矣。性情與襟抱，非外鑠我，我固有之，則夫詞者，君子爲己之學也。

詞之興也，託始《葩經》、楚《騷》，而浸淫於古樂府，昔賢言之，勿庸贅述。唐人朝成一詩，夕付管絃，旗亭畫壁，是其故事。其詩七言五言皆有，往往聲希拍促，則加入和聲，務極悠揚流美之致。凡和聲皆以實字填之，詩遂變爲詞矣。後世以『詩餘』名詞，此『餘』字作贏餘之『餘』解。詞之情文節奏，並皆有餘於詩，非以詞爲詩之賸義也。受申按：況公此解，千古名言，觀於曲爲詞餘，可知。

明當作『清』虞山王東溆應奎《柳南續筆》：『桐城方爾止文嘗登鳳凰臺，吟太白詩云：『鳳凰臺上，一個鳳凰遊，而今鳳去耶？臺空耶？江水自流。』曼聲長吟，且詠且拍。人皆隨而笑之。』

按，唐人和聲之遺，殆卽類此，未可以爲笑也。

詞學權輿於開、天盛時，寖盛於晚唐五季，盛於宋，極盛於南宋。至元大德之世，未墜南渡風格。鳳林書院《草堂詩餘》元無名氏選皆南宋遺民之作，寄託遙深，音節激楚，厲太鴻鶚以清湘瑤瑟比之。秦惇夫恩復云：『標放言之致，則愴怏而難懷編者按：此後脫『寄獨往之思』句，又鬱伊而易感。』比方《中興以來絕妙詞選》無不及，殆有過之。洎元中葉，曲學代興，詞體稍稍敝矣。明詞專家少，粗淺蕪牽之失多，誠不足當宋、元之續。時則有若劉文成基、夏文愍言，風雅絕續之交，庶幾庸中佼佼。爰及末季，若陳忠裕子龍、夏節愍完淳，彭茗齋孫貽、王薑齋夫之，詞不必增重其人，亦不必以人增重，含婀娜於剛健，有《風》、《騷》之遺音。昔人謂詞絕於明，詎持平之論耶？

清初曾道扶王孫、聶晉人先輯《百名家詞》，多沈著濃厚之作，近於正始元音矣。康熙中，有所謂《倚聲集》者，集中所錄，小慧側豔之詞十居八九。王阮亭、鄒程村同操選政，程村實主之，引阮亭爲重云爾，而爲當代鉅公，遂足轉移風氣。詞格纖靡，實始於斯。自時厥後，有若浙西六家，是其流弊所極，輕薄爲文，每況愈下，於斯時也，以謂詞學中絕可也。受申按：況公此論，實探詞學流變之源，惟於清初詞學，謂之中絕極衰，不才尚有商榷。

金風亭長《江湖載酒》一集，雖距宋賢堂奧稍遠，而氣體尚近沈著。就清初時代論詞，不得不推爲上駟。其《歷朝詞綜》一書，以輕清婉麗爲主旨，遂開浙派之先河。凡所撰錄古昔名人之作，往往非其至者。操觚之士，奉爲圭臬，初程不無歧誤，抑亦風氣使然矣。受申按：金風亭長爲朱竹垞先生，乃清初浙派領袖，晚清詞人受常州派薰染，不免門戶之見，學者以此覘一時論詞風氣則可，如卽據以排擊浙派，應先自問所作之詞，果能如何？

清朝人詞原注：斷自康熙中葉不必看，尤不宜看。看之未必獲益，一中其病，便不可醫也。且亦無暇看。吾人應讀之書，浩如烟海，卽應讀之詞，亦悉數難終，能有幾許餘力閒晷，看此浮花浪蕊、媚行烟視，災梨禍棗之作耶？況公此論，原有背景，未可以爲確論。以上爲述詞學衍變，而非詳史。

塡詞口訣，曰『自然從追琢中出』，所謂『得來容易卻艱辛』也。曰『事外遠致』，曰『烟水迷離之致』，此等佳處，神而明之，存乎其人，難以言語形容者也。李太白《惜餘春》、《愁陽春》二賦，余極喜誦之，以云烟水迷離之致，庶乎近焉！

詞與曲，截然兩事。曲不可通於詞，猶詞不可通於詩也。其意境所造，各不相侔原注：各有分際。卽如詞貴重、拙、大，以語王實甫、湯義仍輩，寧非傎乎？乃至詞涉曲筆，其爲傷格，不待言矣。二者連綴言之，若曰詞曲學者，謬也。並世製曲專家，有兼長詞學者，其爲詞也，一字一聲，不與曲混。斯人天姿學力，卓越輩流，可遇不可求也。

王文簡《花草蒙拾》：『或問詩詞、詞曲分界。曰：「無可奈何花落去，似曾相識燕歸來」，定非《香奩詩》；「良辰美景奈何天，賞心樂事誰家院」，定非《草堂詞》。』

詞，《說文》：『意內而言外也。』意內者何？言中有寄託也。所貴乎寄託者，觸發於弗克自已，流露於不自知。吾爲詞而所寄託者出焉，非因寄託而爲是詞也。有意爲是寄託，若爲吾詞增重，則是鶩乎其外，近於門面語矣。蘇文忠『瓊樓玉宇』之句，千古絕唱也。設令似此意境，見於其他詞中，只是字句變易，別無傷心之懷抱、婉至激發之性真，實當作貫注於其間，不亦無謂之至耶？寄託猶是也，而其達意之筆有隨時逐境之不同，以謂出於弗克自已，則亦可耳。

以上是蕙風先生《詞學講義》的一半，下一半下期補定足，讀者可以得一篇完整的詞學先輩名作，也是很可喜的事。詞至清代，出王阮亭、曹升六、朱竹垞提倡詞學以來，繼以皋文、翰風兄弟，晚清半塘、彊村振前古未發之餘緒，紹兩宋之宗風，實爲詞壇盛事。清代詞人，不下數百家，皆能自成家數。其間又有特出詞人，如納蘭容若的《飲水詞》，爲能返歸五代北宋之僅有一人。近世詞人，能卓然成家者，皆隱世不求聞達。昨承茗生邵兄贈倬翁的《雲淙琴趣》第三卷，使我如獲至寶。又於師妹趙希敏女士案頭，拜讀夏枝巢先生的和飛卿《菩薩蠻》，法相莊嚴，雍容華貴，幾入《花間》之室，亦爲可傳之作。前晤徐燕孫兄於南海芳華樓，談輯印邵次公先生所作詞之事，我以爲邵公爲今文經學齊詩名家，填詞高妙，我曾因拜讀先生的《徵招》，心儀已久。後在北大研究院研究所時代晤先生，卽以和《徵招》爲贄，頗蒙指迷，至今心感。徐兄此意實獲我心，頗望有力者之助成。徐兄所植茶花，紅錦燦爛，近填詞長調賦之，俟修潤後，呈政諸公。（以上載一九四二年《立言畫刊》一八三期）

上期迻錄之況蕙風先生周頤遺著《詞學講義》，以見先賢致力學術用心之勤專。近年詞事大衰，作家不出，一般欲學填詞的同好，復不肯降心嚴格以求，吾誠爲此道前途憂。漢樂府到了六朝，已不能歌。唐樂府——詩到了宋代，也不能再歌。元北曲到了明傳奇興起後，不只不能再歌，且不能再仿作，獨有詞的命運特長，萌芽於晚唐，開花於五代，極盛於兩宋。歷元、明、清、近代而不衰，只把宋代歌詞之法失去白石道人詞旁的樂譜，吴梅先生曾説：不僅不能辨識，就是能辨識，沒有板眼拍節，也是不能唱的。又說白石僅於自創調上有譜，亦是聲曲與歌詞上的重要問題。受申按：謝元淮《碎金詞譜》，雖全打工尺，是否爲宋代歌法，也未必敢定，所以說歌法失傳。依律填詞，尚還可以，所以填詞一道，尚未失傳。近年自提倡新體詩以後，許多人以爲作新詩容易，作舊詩詞難，於是來作新詩實在新詩也有相當難處，《新青年》、《語絲》中，此項論文頗多。而舊詩詞便被畏難的先生們排斥起來。胡適只說：『文當廢駢，詩當廢律。』並沒說詩詞一體廢除，何況胡適所說還不定能否確立呢？我認爲詞是一種極可抒情的，極合說話規則的，有規律好言語，以後當一一說明，今先接述上期未完文。

詞學講義續

臨桂況周頤蕙風遺著

詞必諧宮調，始可付歌喉。凡言某宮某調受申按：即今樂上小工調六字，如黃鐘宮《齊天樂》、中呂宮《揚州慢》之類，當其尚未有詞，皆是虛位，填詞以實調，則用字必配聲。一法就喉、牙、舌、齒、脣，分宮、商、角、徵、羽。《韻書》云：『欲知宮，舌居中。欲知商，開口張。欲知角，舌根縮。欲知徵，舌拒齒。欲知羽，口吻聚。』大抵合口爲宮，開口爲商，捲舌爲角，齊齒爲徵，撮口爲羽。一法以平聲濁者爲宮，清者爲商，入聲爲角，上聲爲徵，去聲爲羽。而皆未爲盡善者。與宮、商、角、徵、羽相配之字，又各自有宮、商、角、徵、羽，各自有清、濁、高、下。泥一則不通，欠叶則便拗，所以爲難也。填詞之人，如宋賢屯田、白石輩，自能嘌唱，精研管色，吹律度聲，以聲協律。字之清濁高下，自審稍有未合，則抑揚重輕其聲以就之，屢就而仍未合，則循聲改字以諧之。逐字各有清濁高下，逐律皆可起宮。字句清接之間，逐處安排妥帖，審一定和，道在是矣。若只能填詞，不能吹唱，則何戡、米嘉榮輩，可作邃密之商量，不至於合律不止。惟是詞雖可唱，俗耳未必悅之，以其一字僅配一聲，不能再加和聲觀白石旁譜可知，極悠揚之能事，亦衹能如琴曲中有詞之泛音而已。

琴曲《陽關三疊》泛音：『月下潮生紅蓼汀。柳梢風急度流螢。長亭短亭。話別丁寧。梧桐夜雨，恨不同聽。』詞極婉麗，而旁譜一字配一聲，無所爲遲其聲以媚之者。非甚知音，難與言賞會矣。況公自注

附錄

詞學初步必需之書：

《校刊詞律》二十卷，清宜興萬樹紅友訂正，秀水杜文瀾筱舫校刊。

附《詞律拾遺》六卷，德清徐本立誠庵纂。

《詞律補遺》，杜文瀾編，共二函十二本。

如此書未易購求似曾見石印本，卽暫時購用萬氏《詞律》原本亦可。

受申按：《詞律》及《拾遺》、《補遺》，掃葉山房有合刊石印本甚精，分粉紙、洋紙二種。

《詞林正均》三卷，清吳縣戈載順卿輯，臨桂王氏四印齋刻本有石印本。

坊間別本詞韻，部居分合多誤，斷不可用。

《草堂詩餘》四卷，宋人選宋詞，明嘉靖庚寅上海顧從敬汝所刻本最佳，未經明人增羼。

《蓼園詞選》，蓼園先生姓黄氏，名佚，臨桂人。選詞悉依《草堂》，去其涉俳涉俚之作，加以箋評，

極便初學。武進趙氏惜陰堂石印本。

《宋詞三百首》，歸安朱祖謀古微選。

詞學進步，漸進成就，應備各書：

《宋六十名家詞》，明常熟毛氏汲古閣刻本。滬上石印本譌舛太甚，不如廣東覆刻本較佳。

受申按：《宋六十名家詞》，商務印書館有《國學基本叢書》本，係影印，甚佳，近不易得。

《詞學叢書》，道光間江都秦氏享帚精舍刻本。

《樂府雅詞》三卷《拾遺》二卷，宋曾慥編。

《陽春白雪》八卷《外集》一卷，宋趙聞禮編。

《詞源》二卷，宋張炎撰。

《日湖漁唱》一卷《補遺》二卷，宋陳允平撰。

《元草堂詩餘》三卷，鳳林書院本。

《詞林韻釋》一卷，菉斐軒本。

受申按：《詞學叢書》本，刻本甚劣，石印本多題爲《詞學全書》。

《花庵詞選》二十卷，宋黄昇撰。

《絕妙好詞》七卷，宋周密編。

《御選歷代詩餘》一百二十卷，殿本，有覆本。

《四印齋所刻詞》，臨桂王氏輯本。
《宋元三十一家詞》，仝上。
《彊邨叢書》，歸安朱氏輯本。

此外各種詞話，如《皺水軒詞筌》、《花草蒙拾》、《詞苑叢談》、《金粟詞話》之類，亦宜隨時購閱，庶幾增益見聞，略知詞林雅故。《叢談》引它家書，不著其名，是其一失。

又《宋金元詞集見存卷目》一冊，雙照樓校寫本，丁未八月，滬上鴻文書局代印。此書傳本罕見，詞學津逮，至要之書。丁未距今僅二十年，亟訪求之，容或尚可得也。

受申按：況公所舉《宋金元詞集見存卷目》，筆者藏有一冊，内容搜羅頗備。惟僅列某書葉數，不可云詳，且未及彊村所輯，尚待修訂。筆者擬加以箋正，所得已有成數，成書則尚待異日。關於論詞各點，以後容逐期寫來，如詞之用字、用韻，及句中四聲，均有研究之必要。吾人生於前賢已爲詳細論列之今日，若不從事研求，則華路襤縷往哲之心有多負矣。況公此稿作於乙丑、丙寅間，未有單行本。其舊刻《香海棠館詞話》，後寫定爲《蕙風詞話》，由武進趙氏惜陰堂刊行，朱彊村先生謂『自有詞話以來，無此有功詞學之作』，實爲至言。況公評西林太清《東海漁歌》，尤足示人追尋宋人法乳之迹，真近代詞學的大功臣。（分别載於一九四二年《立言畫刊》一八三期『文苑』和一八四期『文苑』）

清季四大詞人節錄

龍沐勛

小引

自番禺葉遐恭綽、閩縣黄公渚孝紓諸先生，有纂輯《清詞鈔》之議，約予分任採訪。予乃稍稍涉獵清詞。去年彊村先生以日本人今關天彭君所著《清代及現代の詩餘駢文界》一冊見示，受讀既竟，因念詞至今日，漸就衰微，偶以現代詞人，詢諸學子，甚或不能舉其姓氏。彼東邦學者猶能注意吾國詞壇，而吾乃茫無所知，言之不滋媿歟？且恆人貴遠而賤近。晚近號稱研究詞學者流，又往往專注於兩宋詞人軼事之考索；苟叩以最近詞人之性行，亦瞠目不知所對。及今不圖，而令百千年後，竭諸才士之精力，穿鑿附會，以厚誣古人，斯又非學者之大惑乎？以此因緣，吾乃有《清季四大詞人》之作。特攷今之難，不亞攷古。即此四家之生卒，亦幾經刺探而後定。復以時間促迫，草草完篇。非敢妄詡知音，聊欲藉此以引起海內學者之注意而已。

清代二百餘年中，詞人輩出。論者以爲趙宋而後，此爲詞學中興之時。綜厥源流，約有三派：清初諸老，沿明季舊習，以《花間》、《草堂》爲宗，不失之纖巧，卻失之粗獷，此一派也。竹垞朱彝尊宗南宋，尚清疎，嗣是浙西作者，家白石而戶玉田，《詞綜》一編，影響至大，此又一派也。樊榭厲鶚恢之，以窈曲幽深之筆，振末流枯槁之病。武進張氏惠言，崛起於浙派就衰之際，手定《詞選》，芟削雕琢靡曼之辭，於姜、張之外，標舉張先、蘇軾、秦觀、周邦彥、辛棄疾、王沂孫六家，懸爲正鵠，斥浮豔而崇比興，而詞體遂尊，此又一派也。然其別擇過苛，門庭稍隘，學者憾焉。周濟推張氏之旨，而擴充之，以周邦彥、辛棄疾、吳文英、王沂孫爲四家，領袖兩宋作者，示人以學詞之次第，將治疏、密二派於一鑪，學者受其牢籠，罕能自外。咸、同兵事，惟一蔣春霖運以深沈之思、清折之語，長歌當哭，託體甚高。《水雲樓詞》，世謂足以冠冕一代。此清代詞壇之大較也。五十年來，常派風流，未遽消歇，一時作者偏於東南，而造詣之深，斷推王鵬運、文廷式、鄭文焯、況周頤四子。此亦承張惠言、周濟之遺緒，而益務恢宏，又其致力，或兼校勘，或主批評。意者天挺此才，爲詞壇作一最光榮之結局歟？輒次所聞，就正博雅。生存碩彥，不具於編。

（中略）

況周頤 蕙風先生，生平不喜攝影，求之其後嗣及門人，皆不可得。附誌於此，以待後緣。

況周頤原名周儀，以避宣統廢帝諱改，字夔笙，號玉楳詞人，晚號蕙風詞隱，廣西臨桂人。先世由寶慶遷廣西。父洵，道光二年一八二二進士，官至河南按察使參用馮幵《況君墓志銘》。周頤以咸豐九年己未一八五九九月初一日生孟劬先生說，受天雅性，髫齔媚學，神解超朗。年十八，充優貢生。二十一中式，光緒五年一八七九鄉試，遵例官內閣中書《墓誌》。性嗜倚聲。戊子一八八八入都後，獲睹古今名作。又與同里王鵬運共晨夕，於其詞多所規誡。又以所刻《宋元人詞》屬爲斠讎，自是得窺詞學門徑，寢饋其間者五年參用《餐櫻》、《存悔》二詞自序。尋以會典館纂修，敘勞用知府，分發浙江。南皮張之洞督兩廣，瀋陽托活絡端方督兩江，先後禮聘，署之賓職《墓志》。嘗爲端方審定金石，代作跋尾，端極愛重之。時蒯光典亦以名士官觀察，與周頤學不同，每見端，必短周頤。一日，端宴客秦淮，光典又及周頤，端太息曰：『亦知夔笙必將餓死，但我端方在，決不能坐視其餓死耳！』周頤聞之，至於涕下。興化李詳，光典客也，會端方入川被殺，詳以詩弔之，有云：『輕薄子雲猶未死，可憐難返蜀川魂！』蓋指周頤也。自是有宴會，周頤與詳，必避不相見孟劬先生說。晚歲避地滬濱，鬻文爲活趙尊嶽《蕙風詞跋》，暇輒與彊村先生以詞相切礪《餐櫻詞》自序。春秋六十有八，以民國十五年丙寅一九二六七月十八日，病歿上海寓次。子維琦、維璟，奉遺命，葬湖州道場山《墓志》。所著書已刊行者，有《選巷叢談》二卷、《鹵底叢談》一卷、《蘭雲菱㝱樓筆記》一卷、《蕙風簃隨筆》二卷、《蕙風簃二筆》二卷合稱《阮盦筆記五種》、《香東漫筆》二卷、《萬縣西南山石刻記》二卷、《薇省詞鈔》十卷、《粵西詞見》二卷、《香海棠館詞話》一卷，《新鶯詞》、《玉梅詞》、《錦錢詞》、《蕙風詞》、《蔆景詞》、《二雲詞》、《餐櫻詞》、《菊夢詞》、《存悔詞》各一卷，九種合稱《第一生修梅花館詞》，以上由海寧陳乃乾校刻爲《蕙風叢書》。《證璧集》二卷、《蕙風詞話》五卷。晚年删定《蕙風詞》二卷武進趙氏刻本。又自定詞與彊村先生合刊爲《鶩音集》者，名《蕙風琴趣》。未刊稿有《文集》△△卷、《論詞詩輯》一卷稿藏武進趙氏、《餐櫻廡漫筆》△△卷。曾分載《申報》『自由談』中，聞尚可理董。

況氏自稱：『壬申、癸酉間時年十三四，卽學填詞。』《餐櫻詞》自序其生平所師友，在北則王鵬運，在南則彊村先生，近代詞人致力之專且久，而以詞爲終身事業，蓋無有能出周頤右者。又其所造詣，乃偏於鑒賞，而不甚措意於斠勘，頗與王、朱異趣。所爲《蕙風詞話》，彊村先生推爲千年來之絕作。故知周頤實爲近代詞學一大批評家，發微闡幽，宣諸奧蘊。茲先就此一方面分別敘述之：

（一）論詞體　沈約《宋書》：『吴歌雜曲，始皆徒歌，既而被之絃管。又有因絃管金石，作歌以被之。』按前一法，卽虞廷『依永』之遺，後一法當超於周末。宋玉對楚王問，首言『客有歌於郢中者』，下云『其爲《陽阿》、《薤露》』，『其爲《陽春》、《白雪》』，皆曲名。是先有曲而後有歌也。填詞家自度曲，率意爲長短句，而後協之以律，此前一法也。前人本有此調，後人按腔填詞，此後一法也。沿流溯源，與休文之說相應。歌曲之作，若枝葉始㽕，乃至於詞，則芳華益楙。詞之爲道，智者之事。酌劑乎陰陽，陶寫乎性情。自有元音，上通雅樂，則黑白而定一尊，亙古今而不敝矣。唐、宋已還，大雅鴻達，篤好而婷精之，謂之詞學，獨造之詣，非有所附麗，若爲駢枝也。曲士以『詩餘』名詞，豈通論哉？《詞話》卷一

『詩餘』之餘，作『贏餘』之『餘』解，唐人朝成一詩，夕付管絃，往往聲希節促，則加入和聲，凡和聲皆以實字填之，遂成爲詞。詞之情文節奏，皆有餘於詩，故曰『詩餘』。世俗之說，若以詞爲詩之賸義，則誤解此『餘』字矣。《詞話》卷一

（二）論詞境　人靜簾垂，鐙昏香直，窗外芙蓉殘葉，颯颯作秋聲，與砌蟲相和答。據梧暝坐，湛懷息機，每一念起，輒設理想排遣之，乃至萬緣俱寂，吾心忽瑩然開朗如滿月，肌骨清涼，不知斯世何世也。斯時若有無端哀怨，棖觸於萬不得已，卽而察之，一切境象全失，惟有小窗虚幌，筆牀硯匣，一一在吾目前，此詞境也。《詞話》卷一

（三）論詞心　吾聽風雨，吾覽江山，常覺風雨江山外，有萬不得已者在。此萬不得已者，卽詞心也。而能以吾言寫吾心，卽吾詞也。此萬不得已者，由吾心醞釀而出，卽吾詞之真也，非可强爲，亦無

庸强求，視吾心之醖釀何如耳？吾心爲主，而書卷其輔也，書卷多，吾言尤易出耳。《詞話》卷一。

周頤認定詞在文學史上有獨立之地位，而又惡『詩餘』說之牢不可破也，舊說新詮，具有特識。後之二事，又皆從經驗中得來。皆研習倚聲者，所宜首先注意之問題也。其教人學詞，又標舉四大要義：一曰『真』，二曰『重』，三曰『拙』，四曰『大』，按：此三義發自半塘。其說云：

真字是詞骨，情真，景真，所作必佳，且易脫稿。《詞話》卷一

又云：

輕者，重之反；巧者，拙之反；纖者，大之反。當知所戒。《詞話》趙尊嶽跋

其論詞徑云：

唐、五代，至不易學。天分高，不妨先學南宋，不必以南宋自畫也；學力專，不妨先學北宋，不必以北宋鳴高也。趙跋

其所以不主學唐、五代之故，以爲：

五代詞人丁運會遷流至極，燕酣成風，藻麗相尚，其所爲詞，卽能沈至，衹在詞中豔而有骨。衹是豔骨，學之能造其域，未爲斯道增重。矧徒得其似乎？其錚錚佼佼者，如李重光之性靈，韋端己之風度，馮正中之堂廡，豈操觚之士能方其萬一？自餘風雲月露之作，本自華而不實；吾復皮相求之，則嬴秦氏所云『甚無謂矣』。《詞話》卷一

其教人讀詞之法，則曰：

讀詞之法，取前人名句，意境絶佳者，將此意境，締構於吾想望中。然後澄思渺慮，以吾身入

平其中，而涵泳玩索之，吾性靈與相浹而俱化，其真實爲吾有，而外物不能奪。《詞話》卷一

凡此所談，皆真實不虚之論，使詞而不廢，必藉此爲從入之塗。原書精義至多，未遑徧引。至其不樂爲校勘之學，亦持之有故。其言曰：

余癖詞垂五十年，唯校詞絶少。嘗謂昔人填詞，大都陶寫性情、留連光景之作，行間句裏一二字之不同，安在執是爲得失？乃若詞以人重，則意内爲先，言外爲後，尤毋庸以小疵累大醇……開茲縹帙，鉛槧隨之。昔人有『校讎』之説，而詞以和雅温文爲主指，心目中有讎之見存，雖甚佳勝，非吾意所嫥注。彼昔賢曷能詔余而牖之，則亦終於無所得而已。《詞話》卷一

周頤本爲鑒賞家，故有此一偏之見。爲人爲己，宗旨各殊，尤未能執此説以詆王、朱二家之盛業也。

復次，周頤對於詞律拘守益嚴，嘗謂：『凡䚗宫律，先審清濁。陰平，清聲，陽平，濁聲，亦如上去不可通融。』《二雲詞·綺寮怨》序其所持理由，曾引周邦彦《意難忘》一闋爲例云：

細審清真此調，『觴』，陽平；『香』，陰平；『凉』、『浪』，陽平；『相』，陰平；『郎』，陽平；『妝』，陰平；『陽』、『妨』，陽平；『光』，陰平，兩聲相間，抑揚相應，兩段一律。至前段起句『黄』，陽平；後段起句『雙』，陰平，所以爲换頭也。昔人於陰陽平，分析配合，謹嚴如此，吾輩可忽乎哉？黄九烟先生云：『三仄應須分上去，兩平還要辨陰陽。』誠知音之言矣。《二雲詞·意難忘》注

以此推尋詞律，自較僅守平仄者爲精進。其所自爲詞，亦『除尋常三數熟調外，悉根據宋、元舊譜，四聲相依，一字不易』《餐櫻詞》自序。然所稱『舊譜』，亦不過根據清真、白石、夢窗諸人之成作，排此其陰陽平

上去入聲而已。其實宋詞樂譜，早隨宋祚俱亡；但以清濁四聲求之，至多亦僅能維持『雖無老成人，尚有典型』之意。周頤既知『今日而言宮調，已與絕學無殊，無庸深求高論』《詞話》趙跋，乃獨兢兢於四聲清濁之追求，縱極謹嚴，亦豈能取而重被絃管？尋繹厥旨，用意乃別有所在。其論守律云：

畏守律之難，輒自放於律外，或託前人不專家未盡善之作以自解，此詞家大病也。守律誠至苦，然亦有至樂之一境。嘗有一詞作成，自己亦既愜心，似乎不必再改。唯據律細勘，僅有某某數字，於四聲未合，即姑置而過存之，亦孰爲責備求全者？乃精益求精，不肯放鬆一字，循聲以求，忽然得至雋之字。或因一字改一句，因此句改彼句，忽然得絕響之句，此時曼聲微吟，拍案而起，其樂何如？雖剝珉出璞，撰蕙得珠，不逮也。《詞話》卷一

以此鍛鍊詞句，法非不佳，然非癡於詞者，孰能耐此？所謂『束縛已甚，修辭未工』《意難忘》序者，周頤已自覺其難矣。執此說以繩後進，宜學者之望而卻步也。

復次，當論周頤所自爲詞，周頤自言：『少作多性靈語，而尖豔之譏，在所不免。己丑，薄游京師，與半塘共晨夕，多所規誡。所謂「重」、「拙」、「大」，所謂「自然從追琢中出」，積心領神會之，而體格爲之一變。壬子以還，避地滬上，與漚尹彊村別號以詞相切磋。漚尹守律綦嚴，余亦恍然響者之失，齗齗不敢自放。』節錄《餐櫻詞》自序是知況氏之詞，體凡三變，所從得力，實爲王、朱。惟其專作詞人，時或風流放誕，雖力戒『尖豔』，而結習難空。綜覽全詞，似多偏於淒豔一路，而少蒼涼激壯之音。其十五歲以前作，如《減字浣溪沙》云：

如水清涼沁碧衫。一重秋樹一重簾。一痕眉月影纖纖。　樹隔層烟烟隔月，幽情無奈一

窗銜。玉鉤銀燭梅棠酣。《存悔詞》

尖新小巧，卻極宛轉玲瓏。即入都以後，稍尚體格，而淒豔在骨，終不可掩。如《減字浣溪沙》又一首云：

重到長安景不殊。傷心料理舊琴書。自然傷感强歡娛。　十二廻闌凭欲遍，海棠渾似故人姝。海棠知我斷腸無？《錦錢詞》

又前調《綠葉成陰苦憶閶門楊柳》云：

玦絕環連兩不勝。幾生修得到無情？最難消遣是今生。　蝶夢戀花兼戀葉，燕泥黏絮不黏萍。十年前事忍伶俜。

翠袖單寒亦自傷，何曾花裏竝鴛鴦？只拚陌路屬蕭郎。　黃絹竟成碑上字，紅綿誰見被中裝？可能將恨付斜陽？《二雲詞》

讀之，真足『廻腸盪氣』。『最難消遣是今生』一語，擬之張孟晉『高樓明月清歌夜，知是人生第幾回』，似尤惘惘，真才人筆也。甲午中日之戰，爲清廷最大恥辱。哀時涕淚，偶爲一揮。如《水龍吟·二月十八日大雪中作》云：

雪中過了花朝，憑誰問訊春來未？斜陽斂盡，層陰滲結，暮笳聲裏。九十韶光，無端輕付，玉龍游戲。向危闌獨立，綈袍冰透，休道是，傷春淚。　聞說東皇瘦損，算春人、也應憔悴。凍雲休捲，晚來怕見，欃槍東指。嘶騎還驕，棲鴉難穩，白茫茫地。正酒香羔熟，玉關消息，說將軍醉。《蕙風詞》

結筆大有事在，當時邊將之任用非人，可爲太息。《二雲》、《餐櫻》、《菊夢》諸集，作於壬子以後（一九一二—一九一六）身世斷蓬之感，輒託於倡優草木，聊以抒哀。此時思想日就頹廢。集中如《臨江仙》云：

楊柳樓臺在世界，嘶驄只在銅街。《金荃》、《蘭畹》惜荒萊。無多雙鬢綠，禁得幾徘徊？暖不成晴寒又雨，昏昏過卻黃梅。愁邊萬一損風懷。雁箏猶有字，蠟炬未成灰。《二雲詞》

《減字浣溪沙·聽歌有感》云：

惜起殘紅淚滿衣。它生莫作有情癡。人天無地著相思。　花若再開非故樹，雲能暫駐亦哀絲。不成消遣只成悲。《菊夢詞》

念亂憂生，極掩抑零亂之致。晚歲嚴於守律，又多選僻調，一以清真、夢窗爲歸。其論夢窗，以爲：『夢窗密處，能令無數麗字，一一生動飛舞，如萬花爲春，非若琱瓊蹙繡，毫無生氣也。如何能運動無數麗字？恃聰明，尤恃魄力，如何能有魄力？唯厚，乃有魄力，夢窗密處易學，厚處難學。』《詞話》卷二又謂：『性情少，勿學稼軒。非絕頂聰明，勿學夢窗。』《詞話》卷一周頤固自命『絕頂聰明』，宜能得『夢窗厚處』。且舉《西子妝慢·賦葬花劇》一闋，以資參證：

蛾蘂顰深，翠陰蹴淺，暗省韶光遲暮。斷無情鍾不能癡，替銷魂亂紅多處。飄零信苦，只逐水霑泥太誤。送春歸，費粉蛾心眼，低徊香土。　嬌隨步，著意憐花，又怕花欲妒。莫辭身化作微雲，傍落英、已歌猶駐。哀箏似訴，最腸斷紅樓前度。戀寒枝，昨夢驚殘宇。《菊夢詞》

技術之精，庶幾『無數麗字，一一生動飛舞』，然『千呼萬喚』，不出『憂生之嗟』。又如《六州歌頭·用韓無咎體賦鏡中見鬢絲有白者》云：

飛蓬兩鬢，容易雪霜欺。能似舊，青青否？一絲絲。不須悲。草木無情物。催換葉。清秋節。芳未歇。寒先徹。底禁持？似我工愁，儻不教憔悴。造物何私？況天涯，飄泊後、昨夢都非。老態垂垂。鏡先知。　念歡事少。憂心悄。吾衰早。復奚辭？長似此。星星矣。欲胡爲？莫頻窺。一樣傷心色。行滋蔓，到吟髭。金粉改。江山在。越淒其。商婦琵琶，咽到無聲處，縈損蛾眉。便青春又也，忍憶少年時？醉插花枝。《菊夢詞》

潦倒無聊之態，寫來倍覺動人。東坡詩云：『誰能將兩耳，聽此寒蟲號？』讀況氏詞，有同感矣。

本編草創粗就，補錄彊村先生《望江南·雜題清代諸名家詞集》後四首，以作結束：

香一瓣，長爲半塘翁。得象每兼《花外》永，起孱差較茗柯雄。嶺表此宗風。王佑遐

招隱處，大鶴洞天開。避客過江成旅逸，哀時無地費仙才。天放一閒來。鄭叔問

閒金粉，曹鄶不成邦。拔戟異軍成特起，非關詞派有西江。兀傲故難雙。文道希

雕蟲手，千古亦才難。新拜海南爲上將，試要臨桂角中原。來者孰登壇？陳述叔，況夔笙

十九年十二月十五日，脫稿於暨南村寓廬。（載於一九三一年一月《國立暨南大學文學院集刊》第一集）

讀過《蕙風詞話》、《詞》以後　　微

余寂處塵囂，久罕儔侶，暇日偶以詩、古文、詞，用爲排遣晷刻之計，以素乏根蒂，亦少心得。獨於

詞學，心竊好之，而苦不得其門徑。《白香詞譜》、二張《詞選》雖加誦習，亦難測古人功力之所由與進徑之所自，既而得《蕙風詞話》、《詞》讀之，始多進境，怳然於百思而不得其解，一旦便可豁然貫通，所謂不惜金鍼度與人者，信有之矣。余不敢自祕，爰述所心得者略舉一二，亦願世人同好之人手一編，以爲孟晉之資也。原書全二冊，價二元五角，於大慶里中國書店、三馬路千頃堂蟫隱廬、四馬路校經山房均可購得。按：該書爲《惜陰堂叢書》之一，《叢書》所刊若《吳夢窗詞》、《蓉影詞》、《證璧集》、《和珠玉詞》和《小山詞》等，均爲研究詞學者所必備，容再縷述之。

①詞之源流可知也　詞自唐五代以來，歷宋、元、明、清至於今日，就中興衰正變、斷代異時，均有其歷史。而由詩變爲詞，就中復有自然之程序。且古人名詞爲詩餘，多屬誤解。本書於其源流分別詳舉，讀之而統系自明。夫欲研究一學問者，自應先知其經過之情形，而後可由以上進。論詞之書雖多，於此精嚴者則甚少，非取徑於斯不可得也。

②詞之入門可得也　古今以來詞家千百，各備專集，初學者泛濫取觀，不知所入門，若隨意取一家觀之，又不知其人之爲工爲不工；或得其不工者而習之，取法乎下，將謂之何？且宋、元名集中亦有可學不可學、必學不必學、能學不能學之分，率意問津，事倍功半。得此指授，而後學者不至有歧途之誤，此蓋尤便於初學者矣。

③詞之理脈可通也　凡文字必有其自然之理脈，而後成理謀篇，詞亦猶是也。惟詞中有胡帝胡天之作、迷離烟水之情，故其理脈往往不易於得之，然學者不得理脈，則操觚爲之，必致蕪雜零亂而難於斐然可觀，去成就也遠矣。《詞話》中於作法理脈多三致意，學者信手拈來，旁通觸引，蓋無往而不利

者矣。

④詞之用字可知也　詞有詞之用字，昧然觀之，隨適皆可。而諦辨明審，則各有其恰當之作，雖絲毫不得移易，此在學者爲入手最難之事。然用字不慎，則通篇爲之減色，神味爲之不完。此等前人書中偶有發見，然無本書徵引之廣，就所識者而加功以之，必能語求精當矣。

⑤詞之掌故可明也　關於詞人之身世掌故，足備讀誦者，亦學者所不可不知，其膾炙而在人口者固多能識之，而新闢可喜，前人所未見，或語焉而不詳者。本書搜羅獨富，且有考證據訂，爲古人辨誣析疑者亦多，則作者績學之功，而學者得一一讀之，不寧大可快者耶？

⑥詞之作法可精也　詞之作法千百各異，而各有其絕勝之處，在學者偶涉斯途，五花八門，不諳作法，則無由上進。而作法之難又邈乎其遠，此書於古今名作及名句一一採取，而發明其底蘊，使學者讀之，恍然知若者爲佳作，而其所以致佳者何在，則於此以窺作法，而步趨以之，雖不中而不遠矣。

再者詞話之後附以自定詞二卷，蕙風之詞，曩在零篇斷簡，頗讀其數十百闋，而全豹未窺，莫由精究。及讀此自定詞，而後知蕙風一生精力之所在，及其所可以爲人致學之道。蓋其中所含蓄而積發者，取之者特精，用之者特宏也。然初學得之，又可以爲悟入之道，而卽取其一字一句爲之琢磨，亦可略挹勝致，蓋讀古人之集，身世既遠，難於相接近。而近人之作偏勝居多，讀之萬一，或有流弊。惟蕙風之詞大扣大鳴，小扣小鳴，謂斯言也不信，敢希同調者取而讀之，爲何如也。（載於一九二七年三月一三日《申報》『詞學研究之一得』）

介紹惜陰堂刊詞籍

荃

詞曲之道，爲舊文學中最精美之文字，無待贅言，而近自語體文字通行以來，學者於詞中尤能發見其表示語體有獨到之處。在美術文中爲別具一格，因之研究者遂更日繁有徒，且以之抒寫性情，自見襟抱，於美文中得運以語體，尤見戛戛獨造，故學人文士之好精研者遂復益多。然詞之爲道，往往初學有不易入門之概，而門徑少誤，以後或且難於成就，有事倍功半之虞。故學者雖購致多書，而翦裁正復不易，且舊刊者日就罕見，售價甚昂，往往爲售販者獲利之助而已。近偶得《惜陰堂叢書》，就中於詞類所輯獨多，而循爲規矩，知爲學者所必讀之書，應爲校讀記，藉資介紹，使問津之士有所適從，得之研精練習，無論初學者之入門有方，已工者之更求精進，於此胥獲觀止之歎矣。兹分別述之如下：

（一）《蕙風詞話》五卷詞二卷，臨桂況夔笙著。全書三册，定價二元。況先生擅詞名數十年，海內外推爲一人，生平所刊詞稿不脛而走，數十萬册，舉凡言詞學者幾莫不受其陶冶，蓋近來之大宗師，而并以提高詞學價值之一人也。然先生尤精於講授詞學，遠道向學者莫不投箋爲贄，而先生之教授作法辨別門類，更多獨到之語。兹即先生所彙輯精撰之詞話，計共五卷，首論作法、詞格、詞律、詞義，後更分舉唐、宋以來至於明、清之名家著作，孰者宜學？孰者不宜學？得此一部，門庭儼然矣。後附自定詞二卷，蓋晚年將前刻各稿重自排定，汰蕪存菁者，又加以晚年所作爲他本所未見者數十首，蓋最足爲圭臬者矣。

（二）《夢窗詞四稿》，宋四明吴文英著。全書一巨冊，定價三元。宋代詞人輩出，開風氣之先，爲讀文學史者所共知。而吴夢窗詞尤爲有宋之傑出，精謹深嚴，爲學詞者最須致力之一途。近代詞人如朱彊邨古微翁，卽平生專力以抵成就，可以知矣。然此書舊本極少見，而價又奇昂。光緒中葉，四印齋王半唐氏因校理數次四印齋刊詞籍數十種，多爲孤本，而現亦不易購求。雕板以行，板成後，逾年又見他本，則不惜費而重刻之。如是者三次，第三次蓋最精之本，然書成而王氏已歿，因之遂不可考。本書蓋當時試印之樣本，爲海内所僅有者，以視各種舊刻本，又無不加勝，此卽以原存樣本照式石印，不差累黍，讀者於此非特可以於夢窗爲專門之途徑，且可知古人努力校書之法，以爲自身校詞之師，是蓋一舉而兩得者矣原有校詞法多條，均可用爲原則者。

（三）《蓉影詞》一卷，陽湖張臯文等著。全書一冊，定價八角。詞學興於宋、元而衰於明、清，人多知之。至中興詞學，實在乾隆間，卽陽湖張惠言臯文及邵蘭荃等之力也。張氏有《詞選》，向爲初學者必備之書，此則爲當時朋輩唱酬之作，於此用力，可知當時詞學由衰而復興諸家之作品，且清初時人之詞多犯纖淺之病，此輩力矯其弊，正可爲清代一代詞學之關鍵讀，而所賦情景由淺入深，益有引人入勝之妙。

（四）《和珠玉詞》一卷，王半唐、況夔笙、張子苾聯句。全書一冊，定價八角。王、況之詞學前已述之，此爲當時聯句之作，可以觀一代人文之盛，及各家唱酬和韻之法，蓋初學詞者不易入手，惟和韻爲較易，而學和韻，師資於名家之作，爲更有門徑矣。

（五）《和小山詞》一卷，武進趙叔雍著。全書一冊，定價一元。此亦和韻之作，惟一手所製，又與連句者不同。趙詞師法於況蕙風，故於《和珠玉詞》後繼以《和小山詞》，亦知詞學派衍之一斑，足徵其淵源之派，且可與原書晏小山詞相較，而徵其得失，以爲考訂古今作法之助也。

（六）《證璧集》四卷，臨桂況夔笙輯。全書二册，定價二元。此爲況氏輯刻爲古人辯誣之文字，於經史子集均多采録，雖不全及詞學，而於兩宋詞人之辯證亦不少，尤於宋二女詞家李易安、朱淑真爲獨詳。後人因考據不明，每多厚誣，得此遂大白於天下。凡欲知考據詞人身世，辯訂昔賢文字者，不可不手一卷也。

凡兹諸書多於詞學多關，尤爲初學之急，故不憚詞費而縷述之，藉爲讀者之先河。嘗聞人云：現在繼續備刊者，正有多種，想更足爲學詞之助，姑俟得讀後再爲介紹，何如？

諸書於四馬路校經山房、大馬路泥城橋大慶里中國書店、三馬路望平街口千頃堂蟫隱廬均有發售，合併附告。（載於一九二七年三月七日《申報》『研究詞學之門徑』）

現代中國文學史

錢基博

臨桂況周頤者，名周儀，以諱清宣統溥儀名，遂改周頤；夔笙，其字，别號蕙風，官内閣中書，王鵬運致祖謀書所稱『目空一世之況舍人』也。少而察惠，讀書輒得神解。垂髫應府縣學試，冠其曹，舉案首。同攷或竊竊低語：『何以稚子獨爭上流？』知府事者至榜示謂：『廣右以靈淑所鍾毓，誕此英才；所望爲賢父兄者，善爲掖進，俾以有用之身，致國家之用，則宦轍所至，亦復與有榮云。』九歲，補博士弟子員，十八歲舉優貢。一日，往省姊，偶得《蓼園詞選》讀之，試爲小詞，而沈浸者日以深。其集中附有《存悔》一卷，卽十七前作也。輕倩流慧，理境兩絕。有曰：『春小於人，花柔似汝。雲涯悵望知何處。』每謂神來之筆，若有所感；至於垂老追念，都難爲懷。二十一舉光緒五年鄉試，迺娶於趙，伉儷綦篤。夫人擅雅樂，因並習操縵，儼然理曲。既而宦遊京國，遵例官内閣中書，與王鵬運同官，益以詞學相砥礪。併治金石文字，凡有碑版無不羅致，得萬餘本，中《龍門造象》千餘本；尤長於許氏《說文》，名聲訓詁，潛造精研，故其治碑版，并爲淵源之學。尋以會典館纂修，敘勞用知府，分發浙江。曾參兩江總督端方幕府。端方藏碑版甲於海内，輒屬周頤定之，《陶齋藏石》一記，蓋出手纂。時合肥蒯光典禮卿以進士官道員，分發江南，與周頤學不同，乃薦興化李詳以間之，每見端方，必短周頤而稱詳。一日，端方招飲，光典又及周頤。端方太息曰：『亦知夔笙必將餓死，但我端方在，決不容坐視其餓死耳！』周頤聞之，感激涕下，而致怨於李詳。詳以不得志於端方。既而端方入川被殺；詳以詩弔之，有云：『輕薄子雲猶未死，可憐難返蜀川魂！』輕薄子雲，蓋指周頤也。自是有宴會，周頤與詳，必避不相見。而周頤濡古既深，字畫必謹，自以氏況，見人書『況』字祇寫兩點爲『况』，則必斥其訛謬，而爲之加成三點水焉；又睹文書中金樽字，必塗去木旁作尊字，諸如此類，崇古不苟，馮煦戲稱之爲況古人。而所自喜者尤在詞，嘗自謂：『世界無事無物不可入詞，但在余能自運其筆，使宛轉如意耳！』所著曰《第一生修梅花館詞》、《二雲詞》、《香櫻詞》、《蕙風詞》。遜國而後，家國之感，身世之情，所觸日深，而詞格亦日遒上，頓挫排宕，柔厚沈鬱，千辟萬灌，略無鑪錘之迹，而又嚴於守律，一聲一字，悉無乖舛，方之古人，庶幾白石；亦自謂五百年後，得爲白石，亦復相類也。錄其二詞，聊當舉隅：

齊天樂秋雨

沈郎已自拚顦顇，驚心又聞秋雨。做冷欺燈，將愁續夢，越是宵深難住！千絲萬縷，更攙入蟲聲，攪人情緒！一片蕭騷，細聽不作平是故園樹！沈沈更漏漸咽，只簷前鐵馬，幽怨如訴！儻是殘春，明朝怕有無數飛花飛絮！天涯倦旅，記滴向篷窗，更加淒苦！欲譜瀟湘，黯愁生玉柱！

四字令南陵徐積雨得小銅印，文曰『石家侍兒』，白文方式，以拓本見詒，報之以詞。

石家侍兒，綠珠宋褘。當年畢竟阿誰！捺銀櫛紫泥？香名未知，鄉親更疑。綠珠，廣西博白人。余舊有『綠珠紅玉是鄉親』小印。紅玉，陳文簡侍兒，墓在臨桂棲霞山麓。願爲宛轉紅絲，繫裙腰恁時！

蓋周頤之詞，細膩熨貼，典麗風華，闊大不及祖謀，而綿密則過之焉。然周頤之詞學，實得助於祖謀者不鮮，嘗語人曰：『余之爲詞，二十八歲以後，格調一變，得力於半塘；比歲守律綦嚴，得力於漚尹；人不可無良師友也！』周頤爲詞崇性靈，而或傷尖豔；既與王鵬運同官中書，鵬運詞夙尚體格，於周頤異趣，多所規誡；又以所刻宋、元人詞屬爲斠讎，自是周頤得闚詞學之深，所謂『重拙大』，所謂『自然從追琢中出』，積心領神會之，而體格爲之一變。蓋聲律與體格並重也。周頤之詞，僅能平側無誤，或某調某句有一定之四聲，昔人名作皆然，則亦謹守勿失而已。未能如鵬運之一聲一字，剖析無遺也。如是者二十年。既鵬運卒，乃與祖謀相切礪。祖謀於詞不輕作，恆以一字之工，一聲之合，痛自刻繩，而因以繩周頤。周頤亦恍然嚮者之失，斷斷不敢自放，乃悉根據宋、元舊譜，四聲相依，一字不易。其得力於祖謀，與得力於鵬運者同。如《甲午展重陽日邃父招同半塘登西爽閣子美因病不至》調寄《蝶戀花》云：

西北雲高連睥睨。一抹修眉，望極遙山翠！誰向西風傳恨字。詩人大抵傷顑頷！　有酒盈尊須拚醉！感逝傷離！自注：端木子疇前輩於數日前謝世。何況登臨地，卺好秋光圖畫裏！黃花省識秋深未？自注：西爽閣，在京師土地廟下斜街山西會館，可望西山。

自跋云：『金元已還，名人製曲，如《西廂記》、《牡丹亭》之類，皆平側互叶，幾於句句有韻，付之歌喉，極致流美。溯其初哉肇祖，出於宋人填詞，詞韻平側互叶，丁北宋已有之，姑舉一以起例。賀方回《水調歌頭》云：「南國本瀟灑。六代浸豪奢。臺城遊冶。襞牋能賦屬宮娃。雲觀登臨清暇。璧月流連長夜！吟醉送年華。回首飛鴛瓦。卻羨井中蛙。　訪烏衣，尋白社。不容車。舊時王謝，堂前雙燕過誰家？樓外河橫斗挂。淮上潮平，霜下檣影落寒沙！商女篷窗罅，猶唱《後庭花》！」蕙風此作，倘有合者。』

又《題徐仲可舍人珂女公子新華山水畫稿》，調寄《玉京瑤》云：

玉映傷心稿，鳳羽清聲，夢裏仙雲幻！自注：用徐陵母五色雲化爲鳳事。故紙依然！韶年容易淒婉！乍洗淨金粉春華，澹絕處山容都換。瑤源遠，湘蘋染墨，昭華攄管。自注：徐湘蘋、徐昭華皆工畫。茸窗舊掃烟嵐。韻致雲林，更楷模北苑。陳迹經年，蟫匳分貯縑繭黯。贈瓊，風雨蕭齋，帶孺子泣珠塵潸。簾不捲，秋在畫圖香篆！

自跋曰：『此調爲吳夢窗自度曲，夷則商犯無射宮腔。今四聲悉依夢窗，一字不易。』蓋抗心希古，嚴於守律，大率類此。

周頤論詞最工，細入毫芒，能發前人所未發，所著曰《香海棠館詞話》、《餐櫻廡詞話》，論詞境曰：『詞境以深靜爲主。韓持國《胡擣練令》過拍云：「燕子漸歸春悄。簾幙垂清曉。」境至靜矣；而此中有人如隔蓬山，思之思之，遂由靜而見深。蓋寫境與言情非二事也。善言情者，但寫境而情在其中。此等境界，唯北宋人詞往往有之。持國此二句尤妙在一「漸」字。』又曰：『《小山詞・阮郎歸》云：「天邊金掌露成霜。雲隨雁字長。綠杯細袖趁重陽。人情似故鄉！蘭佩紫，菊簪黃。殷勤理舊狂。欲將沈醉換悲涼。清歌莫斷腸！」「綠杯」二句，意已厚矣！「殷勤理舊狂」五字三層意。狂者，所謂「一肚皮不合時宜，發見於外」者也；狂已舊矣，而理之，而殷勤理之，其狂若有甚不得已者！「欲將沈醉換悲涼」是上句注腳。「清歌莫斷腸」，仍含不盡之意，此詞沈著厚重，得此結句，便覺竟體空靈。』又曰：『《東坡詞・青玉案・用賀方回韻送伯固歸吳中》歇拍云：「作箇歸期天已許。春衫猶是小蠻鍼線，曾溼西湖雨。」上三句未爲甚豔，「曾溼西湖雨」，是清語，非豔語；與上三句相連屬，便成奇豔絕豔，令人愛不忍釋！』又曰：『詞有淡遠取神，只描取景物，而神致自在言外，此爲高手！然不善學之，最易落套，亦如詩中之假王孟也。劉招山《一翦梅》過拍云：「杏花時節雨紛紛。山繞孤邨。水繞孤邨。」頗能景中寓情。』又曰：『羅子遠《清平樂》：「兩槳能吳語。」五字甚新。楊柳渡頭，荷花蕩口，暖風十里，翦水咿啞，聲愈柔而景愈深。嘗讀《飲水詞・望江南》云：「江南好！虎阜晚秋天。山水總歸詩格秀，笙簫恰稱語音圓。人在木蘭船。」「笙簫」句與此「兩槳」句，同一妙於領會。』又曰：『《空同詞·浪淘沙》別意云：「花露漲冥冥，欲雨還晴。」能融景入情，得迷離惝恍之妙。「漲」字亦鍊。』又曰：『韓子畊《高陽臺·除夕》云：「頻聽銀籤，重燃絳蠟，年華衮衮驚心！餞舊迎新，能消幾刻光陰？老來可慣通宵飲，待不眠還怕寒侵！掩清尊！多謝梅花伴微吟。鄰娃已試春妝了，更蜂枝簇翠，燕股橫金。句引春風，也知芳意難禁。朱顏那有年年好？逞豔遊贏取如今！恣登臨，殘雪樓臺，遲日園林。」此等詞語淺情深，妙在字句之表；便覺刻意求工，是無端多費氣力。』又曰：『《履齋詞·二郎神》云：「凝竚久，驀聽棋邊落子，一聲聲靜。」《千秋歲》云：「荷遞香能細。」此靜與細，亦非雅人深致，未易領略。』又曰：『王易簡謝周草窗惠詞卷《慶宮春》歇拍云：「因君凝竚。依約吳山，半痕蛾綠！」此十二字絕佳，能融景入情，秀極成韻，凝而不佻！』又曰：『填詞景中有情，此難以言傳也！元遺山《木蘭花慢》云：「黃星幾年飛去？澹春陰，平野草青青。」平野春青，祗是幽靜芳倩；卻有難狀之情，令人低徊欲絕！善讀者約略身入景中，便知其妙。』又曰：『党承旨《月上海棠》用前人韻後段云：「斷霞魚尾明秋水，帶三兩飛鴻點烟際。疏颯秋聲，似知人倦游無味。家何處？落日西山紫翠。」融情景中，旨淡而遠。又《鷓鴣天》云：「開簾放入窺窗月，且盡新涼睡美休。」瀟灑疏俊極矣！尤妙在上句「窺窗」二字。窺窗之月，先已有情，用此二字，便曲折而意多，意之曲折，由字裏生出，不同矯揉鉤致，不墮尖纖之失。』又曰：『段誠之《菊軒樂府·江城子》云：「月邊漁，水邊鉏。花底風來，吹亂讀殘書。」前調《東園牡丹花下酒酣卽席賦之》云：「歸去不妨簪一朵，人也道看花來！」騷雅俊逸，令人想望風采！《月上海棠》云：「喚醒夢中身，鶗鳩數聲春曉。」前調云：「頹然醉臥，印蒼苔半袖。」於情中入深靜，於疏處運追琢，尤能得詞家三昧！』又曰：『真字是詞骨，情真景真，所作必佳。金章宗詠《聚骨扇》云：「忽聽傳宣須急奏，輕輕褪入香羅袖。」此詠物兼賦事，寫出廷臣入對時情景，確是詠聚骨扇，是章宗詠聚骨扇。他題他人，挪移不得。』又曰：『密國公璹詞，《中州樂府》著錄七首，姜、史、辛、劉兩派，兼而有之，《春草碧》云：「舊夢回首何堪，故苑春光又陳迹。落盡後庭花，春草碧！」《青玉案》云：「夢裏疏香風似度。覺來惟見一窗涼月！瘦影無尋處！」並皆幽秀可誦。《臨江仙》云：「薰風樓閣夕陽多！倚闌凝思久！漁笛起烟波！」淡淡著筆，言外卻有無限感愴！』又曰：『遺山句云：「草際露垂蟲響徧。」寫出目前幽靜之境，小而不纖，妙在「垂」字、「響」字，此二字不可易。』論詞筆曰：『《清真詞·望江南》云：「惺忪言語勝聞歌！」謝希深《夜行船》云：「尊前和笑不成歌！」皆熨帖入微之筆！』又曰：『詞亦文之一種。名家詞筆，亦有理脈可尋，所謂蛇灰蚓線之妙。如范石湖《眼兒媚·萍鄉道中》云：「酣酣日腳紫烟浮。妍暖試輕裘。困人天氣，醉人花底，午夢扶頭！春慵恰似春塘水，一片縠紋愁！溶溶洩洩，東風無力，欲皺還休！」「春慵」緊接「困」字、「醉」字來，細極！』又曰：『潘紫巖詞，余最愛其《南鄉子·題南劍州妓館》一闋，小令中能轉折，其詞筆有尺幅千里之勢！詞云：「生怕倚闌干！閣下溪聲閣外山。空有舊時山共水，依然！暮雨朝雲去不還！　相見躡飛鸞，月下時時認佩環。月又漸底霜又下，更闌！折得梅花獨自看！」歇拍尤意境幽瑟。』又曰：『詞筆豔與麗不同。豔如芍藥牡丹，慵春媚景；麗若海棠文杏，映燭窺簾。薛梯飆詞工於刷色，當得一麗字。《醉落魄》云：「單衣乍著，滯寒更傍東風作。珠簾壓定銀鉤索。雨弄初晴，輕旋玉塵落。花唇巧借妝梅約。嬌羞纔放三分萼。尊前不用多評泊。春淺春深，紅向杏梢覺。」』又曰：『曾宏父《浣溪沙》云：「紫禁正須紅藥句，清江莫與白鷗盟。」尋常稱美語，出以雅令之筆，閱之便不生厭。』又曰：『翁五峯《摸魚兒》歇拍云：「沙津少駐！舉目送飛鴻，幅巾老子，樓上正凝佇！」東坡《送子由詩》：「時見烏帽出復沒」，是由送客者望見行人，極寫臨歧眷戀之狀。五峯詞乃由行人望見送者，客子消魂，故人惜別，用筆兩面俱到。』又曰：『劉伯寵《水調歌頭・中秋》云：「破匣菱花飛動，跨海清光無際，草露滴明璣。」「跨海」云云，是何意境！下乃忽作小言。子雲所云：「大者含元氣，細者入無間。」略可喻詞筆之變化。』又曰：『近人作詞，起處多用景語虛引；往往第二韻方約略到題，此非法也！起處不宜泛寫景，宜實不宜虛。便當籠罩全闋，他題挪移不得。唐李程作《日五色賦》，首云：「德動天鑒，祥開日華。」雖篇幅較長於詞，亦以二句隱括之，尤有弁冕端凝氣象！此恉可通於詞矣！』又曰：『名手作詞，題中應有之義，不妨三數語說盡；自餘悉以發抒襟抱所寄託，往往委曲而難明，長言之不足，至乃零亂拉雜，胡天胡帝；其言中之意，讀者不能知，作者亦不蘄其知，以爲流於跌宕怪神，怨懟激發而不可以爲訓；則亦楚徒之騷些云爾。夫使其所作，大都衆所共知，無甚關係之言，寧非浪費紙墨耶！』又曰：『詞筆固不宜直率，尤切忌刻意爲曲折；以曲折藥直率，卽已落下乘。昔賢樸厚醇至，由性情學養中出，何至蹈直率之失！若錯認直率爲真率，則尤大不可耳！』又曰：『党承旨《青玉案》云：「痛飲休辭今夕永！與君洗盡滿襟煩暑，別作高寒境！」以鬆秀之筆，達清勁之氣，倚聲家精詣也！鬆字最不易做到。』又曰：『金古齊散汝弼，字良弼，官近侍副使，《風流子・過華清作》云：「三郎年少客，風流夢、繡嶺蟲瑤環！看浴酒發春，海棠睡暖！笑波生媚，荔子漿寒！況此際，曲江人不見，偃月事無端。羯鼓數聲，打開蜀道！霓裳一曲，舞破潼關！馬嵬西去路，愁來無會處，但淚滿關山。賴有紫囊求進，錦韈有傳！

嘆玉笛聲沈，樓頭月下，金釵信杳，天上人間！ 幾度秋風渭水，落葉長安！」正大三年刻石臨潼縣，今存。詞筆藻耀高翔，極慷慨低徊之致！』又曰：『姚成一《雪坡詞·霜天曉角·湖上泛月歸》換頭云：「烟抹，山態活。雨晴波面滑。」五字對句，上句讀作上二下三，抹字叶韻，不勉强，尤饒有韻致。詞筆靈活可喜！』又曰：『宋江致和《五福降中天》句：「秋水嬌横脧眼，膩雪輕鋪素胷。」以「鋪」字形容「膩雪」，有詞筆畫筆所難傳之佳處，無一字可以易之！』又曰：『詞筆能直，固大佳。顧所謂直，誠至不易，不能直率也！當於無字處爲曲折，切忌有字處爲曲折。』又曰：『雲林壽彝齋《太常引》云：「柳陰濯足水浸磯，香度野薔薇。芳草綠萋萋。問何事王孫未歸？ 一壺濁酒，一聲清唱，簾幙燕雙飛。風暖試輕衣。介眉壽遙瞻翠微。」壽詞如此著筆，脱然畦封，方雅超逸，「壽」字只於結處一點。後人可取以爲法！』論詞句曰：『詩酒尚堪驅使在，未須料理白頭人！』少陵句也。《梅溪詞·喜遷鶯》云：「自憐詩酒瘦，難應接許多春色！」蓋反用其意。』又曰：『盧申之《江城子》後段云：「年華空自感飄零！擁春酲對誰醒！天闊雲閒，無處覓簫聲！載酒買花年少事，渾不似舊心情。」與劉龍洲詞「欲買桂花重載酒，終不似少年游」可稱異曲同工！然終不如少陵之「詩酒尚堪驅使在，未須料理白頭人」爲倔强可憙！』又曰：『草窗《少年游·宫詞》云：「一樣春風！燕梁鶯戶，那處得春多！」卽「梨花雪，桃花雨。畢竟春誰主」之意；俱從義山「鶯啼花又笑，畢竟是誰春」脱出。』又曰：『《竹山詞·虞美人·詠梳樓》云：「樓兒忒小不藏愁！幾度和雲飛去覓歸舟。」較「天際知歸舟」更進一層。』又曰：『寄閒翁《風入松》云：「舊巢未著新來燕，任珠簾不上瓊鉤。」用「待燕歸來始下簾」句意，翻新入妙。《戀繡衾》云：「自不怨東風老，怨東風輕信杜鵑！」是未經人道語。』又曰：『宋周端臣《木蘭花慢》句云：「料今朝別後，他時有夢，應夢今朝。」呂居仁《減字木蘭花》云：「來歲花前！又是今年憶昔年！」命意政同，而遣詞各極其妙！』又曰：『仲彌性《浪淘沙》過拍云：「看盡風光花不語，卻是多情！」語淡而深。《憶秦娥·詠木樨》後段云：「佳人斂笑貪先折。重新爲翦斜斜葉。釵頭常帶一段秋風月。」末二句賦物上乘，可謂藥纖滯之失。』又曰：『大卿榮諲詠梅《南鄉子》云：「江上野梅芳！粉色盈盈照路旁。閒折一枝和雪嗅，思量！似箇人人玉體香！」似箇句豔而質，猶是宋初風格，《花間》之遺。』又曰：『宋名詞多尚渾成，亦有以刻畫見長者。沈約之《謁金門》云：「猶倚危闌清晝寂，草長流翠碧！」又云：「寒色著人無意緒！竹鳴風似雨！」《如夢令》云：「忺睡，忺睡，窗在芭蕉葉底！」《念奴嬌》刻本無題，當是詠海棠之作云：「醉態天真，半羞微斂，未肯都開了！」雖刻畫而不涉纖，所以爲佳！』又曰：「陳夢弢和石湖《鷓鴣天》云：「指剝春葱去採蘋。衣絲秋藕不沾塵。眼波明處偏宜笑，眉黛愁來也解顰。巫峽路，憶行雲。幾番曾夢曲江春。相逢細把銀釭照，猶恐今宵夢似真！」歇拍用晏叔原「今宵賸把銀釭照，猶恐相逢是夢中」句；恐夢似真，翻新入妙；不特不嫌沿襲，幾於青勝於藍！』又曰：『張武子《西江月》過拍云：「殷雲度雨井桐凋，雁雁無書又到。」昔人句云：「江頭數盡南來雁，不寄西風一幅書！」此詞括以六字，彌覺沈頓。』又曰：『馬古洲《海棠春》云：「護取一庭春，莫彈花間鵲。」用徐幹臣「悶來彈鵲，又攪碎一簾花影」；可謂善變。』又曰：『黃雪舟詞清麗芊緜，頗似北宋名作。其《水龍吟》云：「柔腸一寸，七分是恨，三分是淚。」蓋仿東坡「春色三分，二分塵土，一分流水」之句；所不逮者，以刻縷稍著痕迹耳！其歇拍云；「待問春怎把千紅，換得一池綠水？」亦從一分流水句，引申而出。』又曰：『吳樂菴《水龍吟·咏雪》

次韻云：「興來欲喚羸童瘦馬，尋梅隴首。有客遮留，左援蘇二，右招歐九。問聚星堂上，當年白戰，還更許追蹤否？」此詞略仿劉龍洲《沁園春》：「斗酒彘肩，醉渡浙江，豈不快哉！被香山居士，約林和靖，與坡公等駕勒吾回」云云！而吳詞意較勝。』又曰：『填詞之難，造句要自然，又要未經前人說過。自唐五代以還，名作如林，那有天然好語，留待我輩驅遣，必欲得之，其道有二：曰「性靈流露」，曰「書卷醞釀」。性靈關天分，書卷關學力。學力果充，雖天分少遜，必有資深逢源之一日；書卷不負人也！中年以後，天分便不可恃；苟無學力，日見其衰退而已！江淹才盡，豈真夢中人索還錦囊耶！』又曰：『易祓《喜遷鶯》云：「記得年時，膽屏兒畔，曾把牡丹同嗅。」語小而不纖，極不經意之事，信手拈來，便覺旖旎纏緜，令人低回不盡。納蘭成德《浣溪沙》云：「被酒莫驚春睡重，賭書消得潑茶香，當時祇道是尋常！」亦復工於寫情，視此微嫌詞費矣！《喜遷鶯》歇拍云：「强消遣，把閒愁推入花前杯酒。」由舉杯消愁意翻變而出，亦前人所未有！』論詞與詩之別曰：『《吹劍錄》云：「古今詩人間出，極有佳句。陳秋塘詩：「不知筋力衰多少？但觀新來嬾上樓。」按此二句，乃《稼軒詞·鷓鴣天》歇拍。或者俞文蔚氏誤記耶？此二句入詞則佳，入詩便覺未合。詞與詩體格不同處，其消息卽此可參。』又曰：『趙愚軒《行香子》云：「綠陰何處？旋旋移牀。」昔人詩句：「月移花影上闌干。」此言移牀就綠影，意趣尤生動可喜！卽此是詞與詩不同處。可悟用筆之法。』論詞律曰：『《梅溪詞》尋春服感念《壽樓春》有句云：「幾度因風飛絮，照花斜陽。」又云：「最恨湘雲人散，楚蘭魂傷！」風飛，花斜，雲人，蘭魂，並用雙聲疊韻字，是聲律極細處。』又曰：『入聲字於填詞最爲適用。付之歌喉，上去不可通作，惟入聲可融入上去聲。凡句中去聲字，能遵用去聲固佳；若誤用上聲，不如用入聲之爲得也！上聲字亦然。入聲字用得好，尤覺峭勁娟雋！』又曰：『上去聲字，近人往往誤讀；如動靜之靜，上聲，誤讀去聲；瞑色之瞑，去聲，誤讀上聲。作詞既守四聲，則於宋人用靜字者用上聲，用瞑字者用去聲，斯爲不誤矣！顧審之聲調，反蹈聱牙戾喉之失。意者宋人亦誤讀誤用耶？遇此等處，惟有檢本人他詞及他人此詞徵之，庶幾決定從舍。特非精研宮律者之作，不足爲據耳！』又曰：『宋人名作於字之應用入聲者，間用上聲；用去聲者絕少。檢《夢窗詞》知之。』又曰：『詞用虛字叶韻最難，稍欠斟酌，非近滑，卽近佻。憶二十歲作《綺羅香》過拍云：「東風吹盡柳緜矣！」端木子疇前輩採見之，甚不謂然，申戒至再。全詞至今不敢復叶虛字。又如「賺」字、「偷」字之類，亦宜慎用。「兒」字尤難用之，至此字天然近俚，用之得如閨人口吻，卽亦何當風格！若於此等難用之字，筆健能扶之使堅，意精能練之使穩，庶極專家能事矣！此境未易臻，仍以不用爲是。』又曰：『畏守律之難，輒自逃律外，或託前人不專家未盡善之作以自解，此詞家大病也！守律誠至苦；然亦有至樂之一境。常有一詞作成，自己亦既愜心，似乎不必再改，惟據律細勘；僅有某某數字於四聲未合，卽姑置而姑存之，亦孰爲責備而求全者！乃精益求精，不肯放鬆一字；循聲以求，忽然得至雋之字；或因一字改一句，因此句改彼句，忽然得絕警之句；此時曼聲微吟，拍案而起，其樂何如！雖剝珉出璞，選薏得珠，不逮也！彼窮於一字者，皆苟完苟美之一念誤之耳！』論詞與曲之別，曰：『曲有煞尾有度尾，煞尾如戰馬收繮，度尾如水窮雲起。煞尾猶詞之歇拍也，度尾猶詞之過拍也。如水窮雲起，帶起下意也。填詞則不然，過拍祇須結束上段，筆宜沈著；換頭另意另起，筆宜挺勁；稍涉曲法，卽嫌傷格。此詞與曲之不同也。』又曰：『元人製曲，幾於每句皆有襯字，取其能達句中之意；而付之歌喉，又抑揚頓挫，悅人聽聞，所謂遲其聲以媚之也。兩宋人詞，閒亦有用襯字者。王晉卿云：「燭影搖紅向夜闌，乍酒醒心情嬾！」向字、乍字是襯字。』又曰：『兩宋人填詞，往往用唐人詩句。金元人製曲，往往用宋人詞句；尤多排演詞事爲曲。關漢卿、王實甫《西廂記》，出於趙德麟《商調·蝶戀花》，其尤著者，就一句一事而審諦之；填詞之用筆用字何若？製曲者又何若？曲由詞出，其淵源在是。曲與詞分，其經塗亦在是。曲與詞格迥殊，而能得其並皆佳妙之故，則於用筆用字之法，思過半矣！』論詞之代變，曰：『六朝已還，文章有南北之分，乃至書法亦然。姑以詞論，金源之於南宋，時代略同；疆域之不同，人事爲之耳，風會曷與焉。如辛幼安先在北，何嘗不可南。如吳彥高先在南，何嘗不可北。顧細審其詞，南與北確乎有辨，其故何耶？或謂《中州樂府》，選政操之遺山，皆取其近己者。然如王拙軒、李莊靖、段氏遯菴、菊軒其詞不入元選；而其格調氣息，以視元選諸詞，亦復如驂之靳，則又何說。南宋佳詞能渾至。金源佳詞近剛方。宋詞深致能入骨，如清真、夢窗是。金詞清勁能樹骨，如蕭閒、遯菴是。南人得江山之秀，北人以冰霜爲清。南或失之綺靡，近於雕文刻鏤之技！北或失之荒率，無解深裘大馬之譏！善讀者抉擇其精華，能知其並皆佳妙。而其佳妙之所以然，不難於合勘而難於分觀，往往能知之而難明言之。然而宋、金之詞之不同，固顯而易見者也。』又曰：『《清真詞》有句云「多少暗愁密意，惟有天知；最苦夢魂，今宵不到伊行！拚今生對花對酒，爲伊淚落！」此等語愈樸愈厚，愈厚愈雅。至真之情，由性靈肺腑中流出，不妨說盡而愈無盡。南宋人詞如姜白石云：「酒醒波遠，政凝想明璫素韤。」庶幾近似。然已微嫌刷色。明已來詞纖豔少骨，致斯道爲之不尊。竊嘗以刻印比之，自六代作者，以縈紆拗折爲工。而兩漢方平正直之風，蕩然無復存者！』厥辭甚夥，最其要者著於篇。

方清末造，周頤故以文學有大名，端方總督兩江，禮致入幕，又優以稅差。既入民國，竄居海上無所事，室人以無米告，占《減字浣溪沙》云：

逃墨翻教突不黔。瓶罍何暇恥齏鹽。半生辛苦一時甜！　傳語枯螢共寧耐，每憐飢鼠誤窺硯。頑夫自笑爲誰憐！

又集《左傳》、《通鑑》語署楹聯曰：『余惟利是視晉侯使呂相絕秦，民以食爲天賈閏甫謂李密語。』蓋牢落可想焉！以民國十五年卒，年六十有六！而碩果僅存，猶一朱祖謀矣！然自王鵬運之歿，朱祖謀、況周頤更主詞壇，導揚宗風；而後學者乃趨嚮，北宋以深美閎約爲歸；佻巧奮末之風，自此而殺！餘杭徐珂仲可、淳安邵瑞彭次公、無錫王蘊章西神亦皆以詞有名，年輩差次，而歸趣略同；則朱祖謀、況周頤導揚之力也；祖謀旋亦老死！（一九三四年世界書局印行）

附録三　詩詞題詠

吴昌碩一首

贈阮盦

耕研欣逢識字夫，湛湛骨相起髯蘇。蘭荃詞筆空南宋，驄馬官聲繼古吴。歲晚夢猶青瑣憶，花開人當緑珠扶。酒船遲爾滄江上，天子呼名更有無。（文海出版社《近代中國史料叢刊》三編影印民國排印本《缶廬集》卷四）

王鵬運十首

徵招得夔笙白門書卻寄

鴈聲催落空梁月，淒然頓驚離緒。料得據梧吟，鎮沈冥誰語。露荷彫枉渚。更休問、采香儔侶。

賴有西山，向人依舊，數峯清苦。　獨酌。不成懽，霜風緊、落葉打窗如雨。　蕭瑟對江關，憶蘭成詞賦。秣陵秋幾許。　定愁滿古臺烟樹。　夜堂悄、有夢縱君，化斷雲千縷。（《半塘定稾》卷一）

徵招　夔笙自廣陵游鄂賦詞寄懷卻和

幾年落拓揚州夢，樊川倦遊情味。一笛落梅風，又吟篷孤倚。江山仍畫裏。祗無那暮天愁翳。白帢飄零，紅簫岑寂，暗銷英氣。　迢遞。楚天長，懷人處、扁舟舊時曾繫。黃鶴倘歸來，問飛仙醒未。行歌休弔禰。怕塵涴素襟殘淚。斷雲碧、醉拂闌干，正夜空如水。（同前書卷二）

金縷曲　六月三十日鶴公招同夔笙小集市樓

落落塵巾岸。數年光卅旬又六，今宵剛半。飽餓誰憐臣朔死，聊共侏儒一粲。看眼底風花淩亂。酒釅茶甘銀鐙側，料牽人不敵羊頭爛。容易遣、隔河漢。　杯行到手休辭嬾。聽淒淒蛩螿四壁，秋聲偷換。人外聊同文字飲，藉作障塵腰扇。算蛉贏尊前何限。漫道不如公榮者，勝公榮、也莫同杯琖。歌一曲、南山旰。（《半塘賸稾》）

沁園春　展重陽日，粹甫招同夔笙登西爽閣。

問訊黃花，過了重陽，秋還許濃。正壓檐蒼翠，遙山涔爽，平闌烟樹，霽色橫空。渺渺愁予，茫茫懷古，不覺置身圖畫中。閒吟處，聽風鈴橐，落日霜鴻。　攜筇記得游蹤。指依約雲間三數峯。向山靈長揖，諒非生客，塵埃揮手，毋溷而公。醉帽慵扶，唾壺從缺，管領秋光一笑同。人間世，算尊前消得，湖海元龍。

南浦和半塘用樂笑翁春水韻

春事底匆匆，數番風，依約簾櫳昏曉。風景說江亭，清明近，應是山眉都掃。斜陽古寺，十年孤負紅英小。塵海緐華休重問，淒斷玉驄芳草。　壺山山下吾家，料環溪、一帶桃花放了。花外舊遊蹤，松楸路、魂夢幾番愁到。邊笳怨渺，暮寒何況天涯悄。無限芳菲無限恨，拋擲韶光多少。

壽樓春清明次日，星岑前輩招同省旃夔生尋春江亭。回憶曩從疇丈、鶴老游，春秋佳日輒觴咏于此。感逝傷今，春光如夢，西州馬策，腹痛不禁矣。是日畬洤期而不至，賦《壽樓春》寄懷，卽用其調，索同游諸君和。

嗟春來何遲。看凫潭皺碧，才漾輕澌。只有潭陰新柳，向人依依。紉蘭茝，搴茳蘺。望所思、低徊天涯。儘刻意如儂，忘機似佛，相對也悽迷。　前塵在，思年時。記黃壚買醉，白練題詩。回首凭闌人遠，夢雲難持。啼鵑恨，盟鷗知。且屬君、深杯休辭。算消得游情，桃花隔籬紅幾枝。

百字令夔生舍人輯錄《薇省詞鈔》成奉題一闋

數才昭代，算聲名、紅藥英光蔚起。競說陽春，池上曲、猶有高岑風致。地迥流清，官閒韻勝，雅望推中祕。王前盧後，題名更闢新例。　遙憶儤直從容，詔成五色高，詠宮槐底。文彩百年，鸞掖盛、金石噌吰猶爾。黃蓼徵題潘功甫事，紅薇讀畫張溫和事，想望承平事。簪裙如接，後來英彥誰是。

東風第一枝 近與李髯賦落花詞禁用飄零衰颯語，夔笙和之，復廣其意，賦柳絮，索和，好勇過我，出奇無窮，倚調奉訓，仍索李髯同作。

弱不棲塵，輕疑颺麴，空花拈出禪趣。乍開便逐流雲，倦舞有時帶雨。兒童笑捉，愛看到、樹陰亭午。憶飣盤，雪白河豚，試問荻芽生否？　才散卻、香毬更聚。便絆著、遊絲肯住。任教高下隨風，不入漢南恨賦。靚妝試了，怕綰上、雲鬟未許記。畫闌影、事依依，笑倚箇儂吹處。

三姝媚 疊均示子苾并柬夢湘夔笙

吟情休浪苦。且逍遙期君，聽歌看舞。題遍江山，有雙鬟、解唱酒邊奇句。落溷飄裀，休較量、等閒花絮。燕市悲涼，不見荊高，黯然懷古。　記否江亭聯步。對葭葦蒼茫，寄愁無路。莫更銷魂，好闌干總在，斷無人處。不分西山，也難障，朝來烟霧。珍重棗花簾底，清歌共譜。

又李髯、夢湘、子苾、子培、未衡、夔笙、伯崇皆和道希均見貽，吟事之盛，爲十年來所未有，六用前均答之。

休辭歌者苦。遇知音欣然，筆花飛舞。不負平生，是錦囊、收盡尊前名句。隔斷纖埃，看展卷、墨雲堆絮。許事慵知，一曲清商，寄情黃古。　癡絕闊巾高步。儘彈指花間，覓愁來路。人影車塵，試與君著眼，樓臺高處。且閉閒門，烟篆裊，一簾香霧。底用宮牆擫笛，龜茲暗譜。（以上清光緒刊本《味梨集》）

陳三立一首

挽況夔笙先生

幾然劫燼鑄詞人，江海流離去國身。才並半塘相繼盡，老餘漚尹更誰親。賣文爲活孤芳在，抱古何求萬恨真。倘起陶公詠貧士，名垂成就甑生塵。（一九二六年九月五日《申報》）

朱祖謀六首

六幺令和況夔笙

碧紗烟語，恩怨無端的。分明宋牆東畔，簾箔幾重隔。扶夢花鐙宛轉，不照傷心色。後期今夕，青天碧海，未道相思是無益。　蠟苣灰猶有淚，惜別筵前滴。羅帶詩本無題，出意機中織。千萬秦箏素手，莫放危絃急。鳳帷鴛席，能拚憔悴，知否金釵未堪擘。

千秋歲效連詠體，夔笙得前拍子繼聲。

玉宇瓊樓，綠尊翠杓。不分傷春蹙眉萼。花辭故枝忍爛漫，萍黏墜絮仍飄泊。寶匳金，錦衾鐵，總成錯。　昨夜夢沈情事各。今夜夢回思量著。那惜行雲楚臺約。當初莫愁愁似海，而今瘦沈腰如削。四條絃，五紋繡，渾閒卻。（以上《彊邨遺書》本《彊邨語業》卷二）

浣溪沙和病山蕙風即席之作

解道傷心是小顰。分明怨恨曲中論。世間原有槖珠人。　妙舞折腰翻地錦，清吭飄淚簌梁塵。滿衣猶是故山雲。

未必天花及我身。占人懷抱是歌颦。紅毹翠幕一逡巡。翻劫枯禪參聖解，哀時閒淚賺詞人。不關夢裏楚臺雲。

望江南意有未盡，再綴二章。紅友之律、順卿之韻，皆足稱詞苑功臣，新會陳述叔、臨桂況夔笙並世兩雄，無與抗手也。

談聲律，詞筆此權輿。翻譜竹枝歸刌度，重雕菉斐費爬梳。持配紫霞無。雕蟲手，千古亦才難。新拜海南爲上將，試要臨桂角中原。來者孰登壇。（以上同前書卷三）

木蘭花慢題半塘老人《秋窗憶遠圖》，圖爲況夔笙舍人拓寄江總棲霞殘碑而作。

冶城山翠裏，幾深淺，白門潮。恁壁滿花穠，等閒换了，碑老莓彫。迢迢。盪青谿恨，有滄桑、依樣惹魂銷。眼底江鴻不落，天邊遼鶴空招。巖椒。禪語況淒寥，無句挽仙橈。算抗疏功名，分牋伴侶，一例飄蕭。今宵。酒醒月落，怕西風吹雪上顛毛。卷起一封翠墨，傷心都付南朝。（《彊邨遺書》本《彊邨詞賸》）

程頌萬十首

送況夔笙之金陵二首

積感如秋葉，隨風下渚宫。病餘詩骨在，羈思故人同。鴈没金陵紫，龍熸玉水紅。幾宵横涕淚，飛夢繞臨潼。

黯澹中秋閏，新亭客鬢斑。横飛四海水，無恙六朝山。睥睨匡時略，邅迴去國顔。底須招大隱，蘀桂接湘灣。（清光緒二十七年刻本《楚望閣詩集》卷五）

題王幼霞御史秋窗憶遠圖三首

況夔笙舍人於金陵栖霞寺，獲江總殘碑二段，拓寄侍御。唐人詩所謂『若到栖霞寺，先看江總碑』是也。六朝碑拓，南勝於北，而南碑尤不易覯，兹之摩刻當在北宋間。幼霞裝冊爲圖，倩同人張之。

東風散髮過天涯，二月長安不見花。忽忽此身無處著，六朝殘夢帝王家。

震旦癡人復幾多，茫茫海水蘸空波。江東樂府無人唱，賸有殘碑蝕鬼蘿。

況生落拓王郎老，薊北江東黯鬢容。一抹殘霞數株柳，好春焉得不愁儂。（同前書卷十）

淮舫即席分贈六首其五

白袷殘春建業城，共君金石論縱橫。秦淮賃廡兼歌哭，老去填詞易姓名。硯外轉燈移水色，酒邊欹枕聽潮聲。香樓舊址迷離外，不負看山讀碣情。況夔笙近更名芸臺，號阮盦，所居周氏河亭，得小碣，有『媚香樓』三字。（《續修四庫全書》本《石巢詩集》卷五，民國十二年刻《十髪居士全集》本）

歸鄉贈況夔笙一首

域盡天有餘，憂横樂相格。夷居失勢人，所飽在聲色。插足不我娱，埋頭與君接。樓氛吸大海，尊酒延春月。時復登高齋，剔蠹檢書冊。勘碑辨石華，校籍掃落葉。狂譚鱗瓦掀，俊想鯨鉤掣。韓窮國子師，噲伍詞人列。半塘嗟陳人王幼遐，十髪猶笨伯。君言兩知己，貌取十不得。惟當束高閣，肯事觀光國。錄別羈羽寒，松波翦春白。（清光緒至民國間刊《寧鄉程氏全書七種》本《鹿川詩集》卷四）

鶯啼序壬寅夏見彩雲於都門，今重逢海上，夔笙擬贈，余亦繼聲。

情天靚霞界暝，殢淞簾夢雨。騎來晚、重繫箏坊，看花人似前度。怨尊共、山颦易夕，歡場事往仍孤注。檢衫塵，閒證釵鈿，黯埋花絮。

舊刼仙巢，涎尾燕子，指神仙甚處。儘惆悵、驚浪藍橋，殿鸞人換歌舞。傍荊駝、宵迴繡轂，綵旛下、琉璃交護。惜剛風，輕鎖瑤房，質迷空霧。

西王母笑，北燭人歸，畫圖睠舊侶。謾問訊、浣溪春騎，踏月呼影，罨畫移家，廢絃安譜。匀蛾倦碧，量腰驚瘦，生來隨分能傾國，閱興亡、只在斜陽渡。新亭涕淚，闌干拍徧無人，勸客惜取金縷。雕屏暝燭，勝說無雙，尚舊家燕戶。暗替數、相思黴軫，入破濤聲，鳳咽仙山，鴈迷平楚。關河墜羽，開天遺事，黃金何物能鑄淚，甚風波、容易蠡舟去。登樓無那秋悲，第一江山，斷魂見汝。（清光緒至民國間刊《寧鄉程氏全書七種》本《定巢詞集》卷七『鹿川詞上』）

壽樓春 況夔笙內翰聞聲相思，已踰十稔。己亥夏杪，僦居鄂城之鶯坊巷，譚萩咫尺，相得甚歡，因踵梅溪韻奉贈。

登江亭尋芳。悵魂疎十載，風雨吟窗。慰喜帘陰隔巷，樹顛斜陽。攜茗椀，清君腸。問鶴樓、題詩誰狂。祇衫上京塵，箏邊吳語，愁靨殢梅妝。涼颸罥，清宵長。盼星河嚼羽，催度僊腔。幾夕悲秋儔侶，鬢絲堪傷。同老大，歸無鄉。賸渴消、相如貲郎。驀檐雨催詩，雷車未忘推阿香。（清光緒至民國間刊《寧鄉程氏全書七種》本《美人長壽盦詞集》之『十鍵後詞』）

石湖仙 題吷庵藏鄭妹問手書詞稿

回飇終古。賺吳苑詞仙，商擘吟楮。深念拂花游，掩花關人天聖處。浮名先老，黯比竹倦懷秋妒。慳遇有、並時幾家詞賦。山塘昔游欠我，感頻番難招國故。地下修梅，冷够春人悽寤。往夔笙、中實與君詞交最密，予與君未一過也。蓄淚憎杯，賸魂栖樹。空留傀語。驚換羽。歸飛病鶴誰主。（一九三二年一一月一五日《青鶴》第一卷第一期《近人詞鈔》）

林鵾翔二十首

臨江仙 和蕙風師

换世斜陽無暖意，登臨總負清尊。遠山銷黯舊眉痕。春隨簫局冷，花賸燭房溫。極浦旌橈成悵望，騷心苦憶蘭蓀。搴芳人去月黃昏。綠陰紅雨外，淒絕是王孫。

雞犬雲中喧日出，天風引我歸來。閒階一夜長莓苔。低徊鄰院曲，一曲一深杯。石帚琴心悲素髮，瓊筵更爲誰開。雲涯回首憶蓬萊。笙歌無限好，都付角聲哀。

上巳清明都過了，酬春命酒蹉跎。襲人花氣晚來多。玉笙樓外淚，金縷夢中歌。青鳥碧城消息斷，真成水邈山峩。鱗雲淡沱似微波。卷簾人影瘦，辛苦竚姮娥。

樓閣連雲雲影暗，鞭絲撩亂晴街。韶華一例付蒿萊。春殘猶禁火，驕馬幾徘徊。恨織鮫綃人不見，含酸看取青梅。墜歡前事渺余懷。蠟銷餘熱淚，麝燼未寒灰。

傾城可能消一顧，烟波淒絕吳舲。隔江愁對暮山青。嗁痕深淺淚，別路短長亭。鬢影釵光渾未改，夢尋珠箔銀屏。樓中燕子共飄零。連環須自解，屈戌不勝扃。

蒼狗浮雲紛萬態，怨深潮語能知。寶闌春去已多時。羅衣人瘦損，猶自鬬腰支。未肯湘皋捐翠佩，楚天雲雨休疑。綵幡低亚越淒其。碧桃和露種，曾是上林枝。

老去潘郎情未減，一簫一劍平生。五陵衣馬看人行。昔游真草草，低喚幾卿卿。　清淺蓬瀛成慣見，風塵倦說飄零。月輪倘放一宵晴。前身金粟影，霓曲待重聽。

烟水微茫風雨急，天涯蹤迹難論。相逢桃葉又桃根。青溪纔幾曲，何處是仙源。　金粉江山歌哭地，醉醒都是銷魂。狂名直欲隘乾坤，釣鼇須徹海，擣麝任成塵。

清平樂讀秀道人詠梅詞，意有所觸，即拈是調賦之，爲廣詠梅詞，薑齋先生云迹所本無情所得有斯可廣焉。茲意近之。

春紅如許。開落誰爲主。難得一抔乾淨土。分付回風休舞。　奈何春裏春歸。回顧無限芳菲。併作人天哀怨，和烟和雨凄迷。

花深月小。總爲情顛倒。清露滿階天未曉。一夜畫屏秋老。　菱枝弱不禁寒。風波剗地誰憐。容易鴛鴦睡穩，聽風聽雨年年。

靚妝多態。雲罨明霞外。一顧盡能消萬睞。卻在眼波眉黛。　襟痕最憶杭州。此鄉未算溫柔。差幸空桑三宿，不知越女新愁。

心魂相守。蘭茝論交舊。仙骨珊珊君自有。卻與汜人同瘦。　孤山山下吾家。一枝疏影橫斜。不分逋仙去後，風標未減清華。

鳳城前度。未是傷心處。淚鑄黃金儂自誤。絲管嗷嘈如故。　幾回換羽移商。悤悤粉墨歌場。看取天涯絲鬢，滄桑無此悲涼。

絃清調苦。心事憑伊訴。此曲何須郎再顧。早拚聰明自誤。年時綵袖當筵。只今別路三千。一樣明璫翠羽，花風特地春寒。

江山如畫。風月宜清夜。人又不來花又謝。後約水仙祠下。小紅樓外天涯。秋聲冷入箏琶。一任潮生潮落，開窗總對朝霞。

金尊頻倒。倚徧紅闌小。僥倖驂鸞雲外到。卻又玉山頹了。記曾竚送鈿車。聲聲風笛霜笳。今夜夢魂何處，春風依舊桃花。

餐霞人醒。紅顫鐙唇影。看取沈烟凝翠鼎。應是落花風定。移篷夜雨孤城。夢雲回首瑤京。只道尋常離別，當時輕上吳舲。

烏衣巷舊。人立斜陽瘦。愁緒萬千縈別後。銷淚自憐紅袖。舞衣疊損年年。珠喉重度花前。又見柳緜飛盡，驕驄何處歸鞭。（以上民國仿聚珍版鉛印本《半櫻詞》卷一）

青衫溼徧 此爲納蘭容若自製調，二百年來，有金梁外史、龍壁山人、半塘僧鶩及吾師蕙風詞隱先後繼聲，皆悼亡作也。音節淒戾，讀之輒涔涔淚下。僕本恨人，情何能已，感音成拍，別有傷心，何必悼亡，何必非悼亡也。

塵紅一霎，憑誰省識，感徹人天。記得銀箋封淚，意殷勤、都道辛酸。算月輪、終古幾回圓。最難堪、夜夜危闌倚，共孀娥、閱盡清寒。並影夢中猶易，同心世上偏難。多少換巢鸞鳳，花開花落，拌絕纏緜。飄麝樓臺如夢，三生石、陳迹依然。料雙修、無分到神仙。便梅魂、悄共靈香返。怕窺匳、暗換朱顏。別院珠簾晝下，高樓玉漏宵殘。

蕙蘭芳引 追和蕙風師贈別畹華海上與疚齋翁同作

歌罷曉寒，渺天半、鳳梁塵簌。亂別緒陽關，聲繞雁箏更促。瘞花淚點，又細泫、天風琴曲。竚畫簾不卷，冷落尊前珠玉。　化鶴高城，驚鴻歸佩，忍見沈陸。嘆金粉江南，銷與豔塵萬斛。清絃彈斷，翠眉漫蹙。雙袖垂，珍重倚寒修竹。（以上同前卷二）

馮幵 二首

蝶戀花 次天嬰韻示蕙風

畫閣愔愔春已去。一寸斜陽，猶挂屏山樹。苦憶翦燈深夜語。梨花門巷尋常住。　徙倚闌干愁日暮。中酒情懷，欲遣渾無處。花外青山山外霧。分明不是來時路。

浣溪沙 夜夢夔老過存一刺，署曰況曲瓊。醒以告夔老，爲賦《蝶戀花》一解，凄清蕭摵，深寓悼亡之意。感物造端，其哀深矣，踵賦一詞解之。

聽到瓊鉤亦斷腸。疏疏風片作淒涼。夢魂吹墮吉丁當。　珠箔飄燈成惝恍，畫簾垂雨正昏黃。

不知今夜爲誰長。（以上《彊邨遺書》本《回風堂詞》）

金天羽一首

換巢鸞鳳況蕙風舍人量珠金閶、臞庵、韋齋等燕之怡園，先夕賦此闋，

步梅谿韵，時乙丑季冬十有四日。

三九梅嬌。正春回櫻廡，月度皋橋。旅吟題角枕，法曲媚瓊簫。瘦金書體學纖腰。可人未來，詞魂耐銷。蟾圓近、看畫燭倚窗凝照。　情悄。思渺渺。霜鬢老仙，吳語通襟抱。擁袖荑寒，舞鬟星澀，惱我憨詞狂草。丹橘團欒捧嬌兒，揣懷忘卻張仙老。先余印泉設席日，拈果，得抱子橘，以贈舍人。舍人三揖而受，闔座鼓掌。明燈前，醉無歸、霜角催曉。（一九二六年四月《華國》第三卷第一期『詞錄八首』）

王國維三首

題況蕙風太守北齊無量佛造象畫卷

湖海聲名四十年，詞人老去例逃禪。憑君持此歸何處，石榻茶烟一惘然。

不思議光無量佛，人天何處有虧成。螗蛄十里違山耳，不聽頻伽只聽經。（上海古籍書店影印《王國維遺書》本《觀堂別集》卷四）

清平樂 况夔笙太守索題《香南雅集圖》（庚申）

蕙蘭同畹。著意風光轉。劫後芳華仍婉晚。得似鳳城初見。　舊人惟有何戡。玉宸宮調曾諳。腸斷杜陵詩句，落花時節江南。（上海古籍書店影印《王國維遺書》本《苕華詞》）

步章五 四首

雪兒詞 雪兒者，歌女潘雪豔，工歌，貌亦端雅。諸老見而愛之，余於元夕攜拜諸老，是夕即宴夔老家，缶老以元日詩二首見示，敬步原韻呈諸老，兼示雪兒。

華鬘小刧墮雲天，藍水新分種玉田。且喜慰情添弱女，還教度曲引芳年。北梅南雪誰爭長，白玉明珠總可憐。此後天文應有異，婺星長在老人邊。

東風昨夜已吹枯，今日游春有女扶。頻見南樓呼老子，不妨北地笑傖夫。燈花處處皆銀樹，水月盈盈似鑑湖。自是藐姑冰雪豔，回看妖媚總靈狐。

陽春詞蕙風先生，今詞伯也。又韓、小宋兩公子亦工倚聲，先生既女雪豔，兩公子卽女弟呼之。雪豔何修得此，因爲小詩以紀其事云。

等是陽春一曲難，何妨玉樹倚庭蘭。詞家今亦三蘇子，愛爾還將小妹看。

懷蕙風先生用散原老人挽先生詩韻

已把生時作古人，先生謂余曰：吾雖生存，子不妨作歿觀，挽詩祭誄，今吾親見，尤快事也。江湖十載共閒身。不因豔女時相見，自覺神交老更親。女伶潘雪豔由余介以爲先生義女。每自論文觀世變，時從嗜酒見天真。懷君不是悲生死，百歲風流一聚塵。（以上民國乙亥刊《林屋山人集》卷五）

吳梅一首

絳都春夔笙新納小姬，作此調之用夢窗韵。

緇衣斷線。仗妙手自縫，羈愁天遠。乍展蕙風，扶出瓊枝吳王苑。南橋休說霜蟾怨。夔笙寫吳皋時尚鰥處。怕琴客芳心先亂。翠簾重下，淞波試茗，小春庭院。　　應見。垂虹夜雪，凍雲凝、畫舸紫簫幽蒨。舊夢又溫，今日劉郎商絃換。清華池館真真面。待同聽、簹屏曲轉。羨他修到雙棲，玳梁燕暖。

（一九二六年四月《華國》第三卷第一期『詞錄八首』）

謝公展、謝介子 一首

鳳凰臺上憶吹簫 丙寅秋夜

銀漢波清，綠窗人靜，偶然認識新秋。記曜靈張燄，爛額焦頭。何處清涼世界，都道是、欲覓無由。來攜手，今宵莫負，且上層樓。　颼颼。曲欄徙倚，看塵事滄桑，泡幻難留。帳海隅雲散，嶺外風流。張嗇庵、況蕙風兩先生，相繼逝世。珍重當前明月，心期證、忍漫沈浮。宵深了，瀼瀼霧冷，玉宇凝眸。（一九二六年八月二十九日《申報》『藝林』）

俞鍔 一首

浣溪沙 雪豔女士來自吳門，蕙風先生仞爲義女。義者，宜也。女士端麗明慧，得名父如蕙公，殊宜稱也。賦此贈之，不盡馳慕。

窈窕迎來舊館娃。春風綺陌走香車。幾生修到玉梅花。　芳譽定應蜚曲苑，清芬端合嗣聲家。

宋時稱詞人曰聲家，見《碧鷄漫志》。蓴華消息望雲涯。

附聯： 雪比清才林下秀，豔傳嬌女左家詩。（一九二六年五月六日《申報》「藝林」）

蔡松筠 一首

鳳凰臺上憶吹簫 秋夜聞蕙風老人噩耗和公展介子原韻

玉宇塵清，銀牀夢警，井梧作弄新秋。正半輪明暗，缺月高頭。待□盈虛□□，蒼旻遠、欲問何由。情難遣，誰家怨笛，又倚西樓。　嚴□。素風幾陣，催換了年華，無計淹留。慨此生如寄，人海飄流。蕭瑟詞仙老去，江關感，一例沈浮。前游處，黃壚冷落，那忍回眸。（一九二六年九月十四日《申報》「藝林」）

陳俊卿 二首

挽況蕙風先生

廿年闊別鬢成絲，忽漫相逢慰所思。出處難爲離亂日，釣潯□空冠童時。派宗白石才彌老，人散黃墟慟豈支？ 執紼斜橋風雨急，羊曇感涕況天涯。

離鄉去國遲江濱，長揖公卿狎隱淪。八桂名山鍾獨秀，六朝勝地接清塵。著書篋滿窮愁老，問字車停意氣親。博學能文餘韵事，先生不僅是詞人。（一九二七年四月四日《申報》『藝林』）

聞宥一首

絳都春前題

穿鍼引綫。盼漢影度仙，銀虹天遠。扇動蕙風，吹落雲車停吴苑。秦樓聽徹瓊簫怨。怕詞客相如心亂。海山蜃市，藏嬌護寵，洞房深院。　還見長亭送客，翠盤共進酒，寶妝幽倩。夢想舊游，明月南橋鶯花換。芳梅初洗東風面。正枝上、春回臘轉。彩禽應效雙飛，繡窗夜煖。（同前）

黄孝紓三首

輓況夔笙先生

平生萬事不稱意，兀兀窮愁著此才。情死琅琊餘一慟。《世説》：王長史登茅山大哭曰：『瑯琊王伯輿當以情死。』行吟正則隔重來。等閒談笑隨塵夢，篤老詞章辨刼灰。爲譜木蘭花慢句，楚歌秋雨併深哀。

送況蕙風移居吴門

萬事從何説，淒然共一杯。衆讒傾國貌，天老著書才。海日荒荒盡，浮生冉冉催。向來珍惜意，臨别爲低徊。（一九三五年五月一日《青鶴》第三卷第十二期黄孝紓撰《碧慮簃詩鈔》之五）

爲翰怡輓蕙風

積雨閟帷鐙，疏花落秋蔕。勝引日以稀，君復委形蜕。百年亦須臾，萬感了長逝。顧思平生懽，杳倏已隔世。含悲不能言，長懷淚盈袂。與君爾汝交，生值天地閉。迸命江海間，晞髮紉秋蕙。煦煦視勞魚，隨流得容裔。結社羅朋簪，抽觴飲春禊。落筆戰堵牆，嘉會共累歲。倚聲君素工，投贈月寸計。頑豔出毫芒，沈思赴孤詣。諷籀杯酒間，萬象生淒厲。故知富深情，所遇況侘傺。獢獢佩玉姿，詎易走趨利。寸秩錮終身，羣飛竟天刺。老餘薇葛思，悱惻託文字。苦吟媍無褌，寒烓窘生事。沄沄人海中，閉門獨憔悴。衆女嫉蛾眉，有誰識嫵媚。篤愛在肺肝，不隔韋弦誼。相知無瑕疵，所珍實氣類。背面曾幾時，竟爾山河異。沈憂能傷人，呵壁天真醉。滅彩容還機，應勝有生累。吾鄉山水叢，歸骨償夙士。神理期緜緜，風流永弗墜。（一九三五年八月一六日《青鶴》第三卷第一九期黄孝紓《碧慮簃詩鈔》之七）

附録四　詞林嘉話

報紙

《申報》

一　梅訊

珍重閣『梅訊』

大詞宗況夔笙於畹華未來之先，已屢致渴想，比聞其至天春樓上，必按拍填詞，所尋當更勝於曩昔矣。（一九二二年五月三十一日《申報》）

甌海道尹林鐵尊素事填詞，尤所傾倒者，夔、彊二公，懸『鉏漚繡夔』之額於廑齋，自署半櫻，以夔公字湌櫻廡也。客年見題香南卷子《清平樂》，卽相繼倚聲，別刊一冊，曰《廣咏梅詞》。茲排日錄之。（下略）

況夔笙、吴昌石見畹玉，極道闊别之苦。前年昌老世兄東邁公子晉京，畹華爲繪壽帶便面贈之，已爲海上名流咏殆遍。昨又出示畹華，謂初筆雅不足以示人也。

夔笙先生天春樓，人家深巷，位置至精。壁間書畫之美，精雅絶倫。畹玉進謁，極賞雅人深致，謂紅塵中乃有此勝境。（以上二則，一九二二年六月十日《申報》）

座中主人索況蕙風填詞，蕙風謂日內當有二十首報命，以志此盛，主人謂尚擬貂人作圖焉。

座中或擬之爲南北統一之先聲，蕙風先生南北均熟習，則擬之爲孚威將軍云。

座客題名，吴昌石、王雪丞、朱青疑當作古微、況曼疑當作夔笙、王病山、簡照南、孫隘堪、陳炳謙、勞敬修、嚴直方、周湘雲、劉翰怡、吴東邁、趙叔雍、徐冠南、江逢治、朱洪濤等，可百人也。（以上三則，一九二二年六月十二日《申報》）

況夔笙詞宗得石刻文曰南無，名无量聲佛。前曾請人繪一佛像補白，蓋原文曰『得文名者，宜供養之也』，然夔老之意，尚擬請畹華重繪，必蒙首肯也。

況夔笙詞宗曰：『前允非園主人作《清平樂》，已成十一解。』次第録之，繼聲而起者，當不乏人也。（下略。詞見本書《集外詞輯録》，下入《輯録》者，僅云下略幾闋）（以上二則，一九二二年六月十五日《申報》）

連日觀客雲集，題名宜補録者，王雪丞、朱古微、況夔笙、徐積餘、文公達、吴孟嘉、蔣抑之、田時霖、甘翰臣、潘明訓、周湘雲、聶榕卿、周湘舲諸君。（一九二二年六月十七日《申報》）

昨有見及秀道人者，詢以『霸王别姬』，道人曰：『吾殊不忍畹華演此悲劇，令人不忍卒睹。』（一九二二年六月二十一日《申報》）

況夔老前作《清平樂》十解，昨更見語，謂香南三集當續賦數闋，以繼其盛。（一九二二年六月二十四日《申報》）

秀道人常日與畹華酬酢，每占對座，誦『明鏡未應如我』一語，蓋前歲集聯固有『願爲明鏡分嬌面，閒與仙人掃落花』也。

比歲已還，秀道人悲懣屢更，風懷消滅，日惟習靜觀空，杜門不出。於畹此次來滬，只一臨天蟾觀《霸王別姬》，又如淒豔之文，不忍卒讀。悵惘而歸，昨晤畹於惜陰堂，畹詢其只看戲一次，何以故？意若甚屬者。道人欲作答而意難遽盡，對於畹尤不能無感。越夕，演《獅吼記》，亟欲柱杖扶衰，一青老眼，蓋嬌妒者，天下古今至妙之容也。特未卜是夕座中能容此狂奴否耳？

上次非園讌集，梅雪先不同席，酒半，雪來就梅，二美合并，從衆賓解事者之請也。適主人以精奩盛枇杷及荔枝進，秀道人顧畹微吟《西廂》曲文曰：『試看離魂倩女，怎生的擲果潘安。』畹爲之粲然。道人可謂善索梅花笑者矣。

秀道人咏梅詞先後得六十五首，賦雪僅三首，非園席次雪六索詞，口占《鷓鴣天》應之。（一九二二年六月二十九日《申報》）

陳散原先生特自寧來滬觀《霸王別姬》，激賞備至，當賦新詩。昨演《獅吼記》，秀道人述四印齋之言曰：『妒者，婦德之至美者也。其平昔珍視檀奴，若擎珠懷寶，稍涉嘗臠之疑，較甚切膚之痛。婦之妒，亦猶臣之忠孝之字，出於至情迫切，勿克自已者也，苟爲不妒，則是視其夫爲無足重輕，其心尚可問乎？』今秀道人欲觀畹華演《獅吼記》，蓋通乎斯旨矣。

晼華天性敦厚，故其情深，奇妒自深情出。又如晼華其人，雖有鞭朴訶責從其後，吾受之，卽吾亦復爲之媚嫵，而不能甘之如飴。吾雖俗，何至是？雖《獅吼》乎，吾謂《鸞和鳳》劇何加焉？季常先生可作，當不河漢吾言四印齋半唐老人，光緒中葉以詞著名宇宙。《玉梅後詞》有云：『顧爲油壁貯嬋娟，顧爲金勒馬，寧避紫絲鞭。』能爲斯語，可以觀《獅吼記》。

秀道人詠梅詞，復得五闋錄之。

秀道人詠梅詞寄《清平樂》屢矣，惜陰堂《香南三集》賡續五調，錄就，惜陰先生正拍。（下略）

吳昌老近來絕不爲人揮灑，晼華以必欲得一箑面，因懇況蕙風爲之致聲。昌老首肯，并謂不必送箑面來，吾自當繪就奉貽也。（下略）

曩者演《獅吼記》，秀道人述四印齋之言，以爲婦德之至美。今觀《金雀記》，當反之曰：井文鸞天下婦德之至美者也，體貼檀奴，無微不至。彼不惜自屏其固有之位置，以檀奴之心爲心，但求愛我之人行其所適。衾裯晏安，則雖當燈如豆，處之泰然，天下惟肯自甘其苦，以成人之樂者，斯足貴於當世，彼所見甚小者，據貪生負氣之藁砧，似爲己有，不知方寸之內，早已馳驟千里，神游太極，賃舂舉案，何樂之有？君子曰：善哉！文鸞雖古之貞女，何以加焉？（一九二二年七月十日《申報》）

春醪『梅訊』

樓下正廳，有孟德蘭路之朱君、山海關路之錢君、蘇州河浜之劉君，均海上知名者。又朱古微、況夔笙二詞宗暨王雪丞君，況君傾倒晼華，歷譜諸詞，均散見《二雲》、《菊夢》、《滄櫻》詞中，久別重逢，益抒妙緒。朱君因調侃之，作《浣溪沙》一句曰『恨不將身變叫花』，因《彩樓配》小生爲叫化者，況君立應曰『天蟾咫尺比天涯，可憐爾我不如他』，聞者均失笑。換頭，況君是日會赴龍華觀桃花，因曰『今日桃花輪豔麗』，梅、況本世交，復有過從之好。朱因接語曰『明朝蓬蓽有光華』，歇拍曰『萬分無奈且歸家』，名士風流，洵可爲歌場生色。（一九二〇年四月十四日《申報》）

吾友天水公子雅好譜詞，新見其貽畹華一首，并呈阮盦先生者。是日以十時五十分進呈，畹華嫣然爲之道謝，足見博美人一笑，亦不定阿堵千金也。原詞附錄，小序尤雋妙。

國香慢 曩歲丁巳秋日，梅郎句留滬濱，蕙風詞隱屢有贈貽之作。銷魂一年，彈指二年，今兹縞袂重逢，天春樓中又增新詞幾許，率倚疊聲，爲之喤引。儻付綠衣，童子按拍而歌，亦庶幾吾宗雅故也。

倦倚書幃。任南枝繞遍，總負春歸。華年暗驚絃柱，何況天涯。瘦損東風詞筆，問誰似何遜年時。鸞雲竚消息。一霎燈前，對影凝姿。海珠明有定，費星沈雨過，多少相思。似聞么鳳說與，珍重芳期。一曲紫雲迴也，辦髯公百幅烏絲。羅浮更尋夢，儻許師雄，同醉瓊巵。（一九二〇年四月十六日《申報》）

昨日沈崑山宴畹華於林宅，畹華二時與玉芙、妙香同往，座中有王雪丞、況夔笙、王病三、趙叔雍、康長素諸君，況君即介紹長素爲題《香南雅集》手卷，長素尤裝點山林大架子，謂一身素不赴劇場，今或將乘興爲之。並擬擇日邀過所居一談，以慰家人等仰望之忱云云。沈崑山即於昨晚北上矣。

《香南雅集圖》，夔笙先生已允作《清平樂》二十闋，《鸎當作鶯啼序》一首爲跋云。（以上二則，一九二〇年四月二十八日《申報》）

蕙風先生素號阮盦，前日忽署秀盦，或詢其故，則曰前日觀《游園驚夢》，杜麗娘倏見柳夢梅，僅道得一個『秀』字，傳神此際，吾故曰秀盦，亦見傾折之忱也。

嘗見玉楳詞人總集美人色相今古名作二百餘闋，曰《繪芳詞》。初擬按闋和韵一首，以貽畹華，特此事功程浩大，不可預期矣。（以上二則，一九二〇年五月三日《申報》）

《香南雅集圖》已付裝池，題詞之最先者，況夔笙詞宗成《清平樂》二十一闋，哀感頑豔，可與《梅花百咏》並傳也，茲錄之。

庚申春暮，畹華重來滬濱，叔雍公子賦《清平樂》贈之，余亦繼聲，得廿一解，卽以題香南雅集圖博吾畹華一粲。（下略）（一九二〇年五月六日《申報》）

昨蒙蕙風先生《清平樂》十闋，今更錄十一闋，讀者可窺其全豹矣。（下略）（一九二〇年五月七日《申報》）

蕙風之次公子字小宋，年十六，偶晤畹華於百尺樓頭，談次，謂當作詞奉貽，畹華遽謝之。越日，倚《減字浣溪沙》曰：

十六年來墮世間。華曼回首隔雲烟。羅浮今見縞衣仙。　愧我清才比小晏，斷無佳句比屯田。聽歌看舞奈何天。

其長公子又韓，年十七，和韻云：

春在紅茵翠幕間。融融珠粉媚金烟。清歌宛宛舞仙仙。　豔比高花移閬苑，溫如潤玉出藍田。吟梅消得豔陽天。

並卽以題《香南雅集圖》，綴於蕙風《清平樂》二十一闋之後。清詞雅致，足似媲美三蘇矣。又韓工繪山水，尚擬繪便面贈畹華云。

昨見玉楳詞隱記載畹華事數則，頗有雅趣，急轉錄之，以下均詞隱手筆也：

吳梅村《王郎曲》云：『最是轉喉偷入破，殢人腸斷臉波橫。』梅郎清歌妙舞，每到媚極麗極精微入化處，輒作俯仰如神嬌惰不勝之態；或側面傳情，如文杏欹風；或正面凝情，如初蓉絢日，一刹那間，令人輒喚奈何。此際澄思渺慮，細意領會，乃益知前人詩句善於形容也。

何詩孫畫山水，爲當代名家，十數年來不畫房屋，不畫人，惟《香南雅集圖》畫人十一，自謂爲梅郎破例云。

大詞宗朱古微昨午自蘇返滬，與蕙風談次，深以未得觀《跪池》、《三怕》、《天女散花》爲恨，欲婉懇梅郎再演一次，其得蒙俞允與否，則視其遭際如何，雖蕙風不敢間接擔任矣。香南二集，日內當卽舉行，尚須請示梅郎定期也。

畹華與客談次，盛稱缶廬老人畫梅之佳，姚玉芙曰：『吾所得紫藤一幅，亦其佳也。』蕙風嘗戲語缶廬：『萬一我求君畫，未必若是之工且速。吾未見好德如好色者也。』老缶亦爲之軒渠。（以上五則，一九二〇年五月九日《申報》）

陳伯嚴先生欲晤畹華，特自金陵來滬。昨甫下車，卽同王雪丞、王叔瀞、況夔笙、王病三、俞堯衢冒雨往觀《木蘭從軍》，亦以未見《天女散花》爲恨。其稱佩畹華與蕙風同，其想望《天女》與古微同，大約再演之請，或能如願以償也。伯嚴云：『客歲曾寄詩祝畹華祖母壽，並允破戒題《香南雅集圖》，此圖信無美勿臻矣。』

蕙風以暖紅室刻本《西廂記》贈畹華，題詞卷端云：

夢入羅浮卽會真。梅邊依約見雙文。瑤華持贈縞衣人。　芳約簡酬扶玉困，春光柳洩費紅顰。三生萬一證蘭因。

並識云（中略）蕙風嘗自謂不工書，戲號手盲，向來應酬之作，真筆絕少，此《西廂記》題識是其自書，重畹華之命令也。（以上二則，一九二〇年五月十日《申報》）

二十日，應非園主人甘翰臣之約，飯於非園。同座有陳散原、唐少川、汪鷗客、陳少石、陳小石、潘蘭史、蔣孟蘋、王敬安、孫德謙、朱古微、王病山、王雪丞、王湘丞、況夔笙、趙叔雍、潘明訓、勞敬修諸人，治庖由都益處承辦中菜西餐，而王雪老親爲指揮，故味尤入口，梅郎輩稱道不已。

姚玉芙以《玉簪記》曲本貽蕙風，並手自題識，楷法娟秀，如其人也。蕙風爲賦《清平樂》云。（下略一闋）

畹華私語蕙風曰：『《香南雅集圖》卷，是吾鎮家之寶。』此語出《玉簪記》。（以上三則，一九二〇年五月十一日《申報》）

昨載《玉簪記》妙常譜《西江月》詞，今秀道人有步韵贈畹華之作云：（中略一闋）畹華見之，稱道不置。（一九二〇年五月十二日《申報》）

昨載秀道人《西江月》一闋，今復得二闋，均步《玉簪記》原韵，詞中衾字、盛字均不易叶，特載之，

聞道人尚擬作成十闋也：（下略二闋）（一九二〇年五月十三日《申報》）

連日載秀道人《西江月》，道人實填九詞，今始窺其全豹，亟録之。據道人自語，或更不止此也，小序云：

《玉簪記》『偷詩』齣賓白中有陳妙常《西江月》一首，蓋製曲者所爲，雖雅鄭雜成，卻無晚近纖豔之失，謂之鄭可，謂之俗不可。庚申送春前四日香南二集戲用其韻，得九首，屬畹華按拍，所謂無聊之極思，抑鬱之奇致耶？

第一、第二、第九首，見前報。（中略一闋）

後段與前製《清平樂》第十六闋同恉。（下略五闋）（一九二〇年五月十四日《申報》）

昨又見秀道人詞，亟録之：

叔雍謂余宜爲畹華作《鶯啼序》，輒以《十六字令》應之，或者《鶯啼序》之喤引也。（下略三闋）（一九二〇年五月十五日《申報》）

畹華貇彊村先生書聯，秀道人爲集句曰：『爛照半籠金翡翠，鳳凰雙宿碧芙蓉。』又一聯，但憶其下句，有掃落花之意。

畹華貇海藏樓主人書聯，秀道人爲集句曰：『翡翠筆牀，琉璃硯匣；芙蓉玉盌，蓮子金杯。』上聯六朝文《玉臺新詠》序，下聯春賦。

更正：十四號『梅訊』秀道人《西江月》詞，詞題第二行『雜成』『成』當作『陳』，第三行『屬』字下落『吾』字。第二首『將出』『將』當作『傳』，『全』當作『心』。第三首『笑聲』『聲』當作『深』。第四首

『同心』『同』當作『詞』。第六首『浮沈』『浮』當作『升』，『㘭穩』『㘭』當作『繫』，『香細』『細』當作『祖』，合併更正。（以上三則，一九二〇年五月十七日《申報》）

秀道人吟梅詞興有加無已，昨又得見三首，續錄如左：（下略三闋）（一九二〇年五月十八日《申報》）

昨日唐總代表並周君湘雲、潘君明訓宴畹華輩於周宅。先於四時游學圃合攝一影，列席者：陳散原、王雪岑、朱古微、況夔笙、趙惜陰、趙叔雍、余壽平、徐積餘、吳揆甫、周湘舲、甘翰臣、勞敬修、趙灼臣諸君等，酬酢盡歡，至九時始同往觀《散花》焉。

昨有徵花侑觴者，畹華、玉芙爲之靦覥，誦秀道人『得似玉郎羞澀』之語，可謂頰上添毫矣。秀道人集句贈畹華云：『願爲明鏡分嬌面，閒與仙人掃落花。』明日畹華午間赴沈次裳約，晚間赴李徵五約，百忙中偷時酬應，初亦大不易易也。（以上三則，一九二〇年五月二十日《申報》）

畹華昨以照片贈諸名流，王息存、何詩孫、朱彊村、沈乙盦、鄭海藏、況夔笙、唐少川、趙惜陰、甘翰臣、潘明訓、吳缶廬、汪鷗客、周湘雲凡十三頁，均署雙款，曰『某某先生留念，梅瀾謹呈』，字跡娟秀如其人也。（一九二〇年五月二十三日《申報》）

畹華今日下午至各處辭行，凡曾荷投贈，諸名士吳昌碩、何詩孫、王息存、沈子培、鄭海藏、汪鷗客、朱古微、況夔笙，皆一一登門話別。（一九二〇年五月二十六日《申報》）

東閣『梅訊』

蕙風詞隱知畹至，必過訪，已誦當年蓬壁生輝之語，畹亦定今午謁之。（一九二三年十二月八日《申報》）

晼此遭以最精美之照相，潢治成冊，親貽蕙風詞人，蕙風感甚，聞聲對影，天春樓上必有新詞爲答也。（一九二三年十二月十七日《申報》）

晼精於崑劇，盡人所知。而此次除吹腔《販馬記》外，尚未演過，近多有以《玉簪記》爲言者，其『問病』、『偷詩』兩折，妙到秋毫，現本星期爲徇知好之意，自當一演。猶憶前在天蟾出演時，珍重閣爲書《西江月》一闋，蕙風簃引而和之，朗聲曼吟，以爲笑樂。倏忽寒暑，蕙老已歸道山，人天之感，令人悵惘。（一九二六年十一月二十九日《申報》）

約聞『梅訊』

鶴亭、平子、雲書諸公，將定日宴晼，盛筵以待。且以前年三集香南之後，何詩孫、吳昌碩、況蕙風諸名賢均赴道山，嗣音不聞，深用爲悵。且擬約海上書畫名家爲繪梅花合景手卷，以紀其盛。晼固擅丹青，尤感高誼，聞訊彌深紉謝矣。（一九二八年十二月二十日《申報》）

小三吾主人冒鶴亭賦《蕙蘭芳引》以貽晼華，尤憶蕙風主人。蕙風曩持《香南雅集》、《繪影製詞》多逾百闋，人天片霎，蕙風墓有宿草。晼重來海上，永念故人，鶴翁爲製此闋，循聲檢韻，寄托遙深，傳誦藝林，亟爲寫記。並當喤引，不乏知音，容俟酬唱，企以竚之：

蕙蘭芳引　亡友況夔笙曾譜此調贈畹華，其自序云：尋芳倦矣，孤負萼綠華來消魂黯然萬一。杜蘭香去夜分，憶及感和一首，眎子大□並又韓兄弟。

冒鶴汀

賓唱晚天，正淒念故人哀曲。雖不是聞歌，便有淚無處哭。翠尊絳燒，見鬢影筵前猶綠。祇蕙風一去，往日霓裳難續。眼底天涯，消魂重聽，夜半絲竹。又聞話仙山，曾飽繡襦嫩玉。歸裝還剩，荔支幾斛。招素心，同薦九京幽獨。

前調　和鶴汀韻贈畹華

程十髮

坊月半籠，漫悽聽上京遺曲。殢海角行塵，空諱老還禁哭。箑花□恨，散夢綺湘天餘綠。又傳芬呼徧，姓字萬場聲續。忍賺修梅，中年癡況，袖絆寒竹。渭當作謂況夔生，共憶語庵深，閒訪小窗鳴玉。□塵量海，淚珠幾斛。餞故禽，先占一枝春獨。

前調　和鶴汀丈韻

況又韓

梅翦斷魂，暗香引舊坊新曲。悵一角雲天，空谷有人夢哭。萼鬟競曉，昵萬縷湘烟烘綠。想玉塵飛斷，故約怨期難續。歲暮心□，斜廊點拍，助響庭竹。正憶影闌干，招水繪人如玉。寒籥吹徹，古愁萬斛。撩鬢絲，難慰枕單人獨。（一九二八年十二月二十七日《申報》）

冒鶴翁昨與遐庵同過梵王宮訪畹，遐庵方自杭歸，亟欲一晤，以慰知聞。鶴翁並强和《蕙蘭芳引》，遐庵近刻意填詞，每有新作，無不精深湛絕，故爲首肯。鶴翁又謂已填長調《戚氏》，和蕙風老人韻。蕙風囊日於畹寄托之深，填詞之多，早炙人口。今得鶴翁繼起，爲不孤矣。（一九二八年十二月二十八日《申報》）

《蕙蘭芳引》詞，爲清真自度曲，去聲上聲之嚴，爲他詞所僅見，雖内家亦視爲畏途。自蕙風填此調贈畹華後，今歲鶴翁繼聲，十髮老人以前所和章，同未盡叶，復爲改定，遐庵同作，亦易稿至三四，可謂斟酌盡善，極倚聲家之能事矣。鐵尊爲蕙風高足，亦自鴛湖寄和，聞彊村先生報鶴翁書，有不敢藏拙語。洛陽紙貴，拭目俟之。

蕙蘭芳引　和鶴汀韻贈畹華　　程十髮

坊畔倚櫳，儘淒聽故京遺曲。殢海角行塵，拚老大還□哭。扇香恨罥，散夢綺湘天綠。苦萬□喚偏，姓字傳芬相續。　忍賺修梅，中年癡絶，袖絆寒竹韻夔笙。憶庵語人迴，間訪□窗片玉。驚心量海，淚珠幾斛。饒翠禽，偏占晚枝春獨。畹華父貞芬贈余畫蘭扇，今藏三十□年矣。

前調　鶴汀又追和夔老。昔贈畹華此調，詞意甚美，輒同作一篇。上清淪落得歸遲，不知畹華能爲作鄭箋否？　　葉遐庵

鸞吹海山，忍重問舊京坊曲。奈月館清商，編引怨歌當哭。露華弔影，鎮照眼夕霜凋綠。似芰荷薜荔，半闋騷吟新續。　散雪重題，輕塵凝望，恨迸簫竹。甚天杪靈風，寒揉斷絃碎玉。湘雲迢遞，佇愁幾斛。探平翠微，爭慰冷香零獨。（一九二九年一月八日《申報》）

昨得潘蘭史和詞一首，并精審異常，知音空谷，良足慰已。

蕙蘭芳引　鶴亭以贈畹華詞屬和次韵答之　潘老蘭

梅訊小窗，□還記庾郎愁典當作曲。況又是天涯，應有涙尋夢哭。舊時彩筆，卅載賦鳳城新緑。祇樊南老去謂樊山、實甫、瘦公，葛部詞場誰續。海角垂逢，狂名猶託，滔畔横竹。笑兩鬢飄霜，羞傍鏤金鈿玉。芳詞定勝，聘珠十斛。倚赤闌，休怨落花人獨。

前調　蕙風師曾譜此贈畹華，芳躅重來，詞仙已去，賞音不再。湊怨可知，疚齋翁於其來也，復拈是調譜贈，索余同作，何止成連海上悲耶？即祈教正。　林鐵尊

歌罷曉寒，渺天半露晞塵簌。亂別緒陽關，聲繞雁箏更促。瘞花涙盡，又涙點天風琴曲。竚書簾不捲，冷落尊前珠玉。　化蝶仙蹤，□鴻歸佩，總付幽獨。算金粉江菊，空貯豔塵萬斛。修梅成夢，夢華轉燭。雙袖垂，誰稱解憐修竹。

《玉簪記》爲畹名劇，表情恰到好處，最爲難能可貴。至於崑曲之講嚴，尤爲人盡其喻者。畹此次南來，初未卽定出演。既以南中崑曲諸前輩見之，無不殷殷垂詢，故畹亦深願以就正於行家，特擬卽搬演。陽春白雪，曲高者未必□，愛□劇者聞之，已定座都遍矣。（一九二九年一月九日《申報》）

其他

澹□　『歌場賸話』：　前輩況蕙風詞宗夙工音律，梅畹華嘗師事之。年來隱居海上，頗以聽歌自遣。其最賞識者，厥惟緑牡丹一人。昨以《木蘭花慢》一闋示余，屬爲轉贈玉麟，詞云：『問江山金粉

餘幾，（下略）』求恕居士，詞壇名宿也，昨亦以《高陽臺》兩闋贈玉麟云：『風情旖旎。照座花枝麗。數徧珍叢，渾不是、歐碧浪呼名字。明妝幻出嬋娟。華鐙暖放春妍。記取紫雲法曲。爲誰吹散人間，紅樓隔雨。商略閒歌舞。萬一萼華重見汝。應妒鏡中眉嫵。河山幾度沈灰。消磨絲竹豪哀。休笑劉郎倦眼，桃花不問天台。』（一九二二年四月六日《申報》『劇談』）

瞻石『雪訊』：近年來菊部人材之受歡迎者，北爲梅蘭芳，南爲李雪芳。康長素之『北梅南雪兩芬芳』，業經傳爲佳話。梅郎之珠喉玉貌，凡觀梅郎劇者咸爲贊歎，然雪芳之嬛容婷姿，曼舞清歌，曾觀雪芳劇者，亦皆擊節稱賞。是以雪芳足與梅郎分庭抗禮，並駕齊驅。前歲來滬，現色相於紅氍毹上，一時士大夫之傾倒其色藝者，良不乏人。故當時名流詞客，若梅園主人、无悶道人、仰山、老蘭、少室山樵、散原、劍道人、花近樓主、影珠山人、蹇公、寐叟、老漚、缶道人、潛道人、蘇嶺散人、蕙風詞隱、康南海等，聯席觀聽，互相唱和。蔣君夢華爲伊特編《羣芳豔影》一冊，對於李伶平生軼事與各種曲本影片，以及名流詞客之詩詞歌曲，搜集尤廣，故《羣芳豔影》一書差可窺李伶全豹矣。此次應廣舞臺之聘，重來滬海，準夏曆元旦登臺，故愛觀李伶劇者又可一飽眼福焉。（一九二三年一月七日《申報》『劇談』）

梅蘭芳專集預約今日截止：明日起各處一律取書。

梅蘭芳專集昨日已經出版，內容十分精美，封面分藍色、紅色兩種，上燙金字，光芒耀眼，書頁全用最堅白之銅版紙，印以二色，非常悅目。內中除美國商務參贊安諾德親撰之序文，暨梅君之自寫書畫外，皆屬梅君之小影。分化裝、本裝、西裝三種，雍容華貴，纖毫畢顯。凡愛梅君戲曲者得此一書，如與梅君謦欬一堂。共六十餘頁，計銅圖一百餘幅，凡梅君生平著名戲劇中之裝束，無不搜羅殆盡。此外又有劇詞祕本十餘齣，爲坊間所不可得者。又有海內各大文豪爲梅君所題之詩詞，如無盦居士、況蕙風、李拔可、趙叔雍、劉豁公等皆在其內。此書成本，每冊值洋一元五角以上，現聞經營此書者爲提倡中國歌藝起見，預約祇收一元，惟僅餘今日一天，明日各處一律取書，聞預約券已售去四千餘紙，預約者除減收一元書價外，又有得梅君親筆書畫之希望。今日晚間，卽將售出號碼，送請梅君抽獎，抽出號碼，準登明日《申報》公告。得獎者明日卽可領畫，故欲得梅君之畫者，須在今晚六時前往《申報》館、上海銀行旅行部，及大東、光華兩書局購券，過時卽行截止，概不通融云。（一九二六年十二月十五日《申報》）

二　仕宦公告

己卯科廣西鄉試題名全錄：孔慶麟，永安；莫汝楨，柳州；劉名譽，臨桂；趙潤生，桂林；龐之盛，玉林；甘恆暄，容縣；李務茲，臨桂；朱璪，臨桂；況周儀，臨桂；張汝瀚，潯州；崔玉成，柳州；陳國鈞，玉林；黃榜書，潯州；朱椿林，桂林；韋朝冕，南寧；張建勳，桂林；麥玉華，容縣；陸顯第，桂平；劉信澄，臨桂；侯振儒，岑溪；蔣炳元，全州；文德聲，玉林；駱景宙，容縣；秦開祥，永福；吳啓運，臨桂；梁椿年，梧州；張槐，宣化；范錫光，臨桂；陳紀，橫州；唐三璟，全州；周秉道，桂平；石韶，柳州；李彥輔，潯州；蘇承治，思恩；許繼春，臨桂；李秉瑞，臨桂；戴毓琮，灌陽；覃夢桂，陽朔；徐遂忠，潯州；潘文藻，南寧；陳福全，潯州；唐安仁，桂林；朱炳尉，平南；許應鴻，北流；盧昭春，桂林；劉樹賢，桂林；梁鳳翹，隆安；黃玉桓，容縣；　張炳宸，桂林；　趙光羸，臨桂；　于式枚，平樂。　副車：　余元櫟，博白；　黃全冕，容縣；　莫汝封，柳州；　夏輔清，桂林；　陳德陞，博白；　蘇繼渾，全州；　陸樹潘，桂林；　高榮係，岑溪；　黃超才，蒼梧。（一八七九年十一月二十六日《申報》）

發人員驗看名單：　主事：　劉鼎玉，順天；　内閣中書：　況周儀，廣西；　宗樹楷，直隸……（一八八九年六月五日《申報》）

九月廿八日，溫周鎮拜會辭行，運司惠候補道彭俱進見，督防統領劉稟見，湘軍水師左營費稟見，叩辭回防，親兵小隊統領黃稟安、謝步中協白稟安、處州府陳晉省稟到稟見……三十日，學臺潘、紫陽山長吳、學海堂山長楊，俱拜會，内閣中書況周儀親拜辭行。赴都藩司龔臬司唐糧道世嘉湖道王俱進見運司惠候補道。（一八九一年十一月十日《申報》『浙省官報』）

記名御史侍講銜翰林院編修鍾德祥，記名御史三品頂戴内閣侍讀王鵬運，中書況周儀、陸嘉晉，翰林院修撰張建勳、劉福姚，編修駱景寅、曹樹藩、許晉祁，吏部主事雷祖迪、關榕裕、陸輔清，戶部員外郎蘇玉霖，主事傅超、李慶雲、謝啓華、呂森、謝承恕，禮部主事李秉瑞，兵部主事党慶奎，刑部主事左盛均、楊文春、黃守正，光祿寺署正唐啓宇等，遣抱長班陳興爲呈明已故前任廣西巡撫蘇鳳文宦粵聲名平當，至今輿論不洽公，請據情代奏，以公彰憚而存直道事……（一八九三年二月十日《申報》『光緒十八年十二月初六日京報全錄』）

二十一日内閣中書況周儀到，由京來，候補道錢德培謝委會辦水師學堂，又李鎮邦謝委赴徐州公幹，丁憂。（一八九五年十月十三日、十七日《申報》『金陵官報』）

內閣中書況周儀到，由京來。太湖協余萬興、江西知府陸錫康、帮帶新湘中營總兵洪茂勝、右營遊擊李高益均辭，知縣高振聲稟知，閱卷畢，試用巡檢孫紹文稟知捐免，驗看到省。（一八九六年四月十一日《申報》『江督轅門抄』）

同知用內閣候補中書況周儀請作爲同知，分發省分補用。（一八九八年五月九日《申報》『錄會典館保案銜名錄』）

十一日內閣中書況周儀到，由揚來，卽辭行赴上海進京。（一八九九年五月二十七日《申報》『金陵官報』）

三　去世哀挽

文學家況夔笙昨晨逝世：　臨桂況夔笙先生，名周頤，久著文名，尤工詞章、金石之學，著作等身，傳誦萬口。比年鬻文海上，賃廡一椽，乃以暑熱致疾，遽於昨日二十五寅刻謝世，享壽六十有六。定於今日午刻在貝勒路仁安里轉角二十七號寓所大殮，天不憖遺，喪此哲人，彌足悼也。（一九二六年八月二十六日《申報》）

珍《潘雪豔之孝思不匱》：　滬上名女伶潘雪豔嘗於今年元宵日拜謁詞宗況夔生先生爲義父，夔笙先生喜其奇慧，嘗賦《八聲甘州》美之。其警句云：『見盈盈一拜，便如真箇，掌上珠擎。』又云：『準擬新詞按拍，待趨庭村與，不櫛書生。』可知其賞愛之深，日者詞宗謝世，於昨午屬纊，奇暑中人，賓客除知交外，來者不多。而潘素服獨至，涕淚交集，號痛不已，令人酸鼻。曩謂一死一生，乃見交情，潘伶有

之。詩云：『孝思不匱，永錫爾類。』其雪豔乎？書以旌之。（一九二六年八月二十七日《申報》）

況蕙風舉殯志哀：詞宗況蕙風之歿，舉世哀之。日昨二十四日爲其舉殯之辰，到者交親十餘輩，弟子行來者林鐵尊、趙叔雍，江灣名醫蔡香孫久慕先生令譽，亦復遠送。而義女潘雪豔、雪芳姊妹并皆縞素來蒞，風義出之伶官，倫誼篤於生後，尤復可貴而難能者矣。午刻發引，至西門八婺會館權厝，將於九月告窆湖州道場山麓，誦風雨高樓之句，迴隔人天；展江南花落之詞，都成去故。慰生妥死，將何以善之，亦後死者之責也耶？（一九二六年九月二日《申報》）

孫馨遠賻贈況蕙風：蕙風先生之喪，知與不知，無不震悼。蘇州平旦學社，今夏正擬延請專講詞學，未及而歿。故學社主任李印泉、張仲仁聯電髯孫，告以一切。孫馨遠殊爲動容，卽復一電云：上略前電悼悉，況蕙風先生逝世，感慨殊深。薄賻戔戔，未足賻意。計經函遠，諒承轉致。茲擬敬請印兄代表致奠，以展私誠，是爲盼荷。下略大府禮賢之至意，彌足嘉也。（一九二六年九月五日《申報》）

黃若玄《輓況夔老》：

喜宴集名流，記曾舞鶴山前，笑言戲贈橘中祕。

新詞成絕響，從此盤蛇門外，繼起誰題杏秀碑。

客歲冬，夔老寓蘇，選佳麗於吳娃隊中，量珠聘葑溪某氏女去，時吳中名流，騰銜李印泉、安吉陳彥通、合肥李鄂樓、歙縣汪鼎丞、太倉畢勛閣、吳興龐雪岑、崇明王丹揆、杭縣沈瓞民、吳江費韋齋、金鶴望、龐鶴園、周迦陵、吳縣吳穎芝、彭芊綿、吳霜厓、張仲仁、汪旭初、亢惕盦、尤賓秋、吳問潮、周誦芬與某二十二人，方結銷寒雅集，特設筵賀之。納嬌先一夕，印老邀賓獨爲預祝於金閶鐵路飯店，饌罷，鶴望食橘，得抱子瓢進之，夔老色然喜，留爲佳話。吴中毛杏秀女士於四年前因赴某會，經盤門馬路，橋朽中折，墜水死，里人哀之，重建橋，爲立碑亭於旁以紀念。碑平三面，尚未鐫，一由鶴望爲記，一倩吕碧城及彦通妹陳女士屬詩，一索夔老與癯安譜詞各一闋，癯安詞先成，夔老未筆。今夔老赴道山，此詞遂成絶響。（一九二六年十月一日《申報》『藝林』）

特約訪員順風耳《天國國慶預誌》：

此間自玉皇大帝退位後，倏已十五週年矣。每年雙十節，例必有如荼如火之慶祝。今年雙十節聞已定於斗牛宫開大規模之慶祝大典，將由孫中山主席，預料參與盛典者將達三十萬。入晚有提燈會，燈上標語預定用『三民主義』、『五權憲法』等十餘種，各系首領，如袁世凱、徐樹錚、李純等，均定於上午十時往總統府道賀。

聞張勳將擁清室並勾結玉皇大帝殘黨，於國慶日起事，但政府已先事預防，昨日并於總統府附近，捕獲姦細若干名。

林白水、邵飄萍合辦之《天國日報》，聞擬於雙十節出四十大張，孫文、徐樹錚、張謇、宋教仁、袁世凱等，均有著述發表。特刊有丁甘仁、張龍朋之醫學，況夔笙之詩詞，報屁股由畢倚虹編輯，有李涵秋、林琴南之説部，畫報由唐越石擔任，頗有精采，爲天國之唯一大報。

此間有由南口、武漢、贛湘等處逃來難民頗眾，政府特命每名給與開花麪包、衛生蛋各一，以誌慶祝，一般難民大有樂不思蜀之概。（十月九日快信）（一九二六年十月十一日《申報》）

四　出版信息

《蓼園詞選》爲學詞選本中之惟一善本，每闋咸有箋注，且由當代詞宗況夔笙君爲之撰序，示人以作詞之道。原書舊刻，久已無存，自孤本翻刻以來，學者購之甚衆。原書一百部，所存無幾，重印須時，問津者宜從速。《夢窗詞四稿》爲宋人詞家最名貴之本，此爲王半唐氏所精校。半唐詞名久在宇宙，而此將其第四次原書孤本所石印，益復可貴。第一次出版以來，業經售罄，兹第二版又復印行，俾資津逮，仍在三馬路蟫隱廬寄售云。（一九二五年二月二十三日《申報》『蟫隱廬發行詞籍近聞』）

足本《蕙風詞話》出版：　臨桂況蕙風先生夔笙，詞家泰斗，海内一人。所著詞集，久爲學者所共仰。近又精心撰詞話五卷，斷代立言，考據得失，且導人作法，抉精擇微，與徒示標榜鈔掇者不可同日而語，蓋詞話之創格也。又自定詞二卷，多加未曾披露之近作。現均精梗雕版，由三馬路蟫隱廬發行，合訂四開本三册，特價二元。初印精朗奪目，爲數不多，凡景仰先生之學問文章及有志詞翰者，其速購之。（一九二五年八月二日《申報》）

《蕙風詞話》出版：　況蕙風先生詞家泰斗，名滿天下，篇什流傳，士林彌不爭仰。近年專輯詞話，尤見精審，可爲學詞者之導師，備深入者之研究，無待贅述。又自定詞集，增入向所未刊之作甚多，同時精雕發行。由三馬路蟫隱廬經售，每部三册，售洋二元。誠藝林之鴻寶，詞學之寶筏也。（一九二五年八月八日《申報》）

千頃堂推廣《蕙風詞話》：《蕙風詞話》五卷、《詞》二卷，爲況夔笙先生最近所編撰。況先生詞學海内共仰，而詞話尤多所發明，啓發後學，考訂前人，語語足爲模楷。自定詞中又增近年新作多闋，哀感頑豔，未曾前見。全書精雕三冊，特價二元，素由三馬路蟫隱廬經售，今千頃堂書肆以購者孔多，特約推廣，初印所存不過數十部，兩肆均復無幾。好學之士其速問津，又惜陰堂所刊王半唐精校大字本《夢窗詞》，常州名詞《蓉影集》亦由千頃堂與蟫隱廬同時發售云。（一九二五年八月二十三日《申報》）

《蕙風詞話》、《詞》續印出板：近來填詞之學盛行海内，研究文學者無不爭相致意於茲，蓋以其意内言外、聲調諧協，可以寫情致、可以娱文字也。惟指授之書少有精品，學者難之。近詞家山斗況夔笙先生自定詞話五卷，凡考據故事、啓發性靈、教授作法，無不畢具，與前人所撰之徒以標榜掇拾爲能事者不可同日而語，蓋實學詞者惟一之教科書也。又附以自定詞二卷，先生之詞，海内人士無不傳誦，而近年新作加入尤多，奉爲模楷，自通祕要。全書精雕木板三冊，初印樣本百部，業早售罄。茲以購者日多，又印百部，連史紙大本，特價售洋二元五角。賽連紙本，特價售洋二元，以售完爲限。仍由三馬路蟫隱廬總發行，千頃堂亦有寄售，聞所存已不多，快睹之士宜及早謀之也。（一九二五年九月十五日《申報》）

蟫隱廬寄售《蕙風詞話》：邇年文學趨向由舊以卽新，又由新而趨於復古，詞章之道彌復爲尊，蓋養性移情，文窗琴几，信足爲陶鎔之樂，而又具進於文林，莫此爲得也。詞學昌明，作者大盛，承學之士，苦無津逮。而況蕙風先生以今之耆宿，詞學尤卓著於一世者，特取教材，可以開示指授者，爲《蕙風詞話》五卷，又附其自定詞二卷。其詞之爲世傳誦，久在人口，而新作則不易多覯。比爲一編，讀者於此，《蘭畹》、《金荃》，庶幾古人不遠矣。全書精雕三冊，合售特價二元，别有精楮印行者，特價二元五

角，均由三馬路蟫隱廬經售，初印蓋已存書無多也。（一九二五年九月二十七日《申報》）

《蕙風詞話》續印出書： 臨桂況夔笙先生，當代詞宗，著述宏富，毋待贅陳。近專以指授詞學之道編成詞話五卷，凡古今考據，字酌句求，風神襟抱，家派韻律，無不探討源流，發明解説。初學者可以奉爲教本，而專精者可以畢生取資。發售以來，業已二板，銷售均罄。兹又印書百部，全書三冊精雕，連史板本闊大，定價每部二元半，賽連定價二元，仍由三馬路蟫隱廬總寄售，千頃堂分售，預定即日發行，研究詞學者幸勿再遲誤，蓋刷印需時，備書不多，恐易售盡，失之交臂也。（一九二五年十月五日《申報》）

《野語》雜誌第五期出版： 五馬路《野語》雜誌社自今春劉大同氏組織以來，所出雜志材料非常豐富，第五期例應於上月出版，緣劉大同氏暨諸社友力求精良，搜集海内吉金彝器，珍藏祕本，稍延時日，兹於重九節日出版。内容：『金石』，秦博文、漢延光殘碑、漢泉范之背、莽泉范之背、古陶、漢富貴昌塼、漢亭長塼；『書畫』，王石各扇、黄癭瓢《牧羊圖》、湯文正行書、鄭板橋字軸、劉文清公字軸；『詩』，著作者劉大同、萬古春、我園、吴魯生、吴鐵聲、嵇翥青、孫霽青；『詞』，著作者古微、蕙風、蒙菴；『筆記』，宋文尉之《續太史公書》、吴傳綺之《字學源流考》、吴峻文之《抱經室校碑漫錄》、陳漁春之《愨齋碑案》、諸德彝之《弄玉叢譚》、鄭肯之《摘緯》；『小説』，朱修庸之《花陰漏月記》、汪潤芝之《牛玠馬珊》、孫霽青之《蠅魂》；『新聞』，彈詞，風道人劉大同之《醒迷魂》；『論説』，周紛伯之《天性篇上》、潘忠甲之《解決關税十大問題意見書》、李次山之《調查司法與司法改良》、嵇翥青之《解決中英問題之新門徑》；『總攻擊』諷時、規世、莊諧兼有共九門，該社爲普及起見，不惜資本，每期分贈各省圖書館教育會各大學暨海内外各大名流外，餘數千本，均減價寄售各大書局，以爲新舊文化之運動云。

（一九二五年十月二十七日《申報》）

《蕙風詞話》、《詞》精印本出版：　臨桂況蕙風先生精於詞學，名滿當代，不待言。近年輯其最經意之作，及可爲學者師法者，著詞話五卷，與前人之但事標榜鈔拾絶不相同。又附以自定詞二卷，於最近所作多所增益，均未嘗刊布者。出版以後，銷售彌廣。近以北方來函，屬另印精楮，俾便珍藏。定印之外，故又附印五十部，以廣流通。定價三巨冊，合售大洋二元五角，由三馬路蟫隱廬總經理，存書無幾，愛尚者幸勿後時也。（一九二五年十月三十一日《申報》）

《蕙風詞話》、《詞》存書將罄：　臨桂況蕙風先生，詞家山斗，最近所著之《蕙風詞話》五卷，及自定詞二卷，尤以其數十年來研精之獨得，筆之於書，以供學者之探討。蓋多在神理作法，而不似他家詞話之徒以鈔掇標榜爲能事也。出板以來，風行宇内。原書印存不多，將次售罄。二板現尚未定期付印，故餘書日少，有志文藝詞家之學者，幸勿失之肘腋也。原書合訂三冊，賽連紙每部價二元，精楮大本二元五角，上海漢口路蟫隱廬總經理，千頃堂及中國書店亦有分售云。（一九二五年十一月十七日《申報》）

《蕙風詞話》、《詞》精印發行：　《蕙風詞話》五卷詞二卷，爲臨桂況夔笙先生最精之作，與前人鈔掇成書者迥不相同。凡其所得於經驗體會者，要均足以示學者之模楷，而又畢生致力之所不能窮者也。先生詞名，同、光以來久著盛譽，爲學國學者所共知。詞集中又增輯近作不少，爲前所未曾刊布者。先生素自珍祕，不輕示人，故自付刊以來，流行至廣，印本早罄，茲又用精楮重印發行。原書本刻工緻絶倫，非特訂韻選聲，卽古色古香，亦彌足資浣誦也。仍由三馬路蟫隱廬千頃堂經理發行，印書無多，好學之士幸勿向隅焉。（一九二六年三月二日《申報》）

《蕙風詞話》二次刷書：　臨桂況蕙風先生，詞學泰斗，海内一人。其歷年所撰詞話，零璣碎玉，學者無不奉爲拱璧，而全豹難窺。去年先生因爲選汰一過，又增訂若干，合爲五卷，由惜陰堂精雕木板，附以自定詞二册，視歷次發行之各詞，補入近作，更爲罕見。合訂三册，行世以來，不脛而走，近二次刷書百部，所存亦復無幾。惜陰堂主人以愛護藏板，不願多刷，此後添印尚復無期，研究詞學者，幸勿交臂失之。發行所：　三馬路蟫隱廬，寄售處：　三馬路千頃堂、二馬路中國書店，如有欲承刷分銷者，亦希速與接洽也。（一九二六年五月八日《申報》）

《中社》第二期雜誌將出版：　上海中社刊行一雜誌，第一期已於去年出版，風行海内。現第二期業已付梓，較第一期尤爲精美，内分十八門，而文苑一門，散文、駢文、詩詞共百餘首，著作者爲康南海、朱古微、況蕙風、王雪澂、潘蘭史、王西神、金聿修、王均卿、張□蓀、陳小蝶、陳柱尊、貢小芹、王志淵、莊紉秋、林鐵尊、羅伯夔、徐仲可、甘璧生、林嶽威諸君，准於夏曆五月初旬出版，凡在四月以前定購者，每册祇收回印刷費大洋三角，定購處：　上海滬寧車站界路來安里五十七號中社、三馬路望平街口鄭福蘭堂。（一九二六年五月二十九日《申報》）

《蕙風詞話》、《詞》再板出書：　臨桂況蕙風先生，海内詞宗，並世矩匠，所著詞籍流傳宇内，學者無不景仰師資，而詞話獨付闕如。前此偶散見各處者，亦尚非經意之作。前年先生刻意撰《詞話》五卷，以供學者之津逮。又自定詞二卷，增補新作不少，刪定益嚴。趙惜陰堂嘗爲開雕精板，以惠士林，刷書不多，瞬已售罄。兹重徇友人之請，復印百部以行世，有連史、賽連二種，全書三册，定價連史二元五角、賽連二元。由上海三馬路蟫隱廬、千頃堂經售，此次售罄，重印不知何日，愛治文學詞學者，幸勿

失茲良機也。（一九二六年六月十五日《申報》）

趙叔雍《和小山詞》發行：　武進趙叔雍素治詞學，嘗遍和小山詞，全部數百餘首，功力甚深，耆宿驚許。況蕙風爲之弁言，有曰瓊思內湛，瑋藝旁流，得惜香之纏綿、飲水之華貴云云。比已雕板刊行，與王半唐、張子苾、況蕙風連句之《和珠玉詞》，合售二冊，定價二元，分售亦可，由上海三馬路千頃堂、蟫隱廬經售。（一九二六年六月十八日《申報》）

《和小山詞》存書垂罄：　武進趙叔雍先生，詞名藉甚，近刊所作《和小山詞》全卷二百餘闋，一時爲作者所專誦。蓋其芬馨淒豔，讀者微特於詞學上可以進窺兩宋，卽以之消夏，亦足爲冰瓜雪藕之良伴。故發行以來，存書已復垂罄，而因初版精雕，一時雅不願卽爲添印，故購者宜復從速。全書一冊，並與王半唐、況夔笙、張子苾囊《和珠玉詞》同付發行，可以分合訂購，現由三馬路千頃堂、蟫隱廬經售。（一九二六年七月三十一日《申報》『最近之出版物』）

故詞宗況蕙風先生遺箸、詩文、筆記、集外詞數十卷，請朱彊邨、馮君木兩先生閱定，卽行付梓。筆記十餘種，先用鉛字印行，陸續出版：《天春樓漫筆》、《玉棲述雅》二種，先行付梓云。（一九三一年三月二十八日《申報》『短訊』）

《青鶴》雜誌第十一期出版，陳灨一先生編撰之《青鶴》雜誌第十一期現已出版，有章太炎論文，名作如姚惜抱、孫仲容、文芸閣、陳散原、夏吷庵等廿餘種，仍賡續前期，本期尚刊有胡篴江、談丹崖稿件，亦難得之作，第十二期當更換祁文端公雋藻《樞廷載筆》，吳興劉氏《嘉業堂藏書提要》，《吳憙齋日記》，王壬秋、馬通伯未刊詩文稿，況夔笙《詠古泉詩百篇》，皆不經見之佳構，該社費盡心力始得之，讀者當爭快先睹也。（一九三三年四月十七日《申報》「出版界」）

《青鶴》雜誌廿期，陳灨一先生編撰之《青鶴》雜誌頗得時譽，月出二期，從未間斷，以是尤得讀者信仰。第二十期已於九月一日出版，陳先生自撰論桐城派一文，見解深透，辭句亦典雅。關於影印《四庫全書》消息文件，所載獨多，所有姚姬傳、祁文端、吳憲齋、王壬秋、馬通伯、況夔笙諸先生遺著及未刊稿，仍賡續前期，而本期所刊時人詩詞采取更多，除長期定戶外，門市所售，幾應接不暇。（一九三三年九月四日《申報》「出版界」）

文友文藝院所發行之《文友月刊》第一卷第二期已於日昨出版，內容有《宋詞三百首釋句續》、《澹園居士詩詞錄》、《小辛漫筆》、《蕙風筆談漫記》、《中國歷代孝治史考證續》等，極有價值，售價每冊一角，代售處：福建路五一九號。（一九四〇年六月二十五日《申報》「出版消息」）

之江大學創辦《中國文學會集刊》：之江大學國文學系師生創辦之《中國文學會集刊》第六期已出版，內容豐富，內有《京氏易傳箋》徐昂、《燉煜當作煌舞譜辭》冒廣生、《唐人打令攷習義》吳庠、《續許氏嘉興府志·經籍志》王蘧常、《讀張氏儀禮圖記》任銘善、《易安居士事輯後語》夏承燾、《李易安金石錄後序署年記疑》吳庠、《李易安夫婦事蹟繫年》陳郁文、《哀江南賦序韻譜》徐家珍、《玉棲述雅——況蕙風先生遺著》附陳運彰跋，文有唐文治、顧培懋等著作，詩有拂雲、竹閒等著作，詞有易大厂、陳蒙厂等著作。該刊經售處：四馬路開明書店。（一九四一年五月二十二日《申報》）

五　子孫情況

況鐵臣：　臨桂況鐵臣君寓北河南路和樂里，爲蕙風老之哲嗣。年甫弱冠，即致力六法，得於何詩孫、吳昌碩二老之獎掖者尤多。邇來益見湛深，出入烟客、麓臺之間，饒見韻致。蓋能兼得神韻、學力之長者，有愛結翰墨緣者，盍往訊之九華堂等箋扇莊，均可代爲經理也。（一九二四年八月十八日《申報》『藝苑清音』）

臨桂況鐵臣君，爲蕙風先生之哲嗣，工書畫，尤長山水，蒼秀雄厚，迥非時流所可及。近來求者甚衆，訂潤以來，趾踵相接，求者可至北河南路和樂里四衖本宅，或各大箋扇莊接洽。（一九二五年五月六日《申報》『藝苑清音』）

當代文家況蕙風詞宗之女公子維琚，字緜初，詹於明日，于歸前安徽督署祕書烟酒公賣局長陳渭漁先生之子曌，字巨來，假座四馬路振華旅館行結婚禮。女公子幼秉家學，精通詞翰，陳亦溫文儒雅，工金石篆刻，珊瑚玉樹，連理交柯，洵爲嘉話，特預誌之。（一九二五年十二月三十日《申報》『婚禮預誌』）

臨桂況又韓君，爲海内詞宗況蕙風之哲嗣，少年進學，尤擅丹青。所作神理俱足，洵當能品，尤工篆刻。特不輕易應人，至畫例，則三馬路朶雲軒、蟫隱廬及各大箋扇莊，均可索閲云。（一九二六年七月四日《申報》『書畫訊』）

臨桂況小宋君，爲大詞宗蕙風先生之哲嗣，精鐵書篆刻，上窺吉金，中逮秦漢，下至皖、浙諸名派，無不融會貫通，自成一家。近以友好求刻日衆，特訂潤例，石章每字一元，求刻者可至貝勒路仁安里二十七號況宅，或河南路朶雲軒接洽。賢兄又韓丹青絶妙，近亦應潤，并卓然可傳者也。（一九二六年七月十三日《申報》『書畫訊』）

臨桂陳君日初秉信，況蕙風君之外姪孫，研究書畫篆刻垂二十年，造詣精深。今春辟地來滬，雅爲況君所激賞。同時吴缶廬、朱彊邨諸君亦甚推重，曾爲代訂潤例。聞其書例：楹聯三尺三元，屏幅立軸每幅四尺三元，扇冊二元，榜書二元；畫例：屏幅立軸每幅四尺四元，堂幅加倍，扇冊三元；刻印：石章每字一元，牙章加倍。通訊處：辣斐德路停雲里二號；代收件處：有美堂、朶雲軒、抛球場、老胡開文及各大箋扇莊云。（一九二六年十月十五日《申報》『書畫訊』）

況君小宋，爲臨桂況蕙風詞宗之哲嗣，時年弱冠，精研鐵書篆刻，上窺吉金，中逮秦漢，下至皖、浙諸名派，無不融會貫通。凡有所作，名宿驚許。茲以況君近作摘載如左，藉貢同好。況君定有潤例，石章每字一元，牙章每字二元，極大極小加倍。收件處：《申報》館三層樓況小宋、海寧路錢業會館内修能學校馮君木。（一九二七年三月十日《申報》『鐵書訊』）

況小宋君，蕙風先生之哲嗣，鐵書精絶，聞潤格石章每字一元云。茲布其所作如下，介紹人吴昌碩、朱彊邨、馮君木，收件處：上海三馬路《申報》館況小宋、錢莊會館馮君木。（一九二七年三月二十日《申報》『鐵書訊』）

況又韓君之山水：臨桂況又韓維琦，爲蕙風詞老長君。家學湛深，尤精六法，山水清蔚，雅近石谷。於工細寫意，無不精妙絶倫。吴缶廬、朱彊村、李印泉、張仲仁、馮君木、趙叔雍諸先生皆極推重之。其潤例：堂幅三尺四元，四尺六元，五尺八元，六尺十二元；屏幅視堂幅減三成，卷冊每尺二元，團摺扇二元，磨墨費加一成。收件處：三馬路《申報》館三樓況小宋、南市裏馬路上海稅務總公所文牘科況又韓、三馬路朵雲軒箋扇店。（一九二七年五月九日《申報》）

況又韓鬻畫：臨桂況又韓維琦，爲蕙風詞老長君。家學湛深，尤精六法，山水清蔚，雅近石谷。吳缶廬、朱彊村、李曲石、張仲仁、馮君木、趙叔雍諸先生皆極推重之。茲以潤例列布如下：堂幅三尺四元，四尺六元，五尺八元，六尺十二元；屏幅視堂幅減三成，卷冊每尺兩元，團摺扇二元，磨墨費加一成。收件處：三馬路《申報》館三樓況小宋、南市裏馬路上海貨物稅務總公所文牘科況又韓，及各大箋扇店。（一九二七年六月十七日《申報》『書畫訊』）

況君又韓，爲蕙風詞老之長公子，精擘六法，兼擅麓臺、石谷之勝。近時作品彌復蒼渾，吳倉當作昌碩、朱古微皆極推重之。茲將其潤格宣布如下：堂幅三尺四元，四尺六元，五尺八元，六尺十二元；屏幅視堂幅減三成，卷冊每尺二元，團摺扇每握二元，磨墨費加一成。收件處：三馬路《申報》館三樓況小宋、南市裏馬路上海稅務總公所文牘科況又韓，及各大箋扇店。（一九二七年六月二十八日《申報》）

臨桂況又韓君，爲蕙風詞老長君。家學湛深，尤精六法，山水蒼勁秀逸，冠絕一時，吳昌碩、朱古微、陳伯嚴諸先生皆極推重之。收件處：三馬路《申報》館三樓況小宋、南市裏馬路上海稅務公所況又韓，及各大箋扇店。（一九二七年八月八日《申報》）

況君又韓，爲蕙風先生長子，家學澄深，尤工六法，山水清蔚，雅近石谷。吳昌碩、朱古徵當作微、陳伯嚴、程子大、趙叔雍諸先生皆極推重之。收件處：南市十六舖裏馬路上海稅務總公所、三馬路《申

報》館三樓況小宋，及各大箋扇店。（一九二七年九月二十八日《申報》）

況小宋君篆刻馮君木君題字：　況君小宋治印精能，細雕棘心，大鑿山骨，神旺規矩，游刃有餘，洵足以闚完白之奧而闖讓翁之藩矣。小宋爲蕙風先生次君，幼嘗學印於吳缶老，金石刻畫，夫有所受鍥而弗舍，其成就宜何等也！　丁卯冬日木居士題。（一九二七年十二月三十一日《申報》）

詞宗況蕙風先生長公子又韓山水減潤：　堂幅每尺一元，屏幅減三成，卷册每尺一元，扇面二元贈送宣紙。收件處：　三馬路《申報》館三樓況小宋外埠。通信：　上海法租界望志路永吉里二號半，況又韓介紹朱古微、李根源、王一亭、張仲仁，潤格函索即寄，特戊。（一九二九年九月六日《申報》）

況又韓山水作品展覽會：　況君又韓，爲故大詞宗臨桂況蕙風先生之長嗣，家學湛深，精研六法，尤擅山水。近年作品至爲海上各界人士所稱許，兹徇友朋之請，將其精美作品百餘件，於本月五日起，假西藏路寧波同鄉會四樓公開展覽三天。（一九三一年九月三日《申報》）

陳蒙盦《蕙風簃課畫小記》：　臨桂況君又韓爲先師蕙風先生長公子，淵源家學，早飲香名。幼擅績事，嘗從姜潁生筠、何磐叟維樸、吳缶廬俊卿諸老請益，諸老咸器重之。研習既勤，所詣與年俱進。君生長四川萬縣，桂林山水甲天下，則君之故鄉也。靈秀所鍾，得天獨厚，益以多見古人真迹臨摹殆遍，天賦學力，兩臻其美，故下筆便不同時史也。君作畫多創稿，往往賓筵雜遝之間，伸紙含毫，頃刻而成。蒼潤秀勁，神與古會，非澤古功深，曷足語此？比以溽暑課暇，日以作畫爲消遣，逸興遄飛，精品極多。朱丈彊邨、程丈十髮，及海上諸名公見之，莫不傾賞，多加以詩詞題識。佳畫名筆，相得益彰。昨訪君小蕙風簃，見君方從事於調鉛殺粉之役，因得縱觀所作。山水而外，復有花卉佛像，摹古自運，各極其妙。巨幅小幀，琳瑯滿壁，觀止之歎，非阿私也。就中尤以二畫爲至精之品，君嘗得舊楮，截爲一小卷，高僅盈寸，長及丈餘。一爲三寸方小冊，均作山水，千巖萬壑，烟水蒼茫，具尺幅千里之勢。彊丈各爲題字，知藻鑒爲不謬也。君作畫消夏，本以自娛，友好見之，咸縱臾陳列，以公同好。君重違衆意，兼將就正大雅，特於寧波同鄉會開展覽會三日，今日開幕。佳儷錢夫人工行狎書，哲弟小宋精摹印作篆，並皆佳妙。一門風雅，趾美前修，知吾師之遺澤長矣。

況又韓畫展今日開幕：名畫家況又韓氏，爲故大詞宗臨桂況蕙風先生之長嗣，家學湛深，精審六法，尤擅山水。近年作品，至爲海上各界人士所稱許，兹徇友朋之請，將其精美作品百餘件，於今日起，假西藏路寧波同鄉會四樓公開展覽三天。《上海畫報》原擬爲況君出特刊一紙，嗣以整頓印刷，充實内容。本期不克付梓，況君作品將陸續在該報披露云。（以上二則，一九三一年九月五日《申報》）

況又韓《彊邨先生遺事》：彊丈與世丈魯道人及外舅錢太希先生相交殊篤，魯丈詩輓云：『千載英靈氣竟還，山川猶作故時看。文章報國方儲筆，冠服隨身已蓋棺。天不憖遺哀誄在，人惟思舊盛名完。前宵怪底鐙窗暗，欲寫魚箋特地寒。』『廿年蠖屈敢求信，餘論曾叨奬借頻。著意爲書清史傳（公曾以手鈔先勤果襄毅《清史列傳》見貽），冥心惟證漆園因。平生節概高流輩，當代詞華最雅馴。泉路倘逢吴老缶，可云寄褐能艱辛。』外舅聯輓云：『登彼道場山，與況蕙風把臂入林，黄金骨蔚爲川嶽秀；去兹踦跡國，追李昌谷從容返樸，白玉樓今有老成人。』（一九三二年一月十八日《申報》）

汪兆鏞《仲良先生自滬寄貽紅梅便面金箋佳筆并況又韓小宋昆仲作書軸印章賦此答謝希眎二況正之》：曩賦冰泉詞，曾和蕙風句（金粟香丈屬作。）蓬轉彈指間，四十易寒暑。錢侯昨南來，論畫契幽趣（君以蕙風先生嗣君又韓作紅葉館圖題詞見示。爲寫孤山豔，深情託毫素。選穎製有經，研箋香不蠹。更述桂林賢，德祖與文舉。螺翠潑松腴，猩紅琢花乳。北苑訣斯傳，西泠法堪步。頓使芳檐下，光怪現鸞翥。菲才愧勿勝，餘音溯寒鶩蕙風先生與彊邨翁有《鶩音集》。江湖老此身，濩落復何慕？懷古有同心，惓惓不能去。負郭田舍存君有别墅在廣州北郊，幾時返游履。誼結嶠東西，剪蔬醉風露。（一九三四年五月十八日《申報》）

嚴載如《讀蕙風簃畫》：臨桂況君又韓維琦，蕙風詞人哲嗣，克承家學。工詞翰，兼好繪事，執贄何詩孫、姜穎生之門，昕夕揮灑不輟。顧所作山水者，蕭疎蒼勁，一掃粗獷霸悍之習。晚近習畫，大率畏難趨易，塗得粗枝大葉，便自詡得八大、石濤法乳，蓋可與論古法者鮮矣。君於繪事，根於天性，復從名師，方能悟此中三昧，遂縱觀王息存、康更甡二家所藏昔賢名迹，借臨殆遍，故能脱略凡格，不專一家。余去歲乞繪山水摺筆，清勁鬆秀，頗入潘蓮巢神髓。另面儷以劉君公魯行書，二君皆名父之子，見者咸謂旗鼓相當云。邇來又韓益復致力丹青，較前愈見精進，爰徇朋好之請，將於本月二十二日假大東旅社，將近作小品山水並扇面百件，陳列數天，以供衆覽。我知海上不乏同嗜，行見爭相購致，且以歆動雞林行賈云。（一九三六年八月十九日《申報》）

況錢書畫展覽會：山水名家況又韓，爲蕙風詞宗長子。書家錢尚平，爲太希先生之子。近年來授課餘暇，以作書畫爲消遣，逸興遄飛，精品極多。兩君合作書畫本以自娱，友好見之，咸慫恿陳列，以公同好。兩君重違家意，兼將就正大雅。茲定於十月二十九日起、三十一日止，在虞洽卿路寧波同鄉會四樓展覽三天，聞陳列有山水花卉，篆書行楷，聯屏條幅及小品集錦百餘件，皆係絕精之作品，愛好書畫者幸勿交臂失之。（一九三九年十月三十日《申報》）

六　雜載

《讀香海棠館詠泉詩書後》：戊子新正，桂林況葵孫孝廉周儀介同鄉淩子壽臣見余於滬上之尊聞閣，出其所著《香海棠館咏古泉詩》一卷見示，考核精詳，每種系以一絶句，計百餘首。余於泉貨之考據實門外漢，不敢贊一詞，惟就詩而論，則此種乃咏物詩中最難，題目非板則腐，不易著筆，欲求其饒有風趣，蓋戛戛乎難之。是卷獨開生面，於咏古之中不失言情之趣，夫惟大雅卓爾不羣，雒誦再三，佩服無已。況君爲意琴室主，同鄉意琴，去歲旋粤，臨歧握手，灑涕不止。今者新雨初逢，不覺興懷舊雨，遥想意琴在粤，亦當念及海上故人，□恨雲山遠隔，不能如泉之流通，得以時時晤語。茲睹此書，庶幾知筆墨之餘，猶有此閒情逸致，亦足慰已。至於況君之詩之妙，則淩子知之，意琴亦知之，以出示天下文人學士，當無不知之，無煩余之贅述也。元宵前二日，古越高昌寒食生弟桂笙何鏞拜手。（一八八八年二月二十六日《申報》）

即席贈周金寶詞史即用《養情書屋存悔詞》中《浣溪紗》韻録呈悔道人正拍：『容易多情更易癡。酒滿金尊□欲醉，香添寶鼎悄吟詩。不妨解凍故遲遲。』鏡最消魂處夜深時。當筵一曲裊晴絲。中花史漫筆。（一八八八年三月一日《申報》）

悔道人以大箸《養情書屋存悔詞》見示，并囑題辭其上，即拈集中《沁園春》一闋原韻呈政：『自笑東施，捧心作態，强效眉顰。看琢玉成壺，鍊銅作鏡，烟霞氣味，冰雪精神。□出新聲，翻來舊曲，妙筆無慚李與溫。揮毫處、是花香酒氣，夢影詩痕。　算來絮果蘭因。便海溢山陬兩不分。想空際傳神，良宵風月，靜中悟境，昨夜星辰。　一縷情思，數枝新豔，搖曳輕雲卷復伸。　眉深淺，羨梳妝時世，恰好停勻。』高昌寒食生拜手。（一八八八年三月四日《申報》）

前奉題真悔道人大箸《養清書屋存悔詞》，誤書『養情書屋』，道人指其訛，不覺失笑，因作《浪淘沙》闋以解嘲：『深海景蹉跎。是果真麼。情深不在用情多。爲道心凝如止水，誓不生波。　休唱濯纓歌。夢也如何。思量往事半消磨。慾海愛河何處是，只在心窩。』高昌寒食生戲筆。

昨與真悔道人、思存子坐馬車，至申園，適性林，亦至三人，相將打彈爲樂。余對盆梅獨坐，不覺有感於中，口占二十八字：『去年曾約此探梅，今日相逢花正開。可惜素心人不至介玉是日適不至，深情獨自訴瑤臺。』鏡中花史漫筆。（以上二則，一八八八年三月十日《申報》）

借款不理：　況周儀因欠陳翰章借洋不還，被控昨由公廨將況傳案，判令交保，過堂候訊。（一九一三年四月三十日《申報》）

繡君《關於端午之種種考證》：　俗以鍾馗能啖鬼，且爲終南山進士，託夢於唐明皇。又因唐明皇命吳道子畫之，與夢中所見相似，因信以爲誠有其人，實則子虛烏有耳。惟北魏時有堯暄，本名鍾葵，以鍾葵字辟邪推之，當是神名，殆與神荼、郁壘類歟？　厥後趙宋時又有喬鍾馗，以善畫得名。前年端午日，昌碩老人爲詞宗況夔笙先生畫一鍾馗，詎未能免俗，聊復爾爾耶？（一九二四年六月六日《申報》）

珍重閣《書朱素雲》五：　素雲名澐，字忍庵。自幼習小生劇，方其垂髫時，已獲交於京華之賢士大夫，尤工書法，初治工楷，能以黑方光書大卷子，擬於館閣體，而不熟濫。尤愛書，日不釋卷，雖舟車行役，必以書自隨，至今不改。尤熟於科分，凡翰林前後輩歷舉不少失，一時名士若王可莊、李蒓客、何詩孫、鄭海藏、朱漚尹、況蕙風、余壽平等，無不相習。比二十年來，人事萬變，生死勞形，道及故舊，輒爲憮然。投贈之作幾於盈牘，其膾炙人口者，若讀畫齋集中之題所書扇頭，《滄櫻詞》之擬贈，尤均可傳之作。素雲周旋士大夫間，儒雅醇篤，脱略自如，初不以業伶自居，而人亦視如貞元朝士，不復目之爲伶人也。既擅書名，求者雲集，對客揮毫，率意爲之，無不精絕。多讀阮亭、竹垞諸作，背誦如流，故書時但誦憶成之，不必肆力於獺祭。間愛收藏，暇日輒赴海王村瀏覽，新年廟會，尤必往物色。外此則懶散，不甚出門也。近代名人字畫求之尤力，客年來滬，何詩老已歸道山，則搜其遺墨，無吝重價。海藏樓入京，又求作楹帖二事，什襲藏之，蓋澤古肆雅，於力至勤。吳昌老之畫，久在想望，此遭想必有以饜之者矣。（一九二五年三月三日《申報》）

名畫家武進趙安之夙工丹青，尤長花鳥，一時有徐熙妙筆之譽，更以曩者不輕易試作，故尤可珍祕。自近應吳昌碩、況蕙風、朱古微、王一亭等之約，訂潤格以公同好以來，求者踵至，欲得其寸縑尺墨者彌不爭先恐後。上海由有美堂、九華堂厚記及其他大箋扇莊接洽，若索潤例者并可逕郵常州周線巷十號索取云。（一九二五年四月八日《申報》『藝苑清音』）

繡君《梅開不止八月之考證》：前閱『自由談』載次公八月開梅之奇一則，略謂吳江許盥孚家庭前梅花忽於八月晦日放花一朵，越二日而謝云云。屢欲作一度之考證，卒卒未暇也。昨讀《餐櫻廡漫筆》亦載是説，蓋引《章氏遺書・秋梅小引》以實之，以蕙風詞丈之淵雅，宜乎有此左證矣。繡君不敏，漫思續貂，竊謂八月開梅，不足爲奇也。吾嘗稽之史册暨志書，有四月開梅者，有六月開梅者，有九月

開梅者，有十月開梅者，縷舉如後，并注出處，以免無徵不信。（一九二五年十一月十七日《申報》）

轉陶《記吳門消寒會》：　吳下有九九消寒會，爲文學家金鶴望先生所徵集，始於癸亥之冬，甲子則適逢兵氛，闔閭方相競避禍，無興爲此文酒歡會之事。迨乎乙丑孤城瓦全，衆慶更生，乃集而仍復舊觀。鶴望先生爲近代文章之泰斗，費韋齋先生詩名揚溢海內，況夔笙擅詞章，吳癯安工譜曲，李印泉優遊吳下，不復談政。畢勛閣書畫稱雙絶。餘若李蓴樓、陳彦通、尤賓秋、周迦陵、黄若玄輩，亦皆名士風流，跌宕俊逸。每屆小集，詩徵聯吟，各盡所長，而費韋齋又以洪憲白宫藏紙索題，一時頗增佳趣。紙作古黄色，角鐫精雅，顔色花紋古麗中别具静穆之氣，潑墨生香，爲銀鉤鐵畫增色不少。勛閣老人席間恆揮毫作巨幅畫，索遍題詠，名畫名題，得者永寶，李印老豪邁不羈，惡聞政聲？或有詢以政事者，幾掩耳卻走。張仲老雖爲政治而忙，惟於每次雅集，亦必撥冗肯來，詩酒流連，老興彌濃。其間況夔笙之納寵，允稱前輩風趣，一時詩文投賀，調侃不少。而李印老以明季周文肅公之牙笏贈其十世孫迦□，亦成藝林佳話。印老猶復書贈周齋，額曰傳笏樓。將爲周氏世世所珍寶，同社亦皆有詩記賀云。（一九二六年三月五日《申報》）

微笑《玫瑰之家》：　經了幾度的介紹，在伊也把『潘雪豔』改了『紅玫瑰』之後，認識伊了。有一天散戲之後，經了伊表弟的引導，便到『玫瑰之家』去坐了一會。本來上海賣藝的人大都對於居處是不注意清潔和整齊的，但是玫瑰之家卻是大不相同，這是使我很驚異的。雖然是紅樓一角，卻收拾得整潔十分。他家的地位是一間向東的廂房，一個小小的洋臺，種著幾顆蘭花，雅潔宜人，梳裝臺上面挂了一張二十四寸的『玫瑰之影』，四壁還挂了許多名人饋贈的書畫，吳昌碩的字、況蕙風的畫，當然是我們所聞名的。挂了一盞玫瑰紅和一盞淺綠色罩的電炬，一口柚木的長櫥，恰樹在梳妝臺的對面，晶光無塵的明鏡。外面向北的一隻西式百靈檯，鋪著一方金線的檯布，供著一隻翠綠色的小瓶，插了幾朵粉紅的『康乃生』，也能够令人愛不忍釋，相對流連，軟軟的沙發放在百靈檯的兩邊，也適得其所。似乎很安閒地置在那裏，對面的留聲器正在我四面觀察的時候，放出程艷秋的《玉堂春》來，聽説伊對於《玉堂春》中的幾節，正和玉霜唱的一般，因爲是吃調差不多的緣故云。（一九二七年三月三日《申報》）

梅花館主《雪豔豔歌》：潘雪豔，屬南方後起坤伶中之驕子。已故吳昌碩、況夔笙及朱彊邨、步林屋、徐朗西諸先生，愛其聰慧雋逸，收爲寄女。林屋先生更出其餘緒，時時錫以詩文，刊之報端。雪豔之名經此諸老之提挈，遂駸駸日上，傳遍江南矣。十三之夜，與名坤伶琴雪芳同時出演於天壇。新聲初試，觀者甚衆。第一夜之打泡戲爲唱做兼重之《六月雪》兼帶《法場》，錦幔乍啓，彩聲與掌聲齊鳴。不佞觀此熱鬧情景，亦不禁爲之呼好不止。移步至臺前時，座客皆紛紛投贈書畫、花籃、銀器之什，多至九十餘件。五彩繽紛，目爲之炫。書畫之足記者，如丁慕琴之小貓小狗弄球圖，畫爲水彩類，設色極精。然觀衆對於此畫之意義，頗有不甚瞭解者。因雪豔小名小貓而生肖屬狗，慕琴此畫，蓋言其如小貓小狗之活潑可愛也。葉渭莘君已故名畫家葉指發先生之少君，王一亭先生之姻姪之牡丹花王圖，用筆佈局如大刀闊斧，亦至爲名貴。楹聯橫額，多不勝記，茲錄其知名者數件於下。林屋山人撰句白鬢贈之堂幅，文曰『豔如冰雪』。韡曲緣之琴聯，文曰：『雪飛柳絮因風舞，豔逐桃花映日紅。』陳天无之鐵線篆楹聯，文曰：『雪樣聰明玉樣潔，豔如桃李冷如霜。』寫作俱佳，不愧名手。劉公魯一聯以送到較遲，故未懸挂，甚可惜也。至雪芳之登臺情形已另有記載，不贅述焉。（一九二八年五月七日《申報》『紅氍毹』）

十髮老人師弟書畫：　十髮老人程君書畫收件，六七兩月，因天氣酷熱，稍事修養，各處來件未能一一照收。茲定於陰曆八月初一日起照常收件，潤例仍循舊定。收件處：　法租界太平橋西門路潤安里四十一號十髮寄廬、三馬路抛球場朶雲軒及各大箋扇店。又其弟子、況蕙風詞人長君又韓與錢太希先生次女公子貞若，書畫合作扇面。陽曆八月三十號截止，今又應同門陳寶書、呂貞伯之屬，堂幅、屏幅、冊葉、手卷減潤一月，以陽曆九月一號起，各處來件照潤例減半。收件處：《申報》館三樓況小宋，潤格函索卽寄。（一九二九年八月二十四日《申報》『書畫訊』）

荊夢蝶《踏月尋芳小紀》：　垂絲海棠，一名醉美人。曩見《蕙風詞話》謂：『此花惟吾鄉（臨桂）有之，太半櫻桃花接本，薊北江南，未之見也。』今無錫公園中有此花數株。暮春三月，花事闌已，而常州錢名山丈忽以事過錫。傍晚，余侍飲於旅樓，卽公園飯店也。席間，丈自謂頃嘗散步園中，見百卉飄零，惟幾樹海棠，尚盈盈含笑，大可人意。語次讚歎弗絕。余因和之曰：『今夜月照海棠，毋煩紅燭之燒，胡不再往踏月尋芳以盡餘興？況連夕風雨，而今宵見月，分明嫦娥有意，歡迎佳客，何可等閒孤負耶？』丈笑頷之，席終，遂偕諸客下樓入園。曲折而赴海棠花下，時則半規新月，乍脫雲衣，雖高松陰翳，而隙處漏光，花叢一樹先得月者，色相忽呈，如珠光寶氣，獨破溟濛而來也。惟是醉美人之脂痕霞暈，已無復可認。第見一白如梨花，彼可愛之紅兒，頓變作□衣文君、素面虢國爲可異耳。俄而一層淡月，冪歷林間，迷離花外，如圍紗幙，如隔晶簾，令人想見古之步障姬人、冪□宮女，此則月下之所得也。與夫鞭絲帽影間，其趣迴異已。更深，乃別去。（一九三〇年四月二十三日《申報》）

葉恭綽昨在暨大作學術講演：

希望近人治詞能造成新境界
情景而外熔和理解譜入樂調

葉恭綽氏昨應暨大中國語文學系主任陳柱尊之請，蒞校講演，首由副校長洪芰舲氏致介紹詞。繼葉氏登壇講演，講題爲『清代詞學之攝影』，葉氏用科學方法整理，用歷史眼光較評，將有清一代詞人臚舉表列，横觀以地域分，蘇浙爲最盛。江蘇在清代所產詞人多至二千零九人，浙江一千二百四十八人，皖、粤、閩、贛、湘以下次之，甘肅、蒙古爲最少，各三人，而察、綏、熱、吉、黑、新竟無之。共得四千八百五十人，有籍者四千二百三十三人，然尚有漏列者，約可達六千人。縱觀以朝代分，順治時承明末之餘風，得一百八十八人。乾隆時三百六十二人，嘉慶時三百二十八人，均稱盛世。道光時爲尤多，竟達四百四十人，殆爲常州詞派盛行後之所影響。以上係從量的觀察，清代詞人之多，於此可以想見。再從質的觀察，詞人在宋爲最盛，詞學亦極完備。元亞之，然宋人視詞亦不過爲茶餘酒後之遊戲文字，體格不甚高貴。元次之，明則視爲組戾冶豔之低品。洎乎清代，浙派首起，朱彝尊輩出，一革明之不良習慣。嘉慶後常州派出，張惠言、周濟爲首屈，專講胷襟意境，詞氣爲之一振。道、咸、同、光、宣感受其支配。繼之者桂派，光緒年間王鵬運、況周儀輩以常州派爲基礎，闡演遞進而加其獨到之見，風氣又爲之一變。然三派之不約而同，不謀而合者，厥爲將詞之地位升高，視爲高尚之文學，故其優點在能托體尊。其次即審律嚴，詞原以合音樂能唱爲可貴，後代樂律失，南宋、元、明之詞均有不合律者。清初順康時不合律之詞亦多，自順、雍間萬樹定《詞律》，嘉、咸間戈載定《詞韻》，二氏之書成爲後代各家填詞之規範。咸、同以後，韻律尤嚴，五聲陰陽，分晰至清。清代各種學術均超過前朝，固不僅詞學爲然。

然以詞爲尤甚，蓋詩詞曲三者本同而流異。清代之詩與曲，大體均不能勝過明朝，惟詞人所用之功獨到。在中國文學史上，無論縱看横看，均占重要地位，故吾人可得一緒論。有清之詞超越明朝，而直接宋、元，前人談詞注重二點，一情一景，或情中帶景，或即景生情，或情景熔和。惟據余個人意見，今後對於詞學，如欲演進創造新境界，情景之外可加理解。此『理』字在前人或未説過，情景理熔和一起，由想像而生出一種新境界，則可以超過前人，此或可能。填詞不受拘束，則不合韻律；但合韻律，亦不能入音樂。蓋韻律本原多不能考，祇好依舊調而填，顧詞之調亦前人所做成，吾人有何不能創出新調？倘能考其本原，則可由自度腔而創作，甚至在音樂上譜成，明後朱彝尊爲第一步整理功夫。吾人繼清詞盛後，可以做到此種變化，希望諸位有志詞學者，窮本溯源，以努力創造新詞云云。約講一小時半，循循動聽，最後由陳柱尊氏代表致謝。（一九三〇年五月十日《申報》）

絜廬《馮君木軼事》：馮先生諱幵，浙江慈谿人。幼失怙，事母以孝聞。母俞氏，邑之大家女，教子綦嚴，焚膏繼晷，親自課讀。如是數年，學遂大成。前清光緒某年舉拔貢，與同邑應啓稺交甚篤，應亦才思横溢，稱一時瑜、亮焉。時清政不綱，國事日非，先生惄焉憂之。與邑中同志創立慈湖中學、正始小學、東城女學，開全浙風氣之先。時吾浙留日學子有《浙江潮》之粊，以唤醒當時萎靡之民氣。先生造詩數首投之，清麗排奡，寄托遙深。新會梁任公見而驚曰：『此叔季未易才也。』攟而以實所編《新民藂報》。迨陳天嬰剏《天鐸報》於海上，聘先生主小説欄，與館中洪佛矢、戴季陶之論文，稱《天鐸》之三傑矣。前年秦潤卿君創修能學社於海上，聘先生爲文科主任，殫心擘畫，成績斐然。先生志趣恬澹，不樂仕進，與海上賢士大夫往還頗多，談詩論文，賓客常滿。又喜獎掖後進，苟有少長，往往讚不絕口。而於故人之子，尤耿耿於懷，吹噓之，提挈之，不遺餘力。友人臨桂況蕙風以詞人不善於仕途，清風兩袖，身後蕭條。先生除愛護其子外，復令次子爲之聓。友人同邑魏陔香，有子頗敏慧。魏卒，卽以其女妻之。子女婚嫁之道，如先生者可以法已。予有堂弟叔斐，先生之甥也。先叔父早世，先生撫叔斐如己子，兄妹之情尤肫摯，吾家素寒，今叔斐已能自立。先叔父可謂有後，皆先生之力也。吾髫齡尚知奮勉，先生頗愛之，嘗致書吾父，令予棄商就學。吾家世業商，不允。後學賈未半月，卒得先生一書而還。嗚呼！吾父去冬死矣。今先生亦歸道山，濡筆至此，吾不能復書矣。噫！（一九三一年六月四日《申報》）

陳屺懷《慈谿馮先生述》：馮先生幵，字君木，原名鴻墀，字階青，慈谿人。（中略）晚年講學滬上，益與先朝名宿老師相往還。安吉吳倉碩、臨桂況周頤、吳興朱孝臧尤契先生。吳、況前數年殁，有遺言必先生銘其墓，既具草而病作，凡病三閱月而遂絕，年五十有九。（下略）（一九三一年七月二十五日《申報》）

陳天嬰《興化李先生墓表》下：先生嘗與臨桂況蕙風同應端制軍之聘，分撰《匋齋藏石記》。蕙風以詞名，與先生蘄嚮不同，每論文，各有所持，積至不相能。蕙風氣盛，時時以言傾先生，先生則與爲慢罕而已。執貌彌恭，退謂人曰：『文人自來相輕，小不孫於口則有之，顧其心寧有誰何耶？』人以是稱其□度。晚年病痿，足不良行，遂尠出游。存書數萬卷，家亦稍稍勝於昔，迺始移居興化原籍。蓋自僑寓鹽城，兩世罔養，或廢或興，已七十年矣。民國二十年某月某日告終里第，春秋七十有三。（下略）（一九三二年一月十九日《申報》）

施蟄存《無相庵隨筆》：況周頤《錦錢詞·望海潮·江建霞屬題日本女郎小華像》自註：日本

諺語云：『信州□蕎麥，情郎好顔色。不食麥猶可，遲郎愁煞我。』大有《子夜讀曲》韻致，不審原文何若也。（一九三二年十二月二十八日《申報》）

似玆《清代詞學略述》：到了清末，則王鵬運、鄭文焯、朱祖謀、況周頤諸人，並稱健將。王雖爲廣西人，實承常州派的系統，他的論詞，别標『重』、『拙』、『大』三大宗旨，他自己的作品也確能秉此標的而力赴之。文焯爲詞守律甚嚴，而蕭疏俊逸之氣，卻始終不爲所掩。朱詞自夢窗入『幽憂怨悱，沈抑緜邈，莫可端倪』陳三立語，周頤則偏於淒豔一路，與王、朱異趣。（一九三六年七月十六日《申報》）

鄭逸梅《名人與食品》：況夔笙詞人嗜櫻桃成癖，晚年賃居海上，榜曰『餐櫻廡』，著有《餐櫻廡漫筆》若干卷。（一九四〇年八月二十六日《申報》）

姚勁秋作古：吴興姚勁秋先生於十一月二十六日病故蘇寓，先生諱洪淦，字滌源，又號心僧。清光緒辛卯舉人，經紀典業，逾三十年。歷任江蘇典業公會會長，性耽風雅，工詩文，南京具幷社、霞社、常熟虞社、松江松風社、上海萍社、鳴社，均推爲祭酒。平生重然諾，朱古微、況蕙風兩詞人生前皆以窀穸事相託，先生踐宿諾，不稍渝，聞者無不高其風義。前年避難來滬，去年返蘇，其半身不遂之癥日見增劇，竟致不起，享年七十有四，惜哉！（一九四〇年十一月二十七日《申報》）

陳友琴《〈復堂詩詞稿〉書後》：我之知道譚復堂，還在民國十五年讀杭縣徐珂仲可所編的《清詞選集評》商務版的時候，那一本書中所有的評語，幾乎全是『譚復堂師曰』，我心想既是譚復堂師的評語，編者何不改名爲『譚復堂評清詞選』呢？全書中只有極少幾闋詞是用況夔笙的評語的。（一九四七年五月二十三日《申報》）

洪爲法《揚州續夢》之十九：　況周儀的《選巷叢談》上載有嚴廷中的『揚州好詞』，調寄《望江南》，其中一首云：『揚州好，午倦教場行。三尺布棚談命理，四圍洋鏡覷春情，籠鳥賽新聲。』這是前清光緒末年揚州教場之情景，證以筆者幼時所見，所寫可謂逼真。（一九四七年六月二十五日《申報》）

曹靖陶《吳遊偶憶》：　日前偶遊吳門，飲茗茂苑，憶乙丑間與況蕙風先生日集於此，屈指且逾二十年，蕙翁墓早宿草，而余亦垂垂老矣。撫今追昔，感慨系之。（一九四八年八月二十七日《申報》）

陳左高《書朱彊邨》：　歸安朱彊村丈，爲遜清一代詞宗，與王半塘、況蕙風、鄭大鶴齊名，所譜各闋，□律精審，藻辭警麗，儼然夢窗第二。評家稱跨常邁□，淩厲躒朱，奏丕功於詞苑者，尤在校勘，繼半塘之校夢窗，而□廣闢津涂也。丈名祖謀，字□生，一字古微，號漚尹，鼎革後，改名孝臧，又號彊村，晚清傳臚，累官禮部右侍郎。庚子拳匪作，兩疏極諫，面西太后，力陳義和拳終不可用，直言骨鯁，不稍阿附。其一生行梗卓犖，詳夏孫桐撰行狀，及陳三立□墓誌銘。曩者，聆諸前輩娓娓話丈舊事，恆多銘狀未載，爰不揣疏闇，摭述一二：

或傳丈掇巍科，際會實幸。緣彼原諱祖訓，嗣襲乃兄祖謀名，以應光緒壬午鄉試。既中式，名遂弗改，而舊諱轉廢。踰歲殿試，自度字跡欹倚，□館閣體，深難金榜題名，會主考某氏私諛相國閻敬銘之子，屬意筆勢者久；迨獲卷大熹，以其絕似閻子手筆，呈卷光緒帝，擬擢第一。帝曰：『文雖佳矣，字欠端飭，得毋白璧之瑕乎？』遽改置二甲一名，與陳冕對易。發彌封卷後，主考恍悟此科癸未傳臚實朱祖謀，而非閻子，二人字跡混淆，致蹈東坡私李方叔後塵，不禁悲憤填膺，幾瀕於病。先乃父光第，令河南，鞫盜案，平反冤獄，活命凡七似即昭雪王樹汶之定讞，積善累德，問由來有自。初於彊村，冀中進士已足，洎悉捷報，躊躇滿志，正淹病牀褥，含笑瞑目矣。茲事予承鈕耕生太世叔見告，外界似尠傳聞，且彼與朱，第奕世通好，誼埒膠漆，想非《齊東野語》。偶憶十年前，沈淇泉太姻伯常莅舍間，自道與試之日，遽丁母憂，星夜奔喪，以是狀元落第；及補試後，膺二甲二名選，與□翁之登科第，豈不相去逕庭耶？

丈學詞絕晚，年屆不惑，方從王半塘請益，介師友間。越十數載，寓吳興張孟劬商輯《詞莂》，旋來滬，識況蕙風姻伯，縱跡日密；復以況詞入選，欽□備至，書必稱師，現遺札仍存況又韓、小宋兩兄處。

其妻鷙悍，以是客滬，輒於至友前詈妻曰『獅子』。辛未卒，春秋七十有五，著叢書，爲世傳誦。易簀前，妻猶索居姑蘇，視同吳越，丈乃口占《鷓鴣天》一闋，曰：『忠孝何曾盡一分？年來姜被減奇溫。眼中犀角非耶是，身後牛衣怨亦恩。泡露事，水雲身。枉拋心力作詞人。可哀唯有人間世，不結他生未了因。』沈痛鬱結，充溢言表，此亦絕筆之詞也。

尤墨君《罕見之姓》：

暑假期中，一無事做，悶得很，因常翻閱古今人筆記，取其各自爲節，手倦卽可拋書。

在況周儀《蕙風簃二筆》卷二載亡清康熙十一年壬子科廣西鄉試題名中有卯章甫，全州人，此姓僅見。光緒己卯武榜五名雞德祥，亦希見之姓。

又葉昌熾《緣督廬日記》中亦載稀姓很多：有把、扁、禪、公、妥、運、道、丑、俄、脫、先、晚、雅、拓、口、位、杏、蘆、里、東、令、頡、門、尉、敏、於、暢、祿等不經見的姓。複姓則有『合司』、『乩歹』，這些稀姓都是葉氏任甘肅學政，按臨各處取士時所得的，分載記十及記十一中，原文不備舉……至況、葉二氏所舉稀姓爲《通志略》所不載者，則不易考據了。（以上二篇，一九四八年九月六日《申報》）

陳左高《吴缶廬遺事》：先生晚苦重聽，納妾而遁，晏如也。曰：一吾情深，他一往。一時閉門卻掃，罕所瞻接，僅與遺流況蕙風、朱彊村、馮君木輩相往還，口不涉時政，感慨一抒於詩。乙丑冬，經步林屋之介，偕況、朱兩丈，三人共在蕙風簃，錄潘雪豔爲義女，即席蕙翁填詞，彊老撰聯，先生年逾八十，豪興猶昔，賦七古一首，載當初林屋主編之大報。越三祀，遽歿海上寓廬。馮丈爲撰墓誌銘，春秋正八十有四，民國十六年冬也。（一九四八年九月二十四日《申報》）

徵名人象傳：本報讀者陸簡志君擬徵求晚清名賢象傳，計張香濤、王壬秋、文芸閣、屠敬山、朱彊邨、況蕙風、易實甫、李蒓客、黄漱蘭、孫琴西、葉鞠裳、王半塘、鄭大鶴、陳太初、王益吾、鄒叔績、黄薇音、陳蘭甫、楊鄰蘇、丁叔雅、李木齋、八指頭陀等廿二人，讀者中如藏有上列諸人象傳，無論石刻、木刻、畫象、照片、影片，借用鉤摹，均所歡迎。賜函請寄上海市社會局編審室夏蔭人收轉，將來原本仍由陸君負責寄還。（一九四八年十月十二日《申報》）

細侯《霜》：

囊客漢口，初學填詞，曾拈《翠樓吟》調咏霜，題目很新，少有人作，後閱《蕙風詞》有此題，貴州詩人周漁璜集中亦有《一字至七字詩詠霜》，結句爲『不銷惟有鏡中央』，拙詞記得有『飛魂一縷，趁小鬟黄花，和香黏住』，又『悵板橋人遠，再尋無據』，俱極稚弱。（一九四八年十一月十八日《申報》）

學衡六則

胡先驌《評朱古微〈彊邨樂府〉》：　總而論之，彊邨詞骨高韻遠，夐異乎尋常之詞人，微論國初浙派諸公，未能視其項背。卽以有清一代而論，舍成容若、項蓮生、蔣鹿潭三數詞人外，殆難與之頡頏。在光、宣朝，大詞家若文芸閣、王幼遐天骨開張，風神雋上，固可與之抗手，而半塘翁尤爲彊邨所尊視，然二家皆病於律法較疏，卽論淵源所自，侍郎之於半塘，亦尚有出藍之勝焉。趙堯生別樹一幟，自爲雄長，自是能手，然究有韓、孟、歐、梅奇正之別，至況夔笙、鄭叔問，則終須弟畜之耳。間嘗與三數友人煮茗談藝，每深慨不及見兩宋詞壇之盛，六百年來清響久歇，得彊邨詞，視逾瓌寶，嘗不揣謬，妄許爲有清一代之冠。少年莽魯，自屬可嗤，然細思維，雖不中，亦不遠也。（一九二二年十月《學衡》第十期）

胡先驌《評胡適〈五十年來中國之文學〉》：　晚清詞學之盛，肇端於粵西，而以王鵬運爲魁率，朱祖謀、鄭文焯、況周儀、趙熙皆聞風興起者。王、朱二氏校刻宋元人詞尤精粹，其爲詞也，音律韻味一洗明、清詞人之積習，而返於兩宋。朱祖謀之敘王氏之《半塘定稾》云：『君天性和易而多憂戚，若別有不堪者。既任京秩，久而得御史，抗疏言事，直聲震内外，然卒以不得志去位。其遇厄窮，其才未竟厥施，故鬱伊不聊之概一於詞陶寫之。』其骨格之高，可以想見。至其流別，則『導源碧山，復歷稼軒、夢窗，以還於清真之渾化，與周止庵氏説契若鍼芥』者，則豈『中夢窗毒』者？其詞高抗淒厲，有稼軒之豪放而無其粗率，無怪近三十年詞人尊之爲泰山北斗也。如其《念奴嬌·登暘臺山絕頂望明陵》云：『登臨縱目，對川原繡錯，如接襟袖。指點十三陵樹影，天壽低迷如阜。一霎滄桑，四山風雨，王氣消沈久。濤生金粟，老松疑作龍吼。惟有沙草微茫，白狼終古，滾滾邊牆走。野老也知人世換，尚説山靈呵守。平楚蒼涼，亂雲合沓，欲酹無多酒。出山回望，夕陽猶戀高岫。』其悲壯激越，雖稼軒復生，莫能相尚也。（一九二三年六月《學衡》第十八期『書評』）

胡先驌《評文芸閣〈雲起軒詞鈔〉、王幼遐〈半塘定稾賸稾〉》：綜而論之，二公皆一時詞場屠龍手，以技言，殆難軒輊。然文頗似李白，王則似杜甫，有清詞家舍蔣鹿潭外，能與之抗手者殆鮮。然聞雲起軒繼起者無人，繼半塘而起者，則朱古微、鄭叔問、況夔笙、趙堯生，皆名世作者，亦猶太白之後裔無人。而昌黎、白傅、義山、荊公、山谷、後山、簡齋、放翁、遺山，皆導源於杜陵也，抑李非學所能及，而杜則有軌範可循歟？無亦杜陵之詩，其深厚處雖以太白之雋才，尚有不逮者歟？讀文、王二家之詞，正可以此相喻也。（一九二四年三月《學衡》第二十七期）

《樂府雅詞》漱玉轉調《滿庭芳》原缺八字，況蕙風先生據舊鈔本，謂只前段缺六字，過拍歇字，復以朱子鶴姬人許德蘋和詞作『摩』補之，則只缺五字矣。惟『摩』上一字，極意懸擬，殊難吻合。頃閱《記事珠》載神女杜蘭香降張碩家，碩問禱何如，香曰：『消摩，自可愈疾，淫祀無益。』消摩，藥也，此詞『摩』上一字，或是『消』字，姑記之於此，以待他日質證焉。（一九二五年十二月《學衡》第四十八期劉永濟『舊詩話』）

況蕙風周頤先生，當代詞宗神匠也。往歲相從問學，嘗以拙、大、重三字論詞，不但足以藥舉世輕佻之習，且實此道之金鍼也。偶誦東坡和章質夫柳詞，覺其氣體闊大，以原唱比觀尤顯，因悟學詩詞之法，當取古人題同意別之作比類而觀，久之，不但自家下筆取法能高，而古人功候深淺與夫流別正僞，亦能洞若觀火，師友古人，涵泳風雅，莫捷於此法矣，亦獨學者所當知也。（一九二六年八月《學衡》第五十六期劉永濟『舊詩話』）

王靜安先生逝世週年紀念錄天津《大公報》文學副刊『王靜安先生之文學批評』節錄：或曰先生古雅之說，作於其治通俗文學《宋元戲曲史》之前，或者非先生最後之定論。曰：是不然，先生晚年專意治考證之學，絕口不言文學上之主張，然而謂其放棄古雅之說，則先生自己創作之詩詞，卽爲强有力之反證。夫先生以真不真論文學，其推崇白描之文學者，激賞其真也。倘有真的文學，而又能極備古雅之原質者，則必更推崇而激賞之，此先生所以於古代文學中列東坡於大家，雖違反其詩詞蛻變論，不顧。而於現代文學中尤低徊於柯蓼園之詩、況夔笙之詞也，以視世之遺棄一切現代詩詞，而於古人中全不見老杜、但知有元稹、白居易者有間矣。（一九二八年七月《學衡》第六十七期『述學』）

國學論叢三則

趙萬里《王靜安先生年譜》『戊午四十二歲』編年詩：

題況夔笙無量佛畫象二首（見《織餘瑣述》卷下，別集失載）

又：『庚申四十四歲』編年詩：

題況夔笙太守香南雅集圖《清平樂》一首（見《茗華詞》）（《國學論叢》第一卷第三號）

陳守實《明史抉微》之四『脩史人物略評』節錄：　錢牧齋謙益易節事清，以纂脩《明史》爲詞。又順治三年十二月，清兵總鎮李成棟以精騎三百下廣州，舊輔何吾騶投誠。吾騶，崇禎朝宰相，與黃士俊同相。永曆未久告歸，家貲三百萬。乞脩《明史》，門署纂脩《明史》扁額，粵人有『吾騶脩史，真堪羞死』之謠。見況周頤筆記。

陳守實《明史抉微》之四『脩史人物略評』節錄：　康熙十七年，議徵鴻博，列薦剡者一百八十餘人。十八年在京考試，取中五十人，皆令入館脩《明史》，又右庶子盧君琦等十六人亦加入，遺獻如四明萬季野斯同、興化李映碧清、萬貞一、黃百家等以布衣參史局，可謂極一時之選。然核其實，則召試鴻博，不過藉事粉飾，牢籠人心，而濫列薦剡，乘機幸進，亦復大有其人。又承大案屢起，積威約之之餘，各省薦舉遺逸，多非尊禮師儒之意。而被徵鴻博，亦多小數自喜，碌碌無他表見者。況周頤《餐櫻廡筆記》云：

相傳康熙己未科取中者五十人，受職後，爲同僚所排詆，目爲野翰林，且譏以詩曰：『自古文章推李杜，而今李杜亦希奇。葉公懞懂遭龍嚇，馮婦癡呆被虎欺。馮溥、李霨、杜立德、葉方靄，皆試官。宿構零駢衡玉賦，朱當作失粘落韻省耕詩。題爲《璇璣玉衡賦》、《省耕詩二十首》。若教此輩來脩史，勝國君臣也皺眉。』

又云：

康熙朝舉行鴻博特科，一時俊彩星馳，得人稱盛。乃鄭寒村集云：　時新任台省者俱補牘續薦，內多勢要子弟，聞有鴻儒一名，價值二十四兩，遂作《告求舉博學鴻儒》二詩云：『博學鴻儒本是名，寄聲詞客莫營營。比周休得怨台省，門第還須怨父兄。』『補牘因何也動心，紛紛求薦竟如林。總然博爲虛名色，袖裏應持廿四金。』按：鄭寒村名梁，字禹湄，慈谿人。黄宗羲弟子，所著見黄集，爲梨洲已後作。有《曉行》詩最佳，稱爲鄭曉行。

據上所述，雖不免過甚其詞，然在當日抱故國之痛者，不免迫促頓摧。或因而絶迹塵世而希榮求利者，包苴竿牘，都所不計。鄭爲梨洲弟子，梨洲固亦有人欲列之薦剡者，東南遺獻之被列上，或枉道求自試者，鄭氏親睹當日情形，故深致譏切焉。而諸徵士中之疏慵不學，亦可略瞻之也，又傅青主山《霜紅龕集》有云。（以上二則，《國學論叢》第一卷第四號）

國立武漢大學文哲季刊三則

雪林女士《清代男女兩大詞人戀史的研究》下篇『丁香花疑案再辯』節錄：第三：太清雖是個才調卓絶的女子，而從她的作品上看來，性格卻是很方正的，而且還是個禮教觀念很深的女性。集中雖有幾首豔體詩，自己早標明『戲擬』，關於她愛人——她的丈夫——方面的作品，端莊亦較流麗爲多，無論如何太清實説不上是個風流人物，説她有同别人戀愛的事，實是冤枉了她。況周頤《東海漁歌序》謂『末世言妖競作，深文周内，宇内幾無完人。太清之才之美，不得免於微雲之滓，變亂黑白，流爲丹青，雖在方聞之士，或亦樂其新豔，不加察而揚其波，亦或援據事實，鉤考歲月，作爲論説爲之申辨者，余則謂言爲心聲，讀太清詞可次定太清之爲人，無庸斷斷置辨也。』此語可謂實獲我心，我這篇文字，其實可謂是多做的了。（一九三一年一月《國立武漢大學文哲季刊》第一卷第四號）

現代中國文學史錢基博著，上海世界書局發行，民國二十二年九月出版。

全書分上下兩編，上編述古文學，下編述新文學。如王闓運、章炳麟、蘇玄瑛爲魏、晉之文，李詳、孫德謙之駢文，皆遠祧中古以上。又如林紓、馬其昶、姚永概爲桐城派文，則近禰近古而還。近代治古文者，大抵分此二派。樊增祥、易順鼎之詩，以中晚唐爲宗主。鄭孝胥、陳三立、陳衍之詩，則不主盛唐，出入兩宋。朱祖謀、況周頤之詞，承常州之正統。王國維、吳梅之治元曲，爲一代殿軍。凡此諸家，統稱爲古文學家，以其繼昔賢之遺緒，誦古人之詩文，受新時代之感化者至尠。至康有爲、梁啓超倡爲新民體文，於是時代精神之影響，駸駸乎深入中國舊文學之骨髓。不特言論之本質漸新，卽文章之體裁亦於此大變。嚴復、章士釗繼起，倡爲邏輯文，則西學之影響，更爲露骨之表現。卒至胡適文學革命，以白話代文言，於是文風變化，達於極點。故自康、梁以至胡適，統稱爲現代中國文學史上之新文學，以其蛻變之跡，無不依時代潮流而推移，愈進而去舊文學觀念愈遠也。

現代中國文學史錢基博著，上海世界書局發行，民國二十二年九月出版。

本書論列詩詞劇曲之流變，古體詩推王闓運爲一大宗。中晚唐詩以樊增祥、易順鼎爲代表。宋詩則以鄭孝胥、陳三立、陳衍爲巨擘。治詞推朱祖謀、馮煦、況周頤。治曲則王國維、吳梅爲二大把手，而作者稱吳梅之才特甚。書中引梅所作北詞《折桂令》詠秦淮舊事曰：『記秦淮、載酒曾過。畫舸迴燈，水榭聽歌。懽事無多。河橋依舊，花月銷磨。走青樓，捻不住、新亭風火。渡青溪，填不平、故國風波。回首蹉跎。十載如梭。説甚麼金粉南朝，倒變做春夢東坡。』以爲才子天生。《顧曲麈談》一書尤『不憚罄竭所曉，苦心分明，啓曲學之塗徑，詔來者以不誣』，及至《奢摩他室曲叢》既成，然後散曲、雜劇、傳奇諸類兼收竝蓄，美具難并，世之治曲者，歎觀止焉！（一九三三年《國立武漢大學文哲季刊》第三卷第一號『書評』）

小説新報一則

老匏《花間小語》節録：會有貴陽元龍公者，清末曾開府北直，政變後，蜷伏海上，雖爲遺老，其癖性異於程德全、沈寐叟、余誠格之耽情禪悦。亦非朱古微、況夔笙、陳散原、鄭海藏之精究詩詞、書畫、金石，更非康有爲、楊壽枏、錢幹臣之熱心利禄，日向伎院買笑，以求擁抱偎依之樂。（一九二三年二月《小説新報》第七卷第十二期『花史』）

華國二則

陶北溟來書：旭初足下，讀大著《華國》月刊內有詩詞，情文兼至，波瀾老成，不勝拜服。光抗塵走俗，無復逸興。篋中古物，一年以來，多舉以易米，思之，輒爲作惡。茲寄上漢曹大家六面銅印搨本一紙，此印今春出洛陽金墉城，以文字時地考之，爲大家無疑。況六面女官印從來罕覯，羅雪堂一見詫爲瓌寶，洵巨眼也。又舊藏殘尊搨本一，第二字爲匋字，爲敝姓見於吉金之最早者。又武曌玉璽搨本一紙，題詞一冊，尚多未付印者。古微、蕙風並許賜題，尚未見寄，晤時乞代爲一催。光十年萍梗，百不快意，惟金石之緣橫絕一世，倘一一椎拓，無慮數十百種中略，稍定，當檢所存各搨本，次第寄奉，俾印入《華國》中，以廣流傳，吾弟當欣然也。祖光頓首。

按：武氏玉璽，卽大周國寶，已與曹大家六面銅印搨本並爲製版，刊入本期圖畫類，其題詞則擬於下期刊布，讀者可參觀之。編者識。（一九二四年一月十五日《華國》第一卷第五期『通訊輯錄』）

寄生《鉛槧餘錄》：壬子在上海，始識況夔笙丈，體貌清癯，而逸情豪邁，不減少年。嘗過民聲報館劇談，午夜不倦。論詞尤細入毫髮，聞丈有寵姬，出必扃戶納管，慎爲之坊。比歲病歿，丈哀思彌永，近以友人之勸，乃復量珠吳門，一時名流置酒爲賀，鶴望於席上得抱子橘，舉以授丈，丈揖而懷之，曰：『此佳讖也。』瞿安、鶴望、野鶴皆侑之以詞，如別錄。鶴望更爲七言一章云：『吳中多麗價量珠，桂海才人老厭儒。樂府舊傳三影句，閨房新寫十眉圖。春生酒面觥船窄，風動梁塵笛韻紆。大好名園鬥妍唱，賀新郎調我終輸。』是日集顧氏怡園，故云。（一九二六年四月《華國》第三卷第一期『雜著』）

上海市通志館期刊一則

胡懷琛《上海學藝概要》之二『前清遺老與上海學藝界的關係』： 自民國成立，國體改革而後，前清遺老紛紛南來，作海上寓公，其中人品自然很不一律，而學藝界的著名人物也頗不少。居住上海較久的，如詩家鄭孝胥、樊增祥，詞家朱祖謀、況周頤，書家李瑞清及藏書家徐乃昌等，都是很重要的份子。亡命海外的康有爲，此時亦因清亡而歸國，寓居上海。這許多學藝界著名的人物同集於上海，有形無形的使上海學藝界發生了不少變化。爲名稱上的便利起見，亦可稱爲老文學。以遺老文學與南社文學比較，確有不同之處。南社趨向進取，遺老則主張保守；南社提倡革命，遺老則謳歌舊朝。講到文學上的思想立場與藝術手腕，兩者正處於相反的地位。然社會上有思想較新者，亦有思想較舊者，前者歡迎南社文學，後者依然迷戀遺老文學。卽單就南社中的文人而言，反對遺老文學最激烈的可以柳亞子爲代表，然也有其他一部分社員，喜歡與遺老往還。總之，在這個時代，可說是南社中人與前清遺老平分上海文藝權威的時代。（《上海市通志館期刊》第一卷第四期）

青鶴六則

戴正誠《鄭叔問先生年譜》（二）『光緒元年乙亥二十歲』： 秋應順天鄉試恩科，中式第二百六十六名。保和殿覆試，欽定一等第十三名，座主徐蔭軒相國桐、殷譜經尚書壽鏞、崇文貞公綺、毛文達公昶熙、房考陳弢菴太傅寶琛，試題『有德者必有言』四句、『陳其宗器』三句、『老吾老』至『天下可運於掌』，賦得『爽氣朝來萬里清』得『秋』字，房考評其文曰：『樸實說理，風骨清遒，斯爲大家舉止。次有典有則，不蔓不支。三抑揚頓挫，靈氣往來，水到渠成之候。』評其詩曰：『芊眠秀麗，雅韻欲流。』幼蘭先生亦本科薦卷，是科同榜者得三殿撰：一曹竹銘鴻勛，一黃慎之思永，一陳灌蓀冕，皆與先生至契。其他同年如易仲實順鼎、馮夢華煦、張次珊仲炘、況夔笙周儀、王夢湘以慜、顧漁磎璜諸公，尤生平文字深交。（一九三三年二月一日《青鶴》第一卷第六期）

胡先驌《評錢基博〈現代中國文學史〉》：就文學本體言，錢書之所論列與表張者亦無大疵，而尤能徵引諸師之言論，以闡明各人之立場。讀者誦此，可節披閱之勞矣。如所舉（一）王闓運《詩法一首示黃生》，（二）章炳麟《與人論文書》及《文學論略》，（三）劉師培《文說》、《廣文言說》、《文筆、詩筆、詞筆考》，（四）李詳《答江都王翰芬論文書》，（五）林紓《徐氏評點古文辭類纂序》，皆現代重要之批評文字，亦卽各人畢生用功之途徑與主張，足爲了解其著作之鍵。章氏《文學論略》一文尤稱絕倫，雖未必天下景從，而章氏所以能超絕一代者，於此文可見之矣。其敘詩人則詳於王闓運、樊增祥、易順鼎、陳三立、陳衍，於詞人則標舉朱祖謀、況周頤，於曲家則舉吳梅。而詳採陳衍之《詩話》與王國維、況周頤之《詞話》、《曲話》，皆知所抉擇，惜所缺失者尚多耳。（一九三四年一月一日《青鶴》第二卷第四期）

梁鴻志《爰居閣脞談》九：《湖樓請業圖》：袁簡齋隨園女弟子《湖樓請業圖》，有卷冊兩種，冊繪十三女弟子小象，人各一葉，藏崑山李菊農傳元家。卷則長幀布景，藏貴池劉聚卿世珩所，聚卿歿後，今屬其子公魯。卷之引首，爲王夢樓題字，寫照者婁東尤照，製圖者海陽汪恭也。隨園序云：（中略）題者三十一家：熊枚、曾燠、王昶、胡森、俞國鑑、吴蔚光、慶霖晴村、張雲璈、王文治、劉熙、王鳴盛、康愷、李廷敬、董恂、歸懋儀、梁同書、郭堃、古鰲圖、成策、安盛額、張溥、吴瓊仙珊珊、嚴蕊珠、王蕙芳隨園姪婦、席佩蘭、袁淑芳隨園姪女、戴英、徐爔、陳廷慶、錢大昕、沈文淵小湘也。況夔笙筆記言繆筱珊參議雲自在龕有臨本，悉依原圖寫真，無繭髮殊異，傳世久遠，殆能亂真。今筱珊墓草已宿，摹本又不知流落何所也。夫壇坫稱詩，閨襜問字，掞張風雅，流布丹青。當時或致微詞，今日已爲韻事。以視雌聲論政，袒服趨朝，裙帶得官，侈靈修於河鯉；孀髽去國，效戢翼之梁鴛，雅俗貞邪，殆又不可同日語矣。章實齋先生《文史通義》中『女學』一篇譏刺隨園，語猶含蓄。其《丙辰劄記》四則，則大聲以色，鳴鼓而攻，録之左方，用資世鑑。《丙辰劄記》作於嘉慶紀元，正隨園老人涴筆題圖之歲也。迄今百四十年，風會所趨，人禽奚擇？實齋先生九原可作，有不屑教誨者矣。（一九三四年四月十六日《青鶴》第二卷第十一期）

《近知詞序》：客游滬瀆之二年，獲晤趙子叔雍於臨桂況蕙風先生座上。蕙風騷壇領袖，人倫模楷。倚聲樂府，獨暢元音；樹幟詞林，嘉惠後學。高塵之賞，爰在叔雍。疏酌清英，益昌語業。暇出斯篇，諈諉命序。託體高騫，寄思要紹。圭臬于騷雅，杼柚乎悲愉。姑射澡雪，幻此嫭姿；雷威鼓琴，淡無嘈響。服姑蓄之草，香可悦魂；御駢羅之衣，光能駭世。溢目致歡，抗手無輩。夫心聲攸寄，貴有性情；胎息所區，必明雅鄭。要氤氳于素蘊，明得失于寸心。以述景者表裏空靈，以言情者曲窔殫盡。玄解之宰，肸蠁于古人；獨運之匠，揮斥乎六合。意內言外，斯爲美耳。君家世方雅，春秋綺富；怡情鉛槧，屏絕聲華。到門盡長者之車，置驛悉高沶之侶。造公差之座，有書千卷；讀子敬之文，其才一石。既晤攸之窮達之旨，彌適仲郢名教之娛。鷺辰索句，博循咳之歡；鰈研渲豪，索中閨而和。夕簾籀月，高樹畣響。風笛尋羽，涼籟瀉春。閒居之樂，足備人倫。傳歌之詞，無忝作者。爲之三復，悠然意遠。涼月窺戶，花僛僛以競舞；微風在樹，葉蟄蟄而泫涼。敻乎雅唱，麗矣難能。其曰近知，猶謙志也。昔君里張茗柯先生，戴憑經席，兼總詞林；迦葉文宗，遂操選政。篇章豔于當時，流派衍於江介。幽賞代繇，靈契有賴。玩春華而有思，啓秋實于未振。異日者子長絕業，副在名山；耆卿樂章，傳歌井水。繯橐羣雅，提唱風騷，吾當爲君勉焉而已。（一九三四年六月一日《青鶴》第二卷第一四期黄孝紓《匑庵駢文稿》）

盜發張別山墓：　瞿稼軒留守式耜、張別山督師同敞順治七年十一月同日死節桂林，義烈炳著。留守既逝，孫檢討昌文方從永曆在黔，聞難奔赴，時定南王孔有德知昌文至，欲并殺之。一夕，夢至一官府，甚森嚴，有綽楔曰宮詹司馬，諦視堂皇南面坐者，則督師張同敞，遂驚悟。翌日昌文至，王感夢兆，待之以禮，且許歸骨。故留守得反葬於虞山之拂水，而別山則留葬桂林城外十里之唐家里焉。光緒十七年辛卯十月二十二日，盜三人發別山墓，獲焉，廣西巡撫以聞，論罪如律。墓雖被發，骨殖猶存，縣官斂而重葺之。劉裴村京卿光第時爲刑部廣西司主事，因閱疏稿，有詩紀事，詩曰：『暴雷颮颮風騷騷，督師之頭三躍高。血身挺立肉崛强，掉落豪帥手中刀。督師太岳之孫子，與瞿留守同日死。留守還歸拂水巖，督師就葬唐家里。當時若無楊藝哭，忠臣肉飽烏鳶矣。里中生員唐兆祺，世傳祭田祭督師。自從乾隆賜謚後，赴墓拜掃年年期。日二十五月十一，不知死日是生日。昌平雲氣鬱橋山，荊渚愁波連漆室。何來地下摸金郎，鬼氣所射綠眼芒。手揮金椎唱青麥，莫家兄弟不可當。萬髏飲血傷陳魄，忍動文武忠義骨。此骨南撑半壁天，前身北射中原月。漢寢唐陵皆發掘，玉魚金椀終銷缺。疑脫一句。青犢赤麋徒哽咽。快哉三賊盡成禽，寶鐲依然殉靈窟。憶昔瞿公隔屋囚，四十餘日詩相酬。形骸久已外天地，留此大明土一丘。虞山憑弔忠宣墓，陶公種梅賦詩句。欲乞吾師買桂花，補栽忠烈墳前樹。原注：時張安圃師署理按察使。』詩中謂乾隆朝予謚以後，里中司祭者仍歲埽墓，皆以十一月二十五日爲期，疑爲公殉節之日。余按：瞿、張二公以順治庚寅十一月初六被執，以閏十一月十七日正命。黄梨洲《行朝錄》謂被執明日遇害者，誤。似與二十五日無涉。劉裴村說殆不足據，而清初新曆與明之行朝曆晦朔、置閏亦復不同，以清曆言，是年無十一月，而在翌年辛卯二月置閏，則所謂閏十一月，正清曆之十二月也。況夔笙《蕙風簃二筆》謂況家臨桂東門外水東街，鄰廟曰忠清祠，所祀神即張別山象，范土作獰狀，以其有死爲厲鬼殺賊語也。祠藏別山詩文集板，今殆化爲雲烟云云。夔笙紀此時，已久去其鄉，殆尚未知有盜墓事。甲戌三月，余偕冒鶴亭、楊无恙、林憫庵、黄公渚遊虞山，薄暮至拂水巖下瞿氏墓側，始知瞿忠宣祔葬其祖景淳嘉靖中進士，官禮部侍郎，卒賜尚書，謚文懿。子：汝稷、汝說，居官皆以剛正聞。忠宣，汝說子也之墓。維時夕陽已下，不能辨碑字，悤遽遂歸，至今耿耿也。（一九三四年九月十六日《青鶴》第二卷第二十一期梁鴻志《爰居閣脞談》之十八）

武進趙叔雍尊嶽，學詞於臨桂況夔笙舍人周頤，著有《珍重閣詞》。夔笙論詞尤工，所著《蕙風詞話》，精到處透過數層，宜叔雍能傳其衣鉢。（一九三七年四月一日《青鶴》第五卷第一〇期夏敬觀《吷庵詞話》之十五）

人間世二則

陳適《納蘭容若》之二『納蘭詞學之淵源』：第三，其追慕南唐之遺風：容若讀詞，自唐五代以來諸名家都有選本。他最佩服是南唐後主，對於兩宋，好觀北宋之作，不喜南渡諸家。他於《淥水亭雜識》中云：『《花間》之詞，如古玉器，貴重而不適用；宋詞適用而少貴重。李後主兼有其美，更饒烟水迷離之致。』於此可見他對於後主的追慕。陳其年云：『《飲水詞》哀感頑豔，得南唐二主之風。』張詩舲《輿中偶憶編》云：『《飲水詞》以小令爲佳，得南唐後主之意。』況夔笙《蕙風詞話》云：『寒酸語不可作，即愁苦之音亦以華貴出之，《飲水詞》之所以爲重光後身也。』吴瞿安《詞學通論》云：『容若小令，淒惋不忍卒讀，顧梁汾、陳其年皆低首交稱之。究其所詣，洵足追美南唐二主。』以上諸家所言，可證容若詞實有得力於南唐二主之風焉。第四，評舉其清佳者：《飲水詞》伍崇曜跋云：『容若詞有哀豔不能卒讀者，如《采桑子》云「瘦盡燈花又一宵」，《浣溪紗》云「生憐瘦減一分花」，《浪淘沙》云「紅影濕幽牕，瘦盡春光」等。』郭麐云：『容若慢詞，惟題梁汾香杵小影「德也狂生耳」一首，最爲跌宕。』況夔笙《詞話》蕙風云：『《飲水詞》有云「吹花嚼蕊弄眾弦」，又云「烏絲闌紙嬌紅篆」，容若短調輕清婉麗，誠如其自道所云。其慢詞如：《風流子》「秋郊即事」一首，意境雖不甚深，風骨漸能騫舉，視短調爲有進，更進庶幾沈著矣；歇拍「便向夕陽」云云，嫌平遠無遠致。』（《中國韻文裏頭所表現的情緒》，一九三五年七月二十日《人間世》第三十二期『人物』）

龍蛾精靈《觀堂別傳》節錄：　學術方面：　考據學當然有高深的造詣，詞章方面用馮、李、納蘭的清麗救況蕙風派堆砌，不能不說是革命者，但自己以之作結，確是一個模仿者。　哲學思想受西洋哲學思想不少，卻不甚精深。（一九三五年十一月五日《人間世》第三十九期「人物」）

制言三則

汪辟疆《國粹學報彙編序》節錄：　《國粹學報》創始光緒三十一年乙巳，輟刊宣統三年辛亥，爲年有七，爲冊八十有二。　譔文諸子，並當時碩彥，而以瑞安孫詒讓、餘杭章炳麟、儀徵劉師培、海寧王國維、興化李詳、上虞羅振玉所論次，尤爲精粹，恢恢乎質有其文矣。　餘如況周儀、黃節、鄧實、馬敘倫、田北湖、薛蟄龍、黃質、陳去病、沈維鍾諸子，雖所見有淺深，要能各引一端，崇其所善，言國學者莫之或先也。（一九三五年十二月十六日《制言》第七期）

江蘇省立國學圖書館第八年刊，嘗載予所撰《全宋詞跋尾》六十家，以校補毛刻居多，茲《續錄》四十家，大抵較補四印齋、靈鶼閣及《彊邨叢書》所刻詞，校例以正誤、補闕、輯佚爲主，至異文紛紜，則姑從略，藏諸家叢書者，庶可就此跋正之。　獨惜半唐、建霞、蕙風、彊邨諸老俱歸道山，不及見此也。　圭璋識。（一九三六年一月一日《制言》第八期唐圭璋《全宋詞跋尾續錄》）

《武林石刻記》：　清代著錄武林金石者有二家，曰丁敬身先生敬，曰倪山夫先生濤，自來傳鈔之本，後人考定爲丁氏所著，而倪氏從丁本錄出攘爲己有者，似倪氏未有專著也。　傳本殘□不具，近年山陰吳氏據以付印，斷編殘簡，一仍其舊，臨桂況夔笙先生跋云：『丁氏所著名《武林金石錄》，其姓名湮沒於雍正湖志之成，而表彰於倪氏凡例之作，倪氏所著名《武林金石記》，其書元本於湖志，而實元本於丁錄。錄與記名異而實同也。』以況氏跋語考之，則倪記卽出於丁錄，二而一，一而二，倪書蓋可廢矣。頃自坊肆購得鈔本《武林石刻記》一冊，爲沈氏鰈硯廬舊藏，從丁氏八千卷樓傳寫者，卷耑有丁丙手簡一紙，云：『此書乃倪濤所著，世無刻本，見《乾隆杭州府志》，向編入《六藝之一錄》。丙別藏《武林金石錄》殘鈔本，前有趙誠夫序，稱倪山夫先生《武林金石記彙編》、《六藝之一錄》其稿實丁敬身先生著也。』是丁氏所藏有二本，疑非同出一源者。暇取兩本並勘，多不相涉。吳氏強分丁本爲十卷，其第六卷原缺，鈔本分作四卷，所缺第二卷，內容所錄，亦至不合。吳刊本以聖因寺御書弁首，鈔本則起自蘇堤春曉，而聖因寺諸刻反錄在後，外此碑記題名，或有或無，其吳本之第二卷武林金刻，又爲鈔本所不錄，疑兩家各自爲書，未可合而爲一。謂倪記采錄丁書則可，謂倪出於丁，似未可爲定論也。暇取兩家存目，校其同異，列爲一表，庶千載而下，知兩家各有撰述，未可偏廢耳。丙子閏三月二十一日，燈下識。（一九三六年五月十六日《制言》第十七期潘承弼《盉宀羣書校跋》）

逸經一則

陸丹林《一代藝師吳昌碩》節錄：他的題畫，也常常借題發揮，別有風趣，況蕙風曾請他畫荔支屏幅，諧音『爲利是圖』，他畫就并題云：『夔笙屬作是圖，以玩世之滑稽，寓傷心之懷抱，可爲知者道耳。』

爲設色荔支以取荔利諧聲之意。』（一九三六年十月五日《逸經》第十五期）

文史一則

陳旭輪《關於黄摩西》節録：摩西文才雄偉，學術淵博，非末學所敢窺其涯涘，亦無從測其端倪。二十年前愚在白下肄業大庠，時吴中吴霜厓師梅新由北大移硯東南，諸生仰其文采風流，選讀詞章之學者，盛況空前。愚本以歷史爲主系，哲學爲副系，於詞章，性所不近，故於詩賦詞曲，均屬門外，亦不甚感興趣。同級硯友平湖陸維釗兄，東南高材生也，時於詞草之學造詣已深，今在海上助葉遐庵先生編輯清代詞鈔，當時頗慫恿愚選吴師《詞學通論》一科，遂逐隊作登堂弟子，雖於詞學無所成就，而於當代南北文人掌故，於吴師課内，頗多祕聞。近代詞宗，自王幼霞、況蕙風、朱古微後，吴氏乃一代大師，吴氏於未得名前，曾爲摩西助教授者數年。吴氏之學，或亦得力於摩西之陶鑄，未可知也。瞿安師於課間對於摩西，備極推崇，稱爲近代文才之怪傑。（一九四四年一月十六日《文史》第一期）

越風二則

白蕉《四山一研齋隨筆》五：華亭章有謨《景船齋雜記》云：明季某公子，金山人，嘗除大蟒二，後與蟒相鬬而死，年亡七十餘矣，金山人立除蟒公廟以祀之。或曰公姓張，後見《眉廬叢話》有節略除

蟒公傳，原出上海喬鷺洲重禧《陔南池館遺集》，事絕奇偉。（一九三六年三月十六日《越風》第十期）

林世堂《中法戰役中之鎮海砲手吴吉人》：然吴氏此舉，卒震驚朝野，近人筆記多有記述，如況蕙風《眉廬叢話》云：『寧波招寶山，爲浙海形勝地，中法之役，敵艦來犯，知府杜冠英、參將吴杰施鉅砲中之，並有殲其大將孤拔之説。當是時，朝命旌二臣功，得畫像紫光閣。未幾，吴爲某營統領，而提督歐陽利見竟罷劾之。適寧紹台道薛福成奉召入都，將出使，力言吴之功，得旨送部引見，賞還遊擊，洊升總兵，終於管帶寧波砲臺之任，不竟其用，時論惜之。』又『紀吴吉人事』一文對此役經過情形紀載亦頗詳細，原文如下：『光緒甲申，中法搆釁，海疆戒嚴，浙之鎮海爲浙洋要塞，關係至巨，巡撫提督，於時咸移節來鎮寧波，備不虞。』時歙縣吴吉人軍門杰，充鎮海砲臺砲卒。一日方輪值守台，見敵艦大至，竟不侍台官命，撥發砲五，敵船中砲沈者一，敵大震，知中國有人在，倉皇遁去。台官聞聲駭甚，查係吴所爲，怒其不奉令，擅開火舊日軍中謂發砲曰開火，立趣左右縛斬之，以肅軍令。方讙譟間，撫軍某公亦聞聲出視，問狀，悉其奇績，爲言於台官曰：『違令因當斬，殺敵宜厚賞，功罪相償，可貸其死，胡爲論斬？』乃親解其縛，謂吴曰：『汝亦太鹵莽矣。』吴瞋目大呼曰：『敵至不殺，焉用將爲？某今願以遠令死國憲，不甘繫頸見敵。果如大帥言，必從容以全台拱手讓敵，始不鹵莽耶？』撫軍壯其言，不以爲忤，笑曰：『此壯士也！』明日飛電奏捷，舖張揚厲，靡所不至，悉歸功於指揮之將帥，吴則僅獲獎千總後補而已。（一九三七年四月三十日《越風》第二卷第四期）

小說大觀二則

幾菴《光緒宮詞》： 倢伃蟬鬢雀釵低，掩抑慵妝鳳閣西。苦恨禁門金作鑰，未容常貢橐駝臍。

臨桂況周頤《眉廬叢話》云： 德宗瑾嬪，志伯愚都護之女弟也。一日，志府庖丁自製籠餅（原注云： 唐人呼饅首爲籠餅，見《朝野僉載》及《倦遊雜記》，又吳下呼腦膪，見《正字通》，膪讀若詐），饋進宮中，德宗食而甘之，謂瑾妃曰：『汝家自製點心，乃若是精美乎？ 胡不常川當作用進奉也？』不知宮門守監異常需索，卽如此次呈進籠餅，得達內廷，所費逾百金矣。原注云： 舊制自嬪妃以次，家人無進見之例，唯於每歲謁陵隨行時，其家人賄通總管太監，約定處所，竚候道旁，車過蹔停，道達契闊，或饋遺品物，有痛哭流涕者。瑾妃外家得隨時饋進食品，以地位較崇，猶爲逾格殊榮矣。

幾菴《光緒宮詞》： 獨有先生坐賜茶，大家辭對總清華。愛他鸞鳳鴛鴦手見《宣和畫譜》，題徧銀宮鋪殿花見《見聞志》。

《眉廬叢話》云： 繆嘉蕙，字素筠，雲南人。善篆隸書，尤工畫。歸於陳，蚤孀。光緒十五年五月四日奉特宣入儲秀宮，供奉繪事。庚子西幸，隨駕至長安，仍居宮中。太后幾暇，輒召入寢宮，賜坐地上，閒論今古，內監皆稱爲繆先生。嘉蕙隨駕至秦，有姪留滯北都，姪婦年二十餘，嘉蕙攜以自隨，居於太后寢宮東偏小室中，終日不得出戶。嘉蕙參承禁闥，入陪清讌，出侍宸遊，垂二十餘年。國變後，不聞消息矣。有《供奉畫稿》，武進屠寄爲之敘。

（以上二則，包笑天主編《小說大觀》，一九一五年第三集）

新潮一則

吳康《從思想改造到社會改造》『一心理的成見』節録：近人某著《眉廬叢話》筆記中有一段説：『某名士游寓日本有年，近甫歸國。據云，曩在彼都，曾見秦火已前古本《孟子》，與今世所傳七篇之本，多有不同，因舉其首章云：孟子見梁惠王，王曰：「叟不遠千里而來，仁義説，可得聞乎？」孟子對曰：「王何必仁義，亦有富强而已矣。」』見《東方雜誌》第十二卷第一號。我讀至此，不覺爲之掩卷絶倒。無論當日秦始皇大燒民間百家之書，六經圖籍藏於官府的猶密密保存如故，即令真本《孟子》果爲燒去無存，然而孟子以後秦火以前的大儒荀卿，甚稱舜、禹、孔子，而崇仁義，黜霸功，以齊桓、管仲之致富强，字之以『小人之傑』見《荀子·仲尼篇》的，而於《非十二子》篇之罵孟軻，何以不見『富强』二字？難道現在的《荀子》也不是秦火以前的真本麽？不但如是，恐怕翻遍周秦諸子之書，除了《管子》的《立政》、《乘馬》，（中略）《商子》的《墾令》、《農戰》（中略）一類的書比較上專論富强外其餘的明言標論的，也就很少了。更沒有平日素來羞比管、晏的孟老先生，忽然會搖身一變，放出黜仁義而尚富强的議論來的道理，所以此重公案我敢斷定即非某名士大言欺世，也定是那般東洋矮子故意弄出這狡獪來騙人的，此種穿鑿傅會之談，本不值識者一笑，然而也就可見恆人曲意比傅的舉動，真是無微不至，和前舉諸例，正是一類的心理所產出來的啊。（一九二一年十月《新潮》第三卷第一號）

國學專刊一則

張鶴羣《論蘇、辛詞之異同》：　或謂二公麤率，有叫囂氣，效之流爲粗獷。此蓋末流之弊，不足爲二公病也。稼軒《最高樓》之『花好處、不趁綠衣郎，縞袂立斜陽。面皮兒上因誰白，骨頭兒裏幾分香。儘饒他心如鐵，也須忙』。《武陵春》之『鞭個馬兒歸去也，心急馬行遲。不免相煩喜鵲兒，先報那人知』。驟然觀之，似甚粗俗，但亦獨開生面，別具神味，不可說是麤率不工。況夔笙曰：『東坡、稼軒其秀在骨，其厚在神。初學著之，但得其麤率而已，其實二公不經意處是真率而非麤率也。』可謂能知二公者矣。（一九二六年五月《國學專刊》一卷二期）

詞學季刊三十四則

龍沐勛《詞體之演進》：　《滿庭芳》詞二闋，見第一生修梅花館傳鈔本。（一九三三年四月《詞學季刊》創刊號『論述』）

張爾田《彊邨遺書序》：　彊邨先生既捐館舍，治命以遺書已刻未刻者，付龍君榆生繼成之。越明年，殺青斯竟，都若干種，若干卷，具如目。榆生以余嘗從奉手，知先生之深者，郵而問序於余。余竊維有清文治昭融，康熙、乾隆兩朝首開鴻詞之科，登進方聞之彥，凡士之明一經、通一藝者，麟萃鳳翥，求之而皆在。而大晟燕樂歷唐五代宋以訖於元明，年踰千祀，響絕復延，亦愈晚而愈大昌。（中略）嗚呼！可謂詞學之極盛已。而先生自所爲詞，亦復跨常邁制，淩厲轢朱，逌然而龍鶩翔，邕然而蘭茁發。儗之有宋，聲與政通，如范，如蘇，如歐陽，深文而隱蔚，遠旨而近言；三薰三沐，尤近覺翁。先朝大臣詞，嶰筠、稚圭固不論；即並世詞流，半塘之於碧山，叔問之於白石，夔笙之於梅溪，敷芬散條，殆亦莫能相揜。語曰：『惟其有之，是以似之』，豈與夫懷鉛握槧之賓、折楊皇荂之客等量齊觀、同年而語者哉？先生大節犖犖，於國史自當有傳。而余獨緬述夫一代詞學興廢之由，及先生所以振絕甄業者，著於篇，以爲之序。榆生從游也晚，露鈔雪纂，丹墨恆手，乃克完先生未竟之緒，庶幾不孤先生之知者，謹書之。壬申十月，錢唐張爾田譔。（一九三三年四月《詞學季刊》創刊號）

《詞源疏證》上猶蔡楨著，金陵大學中國文化研究所排印，一冊，實價七角。

詞本依曲拍而製，要在可歌。自舊譜散亡，不傳歌法，於是詞遂成長短不葺之詩，僅資吟諷，學者引爲大憾。張炎《詞源》二卷，詳論音律，爲研治詞樂者之僅存珍籍。顧自宋而後，傳習者少，其中義蘊，不易推尋。鐵嶺鄭文焯氏，著《詞源斠律》一書，據他書疏通證明，頗爲詞林所推許。上猶蔡嵩雲先生，復衍鄭氏之緒，博稽羣籍，參互比勘，以成此書。蔡先生嘗從陳伯弢銳、鄭大鶴文焯、況蕙風周頤、吳瞿安梅諸公，講論詞學，最稱淹貫。此編之出，不但有功詞學，實爲研治詞樂之階梯。至其致力之勤，與書中精義，具見本刊所載吳梅、呂澂二序，不復贅及。（一九三三年四月《詞學季刊》創刊號『詞籍介紹』）

龍沐勛《選詞標準論》之二節錄：周濟云：『北宋有無謂之詞以應歌，南宋有無謂之詞以應社。』

《介存齋論詞雜著》所謂『應歌』、『應社』之作，從文學方面言之，自不能免『無謂』之誚；而北宋詞音調之諧美，南宋詞技巧之精密，又未嘗不以『應歌』、『應社』之故，而促進其造詣。況周頤謂：『北宋人手高眼低，其自爲詞，誠夐乎不可及；其於他人詞，凡所盛稱，率非其至者。』《蕙風詞話》一此其言雖非爲宋人選宋詞而發，而於宋人對詞之見解有所誤會，不知由唐五代以迄南宋，所有歌詞，故以協律爲第一要義，而風格之高雅次之。李清照論詞，亦致意於此。（一九三三年八月《詞學季刊》第一卷第二號『論述』）

龍沐勛《選詞標準論》之六節錄：周氏欲以稼軒之『雄心高調』，運夢窗之『奇思壯采』；而不知賞東坡之『清雄』王鵬運說，適以自限。又取碧山與清真、稼軒、夢窗，分庭抗禮，亦微嫌擬不於倫彊邨先生說，爲矯此弊。而彊邨先生之《宋詞三百首》，乃繼之有作，錄宋詞八十七家，而柳永十三首，晏幾道十八首，蘇軾十二首，周邦彥二十三首，賀鑄十二首，姜夔十六首，吳文英二十四首。七家之作乃佔全書三分之一以上，儼然推爲宗主；而疏密兼收，情辭並重，其目的固一以『度人』爲本，而兼崇體制；然不偏不頗，信能捨浙、常二派之所短，而取其所長，更從而恢張之，爲學詞者之正鵠矣。況周頤序云：『大要求之體格神致，以渾成爲主旨。』所謂『渾成』，料卽周濟所稱之『渾化』；衍常州之緒，以別開一宗；晚近詞壇，蓋悉奉此爲圭臬，而以『尊體』誘導來學之詞選，至此殆已臻於盡善盡美之境，後來者無以復加矣。

《東海漁歌》二：右顧太清春《東海漁歌》二，紹興諸貞壯先生宗元舊藏，號稱海內孤本者也。予從彊邨老人所，假得錄副。貞壯原跋云：『予既得其原稿，復迻錄此冊，以便校印。』其書樓不戒於火，原稿恐早蕩爲飛烟，貞壯旋歸道山，副本亦無從蹤跡矣。往年況蕙風先生得《漁歌》三卷，存卷一、卷三、卷四，而缺卷二，嘗付西泠印社，用活字版印行，而爲之序曰：『曩在京師，搜羅古今人詞，以不得《漁》、《樵》二歌爲恨事。』又稱：『太清詞得力於周清真，旁參白石之清雋，深穩沈著，不琢不率，極合倚聲消息。求其致此之由，大概明以後詞未嘗寓目，純乎宋人法乳。故能不煩洗伐，絶無一毫纖豔，涉其筆端。曩閲某詞話，謂鐵嶺詞人，顧太清與納蘭容若齊名。竊疑稱美之或過。今以兩家詞互校，欲求妍秀韶令，自是容若擅長，若以格調論，似乎容若不逮太清。太清詞，其佳處在氣格，不在字句，當於全體大段求之，不能以一二闋爲論定、一聲一字爲工拙。此等詞無人能知，無人能愛。夫以絶代佳人，而能填無人能愛之詞，是亦奇矣。』蕙風論詞，以重、拙、大爲主，而於太清之作備極推崇，可想見其格調之高矣。頻年兵燹，舊籍日稀，今此殘帙既合刻未能，輒先揭載，以資流布，亦庶幾稍彌蕙風之缺憾云。傳聞日本鈴木虎雄博士藏有《漁歌》六卷足本，不知視此奚如？合浦珠還，定在何日？聊誌數語，以待後緣。癸酉仲夏，沐勛附記。（以上二則，一九三三年八月《詞學季刊》第一卷第二號）

陳匪石《宋詞引自敘》：詞之爲物，深者入黄泉，高者出蒼天，大者含元氣，細者入無間。雖應手之玅，難以辭逮。而先民有作，軌跡可尋，若境、若氣、若筆、若意、若辭，視與詩文同一條理。惟隱而難見，微而難知，曲而難狀，曏之詞人，或懲夫甬粟鬼哭而不肯泄其祕。或鄙以尋章摘句而不屑筆之書，否則馳怳忽之辭，若玄玅而莫測，摭膚淺之説，每渾淪而無紀，學者捫籥扣槃，莫窺奧窔。知句而不知段，知段而不知篇，不獨游詞、淫詞、鄙詞爲昔人所譏也。至張玉田、沈義父、陸輔之，及近代之周止菴、陳亦峯、譚復堂、馮蒿盦、況蕙風，論詞之箸咸有倫脊矣。然將學之時，仍體會匪易。余曩者嘗苦之，乃久而有得焉，久而有進焉。高曾之矩矱，雖時聞於師友；康莊之塗徑，乏可覽之圖經。蓋由能讀而能解，而能作，而知所抉擇。冥行擿埴，不知其幾由旬矣。比年以來，覺序之中强以講授，而晷日限之，收千里於尺幅，吐滂沛乎寸心。既不易爲蹊徑，任其塞茅，寸陰擲諸虛牝，又非所忍。然余平日讀詞，偶見善本，校理異文，有讀宋元詞之記。心所響往，取則伐柯，有宋十二家之選，師劉《錄》、阮《略》之意，倣經義小學之考，又擬輯唐五代宋元詞略。萬氏《詞律》，經王敬之、戈順卿、吴子律、丁杏舲之攻錯，杜小舫之校勘，徐誠庵之補遺，而一二疏漏，尚堪擴拾，偶有所獲，亦每綴記簡耑，卒叢未遑，徐竢擊討。乃先就所選之十二家，各舉數首，附箸所校理者、輯錄者，間申己見，與諸生講習，命之曰《宋詞引》。一隅之舉，或能反三，先河之導，期諸匯海。欲讀者觸類旁通，由是而能讀、能解，馴致於能作。悉衷大雅，毋入岐途，過而存之，此物此志，非敢竊比張、周也。若覈其取舍，而訾以未當。因其説解，而嗤爲陋書，余誠願拜受嘉賜。民國十六年五月。（一九三三年八月《詞學季刊》第一卷第二號『詞林文苑』）

《蕙風詞話》臨桂況周頤撰，武進趙氏惜陰堂校刊，上海漢口路千頃堂代售。

前人所著詞話亦至夥頤，然多雜述舊聞，藉爲談助；又或識度卑淺，域於門戶之見，率意評騭，於詞學無當。蕙風先生瘁畢生精力於此，此中甘苦，經歷最深；故能抉摘隱微，洞中竅要。本書共五卷，卷一首闢『詩餘』之説，而詞體日尊；又於讀詞作詞之法，以及其得失利病，莫不言之綦詳。直以平生經驗所得，而爲學者金鍼之度。餘四卷對於歷代諸詞家，咸有極精確之批評，又復標舉名句，獨具手眼；在詞話中可謂『前無古人』。後附《蕙風詞》二卷，爲先生就所自製諸詞集中，嚴加刪削，著爲定本，亦屬研治清季詞學者不可不備之書云。（一九三三年八月《詞學季刊》第一卷第二號『詞籍介紹』）

趙叔雍新得陳大聲《草堂餘意》：況蕙風先生嘗稱：『陳大聲鐸詞，全明不能有二，《坐隱先生草堂遺意》，甲辰春，半唐假去，卽付手民，蓋亦契賞之至。寫樣甫竟，半唐自揚之蘇，嬰疾遽殁，元書及樣本竝失去，不復可求。』（《蕙風詞話》五）且以是書失傳，爲明詞之不幸。叔雍先生爲況先生入室高弟，比聞訪得此書，卽刊入所輯《全明詞》，不獨可彌王、況二翁之缺憾，凡言詞學者莫不引爲快事云。（一九三三年八月《詞學季刊》第一卷第二號『詞壇消息』）

《蛾術詞選》跋一：元人詞亡慮數十家，見之李西涯《南詞》『錄目』，以樂府名家者，惟虞集《鳴鶴遺音》、張翥《蛻巖詞》最稱雅正。其王氏四印齋所刻《藏春樂府》至《五峯詞》七家，率多放浪通脫之言，長沙張百穉所謂：『金元以降，格去古而日卑，理趨今而日隱，求如兩宋詞家，深美閎約，聲文具諧，殆十不獲其一二焉。』茲編擬古諸作，或猶凝滯於物，未盡切情。然其好學深思，匪苟爲嗣音而已。若夫流連光景，感舊傷時，『黍離』一歌，託寄遙遠。後錄益臻，所造精微，足張一幟於風靡波頹之際，獨與古人精神往來，歌哭出地，繁變得中，詎可以去古愈遠，懲於鄙俚之音而少之哉！嘉業堂藏手校第一生修梅花館刊《蛾術詞選》

《蛾術詞選》跋二：《蛾術詞》清麗宛約，學白石而乏騷雅之致，聲律亦未盡妍美。舊選本曾載其《沁園春》賦眉、目二闋，取徑頗嫌纖巧。今葵生同年從元鈔校補付梓，多至百餘首，視昔所見，清典可風，尚是元詞之遺脈，然較弁陽則遠遜矣。葵生別予旬日，此篇寄自滬上，西園風雨，春事飄零，讀集中《六州歌頭》遺春諸詞，又不任離索之感焉。叔問，壬辰二月十四日。同上。（以上二則，《詞學季刊》第一卷第三號『龍沐勳輯《大鶴山人詞集跋尾》』）

龍陽易實甫，仕而不達，漸簡右江道。途出海上，臨桂況蕙風見之，欣然道故，挾之肘腋曰：『吾抱道在躬。』歸安朱彊邨，詞流宗師，方其選三百首宋詞時，輒攜鈔帙，過蕙風簃寒夜啜粥，相與探論。維時風雪甫定，清氣盈宇，曼誦之聲，直充閭巷。

臨桂王右遐於蕙風爲前輩，同直薇垣，研討詞事。右遐每有所作，輒就蕙風訂拍，蕙風謹嚴，屢作爲之屢改，半唐或不耐，於稿尾大書『奉旨不改了』。

海寧王靜安，樸學大師，間作小詞，亦循蘇、辛一流，不肯昵昵作兒女子語。時客海上，梅子畹華方有香南雅集，一時名流，題詠藻繪，蕙風强靜安填詞，靜安亦首肯，賦《清平樂》一章，題永觀堂書。

梅畹華演劇，一時無兩，嘗搬演《彩樓配》於海上之天蟾舞臺。彊邨、蕙風聯袂入座，時姜妙香飾薛平貴，襤褸得彩球。彊邨忽口占云：『恨不將身變叫花。』蕙風應曰：『天蟾咫尺隔天涯。』轉瞬成《浣溪沙》一解，曰：『不足爲世人知之。』（《詞學季刊》第一卷第三號『靈《詞林新語》』之一）

傅彩雲以絕色負盛名，某名士嫟之。嘗與蕙風同過酩酊，蕙風亦欣賞，迨其官浙東，彩雲少不繼，蕙風爲作小箋，詞意婉委，其人爲致二百金慰之。

歸安朱彊邨暇輒行博，蕙風爲賦詞《竹馬子》以紀其事。或勸之曰：『久坐傷骨，久視傷脾。』彊邨曰：『不坐傷心。』

蕙風有芙蓉癖，濡染彊邨，微鐙雙枕，抵掌劇談，往往中夜。

安吉吳昌碩於書畫篆刻負盛名，所居邇彊邨、蕙風，輒就夜談。忽一日，吳姬宵遁，昌碩爲之不歡。彊邨曰：『老人乃一往情深。』蕙風曰：『姬人一往，此老情深。』

半唐字妾曰抱賢，蕙風就訊其義，唯唯曰：『余以賢自況而已。』伶女潘雪豔父事蕙風，迨蕙風歿，哭泣致賻，發引日，衣大布，隨靈輀以行，途人側目。（《詞學季刊》第一卷第三號『靈《詞林新語》』之二）

叔問有姬字南柔，後叔問十五年卒，無以爲葬。彊邨、蕙風約客醵資薶之虎丘，題『泠紅閣故姬南柔之墓』，過者每爲掩涕。（《詞學季刊》第一卷第三號『靈《詞林新語》』之三）

龍沐勛《研究詞學之商榷》之二『批評之學』節錄： 詞家批評之學，在宋代諸賢，如楊湜之《古今詞話》、胡仔之《苕溪漁隱叢話》，已引其端緒。逮明代楊慎之《詞品》、王世貞之《藝苑巵言》，乃至清代諸家，詞話之作，幾如雲蒸霞蔚，不可指數。然或述詞人逸事，或率加品藻，未嘗專以批評爲職志。及周濟之《介存齋論詞雜著》、《宋四家詞選序論》，劉熙載之《藝概》出，始各標宗旨，自立準繩，以成一家之學。周氏矯浙西詞派之積弊，退姜夔、張炎而進辛棄疾、王沂孫，不知四家詞格之不同，各有其身世關係。治批評之學，而但憑主觀之見解，又或別有用意，强人就我，往往厚誣古人。劉書持論甚精，而言多未盡，可以語治詞有得之士，未足以使一般讀者瞭然於某一作家利病得失之由也。近人況周頤著《蕙風詞話》、王國維著《人間詞話》，庶幾專門批評之學矣。而王書早出，未爲精審，晚年亦頗自悔少作。張孟劬先生說。況氏歷數自唐以來，下迄清代諸家之詞，抉摘幽隱，言多允當。自有詞話以來，殆無出其右者。而前輩治學，每多忽略時代環境關係，所下評論，率爲抽象之辭，無具體之剖析，往往令人迷離惝怳，莫知所歸，此中國批評學者之通病，補苴罅漏，是後起者之責也。（一九三四年四月《詞學季刊》第一卷第四號『論述』）

龍沐勛《今日學詞應取之塗徑》：況蕙風先生周頤嘗云：『性情少，勿學稼軒；非絕頂聰明，勿學夢窗。』《蕙風詞話》此誠通達之論。乃獨於所謂詞律，拘守特嚴，其所持之理由云：『畏守律之難，輒自放於律外，或託前人不專家未盡善之作以自解，此詞家大病也。守律誠至苦，然亦有至樂之一境，嘗有一詞作成，自己亦既愜心，化乎不必再改。唯據律細勘，僅有某某數字，於四聲未合，即姑置而過存之，亦孰爲責備求全者？乃精益精，不肯放鬆一字，循聲以求，忽然得至雋之字，或因一字改一句，因此句改彼句，忽然得絕響之句。此時曼聲微吟，拍案而起，其樂何如？』《蕙風詞話》居今日而學詞，競巧於一字一句之間，已屬微末不足道，乃必託於守律，以求所謂『至樂之一境』，則非生值小康，無虞凍餒之士，孰能有此逸興閒情耶？且自樂譜散亡，詞之合律與否，烏從而正之？居今日而言詞，充其量仍爲『句讀不葺之詩』。特其句度參差，極語調之變化，又其抑揚輕重，流美動人之音節，誦之而利於脣吻，聽之猶足以激發人之意志感情，但得宛轉相諧，聲情相稱，固已足盡長短句歌詞之能事，以自抒其身世之感，與心胷之所欲言，又何必專選僻調，以自束縛其才思哉？

《寫春精舍詞續》，幻園居士奕繪著。

右奕繪《寫春精舍詞》一卷，戴亮吉先生正誠藏手稿本。本刊所載《東海漁歌》作者太清西林春爲奕繪側室，奕繪亦號太素道人，著有《子章子》。《漁歌》經王半塘、況蕙風諸先生之揄揚，已大顯於世，而奕繪詞乃湮沒無聞，今得此本，庶幾雙璧。承戴君錄副見寄，合并附誌謝忱。編者附識。（以上二則，一九三五年一月十六日《詞學季刊》第二卷第二號）

郭嘯麓：侯官郭嘯麓提學則澐，娶余僚壻俞堦青女，夫婦皆能文章，今之孫子瀟、席長真輩也，著有《龍顧山房詩集》，淵茂俊上，蘊蓄雅正。詞三卷，附於詩後，曰《瀟夢》，曰《鏡波》，曰《絮塵》，余嘗謂南宋惟史邦卿《梅溪詞》，爲能鍊鑄精粹，上比清真，得其大雅；下方夢窗，不傷於澀。今能爲梅溪詞者，除況夔笙略似之外，厥惟嘯麓。近作蒼虬閣試趵突泉《石州慢》云：『一夢明湖，供與瘦瓢，清伴霜夕。調笙小閣愔愔，韻入松風漂撇。冰甌留賞，只恨渴吻天涯，閒吟長負西泠雪。珍重薦金英，愛巾缾餘洌。憑說。聽猿永夜，浴雁闌秋，舊情淒絕。賜茗重溫，淚斷翦鐙時節。虞泉凝睇，便擬喚起潭龍，荒波休信春心歇。破睡更沈吟，照愁眉雙結。』舊京海棠秋後重花《天香》云：『珠佩來初，冰簾捲後，新妝誤著羅綺。走馬今朝，聽鶯前度，總付泠吟閒醉。高樓又近。儘萬感，東皇知未。愁袂新回鏡舞，啼綃早分鉛淚。傷春畫欄更倚。惱秋人、幾番凝睇。消領舊香多少，暮寒如水。零亂江花夢裏，對紅萼、微吟共憔悴。試弄瓊簫，蜨魂喚起。』寧園紀遊用白石韻《一萼紅》云：『野亭陰，認藏花徑窈，綿石映斜簪。鷗汊通湖，虹橋夾水，烟外荒翠疑沈。畫橈去，清歌未歇，又暮靄、催起翦波禽。拓地林塘，上梁臺榭，孤感登臨。燕趙客遊偏久，鎮風埃滿眼，蹙損詩心。龍漢身更，鴟夷約誤，懽緒飄雨難尋。且消領、菰蘆晚興，賺漁蓑、新句抵千金。惱煞斜陽，斷紅還印愁深。』寧園賞菊《惜黃花慢》云：『倦舞霓裳。認鈿屏半面，依約蕭娘。畫樓高擁，繡簾未捲，悤悤過雁，惘惘斜陽。瘦魂吹醒西風晚，伴青女、羞整殘妝。念異鄉。俊懷負了，零亂萸觴。危欄更怯清霜。訝露槃殘淚，分染宮黃。夢痕催換，歲華感寂，多情顧影，何計憐香。醉吟人與秋俱老，故叢淚、千點淒涼。儘斷腸。岸巾笑爲花狂。』殘梅《四犯翦梅花》云：『酒潮春澈。夢唐昌、寂歷碎簾香月。約鈿舊寒，怨東風輕別。翻飛楚蜨，話酸苦、綺腸雙結。珠箔歸遲，雲裳解後，翠禽啼歇。冰欄幾回凭熱，認殘妝半面，鐙影紅怯。對鏡明朝，怕瓊枝成雪。金衣勸折，儘淒感、箋闌歌咽。麝粉愁新，檀心淚冷，海仙千劫。』（一九三五年一月十六日《詞學季刊》第二卷第二號夏敬觀《忍古樓詞話續》）

劉嘉慎字敏思，一字佩規，況蕙風女弟子。《浣溪沙·遊虎丘作》：迤邐郊行試跨驢。雨餘天氣晚涼初。道旁時見柳扶疏。千古江山留霸跡，百年身世媿雄圖。楝花風裏喚提壺。（一九三五年一月十六日《詞學季刊》第二卷第二號『近代女子詞錄』）

劉敏思廣東番禺人，蕙風女弟子。

《清平樂·詠白芍藥》：蕙風師囑繪箑，偶見白芍藥盛開，畫後更賦此闋》：廣陵佳種。雪豔仙雲擁。解伴春歸情最重。記取將離折奉。梨花難比新妝。輸梅一段清香。自是乾坤秀氣，早從調味流芳。（一九三五年四月十六日《詞學季刊》第二卷第三號『近代女子詞錄』）

汪曾武《鴦摩館詞稿序》：無錫慧山之麓，有貫華閣焉，詞人顧梁汾先生吟詠之所也。昭代詞壇，鞠爲茂草，吾友楊味雲同吾友慨蕪葳之不治，復藻繢之舊觀。塔影雙清，湖光一角。經臺拜石，松塢聽濤。滿院天香，金粟參梵王之果；寒塘月色，玉梅伴騷客之魂。斯景斯情，僉與詞洽。君德門華膴，神思蕭閒，纈紉蕙蘭，出入風雅。左珩右璜之日，結習不忘；霾雲障霧之天，倚聲競寫。靈想獨結，高懷自芳。寓慨實深，寄情斯迴。屏靡曼之習，萬花吐妍；運深沈之思，一鶴獨舞。近追朱厲，遠紹姜張。其格愈高，於律尤密。比以《鴦摩館詞稿》謀刊梨棗，下問芻蕘，獲睹鴻篇，藉抒蠡見。孤飛白石，獨步清真。唐宋而還，詞家龍象。國初詞人輩出，乾、嘉斯道益昌。浙西六家，江左七子。言情數梁溪杜詔、顧翰，精律推吳下戈載、朱綬。迦陵雅音，清拔絕俗。滄江樂府，哀豔動人。笙磬同音，鄉邦鉅子。予生也晚，親炙無由。家傳《紅蕙》、《鐵網》之編。先伯祖子潛公《紅蕙香室詞》，先叔祖珊漁公《結鐵網齋詞》。案：度銀箏鈿蟬之譜，先叔蘭塘公所著。玉環琴趣，子潛公《玉連環樂府》。墨壽詩餘，先伯稚潛公《墨壽閣詞》。縱有淵源，未能步武。逮成連之既遇，始律呂之粗諳。吟諷既多，賡酬益密。光緒乙未始與文道希、王半唐、況夔笙諸君酬唱。中年哀樂，莫遣離愁。老去疏狂，輒興寤嘆。辱弁言之謬諉，既搦管而踟躕。自知小蟹空螯，妄施伎倆；彌媿殭蠶抽繭，無當體裁。喜同詞之得人，荷知音之許我。撫新聲而往復，掃盡秕稗；比小雅之怨誹，聊當歌哭。竊擿牙慧，永祝心香。詞客有靈，梁汾應稱知己；宗風未墜，蓉裳不乏替人。敢貢蕪詞，以爲喤引。壬申十月，年世愚弟太倉汪曾武謹識，時同客燕京。

吳梅《詞話叢編序》：江寧唐君圭璋彙刊《詞話叢編》，書成，問序於余，余曰：倚聲之學，源於隋之燕樂，三唐導其流，五季揚其波。至宋大盛，山含海負，制作如林。然北宋諸賢多精律呂，依聲下字，井然有法。而論詞之書，寂寞無聞，知者不言，蓋有由焉。南渡以還，音律之學日漸陵夷，作者既無準繩，歌者益乖矩矱。知音之士乃詳考聲律，細究文辭。玉田《詞源》，晦叔《漫志》，伯時《指迷》，一時並作。三者之外，猶罕專篇。元明以降，精言蔚起。顧諸書大抵單行，或采入叢籍，舊刊流傳，日益鮮少。志學之士，徧睹爲難，識者憾焉。圭璋廣羅羣籍，會爲茲篇，校勘增補，用力彌勤。所收諸書多出善本，未刊之籍亦得二三。推求牌調，則用《漫志》之精核；考訂律呂，則有《詞源》之詳贍。白雨開沈鬱之途，蕙風發重拙之論。其餘諸家亦各有雅言，學者手此一編，悠然融貫，則命意遺辭，俱有法度；考證校訂，並有所資。圭璋此書，洵詞林之鉅製，藝苑之功臣矣。且圭璋復有《全宋詞》之輯，潛搜專集，旁及金石方志之書。暝寫晨鈔，逾歷年載，殺青將竟，付梓有期。他日書出，與此編兼行，不尤爲詞林之盛事哉！　甲戌涂月，長洲同學兄吳梅。（以上二則，一九三五年四月十六日《詞學季刊》第二卷第三號『詞林文苑』）

夔笙爲兩江總督端忠敏方幕客，爲之審定金石，代作跋尾，忠敏極愛之。時蒯禮卿光典亦以名士官觀察，與夔笙學不同，每見忠敏，必短夔笙。一日，忠敏宴客秦淮，禮卿又及夔笙，忠敏太息曰：『我亦知夔笙將來必餓死，但我端方不能看其餓死。』夔笙聞之，至於涕下。李審言，禮卿客也，有詠忠敏詩云：『輕薄子雲猶未死，可憐難返蜀川魂。』自是有宴會，夔笙與審言必避不相見。噫，忠敏之愛才，無媿明珠太傅，而夔笙知己之感，雖死不忘，尤可念也。

案：況、李交惡事，據審言先生哲嗣語予，其先人詠忠敏詩云云，蓋別有所指，非詆夔笙，或孟劬先生偶據傳聞之語歟？　編者附記。（張爾田《近代詞人逸事》，一九三五年七月十六日《詞學季刊》第二卷第四號）

龍沐勛《清真詞敘論》節錄：　宋伯時云：『結句須要放開，含有餘不盡之意，以景結情最好。如清真之「斷腸院落，一簾風絮」《瑞龍吟》、又「掩重關徧城鍾鼓」《掃花游》之類是也。或以情結尾亦好，往往輕而露，如清真之「天便教人，霎時廝見何妨」《風流子》，又云：「夢魂凝想鴛侶」《尉遲杯》之類，便無意思，亦是詞病，卻不可學也。』《樂府指迷》此論清真詞結句之利病不爲無見，而近人況周頤對於『天便教人』等句之批評，則以爲：『此等語愈樸愈厚，愈厚愈雅，至真之情，由性靈肺腑中流出，不妨說盡而愈無盡。』《蕙風詞話》二要在視何等情緒，以定表現之方法，斯得之耳。至論清真詞之全部章法，及拍搭襯副之妙，則可以《六醜》『薔薇謝後作』一闋爲例。（一九三五年七月十六日《詞學季刊》第二卷第四號『論述』）

楊易霖《讀詞雜記》之八：光緒間，蒙自楊文斌質公刊太白、重光、漱玉三家爲《三李詞》，其所取材多從輯佚，而未標出處。所錄後主詞中有《鷓鴣天》二首，其第一首云：『塘水初澄似玉容。所思還在別離中。誰知九月初三夜，露似珍珠月似弓。深院靜，小庭空。斷續寒砧斷續風。無奈夜長人不寐，數聲和月到簾櫳。』除楊升菴《詞林萬選》外，前此未見，且此詞前半乃白樂天詩句，後半乃後主《擣練子》詞，相合而成。不知《鷓鴣天》換頭第三句爲平平仄仄仄平平，此詞作仄仄平平仄仄平，與律不合，宜爲僞作。況夔笙先生作《蕙風詞話》，明知其僞而取之，蓋詞章家之議論，固不能以攷證之科條繩之也。（一九三五年七月十六日《詞學季刊》第二卷第四號）

彙印清代名家詞之擬議：宋詞有長沙百家之刻，湮沒不傳。明代毛氏汲古閣彙刊《宋六十家詞》，爲聲家一大結集，治宋詞者莫不奉爲至寶焉。清詞作者之多，超軼前代，宜有叢刻，蔚爲鉅觀。葉遐庵先生有《清詞鈔》之纂輯，所得至數千家之富，而能卓然自樹者，亦不過數十百家。舊本日稀，購求匪易，龍君榆生方商諸商務印書館，就擬彊邨老人《望江南》雜題諸名家詞集後所標舉，先行彙印《清代名家詞》第一集三十家，計有屈大均之《道援堂詞》、王夫之之《鼓棹初集》、《二集》及《瀟湘怨詞》、毛奇齡之《毛翰林集詞》、顧貞觀之《彈指詞》、陳維崧之《湖海樓詞》、朱彝尊之《曝書亭詞》、納蘭性德之《飲水詞》、王士禛之《衍波詞》、曹貞吉之《珂雪詞》、李良年之《秋錦山房詞》、李符之《耒邊詞》、厲鶚之《樊榭山房詞》、張惠言之《茗柯詞》、周濟之《味雋齋詞》、周之琦之《心日齋詞》、項鴻祚之《憶雲詞》、嚴元照之《柯家山館詞》、王闓運之《湘綺樓詞》、陳銳之《袌碧齋詞》、陳澧之《憶江南館詞》、莊棫之《蒿庵詞》、譚獻之《復堂詞》、蔣春霖之《水雲樓詞》、王鵬運之《半塘定稿賸稿》、鄭文焯之《樵風樂府》、文廷式之《雲起軒詞鈔》、徐燦之《拙政園詩餘》、朱孝臧之《彊邨語業》、況周頤之《蕙風詞》、陳洵之《海綃詞》，清詞精英略具於是。其續有所及，當規爲二集三集云。上列諸家詞，亦有刊本互異者，尚擬網羅諸刻，別爲校記，並纂集詞話事輯附焉。海宇詞家有藏善本，或曾從事搜輯清代詞人逸事者，如肯助成盛舉，亦詞林所共慶也。（一九三五年七月十六日《詞學季刊》第二卷第四號「詞壇消息」）

陳寥士：鄞縣陳寥士道量，工詩，刊有《單甲戌稿》。近寫示《蝶戀花》小詞，亦工緻細膩。詞云：『欲繡鴛鴦無意緒。筆縱生花，難把心情吐。容易寫書誰寄與。如烟簾幕沈沈暮。十二瑤臺懸玉兔。心怯空房，如歲今宵度。手弄秦箏聲自苦。夢中且覓回腸句。』寥士師慈溪馮君木幵，君木與臨桂況夔笙最契，寥士亦與之習。君木與夔笙聯句《浪淘沙》云：『風雨黯橫塘。著意悲涼。殘荷身世誤鴛鴦。花國蟲天何處所，猶說年芳。況 妾是夜來香。郎是螳螂。花花葉葉自相當。莫向秋邊尋夢去，容易繁霜。馮。』題云：（中略）今此墨蹟，爲朱別宥所藏，寥士題詩云：『馮螳螂與況螳螂，留與詞壇作典章。沙子片岷成劇蹟，朱家什襲付珍藏。清詞足比桐花鳳，遺跡誰尋草樹岡。不學爭墩能讓號，一風高致勝貛郎。』此詩與詞家故事有關，因並錄之。夔笙昔與予居爲鄰，習知其妾甚美而賢，自其妾歿，而夔笙不數年亦下世矣。相依爲命，其讖語耶？寥士況螳螂之稱，亦不爲謔矣。（一九三六年三月三十一日《詞學季刊》第三卷第一號夏敬觀《忍古樓詞話續》）

張爾田《與龍榆生言況蕙風逸事》：榆生我兄左右：今日奉到詞刊二卷四號，讀之狂喜。審言輕薄子雲一詩，有人謂是指陳善餘，善餘亦余舊好，曾爲端忠敏客，然不聞其治金石。子雲奇字，用典似未合，豈審言不肯明言而故悠謬其說歟？但夔笙之怨審言，並非以其詈己，蓋爲忠敏抱不平耳。往余輩在滬，有一元會之集，古微丈、曹君直、吳瞿安、夔笙及余，同人欲拉審言入會，夔笙輒阻撓之，問其故，亦不肯竟言。余輩嘗私論此事，瞿安云：『審言亦太好名，然詩則自佳。』古丈戲占一聯云：『女爲悦己者容，士有徇名之烈。』一座皆大笑。至況、李在忠敏幕，因修金石事交惡。審言哀啓中，敘之最詳。哀啓出審言哲嗣，自當不誣也。久不作詞，寫上宿搆二章就正，到粤近狀如何，祈告我。手頌撰祺不次，爾田頓首。

審言詩無論有無難言之隱，而其詆毁忠敏，實無可辭。蕙風受知忠敏，安得而不怨？故遺事中特大書知己之感，而於況、李交惡，一字不提，亦即執事存疑之意。記載不宜揭人隱私，似於兩家皆無傷也。僕於審言亦至交，此意尚望執事於詞刊一表明之。

周泳先《與夏瞿禪言船子和尚事》：瞿禪先生著席：船子和尚生平，日來據《至元嘉禾志》、《大藏經·景德傳燈錄》、《續藏·禪林類聚》、《佛果擊節錄》、《空谷集》、《五燈會元》等書，搜集材料不少，所得結論，殊出前之所料。泳前作《金奩集》後《漁父詞》十五首之作者考時，據黄山谷、吳師道兩跋，斷船子爲宋初人。圭璋輯《全宋詞》據《蕙風簃隨筆》引《法苑春秋》一首，亦以爲宋人，今乃知皆大誤。船子生卒雖已不可詳，但其師惟儼與同門圓智、曇晟生卒年月，皆可考知：惟儼生於唐肅宗乾元二年，卒於唐文宗太和二年；圓智生於大曆四年，卒於太和九年；曇晟生於建昌三年，卒於會昌元年。又船子弟子善會卒於中和元年。船子之卒，據諸書蓋早於圓智、曇晟，則必大曆、元和間人也。其詞除《金奩集》後十五首外，《五燈會元》另有《漁父》三首與絶句偈語三首。蕙風據《法苑春秋》引一首亦在其中，始悟吴禮部跋中所謂『船子和尚夜靜水寒之偈亦以樂府歌之』者，蓋據此三首。現擬整理所得材料撰《唐詞人船子德誠師考》一文，船子在詞史中之地位，恐不亞於張志和也，先生以爲何如？匆匆敬頌著安。周泳先上。（以上二則，一九三六年三月三十一日《詞學季刊》第三卷第一號『通訊』）

龍沐勛《論賀方回詞質胡適之先生》之『東山詞之技術』

《東山詞》之技術，於聲調、文字兩方面皆有極深造詣，周止庵云：『方回鎔景入情，故穠麗。』（《介存齋論詞雜著》）又善用呼應法，如世共稱賞之《青玉案》詞，其歇拍云：『試問閒愁都幾許？一川烟草，滿城風絮。梅子黄時雨。』其末句好處全在『試問』句呼起，及與上『一川』二句並用耳（用劉融齋《藝概》說）。近人況蕙風獨賞其『歸臥文園猶帶酒，柳花飛度畫堂陰。只憑雙燕話春心』，謂：『柳花句融景入情，丰神獨絕。』（《香海棠館詞話》）實則方回小詞並極蘊藉清婉之致，類此者甚多，妙在取境蕭疎，恰恰映出幽婉情緒，大似唐人絕句，饒絃外音。且再錄《浣溪沙》數闋於下：

鼓動城頭啼暮鴉。過雲時送雨些些。嫩涼如水透窗紗。　弄影西廂侵户月，分香東畔拂牆花。此時相望抵天涯。

烟柳春梢蘸暈黄。井闌風綽小桃香。覺時簾幙又斜陽。　望處定無千里眼，斷來能有幾迴腸？少年禁取恁凄涼。

夢想西池輦路邊。玉鞍驕馬小輜軿。春風十里鬥嬋娟。　臨水登山漂泊地，落花中酒寂寥天。箇般情味已三年。

樓角初銷一縷霞。淡黄楊柳暗棲鴉。玉人和月折梅花。　笑撚粉香歸洞户，更垂簾幙護窗紗。東風寒似夜來些。

此等作品鍊字鑄詞，並臻極致，而又絕不雕琢，自然雅麗，令十七八女郎歌之，何等動人！謂之『歌者的詞』可，謂之『詩人的詞』亦無不可。至於方回長調反覆映射，而又出以奇横之筆，旋轉而下，如前錄《六州歌頭》、《宛溪柳》、《伴雲來》、《石州引》諸闋，意態雄傑，辭情精壯，使人神往。而其技術之精巧，全在開闔映射間，固不僅以驅使溫、李詩句見長也。胡氏稱：『周詞的風格高，遠非柳詞所能比。』又謂：『周邦彥讀書甚博，詞中常用唐人詩句，而融化渾成，竟同自己鑄詞一樣。』《詞選》一五二不知賀氏對於此種功力，尤勝於周，而胡氏竟擯而不錄，此令人難解者四也。

詹安泰《論寄託》

寄託者何？況夔笙（周頤）於其《詞學講義》曾作如下之解釋：

詞，《說文》：『意内而言外也。』意内者何？言中有寄託也。所貴乎寄託者，觸發於弗克自已，流露於不自知，吾爲詞而所寄託者出焉，非因寄託而爲是詞也。有意爲是寄託，若爲吾詞增重，則是騖乎其外，近於門面語矣。

周氏主『非寄託不入』，而況氏主『非因寄託而爲是詞』；周氏主『求有寄託』、『求無寄託』，而況氏不主『有意而爲是寄託』，立論一似相反。然細推況氏意，殆惡夫『騖乎其外，近於門面語』者而爲是言耳，殆欲使人不爲刻露之寄託耳。世固有貌爲寄託而中無所有之詞，未有真誠有所寄託而絕不用意者。情感流露於不自知者有矣，意有所屬，而謂不自知，其誰信者？且況氏此說，殆專就周氏『求無寄託』之說發揮，雖不言有意爲無寄託，而主寄託之必須力求渾融，與周氏初無二致也。吳瞿安曰：『所謂寄託者，蓋借物言志，以抒其忠愛綢繆之旨，三百篇之比興，《離騷》之香草美人，皆此意也。』《詞學通論》此又專就寄託之本義言，與周、況之就作法言者略異。顧寄託之旨，蓋不外是。夫必『借物言志』，則其所言者雖不必專務拗晦，使人日叩玄亭以問奇字，然其不敢明言之隱衷可知也。故工於寄託者，其爲詞也，乃多惝恍迷離，不落言詮，令讀者驟遇之，彷彿在耳目之前，深味之，乃覺有悠遠之義，不易知其情之所由生與其意之所專詣。所謂『脈絡井井，而卒焉不得其端倪』馮夢華論夢窗詞用筆語，不惟用筆有然，深於寄託之詞，大都如是也。（以上二則，一九三六年九月三十日《詞學季刊》第三卷第三號）

《花間集》十卷，後蜀趙崇祚輯節錄：有注本。明俞弁《逸老堂詩話》：『一方卯色楚南天。』引《花間集》注卯作泖者，非是。《蕙風詞話》亦爲甄采，則《花間》必有注本可知。（一九三六年九月三十日《詞學季刊》第三卷第三號趙尊嶽《詞籍提要》）

趙尊嶽《惜陰堂明詞叢書敘錄》節錄：尊嶽不敏，杜門海上，葉翰自娛。蘭陔暇日，尤嗜倚聲。十餘年前，得承朱彊邨丈之誨示，並就學臨桂況蕙風先生門下。彊丈居德裕里，蕙師居和樂里，相去里許，排日過從，側聞緒論，輒至永夜。維時彊丈刊宋元善本，甫告殺青，適與蕙師合定《鶩音集》，以紹半唐老人一脈之傳。又選《宋詞三百首》，手稿冊費，相互斟訂，皤然兩叟，曼聲朗吟，掣節深思，遙餡酬答，餘音嫋嫋，並習聞之。蕙師又應吳興劉氏之請，爲撰《歷代詞人考鑒》，上溯隋唐，至於金元，凡數百家。甄采箋訂，掇拾舊聞，論斷風令，已逾百卷，亦付尊嶽，盥手讀之。彼時以爲天壤此樂，可以長存。文字有靈，歲月無恙，不期山河劫劫。彊丈、蕙師相繼謝世，迄於今日，墓有宿草，寢門之痛，況重以成連之感耶？時則尊嶽既受詞學，擩諷之餘，亦思所以張此壁壘者，而其道莫由。迨癸亥間，蕙師所輯《考鑒》已屆朱明，明詞流播較罕，則求諸中鹿以應之，凡十餘家。蕙師乃謂之曰：『世薄明詞，而一朝文物所貼，廿葉蘭畹之盛，寧可以囿於了目，而漫致譏彈？彊翁結集，幸已觀成，曷不繼起彙刻明詞？汲古、四印，功在聲黨，續有纂輯，晚出愈精，及此不圖，將悔無及。』尊嶽受命維謹，有志於斯，遂就拙藏，先加詮次。青氈舊守，藏書無幾，因就《四庫總目》、蘭泉《詞綜》者著錄，懸格以求，復馳書南京、杭州兩書藏，迻錄明人集本，截篇求詞。一年以來，得數十家，積此篇帙，付之剞人金陵姜文卿。此後于役南北，冷攤窮巷，往往得致善本。同聲之雅，相與和鳴，每有所見，馳書走卒，輦金以求，前後彌多增益。攤褐微吟，一瓻還往，自謂百城之富，足以傲人，千秋之藏，冀於傳世。南陵徐氏，積書最富，通假尤殷，亦或寫官不縱，卽手自披錄，惟其時促，不及工書，春蚓秋蛇，或難自識，校樣之際，仍須準諸原本者，殊堪發噱也。

時則海上書賈亦多挾笈枉存，愛好既專，多所留置。杭估鄭氏以《眾香集》原刻見畀，尤愜鄙懷。董丈綬金驚其罕見，已爲先付石墨。徐丈積餘偶見善本，尤必諄屬摛觀，拙藏《蘭皋》、《瑤華》、《草賢》、《詞雅》，胥爲介購。張丈菊生，鄉邦文獻，所藏尤夥，則以朱朴、曹淳村兩家見授。董丈綬金則以范、沈、朱、徐諸家假錄，北海書藏趙斐雲宗兄更出全力，襄茲盛舉，非特盡出所藏，亦且乞諸朋好，先後所致，凡逾百家，句當作旬日移書，必賸祕稿。而番禺葉遐庵社長、江寧唐圭障當作璋、美當作萬載龍榆生、閩侯黃公諸當作渚，永嘉夏齊當作瞿禪諸教授，亦各就所見，不吝流通。十年以還，始及四百家，凡茲篇什之傳，盡拜師友之賜，所以嘉惠士林者，尊嶽敢不先鳴盛惠。乃彊丈、蕙師倡議最先，竟不及觀全書之

□□。人事代謝，天不慭當作憖遺，緬想執經，徒深悵結已！

夏承燾《俞理初易安居士事輯後案》：盧雅雨、俞理初先後辨易安居士遺事，陸存齋、李蓴客又從而推證之，改嫁之誣，瞭然非實矣。客歲衡山李佩秋先生沫示予《易安居士事輯書後》，於俞、李諸說之外，重有發明。其甚精者二事：一謂俞氏引易安《謝綦内翰啓》有『弟既可欺，持官文書來輒信』二語，以爲易安老命婦也，何以改嫁復與官告？不知此出昌黎《王適墓誌銘》，適妻父侯高憐女，必嫁官人，見媒嫗文書銜袖，果信不疑。謝啓用此，以喻受欺，非真給官告，易安弟迒方任敕局删定官，必其年事已長，非如侯高大人不疑人欺我者。且易安一老命婦，而又爲嫠，亦非如侯高女，以嫁官人爲榮之時。在迒，何至遽受媒紿，改醮其姊，謝啓之出於竄僞，此亦一左證也。二謂元祐四年定承務郎以上至朝請大夫，分左右，進士加左字，餘官加右字，見《毗陵志》引哲宗舊《實録》；紹聖二年，詔朝請大夫以下勿分左右，見《宋史·哲宗紀》；紹興元年，詔文臣寄祿官依元祐法分左右，見《繫年要録》。存齋、蓴客以《咸淳毗陵志》、《嘉泰會稽志》、《乾道四明志》之進士知府張汝舟爲卽除名編管柳州之張汝舟，而不知《繫年要録》所載除名編管張汝舟之結銜，爲『右承郎監諸軍審司』，其非進士顯然。故謝啓中有『駔儈不材』之語，卽竄僞者亦稔其不爲清流也。于此可斷除名編管之張汝舟與崇寧五年進士知越州、明州之張汝舟，實是二人。承燾案：況蕙風嘗排比建炎三年以後、紹興二年以前易安與張汝舟之行跡，明二人無嫁娶之事。今以李說案之，況文不可據矣。又據《建炎以來朝野雜記》及《咸淳臨安志》載吳博古審計司題名記，知紹興時六院官，皆京官知縣有政績者選任，從未有以館職爲之者，《金石録後序》中之張飛卿在建炎三年已號學士，亦必進士出身，其必非除名編管之張汝舟，尤甚明矣。凡此皆補理初、蓴客所未及，不但

可匡存齋肊説也。佩秋先生此文，改作未成，兹先録要於此，容求得全文布之。（以上二則，一九三六年《詞學季刊》第三卷第四號）

同聲月刊二十九則

趙叔雍《金荃玉屑》：填詞者，蓋依譜填詞之解。夫既有譜爲按歌之資，則譜以節歌，更無所謂詞律，以詞律卽譜也。句讀節奏，四聲高下，以字赴絃，以譜制樂，動定式遵矣。今譜傳者，惟白石之十七調，故歌此十七調者，苟能識譜，卽可協調，而填詞者循譜製詞，亦正不必鵠守其四聲平仄。惟十七調外，他均無譜，更難以句字準之絃索管色。故填詞者不得已，但有篤守前人之四聲。蓋填詞者既不諳譜，又不能歌，則一字一聲，但有準諸前人，庶不致誤，卽其失誤，亦咎自前人，亦步亦趨，不任其責焉。蓋絃管爲一事，譜爲一事，而歌詞爲又一事，三者相通而不相雜。有譜可歌，則詞惟作者，其無譜可歌，斯作者不能不篤守陳法，以代譜之爲準繩。此説蕙風先生剏之，以語愚，愚爲引申之曰：卽以證之今日之亂彈俗樂，西皮二黄，工尺均在，故製詞者準詞於譜，則無不可歌，亦不必斤斤於一字一聲。蓋歌者得譜，便可融字入絃，準譜爲則，有時多一二襯字媚聲，亦惟歌者之能事，不盡在製詞之人也。製詞者有時多一二襯字，歌者亦得宛轉使之就譜也。倘一旦工尺之字譜盡亡，歌法隨佚，惟存一二曲詞，則後來作者，無能自必其詞之是否協律，既製不可歌之詞，而又欲勉就其能歌之疇範，則亦但有準諸今日之詞，鵠守其句讀四聲，以存其面目典型而已，則亦卽是今日之填詞也。夫詞之能歌與否，貴以譜定律，而不貴以詞準律，詞通於譜而不逕通於律，譜通於律而兼通於詞。無詞有譜，則今日俗樂之牌子，如《夜深沈》、《柳搖金》等，可以使於絃索管色者也。有詞無譜，則詞雖加工，亦終不可歌，且莫能入之管絃，無論其謹守四聲句讀，亦復徒勞，蓋所以施其宮律，被之絃管者亡失矣。故譜貴有律，而詞不必貴於有律，今之論四聲，辯詞律者，於此當知所返矣。（一九四〇年十二月二十日《同聲月刊》第一卷第一號）

西神《春音餘響》節録：　海上詞社，以民初春音爲最盛。民元，余遊南洋羣島，時江寧陳倦鶴匪石方主檳榔嶼某報筆政，余旅行中所作詩詞，匪石輒登諸報端，聞聲相思，因以訂交。迨余返國，匪石亦倦遊歸來，爲《民權報》編輯社論。匪石好填詞，有其鄉先輩莊中白蒿庵之遺風。蒿庵詞，譚復堂最致激賞，《篋中》一編，評謂『哀於屯田，厚於片玉』，又云：『碧山、白雲之調，屈原、宋玉之心，興寄百端，望古遙集，止庵所謂能出者也。』匪石時寓滬西，距余寓廬甚近，朝夕過從，因共發起詞社，請歸安朱古微漚尹丈爲社長，漚丈名社曰春音，取互相勞苦之意。一時同社者，有虞山龐檗子、長洲吳瞿安、湘潭袁伯夔、新建夏吷盦、杭縣徐仲可、烏程周夢坡、番禺潘蘭史、長洲曹君直、通州白中磊諸公，最遠者爲陝西李孟符，最少者爲義寧陳彥通，特二君不常在滬，偶一涖滬，加入社集耳。最後加入者，爲吳江葉楚傖，而臨桂況夔笙、侯官郭嘯麓、淳安邵次公、閩縣林子有、丹徒葉荭漁、香山楊鐵夫，及林鐵錚、黃公渚等，又更其後加入者也。（一九四〇年十二月二十日《同聲月刊》第一卷第一號『雜俎』）

趙氏惜陰堂彙刊明詞仍在續刻中：　武進趙叔雍先生發願彙刊朱明一代詞，歷十數載，已刻成二三百種之多。金陵陷日，亦由姜氏事前移往城外，未遭刼火，現方從事修補，并以續獲珍本寫樣付刊。至叔雍先生舊刻況氏《蕙風詞話》，聞俟修補竣事，卽當重印，以廣流傳云。

《青蕤盦詞》刻成：　宜興蔣香谷先生兆蘭爲近代詞壇老宿，一時名輩，如上元顧雲、江陰繆荃孫、臨桂況周儀、如皋冒廣生等，皆盛稱之。冒氏以爲『婉約清微，其於白石，殆火盡則薪傳焉』，所著《青蕤盦詞》，分前後二集，先生捐館後，由其壻任援道先生整理，付姜文卿刻書處刻成，有宣紙初印本，分貽知好。頗望任先生廣爲印布，俾愛讀香谷先生詞者得人手一編也。（以上二則，一九四〇年十二月二十日《同聲月刊》第一卷第一號『詞林近訊』）

趙叔雍《金荃玉屑・珍重閣詞話》：詞于文字，一代有一代之成規，唐主蕃豔，南唐因之。北宋尚骨幹清遒，南宋尚麗密琱飾。元承南宋，又少少間以疏朗，明最靡陋，清初主綺靡，既尚雄獷。茗柯出則推北宋，發事外言內之指。其後至於半唐，沖澹沈著，力規於古，差復兩宋之舊觀，此可以論列者也。至於並世歧途，各極其勝。二主真率，韻味深長。耆卿縟繡，東山秀逸，白石蒼勁。天籟、遺山，各以雄勝。明季二陸，沈著可誦。《飲水》、《彈指》，席幾北宋。彊村、夔笙，並師半唐：一以精金美玉，方規夢窗；一以天才逸思，自矜北宋。此則在一時風會之中，別寓獨標奇幟之志，不可例以朝代而推定者矣。

龍沐勛《晚近詞風之轉變》之一『清季詞風轉盛之原由』節錄：曷言乎晚近詞壇之悉爲常州所籠罩也？晚近詞壇之中心人物，世共推王半塘鵬運、朱彊邨兩先生，而風氣之造成，則《薇省同聲集》，實推首唱。而《庚子秋詞》之作，影響亦深。當光緒中葉，有江寧端木子疇埰、吳縣許鶴巢玉瑑、臨桂王幼遐鵬運、況夔笙周頤等同官內閣，以填詞相酬和，而端木最爲老輩，其於詞篤嗜碧山，至以『碧瀣』自題其集，則其取徑固自止庵之說來也。是時王氏方致力於《花間》、《草堂》，及宋、元諸家詞集之校勘，而清真、稼軒、夢窗、碧山四家之作，卽在其中，且所據多善本，而對夢窗四稿，致力尤勤，臚舉五例，一以清儒校勘經籍之注爲之，濡染既深，詞筆遂亦與之俱化。

龍沐勛《晚近詞風之轉變》之二『晚近詞壇之領袖作家』節錄：遜清末葉，內憂外患，岌岌可危，士大夫於感憤之餘，寄情聲律，纏綿悱惻，自然騷辯之遺。鼎革以還，遺民流寓於津滬間，又恆借填詞以抒其黍離麥秀之感，詞心之醞釀，突過前賢。而彊邨先生益務恢弘聲家之偉業，網羅善本，從事校刊唐宋金元人詞，以成《彊邨叢書》。一世詞流，如鄭大鶴文焯、況夔笙、張沚蓴上龢、曹君直元忠、吳伯宛昌綬諸君咸集吳下，而新建夏吷庵敬觀、錢塘張孟劬爾田稍稱後起，亦各以倚聲之學互相切摩，或參究源流，或比勘聲律，或致力於清真之探討，或從事夢窗之宣揚。而大鶴之於清真，弘揚尤力，批校之本，至再至三，一時有『清真教』之雅謔焉。各家搜討既勤，講求益密，而又遭逢衰亂，感慨萬端，故其發而爲詞，類能聲情相稱，芳悱動人，雖其源出常州，而門庭之廣，成就之大，則遠非張、周二氏之所能及矣。是時彊邨先生方僦居吳下聽楓園，周旋於鄭、況諸子間，折衷至常。又以半塘翁有取東坡之清雄，對止庵退蘇進辛之說稍致不滿，且以碧山與於四家領袖之列，亦覺輕重不倫，乃益致力於東坡，輔以方回賀鑄、白石姜夔，別選《宋詞三百首》，示學者以軌範，雖隱然以周清真、吳夢窗爲主，而不偏不倚，視周氏之《四家詞選》尤爲博大精深，用能於常州之外，別樹一幟焉。張孟劬氏謂先生晚年所爲詞，似杜甫夔州以後詩，固又非夢窗之所能囿，而亦豈常州之所能幾及哉？此所謂『青出於藍而勝於藍』者是也。

晚近詞人，除王、朱二氏外，其卓然能自樹立者，則有萍鄉文芸閣廷式、鐵嶺鄭大鶴、臨桂況夔笙三家。文氏論詞，一反時流之說，絕不爲浙、常二派所囿……況氏治詞最早，用力亦專，尤善說詞，所著《蕙風詞話》，彊邨先生推爲絕作。嘗謂『填詞第一要襟抱』，又謂『性情少，勿學稼軒；非絕頂聰明，勿學夢窗』，皆鞭辟入裏之談，實爲時流痛下鍼砭。又稱：『作詞有三要，曰：重、拙、大。』重者輕之反，拙者巧之反，大者纖之反，三者皆關乎意格，而持此以衡蕙風詞，乃若未悉相稱，倘所謂『此事不可彊，並非力學所能到』耶？彊邨先生晚歲寄住淞濱，有欲從治詞學者，輒以轉介蕙風，令其執贄門下，以是從游者衆，一時稱廣大教主焉。（以上四則，一九四一年二月二十日《同聲月刊》第一卷第三號）

吴庠《覆夏癯禪書》：頃奉惠書，論清詞流變，精當無倫，拙詞流易平俗，不足語於大雅，但不願故示艱深以文淺陋耳。居恒於一切文藝，每以有無清氣爲衡量，於填詞尤甚。記云：『昔我有先正，其言明且清。』劉劭《人物志·九徵篇》云：『氣清而朗者，謂之文理。』貫休云：『乾坤有清氣，散入人心脾。』元好問云：『乾坤清氣得來難。』千古客言，服之無斁。晚清詞人學夢牕者，以漚尹年丈、述叔先生兩家爲眉目，讀其晚年諸作，何嘗不清氣往來？顧今之以夢牕自矜許者，愚以爲率堆砌填湊，語多費解，乃復以四聲之說，吆喝向人，殊不知四聲便算一字不誤，其詞未必便工也。且意內言外謂之詞，古所謂詞，自非今之長短句，要其理可通。意之在內者，誠難盡語人；言之在外者，當先求成理。彼學夢牕者，偏以言不成理爲佳，此則不佞所大惑不解者也。晚清詞人，自文道希、王半塘、鄭大鶴、況夔笙、馮蒿盦、朱漚尹諸先生先後逝世，南北詞壇，非無作手；庠則旁皇大索，蓋僅得孟劬先生一人，屢向社中稱道之。惜乎山川間隔，不能奉手請益爲恨事耳。庠又嘗言詞中有學，詞外尤有學。即如孟劬先生，於晚清詞人首推陳蘭甫，庠於當今詞人首推孟劬先生，良以研經紬史，各踞高席，餘事填詞，自然大雅。奈英敏少年一切廢書不讀，輒云我能夢牕，我依四聲，一若其詞，已足名家，何勇於自信至此？庠所學一無成就，於填詞持論亦甚尋常。清氣之說，非專指清空一派，即質實一派，亦須有此清氣，方可言詞，不識高明以爲然否？ 著書之暇，與孟劬先生通訊，乞代深致聞聲相思之意。（一九四一年二月二十日《同聲月刊》第一卷第三號『通訊』）

鍾隱《況蕙風之論詞》：

臨桂況蕙風先生周頤致力詞學五十餘年，深識此中甘苦。所著《蕙風詞話》五卷，持論極精，最爲世所推重。其論『詞境』、『詞心』，與教人讀詞之法，尤爲透闢。因特摘錄如次，以供聲家之借鏡焉：

讀詞之法，取前人名句意境絕佳者，將此意境締構於吾想望中，然後澄思渺慮，以吾身入乎其中，而涵泳玩索之。吾性靈與相浹而俱化，乃真實爲吾有，而外物不能奪。

人靜簾垂，鐙昏香直，窗外芙蓉殘葉，颯颯作秋聲，與砌蟲相和答。據梧暝坐，湛懷息機。每一念起，輒設理想排遣之，乃至萬緣俱寂，吾心忽瑩然開朗如滿月，肌骨清涼，不知斯世何世也？ 斯時若有無端哀怨，悵觸於萬不得已，即而察之，一切境象全失，唯有小窗虛幌，筆牀硯匣，一一在吾目前，此詞境也。

吾聽風雨，吾覽江山，常覺風雨江山外，有萬不得已者在，此萬不得已者，即詞心也。而能以吾言寫吾心，即吾詞也。此萬不得已者，由吾心醖釀而出，即吾詞之真也，非可彊爲，亦無庸彊求，視吾心之醖釀何如耳。

孟心史遺著《詞總籍考序》節錄：近世詞流盛於吳越，而以寄托言詞者，獨推吾常二張《詞選》；未能深信其說者，謂詞乃俳優所能爲。體本不尊，古有倡夫綠巾之詞，與士大夫之詞並行於世。常州派高自標置，豈合詞之本質？ 而推重二張者，則以爲高寒天上，知蘇軾之愛君；『斜陽正在烟柳斷腸處』，知辛棄疾之託諷，而不以爲罪，世頌時君之神聖。詞在宋時已成士大夫發抒襟抱之作，何嘗專與老伶俊倡助清尊檀板之興耶？故詞以合樂始，又以不必合樂終，而於文體則不可卑之矣。叔雍沈酣於詞，早年所沉瀣者，彊邨、蕙風二老，二老皆服膺常州詞派者也。叔雍之視詞學，已超過四庫館中諸人之科舉見解，故欲一申詞在文苑中之位置。既以明詞無人收拾，刊成明詞集三百餘種，志在爲全明詞一書，以存明一代詞家之應合運會，自有必至之勢，不可盡以選家工拙之見論。又仿竹垞《經義考》之例，作《詞集考》，而先成總集，將次第及詞之專集焉，予治詞學者以方便之門，讀此《考》而已略見古來選詞製詞之學派門徑，可不謂大有造於學問之途歟？書成，問序於余，余爲破除清時四庫館之科舉成見，以還詞在文學中之本相，知叔雍之不以詞爲小道而忽之者。雖得力於彊邨、蕙風諸老，亦其開徑自行，於詞中已有深會之趣，欲以己之所喻者喻人，不能已於爲之疲精而勞神也。世有挾俳優之見以爲詞者，固不必問津於此浩汗之途矣。二十六年夏，孟森書於舊京寓次。（以上二則，一九四一年五月二十日《同聲月刊》第一卷第六號）

無覺《疎篁館雜綴》：

索居無俚，但爲無益之事，以遣有涯之生。『知我者謂我心憂，不知我者謂我何求』，讀《王風·黍離》之篇，肝腸寸裂矣。按譜填詞，昔人已視爲小道，『然雖小道，必有可觀者焉』。能端其本，譬之迦陵、頻伽之鳥，一一演説法音，不猶賢於博弈者乎？晨起，覆閲《蕙風詞話》，喜其示人以學詞之法，多可取者，爰爲摘録數則，且以自勵云：

『學填詞，先學讀詞，抑揚頓挫，心領神會。日久，胸次鬱勃，信手拈來，自然丰神諧鬯矣。』『真字是詞骨，情真、景真，所作爲佳，且易脱稿。』『作詞有三要，曰重、拙、大。』『詞中求詞，不如詞外求詞。詞外求詞之道：一曰多讀書，二曰謹避俗。俗者，詞之賊也。』『填詞要天資，要學力。平日之閱歷，目前之境界，亦與有關係。無詞境卽無詞心，矯揉而强爲之，非合作也。境之窮達，天也，無可如何者也；雅俗，人也，可擇而處者也。』『詞學程序，先求妥帖停勻，再求和雅深秀，乃至精穩沈著。精穩，則能品矣；沈著，更進於能品矣。精穩之穩，與妥帖迥乎不同，沈著尤難於精穩。平昔求詞詞外，於性情得所養，於書卷觀其通。優而遊之，饜而飫之，積而流焉，所謂滿心而發，肆口而成，擲地作金石聲矣。情真理足，筆力能包舉之，純任自然，不假錘煉，則沈著二字之詮釋也。』

夏緯明《清季詞家述聞》：況蕙風周頤與半唐同里，親炙最久，詞學日進。江陰繆藝風選常州詞，蕙風實爲之捉刀。後游滬上，亦負時望，凡欲學詞於畺邨者，輒轉介紹於蕙風。所作詞話，爲後進所服膺。

無覺《疎篁館雜綴》：

讀武陵陳伯弢銳先生《裒碧齋詞話》，於近代詞家多所評品，亦研治倚聲者之絕好資料也，節錄如次。（下略，詳『詞話』）（以上二則，一九四一年六月二十日《同聲月刊》第一卷第七號）

趙叔雍《金荃玉屑續·珍重閣詞話》：蕙風先生論作詞，每以學力、襟抱、性靈並重。學力可日日程功，襟抱可涵詠養蓄，獨性靈授之于天，誠難砥礪求進，此神品之不易得也。

詞中樸質語，要有至情，酬贈壽詞，尤難著筆，不患俗，卽患麒麟楦耳。蕙風先生頗賞相見似先公一首，余于蕭維斗壽叔經宣慰使之年高德劭，似『一日春光一日深』語，以爲樸語能出新意。南宋集中，

亦不多見。（以上二則，一九四一年七月二十日《同聲月刊》第一卷第八號）

冒廣生《新斠雲謠集雜曲子》《彊村遺書》本：第一首編者按：指《洞仙歌》『華燭光輝』『風措』上原有『多』字，今刪。『須索』句原無空格，今添。第二首迴文句同。『再絜』二字原作『在緒』，依況周頤校改。『文』字原作『克』，今改。第二首編者按：指《洞仙歌》『悲雁隨陽』原分段在『漂蕩』下，誤也，今改在『爭向』下，『爭向』卽『怎生』，宋詞屢用。此詞東坡所作最傳誦，附錄以備參考，彼用仄韻，此則平仄通叶。

覺諦山人遺稿《清詞壇點將錄》『步軍首領十員』：魯智深——屈大均，武松——陳曾壽，劉唐——董士錫，雷横——沈謙，李逵——文廷式，燕青——鄭文焯，楊雄——項廷紀，石秀——況周頤，解珍——李良年，解寶——李符。（以上二則，一九四一年八月二十日《同聲月刊》第一卷第九號）

龍沐勛《論常州詞派》之四『常州詞派之拓展』：溯自茗柯《詞選》出而詞體遂尊，止庵《詞辨》及《宋四家詞選》出而金鍼普度，於是常州宗派不特在本土滋生蕃衍，且進而風靡一世。止庵以碧山爲學詞必由之徑，而極其詣於清真，海內言詞者遂莫不以此爲正鵠。雖或不免爲才力所限，罕窺四家之全，而廣播宗風，恆不能出此四家之外。清之末季，江寧端木子疇埰篤好碧山，旣與臨桂王幼遐、況夔笙周頤等合刊《薇省同聲集》，益振止庵墜緒，而王氏造詣尤深。彊邨先生稱其詞『導源碧山，歷稼軒、夢窗，以還清真之渾化，與周止庵氏說契若鍼芥』《半塘定稿序》，此足證常州詞派，由江南而移植於燕都，更由燕都而廣播於嶺表。其後王氏復與彊邨同校《夢窗》，又於庚子之秋集四印齋爲詞課，由是止庵特崇夢窗之旨，遂益發揚於晚近詞壇。鼎革以還，彊邨歸隱吳下，恆往來蘇滬間，而所與商量詞學者，以夔笙與鐵嶺鄭大鶴文焯爲最著。大鶴雖力規白石，而對清真、夢窗之校訂研尋，用力甚至。夔生亦極推服夢窗，於此又足證常派詞風復由北而南，儼然爲聲家之正統焉。彊邨晚輯《宋詞三百首》，於張、周二選所標舉外，復參己意，稍揚東坡而抑辛、王，益以柳耆卿、晏小山、賀方回，冀以救止庵之偏失。然淵源所自，終不可掩，徒以身經世變，感慨遂深，且所見既多，門庭益廣，爰有『出藍』之耳。參閱本刊第三號拙著《晚近詞風之轉變》及拙編《中國韻文史》。

趙叔雍《金荃玉屑・讀詞雜記》『唐人寫本小曲三調跋』：上虞羅叔言參事于唐本《春秋後語》紙背上得唐人所書三小詞，是爲一人所撰，或雜錄諸作，不可考也。況夔笙、王靜安兩先生均以曲調爲證，各撰跋文，分見于《觀堂集林》、《蕙風詞話》。余則謂燉煌本屬邊地，惟以唐代古文聲教遠暨，蕙風先生之論自尤可徵。夫以《春秋》紙背偶錄小詞，書者情致之閒雅，清趣可知。以愚斷之，此必非作者所書，以作者工詞，何必書之于紙背？而又必非一家之言，蓋誠欲繕錄名篇，亦不當假之書尾，此必當時本地所流行之曲調耳，耳熟能詳，寫官士子迻繕《春秋》，偶發遐思，卽就紙背書一二名章俊語，以自破其岑寂。蓋晨夕搦管，對此斷爛朝報之剖析探討，已甚感其無味也。故非特不爲一家之詞，亦或習聞而不知爲伊誰之作。夫歌樓酒市，鬟使奉卮，正不必求知作者之行誼。寫官更非通人，迻繕無俟問學，故所錄《春秋》，依據原本，未必不無訛奪。而此小詞三首乃至乖謬省文，幾至無可通詁。詞中法家王靜安以意逆志，蓋僅乃得之者。由茲取證，寫者之非作者可知。而其雜錄羣編，蒐諸一帙，謂爲選政之初基，亦固無不可者矣。靜安每以此三詞爲人書之扇頭，二十年前，侍座蕙師講席，時見握此聚頭，商量舊學。歲月不居，墓木均拱，翻閱校稿，不禁涕泗之漣洏矣。武進趙尊嶽記。（以上二則，一九四一年九月二十日《同聲月刊》第一卷第十號）

趙叔雍《金荃玉屑·讀詞雜記》『絕妙好詞跋』：小幔亭刻本《絕妙好詞》七卷，余得之海上古書流通處，前有半唐老人題，蓋爲臨桂況夔笙師題署者，卷中又有『曾經藝風勘讀』朱印。按之，此爲夔笙師曩歲客都門時得之海王村，以示半唐翁，因爲記識。既而移家海上，藝風過從之際，發架得書，以爲罕覯，假歸逐校。不數月而藝風下世，遺書輦坊肆求售，得三萬金，此亦從而落于儈人之手，幸爲余得者也。周選自箋本出而原本廢，小幔、清吟、羣玉三本，夐不可見者久矣。此書之傳，竹垞序謂得之錢氏，柯序謂假之族丈遵王先生，其説兩異，義門復有竹垞詭得之説。夫其流傳之出于絳雲，著録于《敏求記》者，班班可考。惟朱得之以傳，或柯得之以傳，則以兩序各判，遂使後人疑莫能決耳。嘗試思之，原書果傳自柯氏，則朱跋何以掠美？若出于朱，柯又寧得詳著其族里之淵源。朱跋亦謂柯有刻本，而世所見者，則卷七仇山村以下闕失，目亦無存。今柯刻具在，仇詞三首儼然在列，則朱之所見，必非柯之原刻可知。且竹垞題記諸詞集之載在《曝書亭集》者，若《典雅》，若《尊前》，若《花間》，均當時罕見之珍籍。柯刻爲當時通行之本，習見爲常，自不必慎重爲之題記，則朱之所跋，庸非柯刻之又一旁證耶？即得柯刻而跋之，原序壓卷，豈不共睹？寧能謂爲余得之錢氏乎？意者朱必就錢氏別得一本，其得之也，雖未必如義門所傳之詭祕。然或非逕自假之遵王，而展轉出于其監書小史之手，遵王尚不之知，全書業已外播，謝過雖未必設誓，然已風傳于當日士夫之口，以爲書林之嘉話。因有好事者，故神其説，以爲詭得，夫一筵之間，不過半日，卽云置寫官數十員，鈔一《敏求記》，已感其疲難，遑有餘力復及《好詞》？卽欲別寫他書，則絳雲祕笈可傳者亦甚矣其夥，未必卽及于韻令之屬。書凡七卷，豈經日所得畢工？楊君謙撰朱年譜，爲辨其誣，信有然也。至柯之假諸遵王，自無疑義。遵王素性，珍祕單傳，不樂播散，自非先有朱録之副本展轉羣彦間，亦必不肯慷慨示之南陔。亦惟其既爲朱得，斯亦不吝于柯氏之傳鈔，而柯氏方致而刊行之耳。今以柯刻校後出之查刻厲箋本，卷七趙與仁詞，柯本有《浣溪沙》一闋，佚一行，查刻已删去，是知趙詞本有六首，今闕其一，非得柯本，何從知之？書貴近古，于此可見。又柯氏既刻周選，復擬廣爲五輯，且于書贉預立總目，曰《絶絶好詞前輯》，注北宋即出；曰《絶妙好詞原輯》，注南宋行世即此本；曰《絶妙好詞續輯》，注明人即出；曰《絶妙好詞今輯》，注即出並徵新稿。凡此均不見著録，亦迄無有知其成書與否者，乃余昨謁董大理授經丈于誦芬室，無意間見有《絶妙好詞今輯》之傳鈔本，置之架頭，亟爲翻閲。所選多順、康時人，且前無序目，亦不具輯人名氏，似爲未完之稿本。而所選諸詞柔麗縝密，屏蘇、辛雄放之調，多姜、張瀏朗之音，草窗法乳，一見即識，自必出于南陔之手，不問可知。因攜歸録副，麗之柯刻，劍合延津，旬日閒事，詞客有靈，當爲莞爾。所期前、後、續輯，異日亦得同儲青箱，則傳刻之任，來者責余，亦當傚蓮坡、樊榭之前修，踵秋室、仲勉之往轍，有以廣其傳也。

趙叔雍《金荃玉屑·讀詞雜記》『全芳備祖詞鈔跋』：《備祖》爲宋陳詠當作泳所輯類書，專采花木農商之故事文獻，託體于《藝文類聚》之流者也。各部率立事實、賦詠二祖。事實分碎録、記要、雜事三目，賦詠以五七言分類，並系以詞。兩宋題詠之作至夥，且多有爲本集已佚，及字句同異，足供校刊拾遺之需者。全書前集二十七卷，均花部，載詞三百三十三首。後集爲果卉草木、農桑蔬藥七部，載詞一百八首。合之爲詞四百四十一首，所收略于北宋而詳于南宋。明人王象晉《羣芳譜》即從此出，瞠乎後矣。陳詠字景沂，號肥遯，天台人。撰進此書于理宗朝，前有韓境一序，備極奬扇。所選詩詞多題作者名氏，偶有脫落，僅爲小疵。其書海内數百年未見刊本，殘元印本數卷遠藏東瀛，董大理授經丈嘗泛海往觀而已。國内藏家著録，多出傳鈔，詳略互異。海寧趙斐雲謂所見五本，以臨清徐氏本爲獨全。余所見則以涵芬樓藏之毛鈔爲近古，外此陸、瞿、方、勞，咸有副墨，未加斠録，莫譣異同。詞鈔一卷，則臨桂況夔笙師就巴陵方氏碧琳瑯館本裁篇别録，而余以校毛鈔者，同爲四百四十一首，惟字句小有訛奪。意者方本亦源自毛鈔耶？余初意爲之刊印，以廣流布。乃斐雲所著録于輯刊佚詞提要中者，謂賦詠祖收兩宋詠物詞千餘首，則臨清徐本之與毛本，詳略何止倍蓰。流布之責，宜使斐雲任之，斷簡零縑，初無足存之道，以重勞剞人矣。因爲識而緘之，用俟爲斐雲本問世時校訂之資可耳。（以上二則，一九四一年十一月二十日《同聲月刊》第一卷第十二號）

俞陛雲《清代閨秀詩話》：顧太清，爲貝勒奕繪側室，鐵嶺填詞家，數容若及太清，非特八旗之冠，亦清代之名家。其遺集，至光緒己丑，況夔笙始訪得《天遊詩》寫本。宣統己酉，陳士毅得詩五卷，缺第四卷，得《東海漁歌詞》四卷，缺第二卷。近始見其全本，詩多在四十前作。夫歿，遘家難，挈子女出邸，於西城養馬營賃陋屋數椽，撫孤感逝，涉筆皆哀。吴印臣曰：『才媛不幸，大抵如斯。』其詩古體近漢魏，近體如《東山草堂》云：『卉木見真趣，圖書森古香。』《冬至》云：『春意待看河畔草，天心已復地中雷。晴窗采線盤金縷，碧海靈風破玉梅。』《遊南谷天台寺》云：『一段殘碑哀社稷，滿山春草牧牛羊。』注云：『寺爲明慈聖李太后所建。』《夜行翠微山中》云：『吹面不嫌山氣冷，滿天星斗厭春山。』《東城泛舟》云：『已非昔日僧迎客，猶記當年柳繫船。』《題潛真洞》云：『至今深洞懸鐘乳，終古陰崖長碧苔。』太清詩如其詞，格高筆健，意無不達也。（一九四二年三月十五日《同聲月刊》第二卷第三號）

龍沐勛《陳海綃先生之身世與交游》節錄：『雕蟲手，千古亦才難。新拜海南爲上將，試要臨桂角中原。來者孰登壇。』《彊邨語業》卷三《望江南》此二十年前先師朱彊邨先生題《海綃詞》之作也。其敍云：『新會陳述叔、臨桂況夔笙，並世兩雄，無與抗手。』自斯論一出，而海綃詞名，遂震耀海內。

龍沐勛《陳海綃先生之詞學》之二『海綃先生之詞學』：近代詞學之昌明，在宋、元名家詞集之重刊廣布。自臨桂王氏之《四印齋所刻詞》，歸安朱氏之《彊邨叢書》，後先行世。而詞林乃有校勘之學，善本日出，作者遂多。然王、朱二氏之詞，雖卓然爲一時宗主，至於金鍼之度，謙讓未遑。講論詞學之書，二氏都無述造。況氏《蕙風詞話》之作，彊邨先生譽爲『前無古人』，其書雖究極精微，而亦頗傷破碎。海綃翁既任大學講席，不得不思所以引導後進之途，於是選取周、吳二家，分析其結構篇章之妙，使學者知所從入。而詞家技術之巧，泄露無餘，此其有裨詞壇。殆在王、況諸家之上，今欲明海綃翁在詞學史上之地位，不得不先於所著《海綃說詞》内加以探討。（以上二則，一九四二年六月十五日《同聲月刊》第二卷第六號）

龍沐勛《文芸閣先生詞話》節錄：綜而論之，二公指文廷式、王鵬運皆一時詞場屠龍手，以技言殆難軒輊。然文頗似李白，王則似杜甫，有清詞家，合蔣鹿潭外，能與之抗手者殆鮮。然聞雲起軒繼起者無人，繼半塘而起者，則朱古微、鄭叔問、況夔笙、趙堯生，皆名世作者，亦猶太白之後裔無人，而昌黎、白傅、義山、荊公、山谷、後山、簡齋、放翁、遺山，皆導源於杜陵也，抑李非學所能及，而杜則有軌範可循歟？無亦杜陵之詩，其深厚處，雖以太白之雋才，尚有不逮者歟？讀文、王二家之詞，正可以此相喻

也。《學衡雜誌》第二十七期(一九四三年三十一日十五日《同聲月刊》第二卷第十二號)

映庵《忍古樓詞話》：飛卿詞，實從六朝樂府出，不僅命意，遣辭亦然，句中絕少使用虛字，轉折處皆用實字挺接，故不見鉤勒之迹。唐時詞體，至飛卿始告大成，命意遣辭在初創者不失爲新，經後人襲取，遂成陳舊。況夔笙謂《花間》至不易學，其弊也，襲其貌似，其中空空如也，此語誠然。然小令至高之境，厥在《花間》，謂其不易學誠是，若作小令，不知《花間》之妙處，終落下乘。蓋學者欲去貌襲之弊，欲其中不空無所有，須從六朝樂府及小品賦用功，且須能詩而後可。(一九四四年七月十五日《同聲月刊》第四卷第一號)

孟劬《論詞絕句八首》之二：少年輕豔自家知，老見彈丸脱手時。何事苦將苕雅詆，衹拈拙大是吾師。況夔生《蕙風琴趣》(一九四四年十一月十五日《同聲月刊》第四卷第二號『今詩苑』)

映庵《忍古樓詞話續》：《春光好》云：『柳眼烟來點綠，花心日與妝紅。』《女冠子》云：『蕊中千點淚，心裏萬條絲。』詠荷花也，句意極其新豔。況夔笙《蕙風詞話》賞其《浣溪沙》：『蘭麝細香聞喘息，綺羅纖縷見肌膚。此時還恨薄情無。』以爲自有豔詞以來殆莫豔於此，余謂此意之豔，非辭之豔也。(一九四五年七月十五日《同聲月刊》第四卷第三號)

語絲一則

見一詩冊，名曰《獻館泳春詩社》，錄三十二人詩，其中有況周儀七絕二首。(《語絲》第四卷第八號『僑韓瑣談』）

甲寅周刊一則

汪國垣《光宣詩壇點將録》：天敗星活閻羅阮小七——況周儀：蕙風記醜學博，尤精倚聲，流布詞集、筆記，傳誦一時，可謂拚命著書者矣。（《甲寅周刊》第一卷第八號）

附録五　序跋

稼軒長短句一則

是刻既成，適同里況夔生孝廉周儀來自蜀中，攜有萬載辛啓泰編刻《稼軒全集》，其長短句四卷，悉仍毛刻；詩文四卷，詞補遺一卷，則云自《永樂大典》抄出，補詞共三十六闋。内唯《洞仙歌·壽葉丞相》一闋已見元刻。近又見明人李濂評點《稼軒詞》，爲萬曆間刻本。始知毛刻誤處皆沿襲於此，安得蕘圃所云毛抄舊本一爲讎勘也？半塘再記。（上海古籍出版社影印《四印齋所刻詞》本《稼軒長短句》）

東山寓聲樂府一則

右賀方回《東山寓聲樂府》一卷，桉：《四庫全書總目》載方回《慶湖遺老集》十卷，偁其詞勝於詩。此集則未經著錄，《文獻通攷》引陳氏曰：以舊調填新詞，而易其名以别之，故曰寓聲，即周益公《近體樂府》、元遺山《新樂府》之類，所以别於古也。此本由毛鈔錄出，闕佚二十餘闋。據宋以來選本校之，僅補《小梅花》一調，知是書殘損久矣。至諸家譔錄，並云《東山寓聲樂府》三卷。此合百六十九首爲一，題曰《東山詞》。毛氏傳鈔，每變元書體例，不獨此集爲然。茲改從舊名，若分卷，則無由臆斷，姑仍毛氏焉。末附補遺，爲況夔笙舍人編輯，斠讎掇拾，頗資其力，例得牽連書之。光緒己丑夏日，臨桂王鵬運跋。

是刻成後，得梁谿侯氏《十家詞》本，校補闕佚若干字。其與毛鈔字句互異處，並坿注各闋之末。十月一庚申，半塘老人。（上海古籍出版社影印《四印齋所刻詞》本《東山寓聲樂府》）

東山寓聲樂府補鈔一則

右《東山寓聲樂府補鈔》一卷，按：東山詞傳世者，惟前刻汲古閣未刻詞本，卽所謂亦園侯氏本也。近讀歸安陸氏《皕宋樓藏書志》，知有王氏惠庵輯本，視前刻多百許闋。迺丐純伯舍人鈔得，爲補鈔一卷坿後。唯屢經傳寫，譌闕至不可句讀。與純伯、夔笙校讎一再，略得十之五六。其仍不可通者，則空格，或註元作某字於下，以俟好學深思者是之。方回，北宋名家，其填詞與少游、子野相上下。顧淮海、安陸完書具在。獨東山一集，銷沈剝蝕，僅而獲存，又復帝虎焉烏，使讀者不能快然意滿如此。世有惠庵祖本，願受而卒業焉。光緒壬辰新秋，臨桂王鵬運識。（上海古籍出版社影印《四印齋所刻詞》本《東山寓聲樂府補鈔》）

斷腸詞一則

校補斷腸詞序：　己丑四月，春闈被放，十上既窮，益無聊賴。適夔笙舍人以校補汲古閣未刊本宋朱淑真《斷腸詞》一卷刊成，屬爲之序，并旁搜他書所見淑真軼事，以證升庵《詞品》所論之誣，乃慨然曰：『風雨而思君子，顑頷而懷美人。風騷所謳，寓言八九。淑真一弱女子耳，數百年後猶爲之顧惜名節。訂譌匡謬，足使孤花之秀墜蒂而餘芳。幺絃之激，繞梁而猶響，抑何幸哉！宋代閨秀，淑真、易安並稱雋才，同被奇謗。而《漱玉》一編，既得盧抱孫諸君辨誣於先，又得幼霞同年重刊於後。《斷腸詞》則曙星孤懸，缺月空皎。《四庫提要》論定以後，迄無繼者。譬之姬姜，依然憔悴。雖有膏沐，尚淪風塵。乃白璧同完，新鉶疊發，此難得者，一也。顧水流不停，雲散無迹，世罕善本，亦恝而置之耳。是本出自毛鈔，著錄甚富，兵燹以後，散在市廛，展轉爲常熟翁大農年丈所得。去冬假歸案頭，將乞幼霞補刊一二，以存其舊。夔笙乃欣賞不輟，眠餐並忘，檢得此詞，特任剞劂。依其篇第，存《玉臺》之遺；廣其蒐羅，補《白華》之逸。此難得者二也。《斷腸詞》就《紀略》所著，原有十卷，至陳振孫《書錄解題》，僅存一卷，片玉易碎，單行良難。夔笙與幼霞居同里閈，近復合並，誠與《漱玉詞》都爲一編，流傳藝苑。則二女同居，翔華表之鶴；百尺並峙，囀出谷之鶯。紅顔不老，青塚常留。此難得者三也。雖然，由顯而晦，由屈而伸，無倖致之理，實賴有表章之人。藉非然者，投暗之珠，輒遭按劍；屢獻之璞，終於墜淵。《漱玉》歟？《斷腸》歟？雖潔比羊脂，啼盡鵑血，亦孰得而見也？況物論之顛倒哉！

遂泚筆而序之如此。吳縣許玉瑑。（上海古籍出版社影印《四印齋所刻詞》本《斷腸詞》）

南宋四名臣詞集一則

右《南宋四名臣詞集》一卷，趙忠簡、李莊簡、忠定、胡忠簡四公作也。初從夔笙舍人鈔得得全居士、梁溪、澹菴三詞，擬丐同年李越縵侍御序而刊之，侍御復出其先世莊簡公詞若干闋，遂並編錄以爲斯集。嗟乎！兹四公者，夫豈非所謂魁壘閎廓儒者其人耶？其身係乎長消安危，其人又係乎用與不用，用之而不終用之也。於是則悲天運，憫人窮，當變風之時，自托乎小雅之才，而詞作焉。其思若怨悱而情彌哀，籲號幽明，剖通精誠，又不欲以爲名也，於是則摧剛藏棱，蔽遏掩抑，所爲整頓締造之意，而送之以馨香芬芳之言與激昂怨慕不能自殊之音聲，蓋至今使人讀焉而悲，繹焉而慨伉，真洞然大人也，故其詞深微渾雄而情獨多。鵬運竊嘗持此恉以盱衡今古之詞人，如四公者，亦出而唱歎於其間，則必非閨襜屑越小可者所得佹托。故校刊四公詞，都爲一編，後有方雅君子之好之者，意可無疑於諷一而勸百，致與緐華流蕩，同類而多譏，鄙人之區區也。光緒十八年九月，臨桂王鵬運跋。（上海古籍出版社影印《四印齋所刻詞》本《南宋四名臣詞集》）

蟻術詞選二則

案：汪氏原刻所載目録覼縷冗複，殊乖宋人編目體例，況本削之是也，兹特另編如右。是集每卷各標令慢，其第二卷《玲瓏四犯》以下十六調皆慢體，而例令卷之末，且篇頁視佗卷惟倍。竊意原書似分五卷，汪刻併五爲四，又不知令慢之别，遂爾混淆，非原編失次也。又沈明臣一序，乃總序，邵氏全集不專爲詞選而作，其有關復孺生平者，況跋已詳節之，不復録，卷中字句間有與況刻異處，皆據皕宋樓藏本校出，並坿著於此。鵬運再記。

此詞夔笙舍人刻於粤西，讎勘精審。時余方覆刻白蘭谷《天籟集》，遂並此合刻之。復孺、蘭谷二詞，不在山村、蜕巖、伯雨諸賢下，而論元詞者罕及之。書之顯晦，豈真有時耶？壬辰七夕雨窗校畢記此。臨桂王鵬運。（上海古籍出版社影印《四印齋所刻詞》本《蟻術詞選》）

藏春樂府一則

藏春散人詞，世罕傳刻。夔笙舍人叚繆太史雲自在堪抄本録副見貽，詞併詩爲六弓，明正德時刻。復於元《草堂詩餘》補《木蘭花慢》渾一後賦、《朝中措》書懷二闋，蓋原非足本也。往與碧瀣翁論詞，謂雄廓而不失之傖楚，醞藉而不流於側媚，周旋於法度之中，而聲情識力常若有餘於法度之外，庶爲填詞當行目論者，庶不薄填詞爲小道。藏春詞境雅與之合，碧瀣已矣，誰與共賞此奇者？質之夔笙，當同此慨嘆也。癸巳歲首，彙刻宋、元名家詞，托始於此。書此，以誌歲月。三月廿三日，扶病記於吟湘小室，半塘老人。（上海古籍出版社影印《四印齋彙刻宋元三十一家詞》本《藏春樂府》）

四印齋彙刻宋元三十一家詞 一則

右彙刻兩宋名家詞别集二十四家，元七家，家爲一卷，共三十一卷。始事於癸巳正月，至臈月訖工。宋、元士夫類擅倚聲，然皆集外别行，坿集以傳者絕少。宋人彙刻如《百家詞》、《典疋詞》、《五十家》、《復雅歌詞》，世已久無足本。國初汲古閣《六十家詞》之刻，有功詞苑最鉅。繼之者唯長塘鮑氏、江都秦氏、錫山侯氏，此外無聞焉。余性耆倚聲，尤喜搜耆宋、元人詞集，朋好知余癖耆，多出所藏相示，十餘年來，集錄殆逾百本。竊思聚之之難，且寫本流傳，字多譌闕，終恐仍歸湮沒。爰竭一歲之力，先擇世不經見及刊本久亡之篇幅畸零者，斠讎銓次，付諸手民，見於汲古諸刻者皆不錄，不獨爲學者博識之助，亦藉以抱殘守闕，存十一於千百。筱珊太史序余此刻，所謂『抉幽顯晦，共知搜集之苦心』者，洵知言也。是役也，訂譌補闕，夔笙中翰用力最勤。其以藏書叚我者，則陸存齋觀察，盛伯希司成，繆筱珊、黄仲弢兩太史，楊鳳阿閣讀、劉樾仲舍人也，例得竝書。光緒十九年冬日，臨桂王鵬運識。（上海古籍出版社影印《四印齋彙刻宋元三十一家詞》）

夢窗甲乙丙丁稿手識 一則

塘給諫初刻夢窗四藁，余有印本。後聞到揚州，又校刻之，半塘未印書，卽卒於蘇州旅館。客冬揚州，梓人以此樣本二冊來，與夔笙各留其一，似較前刻稍勝，然以後半塘所刻均難靚矣。丙午六月荃孫識。（上海古籍出版社影印《夢窗甲乙丙丁稿》『校勘夢窗詞劄記』手迹）

藝風堂文集 一則

《宋元詞四十家序》：國朝彙刻前人詞者，以虞山毛氏爲最富，江都秦氏爲最精。他若長塘鮑氏、鹽官蔣氏，亦嘗探靈琛於故楮，采片玉於珍祕，倚聲之士沾溉良多。吾友王子佑遐明月入抱，惠風在襟。孕幽想於流黃，激涼吹於空碧。古懷落落，雅不類於虎賁；綺語玲玲，媟不墮於馬腹。曾偕端木子疇、許君鶴巢、況君夔笙刻薇省聯吟詞，固已裁雲製霞，天工儷巧，刻葩斲卉，神匠自操矣。其論南宋詞人，姜、張並舉。《暗香》、《疏影》，石帚以堅潔自矜；《綠意》、《紅情》，春水以清空流譽。洵足藥粗豪之病，滌佚蕩之疵，於是有《雙白詞》之刻。又論長公疏朗，稼軒沈雄。大德、延祐之紀年，雲間、信州之傳本。延平劍合，崑山璧雙。流傳於竹隖、弇州，賞鑒於延令、傳是。藉東阿之珍弆，訂汲古之舛訛，於是有蘇、辛詞之刻。他若陽春領袖於南唐，慶湖負聲於北宋。碧山之緜眇，梅溪之軼麗。中圭雙秀，不殊怨悱之音；南渡四臣，各抱忠貞之性。《天籟》清雋，待竹垞而傳；《蟻術》新豔，遇儀徵而顯。以及《詞林正韻》、《樂府指迷》莫不錄諸舊帙，付諸削氏，真詞苑之津梁，雅歌之統會也。君又以天水一朝人諳令慢，續騷抗雅，如日中天。降及金元，餘風未泯。尺縑寸錦，易沒於烟埃；碎璧零璣，終歸於塵壒。遂乃名山剔寶，海舶徵奇。螺損千丸，羊禿萬穎。求書故府，逢宛委之佚編；散步冷攤，獲羽陵之祕牒。傳鈔徧於吳越，讐校忘夫昏旦。宋自潘閬以下得十九家，元自劉秉忠以下得十一家，或麗若金膏，或清如水碧，或冷如磵雪，或奇若巖雲。萬戶千門，五光十色。出機杼於眾製，融情景於一家。復爲之搜采逸篇，校訂訛字。棲塵寶瑟，重調殆絕之絃；沈水古香，復扇未灰之燄。洵足使汲古遜其精，享帚輸其富者矣。荃孫冬心冷抱，秋士愁多。未諳律呂之聲，粗識目錄之學。奉茲瓌寶，歎爲鉅觀。抉幽顯晦，共知搜集之苦心；嚼徵含宮，俾識源流於雅樂云爾。（繆荃孫《藝風堂文集》卷五，《續修四庫全書》影印清光緒二十六年刻本）

薇省同聲集二則

彭鑾《薇省同聲集敘錄》：鑾守邕州之明年，政暇，閒事吟弄，顧窮山密箐，無可是正，京華文讌，思之黯然。幸舊日吟侶端木子疇前輩、許鶴巢比部、王佑遐閣讀，閒有書來，每貽近作，兼多見憶之什，所以慰離羣、聯舊歡，意至渥也。回憶戊子入粵，湘上敗舟，諸君投贈之珍，喪失殆盡，對此倍加珍惜。暇日整比，都爲一編，益以臨桂況夔笙舍人所爲，命曰《薇省同聲集》。況到官，在鑾轉外後，佑遐以同里後進寄其詞，相矜詫。鑾與彼都士人遊，亦時聞況舍人名，因並甄録，以志嚮往省中文雅知名士，不翅四君，卽四君之所成就及所期許，亦不翅此選聲訂均之末技。獨念掖垣載筆垂二十年，與諸君子視草看花，無三日不聚，暇則命駕，互相過酒壚僧寺，載酒分題，其樂何極？丁亥秋，相約盡和白石自製曲，疇丈一夕得五六解。佑遐性懶，詞不時成，罰以酒，又不能飲，突梯滑稽，每亂觴政，同人無如何，而樂卽在其中。當時妄擬此樂可長，乃自鑾出後，疇丈近以老疾決退，鶴巢轉秋部，佑遐行擢臺垣，一頫印間，雲集者星散。曩時蹤迹，幾不可復識，正不獨鑾之束縛，馳驟於蠻烟瘴雨中，望長安如在天上也。然則此選聲訂均之微，其有關於吾曹之離合聚散，不綦重哉！録成，郵京師，付之剛氏，略誌其緣起如此，若諸君所詣閲者當自得之，無煩覼縷。光緒十六年閏二月識於邕州郡齋。

《薇省同聲集跋》：夫在野之鹿，得食則相呼；出谷之鶯，因聲而求友。氣類所感，唱酬斯興。上溯曩賢，高氏以三宴合編，香山與九老會詠。蘇門四賢，北郭十友，並見箸録，流聲藝林。光緒庚寅，前輩彭瑟軒太守集官京朝時同人倡和諸作，並別後所寄，甄録成帙，付之手民，以江寧端木子疇埰、臨桂王幼霞鵬運、況夔笙周儀、及玉琢先後同直，命曰《薇省同聲集》，屬書其後，玉琢方心沓舌，勉强效顰，何足與諸君方駕？然拂獎借之忱則乖，忘朋舊之好則恝，遂不敢辭。竊謂都下命疇歗侶壇坫所在，咸韶競鳴，盧後王前，聯鑣而振響，張南周北，比戶而矢音，同官爲寮，奇弄各奏。內閣自開國以來，風氣日上，人才輩出，卽論詞家，若彭羡門、曹珂雪、顧華峯諸先生，雅聲遠祧，法乳咸被，自是以後，家各有集，人自爲編，莫不鏗馨逸於尊前，廣流傳於井水。誠能蒐而輯之，則二百餘年掌故，於此徵人文於此，見陋次山之《篋中》，推成式之《漢上》，足揜羣雅，比美大晟。是編之刻，殆猶鄧林之孤花、南烹之一臠耳。

後有作者，跂予望之。吳縣許玉瑑。（清光緒刻本《薇省同聲集》）

鶩音集一則

《鶩音集序》：歸安漚尹侍郎、臨桂阮盦太守，今之詞壇宿老也。兩先生刊有詞稿，傳之其人，故以孝穆密裁，藏家成誦。耆卿妍唱，飲處都歌矣。近者侍郎刪存若干闋，太守亦重加理董。嚴選樓之格，擷文苑之英。此如北海傳經禮堂，寫其定本；東山訂譜樂府，寓其新聲。魏丁敬禮有言『文之佳惡，吾自得之，後世誰相知定吾文者』，意者兩先生同此旨乎？蓋得失唯懸寸心，筆削乃見歸趣也。夫詞之爲學，上祖風騷，陳古以刺今；意內而言外，其道尚已。放者爲之，競趨淫麗。或寒光發詠而不解牢愁，或芳草縈懷而非旅思。殆休文所嘆，此祕未睹者歟？兩宋詞人微婉成章，斷漏孤棲，子瞻鬱其幽恨；長門空訴，幼安觸其離憂。類皆附物造耑，切情環譬，以抒其家國之感。兩先生特工綺語，長於諷諭。詠白石之梅，則疏香嗟老；賦碧山之桂，則舊影思還。因寄所託，動涉身世。宜其趣流絃外，譽馥區中矣。豈矧偉長抱質，抗志箕山；鄴下昔游，獨稱傳後詞家。如玉田、草窗輩，殘燈瘦倚，惟記夢華；翠袖孤吟，深悲離黍。甘是堙曖，無慙逸民。今兩先生絕景窮巖，蔽名愚谷，超世高蹈，斯文自娛，則其詞之竦韻鏘流，靈芬豔發。梁簡文所云：『文章未墜，必有英絕領袖之者，抑亦襟寓曠逸，素所蓄積然也。往者兩先生客居京師，與半塘老人漁譜齊妍，樵歌互答。半塘之詞深文隱蔚，高格遠標，彫琢曼辭，蹈入夸飾，則不屑染其烟墨也。今讀兩先生詞，亦復道林造微，參軌乎正始；泉明指事，植體於比興。東莞論文，標舉《才略》。以阮籍命詩，嵇康遣論，謂其殊聲合響，異翮同飛。吾於兩先生今亦云然。半塘别字鶩翁，因以鶩音題其集，授之削氏，爲序其簡端云爾。戊午七月朔元和孫德謙。（民國七年孫氏四益宧刊《鶩音集》）

清季四家詞一則

《清季四家詞序》：清代詞學昌明，作者如林，遠追兩宋。洎乎末造，流風漸被，儁彦復興，幼遐振采於燕都，叔問蜚聲於江左，古微、夔笙嚮應景從，如驂之靳，主盟壇坫，垂三十年，海内翕然宗之。嗚呼盛已。夫詞於文藝爲晚出，體隘而格亦較庳，繇李唐訖五季，多以側豔相矜，衍其頹波，遂汎濫而罔知所返，雖北宋晏、歐兩賢猶不能恢張境象，自子野、東山、屯田、淮海、清真輩出，悱惻盱愉，長言詠歎，於是體製迺閎。南宋白石、梅溪、碧山、玉田、二窗繼之，而格律益邃。武進張皋文《詞選敘》，闡明意内言外之旨，謂其緣情造端，興于微言，以相感動，低徊要眇，以喻其致，近於變風之義、騷人之歌，自此論出，而詞之爲道始尊，所選詞亦多沈厚婉約，爲文學家所莫能廢。今觀清季四家之作，證諸皋文氏所稱述，隱若符契。蓋茲四子者，生歷同、光之際，海宇多故，國勢阽危；外侮洊臻，内政窳敝。半塘、彊邨早歲通籍臺省，蒿目時艱，抗言得失，亟思有所補捄。戊戌、庚子兩役幾蹈不測，大鶴、蕙風又皆僑寓東南，爲諸侯賓客，恆有江湖魏闕之思。四子出處雖殊，而感時撫事，憂深思遠，未嘗不同，方其前于後喁，勞歌互畣，若琴瑟笙磬之同聲相應，卽其襮發於外者以觀，而知其中之所蘊蓄者深矣。間嘗考其晚節，半塘罷官數年，客死吳中，彊邨、大鶴、蕙風胥丁國變，偕隱蘇淞二十年間，相繼凋謝，故其晚作，尤多蒼涼伊鬱，以視南宋中仙、叔夏、公謹諸人宋亡徜徉湖山寓物感興者，後先一揆。嗚呼！造物生才，胡不使之遭際休明，和聲鳴盛，顧獨令其飽經喪亂，迴腸盪氣，激而爲變徵之聲，豈歡愉之詞難工，愁苦之音易好耶？抑天固將嗇其遇，昌其辭，俾後之人流覽遺篇，想像生平，頫仰欷歔，有曠世而相感者耶？史遷謂《詩》三百篇大抵聖賢發憤之所爲作，誠慨乎其言之也。余於民國初年與半塘妹壻、臨桂鄧休菴同結詞社，聞述半塘論詞奥旨，南游金陵，識彊邨於散原座上，復交大鶴女夫戴亮吉，以所訂年譜相貽，至若四子詞集，則固夙所服膺。丁丑秋，避難入蜀，忝厠成均講席，每舉以示諸生。蜀既僻處西陲，又值倭氛甚惡，□索梗阻，購致諸集頗艱，逮軍告終，重游吳越三稔，去秋返蜀，適薛君志澤彙刻《清季四家詞》成，徵序於余。因念孟蜀時趙崇祚輯《花間詞》，蜀人居其泰半；厥後東坡、升菴皆能獨樹一幟，信知蜀中詞學夙具淵源。茲編既出，微特表章前哲，庶幾承學之士，咸遵矩矱，曉然於倚聲一道，上溯風騷遺韻，不敢復以小技目之，然則斯編刊布之功，不亦遠且大哉！余於詞麤涉藩籬，未嘗深造，重以志澤屢請，固辭弗獲，爰書以爲之序。中華民國三十八年歲次己丑仲夏月既望，畢節路朝鑾序於錦里寓齋。（成都薛崇禮堂校鐫《清季四家詞》）

寧鄉程氏全書七種三則

謝善詒《定巢詞集序》節録：《定巢詞》十卷，《十髮居士全集》之一，寧鄉程丈子大觀察所作也。

滹原騷辨，合轍風雅。頡頏同輩，左右數人。往則王半塘給諫、鄭大鶴山人扇其芬，存則況阮盦舍人、朱古微侍郎嫭其美。惟緣情體物，作者攸同；行氣驅才，成章各異。同歸殊轂，合徵契妙。獨論積健，終以推袁丈之於詞，少規雙白，繼步二窗。含緜邈於小令，紘上黃鶯；託委宛於長歌，春邊雙燕。豪宕疏快，間雜蘇辛。猶之鬱感易傷，宜振淩雲之氣；緜絲多靡，或催解穢之聲。鶻往鳩啼，鳴笳激壯；濤驚石亂，儷竹蒼茫。及虖劫運身遭，蒿廬海隱，西臺涕淚。北闕心情，賦花外之斜陽；吟蟬身世，誦于湖之獵火。（清光緒至民國間刊《寧鄉程氏全書七種》本《定巢詞集》）

《定巢詞集題辭》：曩夔笙居京師四印齋，唱酬無虛日。夔笙於詞不輕作，恆以一字之工、一聲之合，痛自刻繩，而因以繩余。余性嬾漫，顧樂甚不爲疲也。今夔笙客武昌，與子大以詞相切劘，子大詞清麗緜，至取徑白石、癭窗、清真，而直入溫、韋，得吾夔笙微尚嫭詣，以附益之，宜虖相得益彰矣。子大郵示十髮盦詞，因識數言簡端，益念吾夔笙不置。王鵬運，光緒庚子三月。（清光緒至民國間刊《寧鄉程氏全書七種》本《美人長壽盦詞集》『詞話』）

右詞二卷，最初之作起己卯，訖丙戌，都如干闋。易子中實譔錄於前，況君夔笙斠勘於後。余得以審知音病，竄易蕪謬，刻而襮之既竟，識其緣起。光緒庚子灌佛日，頌萬自記。（清光緒至民國間刊《寧鄉程氏全書七種》本《美人長壽盦詞集》之『言愁閣箋譜』）

州山吳氏先集二則

山陰擅吾浙奇勝，古所稱千巖競秀、萬壑爭流，靈秀所鍾，名才輩出，有如州山吳氏，世食舊德，儒雅璘玢，所謂麟角鳳毛，後先濟美者也。瀔泉先生耆古，精篆刻，近與阮盦況舍人商榷文字，因得其先世詞集四家，編付剞氏。珠聯璧合，蔚爲鉅觀，誠詞林盛事也。有宋四明吳夢窗爲倚聲鉅子，與周清真頡頏並世，填詞家輒瓣香奉之。四明距山陰，一衣帶水耳。吳氏詞中《鳳車》一集沈著濃至，於夢窗詞爲近，國初人詞未墜南宋風格，其消息略見於此，則夫瀔泉此刻，其爲有功詞學，良非淺鮮，何止傳一家之言云爾哉。上元戊午灌沸日，歸安朱祖謀序。

右州山吳氏詞萃四卷，曰留邨詞、曰攝閒詞、曰課鵡詞、曰鳳車詞，詞各爲卷，都爲一集。丙辰歲暮，隱編次本房支譜，付梓工竣，亟思訪求先世遺箸，悉壽棗梨，冀昭示來茲，繇翼吾宗雅故。時臨桂況夔笙舍人同客海上，出所藏《百名家詞鈔》見示，廬陵聶先晉人、長水曾王孫道扶所同纂定者也。吾吳氏四君詞悉在卷中。夫詞盛於宋，衰於元，絕於明，中興於國朝。風會所趨，名流輩出，晉人、道扶兩先生采玉崑岡，求珠於合浦，旁搜遐攬，僅迺得此百家，而吾宗居其四焉，亦云盛矣。爰亟叚歸移寫，彙刻成帙，以廣其傳。吾吳氏世守青箱，門承樸學，凡夫鴻編偉製，關係經濟學問，裨益人心風俗者，石室名山，臧弆豈少，表而出之，排比而齊一之，昉洪氏一家之言，爲康樂祖德之述，則茲事政未有艾，而是編特其嚆矢云爾。龍集彊圉大荒落中秋前一日，裔孫隱謹識。（民國七年西泠印社鉛印本《州山吳氏先集》，或題《州山

吳氏詞萃》）

雲謠集雜曲子 一則

《雲謠集雜曲子》，敦煌石室舊藏唐人寫卷子本，今歸英京博物館，毘陵董授經遊倫敦，手錄見貽。原題三十首，存十八首，《傾杯樂》以下佚目，亦無存。集中脱句譌文，觸目而是，授經間有諟正，未盡祛疑。旋從吳伯宛索得石印本，用疏舉若干條，質之況蕙風，細意鉤撢，復多刱獲，爰稽同異，臚識如右。其爲詞樸拙可喜，洵倚聲中椎輪大輅，且爲中土千餘年來未睹之祕籍。亟付槧人，以冠吾書，以餉同嗜。倘《傾杯樂》諸佚詞，得旦暮遇之，俾斯集復成完帙，益幸矣！中元甲子始春朱孝臧跋。（上海古籍出版社影印《彊邨遺書》本《雲謠集雜曲子》）

詞莂 二則

序曰：倚聲之學導源晚唐，播而爲五季，衍而爲北宋，流波競響，南渡極矣。元雜以俗樂，歷明而益夸，淫哇嘌唱，轉摺怪異，不祥之音作。有清興，一振之於雅，大音復完。綜而摧之，其年、竹垞、梁汾、容若皆以淵奧之才闢徑孤行，西河、珂雪幺絃自操，如律之應，敻思頑藻，此其獨也。其後樊榭起於浙，皋文倡於常，抑流競之靡，而軌諸六藝，雖挈缾庸受，逐宕失返，若夫越世扶衰，有足嬂焉。稚圭、蓮生因物騁辭，力追雅始，就其獨至，亦稱迥秀。咸、同戎馬，鹿潭以卑官聲於江湖間，並世作者，半塘之大，大鶴之精，彊邨之沈，與蕙風之穆，駸駸乎拊南宋而上矣。夫詞於道藝也，潛學洞古，鏤心鉥肝，以嶄鳴一家者，代有之，或不盡傳，卽傳矣，於世何埤？然猶威鳳一采，崑玉片珍，蓋其難也。爾田少侍先子，言嘗從鹿潭學詞，鹿潭自詡其詞曰白石儔也。及壯，獲與半塘、大鶴、彊邨游，三君者於學無不窺，而益用以資爲詞，故所詣沈思嫥進，而奇無窮。晚交蕙風，讀其詞，逌然優然，又若有異於餘子者。遭世亂離，半塘、大鶴旣坎壈前卒，彊邨亦摧光韜采，獨蕙風憔悴，行吟於海涯荒濱，每舉詞，故審音闃然，意者藝之至者，其流變與光嶽相終始歟！爰因退迹，覽衆賢之，瓌製采擿孔翠，裒而集之，非夫邁往逸駕，自開戶牖者屏不錄。冠曰《詞莂》，莂者，《內典記》：『莂之，取也。』大凡十五家爲詞，都一百三十七闋，以嗣鮦陽《復雅》。辛酉季夏，遯堪居士張爾田。

《詞莂》一卷，原出彊邨翁手，當選輯。時翁與張君孟劬同寓吳下，恆共商略去取。翁旋至滬，與況蕙風蹤跡日密，復以況詞入選。孟劬則力主錄翁所自爲詞，卒乃託名孟劬以避標榜。予旣從翁錄副，輒請於翁，曷不與《宋詞三百首》合刊行世，則答以尚待刪訂。去年翁歸道山，爰商諸孟劬，亟出付梓，仍以原序冠篇首，而附著其始末如此云。壬申夏龍沐勛記。（上海古籍出版社影印《彊邨遺書》本《詞莂》）

唐宋金元詞鉤沈 一則

自敦煌石室發現，唐人寫本曲子詞復見於人間，其中以《雲謠集雜曲子》一卷最爲完整。彊村老人刊叢書，以倫敦博物院所藏殘卷十八首冠其書。上虞羅氏亦據同本刊入《敦煌零拾》。二十年夏，劉半農復在巴黎圖書館輯《敦煌掇瑣》出版，亦載《雲謠集》殘卷。吾師榆生先生以告彊村，取校倫敦本，除《鳳歸雲》前二首重出外，餘悉爲倫敦本所無，合之適符三十首之數。彊村悉心鉤稽，復托香山楊鐵夫君與榆師參校寫定。次年，榆師刊《彊村遺書》，即據此全本編入。中土千餘年未睹之祕笈，至此乃得成完帙。惟石室所藏，除《雲謠》一卷外，尚有小曲三種，《魚歌子》、《長相思》等六首，載羅氏《敦煌零拾》中。往歲趙叔雍君又於《北京畫報》庚午年七月三十日錄得傅惜華所記日本橋川醉軒藏唐人寫本曲子《楊柳枝》等五首，遂登《詞學季刊》一卷四號，余復於《蕙風詞話》四、劉氏《敦煌掇瑣》得見數首，因輯爲一卷，名《敦煌詞掇》。其尤引爲快慰者，劉氏《敦煌掇瑣》二十六所載七首，與傅氏唐人寫本曲子五首，除《酒泉子》、《楊柳枝》兩首重出外，合之，知原爲一卷。意此卷亦當如《雲謠集雜曲子》，同爲敦煌石室所藏之古詞集，惜其撰人、集名均無可考。觀傅氏於《南歌子》半首後注云『下佚』，是此後當尚有詞。余疑《掇瑣》本孟姜女闋，前亦必有詞多首，因與他卷銜接，致其卷目首數，今亦不可考矣。茲編所輯，以《蕙風詞話》、《敦煌零拾》、《敦煌掇瑣》所載之零章爲上編，而以劉氏《掇瑣》、羅氏《零拾》、傅氏寫本，差可成一卷者，列爲下編。復承永嘉夏瞿禪君校閲一過，俾脫字譌文，略可句讀。他日倘續有發見，錄成敦煌詞全帙，亦談唐詞者之快事也。二十四年除夕前二日，泳先記。（民國排印本《唐宋金元詞鉤沈》序目）

歷代兩浙詞人小傳一則

朱孝臧跋節錄：近世輯同省人詞爲一書者，如長樂謝氏《閩詞鈔》、臨桂況氏《粤西詞見》，夢坡曷仿其例爲《兩浙詞鈔》？諸家之作，按小傳索之其有別集流傳者。夢坡夙擅倚聲，何難擇尤？箸録或僅存藁章片闋，而其人恃此以傳，則尤有裨鄉邦雅故，所謂發潛德、闡幽光，雖工拙勿庸深論者也。（民國夢坡室刊《歷代兩浙詞人小傳》）

佚名題識手蹟一則

夔翁爲聲家宗匠，竱門絕業，獨有千秋，年來激賞拙作，復增知己云哉，何得妄有評隲？弟恐學者工力未到，謬相誦法，故記狂言如次。《餐櫻》一集爲先生功□最深之作，如《高陽臺》、《小重山》、《徵招》、《聲聲慢》等首，於巉刻中未失自然，宜取法。夔翁好作難題，又認難題爲難做，故斧鑿痕滿紙皆是。生典生句，湊語巧語，倒裝句，腐句腐典窄典，如《蘭荃》、《荃蘁》、《鸕鷀裘》皆不可學。（上海圖書館藏《餐櫻詞》夾紙墨筆題）

紉芳簃詞跋

右詞存四十曲，存目一曲，皆甲乙間所作。又多經蕙風删改者，除題六舟上人畫梅一曲，見乙丑第五期《野語雜誌》，餘皆未經見者。乙未春分木棉開候孚存誌於庚經研室。（中華書局二〇一六年影印稿本《紉芳簃詞》）

吳絲新譜一則

蒙庵詞人作品頗自矜重，不肯輕易示人，自與訂交之後，過蒙青睞，既借以《蕙風詞》和《蕙風詞話》，又得《吳絲新譜》，詞多□，何幸如之。（上海圖書館藏抄本《吳絲新譜》題記）

附錄六　詞話　詩話

詞話

復堂詞話四則

村舍點閱《草堂詩餘》，擁鼻微吟，竟忘身作催租吏也。《草堂》所錄，但芟去柳耆卿、黃山谷、胡浩然、康伯可、僧仲殊諸人惡札，則兩宋名章迴句，傳誦人間者略具，宜共與《花間》並傳，未可廢也。《詩餘續編》二卷，不知出何人，擇言雅矣。然原選正不諱俗，蓋以盡收當時傳唱歌曲耳。續采及元人，疑出明代。然卷中錄稼軒、白石諸篇，陳義甚高，不隨流俗，明世難得此識曲聽真之人。《復堂日記》庚辰　珂謹按：庚申季春，武進趙君叔雍刊行之《蓼園詞選》，即取材於《草堂詩餘》而汰其近俳近俚諸作者也。每闋後綴小箋，意在引掖後學。蓼園姓黃氏，廣西人。叔雍名尊嶽，工詞。況夔笙前輩周頤嘗謂，叔雍微尚清遠，盛年馳譽，於倚聲之學，尤能研精覃思，發前人所未發也。（譚獻《復堂詞話》）

臨桂況夔笙舍人周儀，珂謹按：儀今改頤。暫客杭州，聞聲過從，鋭意爲倚聲之學。與同官端木子疇、王幼遐、許玉瑑唱和，刻《薇省同聲集》，優入南渡諸家之室。夔笙網羅詞家選本別集，篋衍盈數百家。秀水女士錢餐霞《雨花盦詩餘》，予借觀，洗鍊婉約，得宋人流別；附詞話亦殊朗詣。又示予蘇汝謙虛谷《雪波詞》寫本、唐子實《涵通樓師友文鈔》，附龍、王、蘇三家詞。今寫本多唐刻所未見，蘇君超超，殆翰臣、少鶴兩先生所不能掩，予采擷入《篋中詞續》，此事殊未已也。《復堂日記・辛卯》

桂林山水奇麗，唐畫宋詞之境。蘇君珂謹按：即蘇謙超超，非少鶴丈珂謹按：即王錫振所能掩，亦不負靈區矣。後起有王幼遐、況夔笙，宮商舉應，伶翟爭傳已。《篋中詞》

同、光間，吾師仲修譚先生，以詞名於世，與丹徒莊中白先生棫齊名，稱譚莊。所著曰《復堂詞》，學者宗之，稱之曰復堂先生。時猶未盡知王佑遐、鄭叔問、朱古微、況夔笙四先生也。師之論詞諸說，散見文集、日記，及所纂《篋中詞》、所評周止庵《詞辨》。光緒庚子，珂里居，思輯爲專書，請於師曰：『集錄緒論，弟子職也。侍教有年，請從事。』師諾，其年冬，書成呈師，師曰：『可名之曰《復堂詞話》。』師歸道山久矣，木壞山頹，吾將安仰？今付梓，校誦三復，掩卷泫然。乙丑中華民國十四年二月，弟子徐珂謹識於上海寓廬。（以上四則，《詞話叢編》本）

裒碧齋詞話 一則

王幼遐詞，如黃河之水，泥沙俱下，以氣勝者也。鄭叔問詞，剝膚存液，如經冬老樹，時一著花，其人品亦與白石爲近。朱古微詞，墨守一家之言，華實並茂，詞場之宿將也。文道羲詞，有稼軒、龍川之遺風，惟其斂才就範，故無流弊。張次珊詞，軒豁疏朗，尤有守律之功。宋芸子詞，非顓門，要自情韻不匱。夏劍丞詞，秀韻天成，似不經意而出，其鍛鍊仍具苦心。胡研孫詞，標格在梅溪、玉田之間，往往風流自賞。蔣次香詞，伊鬱善感，信筆寫出，亦鐵中之錚錚。況夔笙詞，手眼不必甚高，字字銖兩求合，其涉獵之精，非餘子可及。蕭琴石詞，老氣橫秋，乃時有拖沓之態，今遺稿不知流落何許矣。洪未聃詞，聰明絕世，亦復沈著有餘音。程子大詞，源於三十六體，粉氣脂光，令人不可逼視。易實甫詞，才大如海，惟忍俊不禁，猶有少年豪氣未除。王夢湘詞，工於賦愁，長於寫豔，故亦卓犖偏人。之數君者，投分既深，故能管窺及之，而竊歎爲不可及。客曰：『君詞自謂何如？』余曰：『天分太低，筆太直，徒能以作詩之法作詞耳。』（陳銳《褒碧齋詞話》，《詞話叢編》本）

近詞叢話四則

光、宣間之倚聲大家，則推臨桂王鵬運、況周頤、歸安朱祖謀、漢軍鄭文焯。鵬運字幼霞，周頤字夔笙，祖謀字古微，文焯字叔問。

同、光間有詞學大家，前乎王幼霞給諫、況夔笙太守、朱古微侍郎、鄭叔問中翰。爲海内所宗仰者，譚復堂大令是也。大令既舉於鄉，一爲校官，旋筮仕於皖，以經術師吏治。簿書餘暇，輒招要朋舊，爲文酒之宴集，吮毫伸紙，搭拍應副，若不越乎流連光景之情文者。讀其詞者，則云幼眇而沈鬱，義隱而指遠，腷臆而若有不可於明言。蓋斯人胷中别有事在，而官止於令，犖然不能行其志，爲可太息也。

況夔笙爲倚聲大家，著有《第一生修梅華館詞》，與王幼霞、朱古微相友善。其官秩亞於幼霞、古微，而聲望實與相埒。嘗自述其填詞之所歷曰：『余自同治壬申、癸酉間卽學填詞，所作多性靈語，有今日萬不能道者，而尖豔之譏，在所不免。光緒己丑，薄遊京師，與半塘共晨夕，半塘詞夙尚體格，於余詞多所規誡。又以所刻宋、元人詞屬爲校讎，余自是得窺詞學門徑。所謂重、拙、大，所謂自然從追琢中出，積心領神會之，而體格爲之一變。半塘亟獎藉之，而其它無責焉。夫聲律與體格並重也，余詞僅能平側無誤，或某調某句有一定之四聲，昔人名作皆然，則亦謹守弗失而已，未能一聲一字，剖析無遺，如方千里之和清真也。如是者二十餘年，繼與漚尹以詞相切磨，漚尹守律綦嚴，余亦恍然嚮者之失，斷斷不敢自放，乃悉根據宋、元舊譜，四聲相依，一字不易，其得力於漚尹與得力於半塘同。人不可無良師友，不信然歟？大雅不作，同調甚稀，如吾半塘，如我漚尹，寧可多得？半塘長已矣，於吾漚尹，雖小別亦依黯。吾漚尹有同情焉，豈過情哉？豈過情哉？』半塘卽幼霞也，漚尹卽古微也。

光緒庚寅、辛卯間，況夔笙居京師，常集王幼霞之四印齋，唱酬無虛日。夔笙於詞不輕作，恆以一字之工、一聲之合，痛自刻繩，而因以繩幼霞。幼霞性雖懶，顧樂甚不爲疲也。己亥，夔笙客武昌，則與程子大以詞相切劘。幼霞聞之而言曰：『子大詞清麗緜至，取徑白石、夢窗、清真，而直入溫、韋，得夔笙微尚專詣以附益之，宜其相得益彰矣。』（徐珂《近詞叢話》，《詞話叢編》本）

清詞選集評一則

況周頤《南浦・春草》『南浦暗銷魂』：譚復堂師曰：字字《離騷》屈、宋心。（徐珂《清詞選集評》，一

九八八年中國書店影印民國排印本）

人間詞話三則

蕙風詞小令似叔原，長調亦在清真、梅溪間，而沈痛過之。彊村雖富麗精工，猶遜其真摯也。天以百凶成就一詞人，果何爲哉？

蕙風《洞仙歌》秋日遊某氏園及《蘇武慢》寒夜聞角二闋，境似清真。集中他作，不能過之。

蕙風聽歌諸作，自以《滿路花》爲最佳，至題《香南雅集圖》諸詞，殊覺泛泛，無一言道著。（以上三則，王國維《人間詞話》附錄一，《詞話叢編》本）

詞說二則

自序：有清一代，詞學屢變而益上。中葉以還，鴻生疊起，闢門戶之正，示軌轍之程。逮乎晚清，詞家極盛，大抵原本風雅，謹守止庵『導源碧山，歷稼軒、夢窗以還，清真之渾化』之説爲之。雖功力有淺深，成就有大小，而寧晦無淺，寧澀無滑，寧生硬無甜熟，鍊字鍊句，迥不猶人，戛戛乎其難哉！其間特出之英，主壇坫，廣聲氣，宏獎借，妙裁成。在南則有復堂譚氏，在北則有半塘王氏，其提倡推衍之功不可沒也。嘅自清命既訖，道喪文敝，二十年來，先民盡矣。獨有彊邨、蕙風嗎于海上，樂則爲天寶霓裳，憂則爲殷遺麥秀，是可傷已。乃今歲初秋，蕙風奄逝，吾道益孤。猶幸承其風者，有吳君瞿安、王君飲鶴、陳君巢南諸子，大抵學有本原，足以守先而待後。兆蘭無似，友教吳門。諸生以老馬識途，時時從問詞法，兼求詞話，奉爲準則。因念古人名著如《詞源》、《詞旨》及《樂府指迷》等作，未必淺深高下之皆宜。而清代叢談、詞話諸書，往往特標一義以自取重，誠恐博而寡要，勞而少功。又慮近世學者根柢不具，則枝葉不榮。故推本屈、宋、徐、庾之旨，甄別家數選本之精，闡述前賢時彦相承之統緒，撰爲一書，名曰《詞說》。要使本末兼修，古今同化。際茲斯文絕續之會，寧使後之人視吾說爲駢枝，無令嗜學者恨前人不爲傳述也。宜興蔣兆蘭。

初學填詞，勿看蘇、辛，蓋一看即愛，下筆即來，其實只糟粕耳。竹垞提倡姜、張，太鴻參之梅溪，陽湖推挹蘇、辛，止庵揭櫫四家，而以清真集其成，可謂卓識至論。清季詞家，蔚然稱盛。大抵宗二張、止庵之說，又竭畢生心力爲之。本立言之義，比風雅之旨，直欲突過清初，抗衡兩宋。後有作者，試研幾張景祁、譚獻、許增、鄭文焯及四中書端木埰、許玉瑑、王鵬運、況周頤、張仲炘、朱孝臧諸賢所作，當知吾言之不謬也。（蔣兆蘭《詞說》，《詞話叢編》本）

小三吾亭詞話二則

粵西詞家，定甫以後，推王幼遐鵬運、況葵笙周儀。王官御史所著曰《半塘詞》，況官中書舍人所著曰《第一生修梅花館詞》。余戊戌入都，始與幼遐訂交。幼遐所刻四印齋詞，山谷詩云『我捉養生之四印』，謂忍、默、平、直也。校勘精審，汲古弗逮。其所爲詞，泠泠纍纍，若鳴雜佩。

葵生嘗與幼遐暨端木子疇、許鶴巢合刻詞曰《薇省同聲集》。其所刻《新鶯》、《玉梅》、《錦錢》、《蕙風》、《菱景》、《存悔》諸詞，婉約微至，多可傳之作。《法曲獻仙音》云：『殘月窺尊，（中略）』《水龍吟》云：『雪中過了花朝，（中略）』《壽樓春》云：『嗟春來何遲。（中略）』《三姝媚》云：『啼鵑聲自苦。（中略）』《燭影搖紅》云：『簾幕誰家，（中略）』去歲，沈子封提學遊江南歸，嘗以葵生近著筆記五種見詒，談藝爲多，間資考證。所著《香海棠館詞話》則寥寥短章，恨其易盡也。（冒廣生《小三吾亭詞話》卷一，《詞話叢編》本）

柯亭詞論六則

詞講四聲，宋始有之，然多爲音律家之詞。文學家之詞，分平仄而已。音律家之詞，原可歌唱，四聲調叶，爲可歌之一種要素。仇山村曰：『詞有四聲、五音、均拍、輕重、清濁之別，卽指可歌之詞而言。北宋如屯田、方回、清真、雅言諸家，南宋如白石、梅溪、夢窗、草窗、玉田諸家，大都妙解音律，所爲詞，聲文並茂。吾人學其詞，多有應守四聲者。且所謂音律家之詞，亦惟獨創之調，自度之腔，如清真《蘭陵王》、白石《暗香》、《疏影》之類，須嚴守四聲。至於通行之調，如《金縷曲》、《沁園春》、《水龍吟》之類，則無四聲可守。《摸魚子》、《齊天樂》、《木蘭花慢》之類，一調中只有數處仄聲須分上去，不必全守四聲也。四聲調叶之詞，今雖以音譜失傳而不可歌，然較之僅分平仄者，讀時尚覺鏗鏘可聽。故詞家之守律者，必辨四聲分上去，以爲不如是，不合乎宋賢軌範。淺學者流，每謂守四聲如受桎梏，不能暢所欲言，認爲汩沒性靈。其實能手爲之，依然行所無事，並無牽强不自然之病。觀清末況蕙風、朱彊村諸家守四聲之詞，足證此語不誣。

詞守四聲，乃進一步作法，亦最後一步作法。填時須不感拘束之苦，方能得心應手。故初學填詞，實無守四聲之必要，否則辭意不能暢達，律雖叶而文不工，似此填詞，又何足貴？惟世無難事，習之既久，熟能生巧，自無所謂拘束，一以自然出之。雖守四聲，而讀者若不知其爲守四聲矣。北宋尚無守四聲之説，通音律之詞家，大都能按宫製譜，審音用字參看拙著《樂府指迷箋釋》『去聲字』條下小註第一後按語。南渡後，此法漸失傳。於是始有守四聲詞派出，以求於律不忤。至所謂守四聲，在一調中，有全守者，有半守半不守者。方、楊諸家之和清真，每有此現象。全守者不必論，半守者，即詞中此一部分四聲，有絲毫不容假借處，故諸家於此等處均不肯違背。半不守者，即詞中此一部分四聲有可通融處，故諸家可各隨其意。又同一人所創之調亦然，如夢窗《鶯啼序》三首中四聲雖大致相同，亦間有不同處。總之皆隨各宫調音譜之性質，而填詞用字各如其量。惟四聲在調之何部即可通融，宋賢亦無定則傳後。故今日填詞，不講律則已，講律則惟有遵守宋賢軌範，亦步亦趨矣。入可代平，去不代上，本宋賢成説，不妨按調之情形采用。王半塘、鄭叔問、況蕙風、朱彊邨爲清末四大詞家，守律之嚴，王、鄭似不如朱、況，而朱、況之嚴於守律，前期之作，似不如其後期。總之宋詞之音譜拍眼既亡，即守四聲，亦不能入歌。守律派之守四聲，無非求其近於宋賢叶律之作耳。近年社集，恆見守律派詞人，與反對守律者互相非難，其實皆爲多事。詞在宋代，早分爲音律家之詞與文學家之詞。音律家聲文並茂之作，固可傳世。文學家專重辭章之作，又何嘗不可傳世？各從其是可也。

學詞切勿先看近人詞，近人詞多重敷浮字面，不尚意境，不講章法，不守格律。從此入手，以後卽不能到宋名賢境界。清詞亦只末季王、朱、鄭、況等數家可以取法，餘不足觀也。

清詞派別可分三期：浙西派與陽羡派同時，浙西派倡自朱竹垞，曹升六、徐電發等繼之，崇尚姜、張，以雅正爲歸；陽羡派倡自陳迦陵，吴薗次、萬紅友等繼之，效法蘇、辛，惟才氣是尚，此第一期也。常州派倡自張皋文，董晉卿、周介存等繼之，振北宋名家之緒，以立意爲本，以叶律爲末，此第二期也。第三期詞派創自王半塘，葉遐菴戲呼爲桂派，予亦姑以桂派名之。和之者有鄭叔問、況蕙風、朱彊村等，本張皋文意内言外之旨，參以淩次仲、戈順卿審音持律之説，而益發揮光大之。此派最晚出，以立意爲體，故詞格頗高；以守律爲用，故詞法頗嚴。今世詞學正宗惟有此派，餘皆少所樹立，不能成派。其下者，野狐禪耳。故王、朱、鄭、況諸家，詞之家數雖不同，而詞派則同。

作詞固難，看詞亦不易。看前人詞，最宜仔細分析，能洞見前人工拙，方能發見自己短長，而加以改進。大鶴、蕙風最善論詞，彊邨則心知其故而不多言。方今論詞具法眼者，當推嘉興張孟劬、南海陳述叔。孟劬深受大鶴陶鎔，述叔則傳彊邨衣缽者。二人一病一老，此後恐成《廣陵散》矣。

蕙風詞，才情藻麗，思致淵深。小令得淮海、小山之神，慢詞出入片玉、梅溪、白石、玉田間。吐屬雋妙，爲晚清諸家所僅有，然以好作聰明語，有時不免微傷氣格。少作以側豔勝，中年以後漸變爲深醇。論慢詞，標出重、大、拙三字境界，可謂目光如炬。其《蕙風詞話》五卷，論詞多具卓識，發前人所未發。（蔡嵩雲《柯亭詞論》，《詞話叢編》本）

聲執四則

敘：學倚聲四十年，師友所貽，諷籀所得，日有增益，資以自淑。第念遠如張炎、沈義父、陸輔之，近如周濟、劉熙載、陳廷焯、譚獻、馮煦、況周儀、陳銳、陳洵，其論詞之著，皆示人以門徑。予雖譾陋，然出其管蠡之見，與聲家相商榷，或能匡我不逮，俾此道日就康莊。一息尚存，及身亦可求益。昔釋迦說相，法執我執，皆所當破。詞屬聲塵，寧免兩執。況詞自有法，不得謂一切相皆屬虛妄，題以《聲執》，適表其真。世有秀師，或不訶我。特前人所已言者，非有研討，或須闡明，不敢勦說。時賢言論，見仁見智，例得並行，不敢涉及。並世作者之月旦，或鴻篇巨製之蒐錄，詩話詞話，往往有之，慮涉標榜，亦不敢效顰。戒律所在，拳拳服膺，倘亦我執與。己丑三月，陳匪石自識。（陳匪石《聲執》，《詞語叢編》本）

詞曰詩餘，昔有兩解。或謂爲緒餘之餘，胡仔曰：『唐初歌詞，皆五七言詩，自中葉以後，至五代漸變爲長短句，至本朝而盡爲此體。』張炎之說亦同，藥園詞話因之，遂追溯而上，謂『殷其靁，在南山之陽』爲三五言調，『魚麗于罶，鱨鯊』爲四二言調，『遭我乎猺之間兮』爲六七言調，『我來自東，零雨其濛。鸛鳴于垤，婦嘆于室』爲換韻，《行露》首章曰『厭浥行露』，次章曰『誰謂雀無角』爲換頭，則三百篇實爲其祖禰。此謂詞源於詩，由詩而衍，與騷賦同，班固以賦爲古詩之流，說者卽以詞爲詩之餘事矣。或謂爲贏餘之餘，況周儀曰：『唐人朝成一詩，夕付管絃，往往聲希節促，則加入和聲。凡和聲皆以實字填之，遂成爲詞。詞之情文節奏，並皆有餘於詩，謂之詩餘。』此以詞爲有餘於詩也。沈約《宋書》

曰：『吳歌雜曲，始皆徒歌，既而被之管絃，又因絃管金石作歌以被之。』況周儀引以說詞，謂『填詞家自度曲，率意爲長短句，而後協之以律，此前一說。前人本有此調，後人按譜填詞，此後一說。歌曲若枝葉，始萌於詞，則芳華益楙』。即所以引申『有餘於詩者』也。愚以爲詞之由來，實以歌詩加入和聲爲最確。唐五代小令或即五七言絕，或以五七言加減字數而成，如《苕溪漁隱叢話》所舉之《瑞鷓鴣》、《小秦王》可爲明證。又所謂《小秦王》必須雜以纏聲者，即加入和聲之說。蓋始則加字以成歌，繼乃加字以足意。詩由四言而五言而七言，不足則加和聲而爲詞。詞調既定又不足，而加和聲而爲曲，此詩、詞、曲遞嬗之迹，所謂言之不足則長言之，長言之不足則嗟歎之。凡以宣達胷臆，陶寫性情，務盡其所蓄積，始簡畢鉅，自然之理。則爲餘於詩，而非詩之餘，與胡、張二氏之說並不相悖。

詞有句中韻，或名之曰短韻，在全句爲不可分，而節拍實成一韻。例如溫庭筠《荷葉杯》：『波影滿池塘』，『影』字與上句『冷』字叶；『腸斷水風冷』，『斷』字與上句『亂』字叶。馮延巳《南鄉子》之『茫茫』、『斜陽』，與下句『腸』字、『行』字叶。《霜天曉角》換頭第二字，《定風波》換側後仄協之二字亦然。《花間集》中其例多有，慢曲如《滿庭芳》、《瑣窗寒》、《憶舊遊》、《絳都春》、《玉蝴蝶》、《暗香》、《無悶》等調之換頭第二字屬於短韻者，不勝枚舉。《木蘭花慢》則有三短韻，換頭以外，如柳詞之《傾城》、《歡情》皆是。且柳之三首悉同，此等叶韻，最易忽略。南宋以後往往失叶，《霜天曉角》、《滿庭芳》、《憶舊遊》、《木蘭花慢》等常填之調爲尤甚，律譜列爲又一體而不知其非也。填詞家於此最應注意，既不可失叶，使少一韻，尤須與本句或相承之句黏合爲一，毫無斧鑿之痕。歷觀唐、宋名詞，莫不如是。惟因此故，發生一疑似之問題，凡詞中無韻之處，忽填同韻之字，則迹近多一節拍，謂之犯韻，亦曰撞韻，守律之聲家懸爲厲禁，近日朱、況諸君尤斤斤焉。而宋詞於此實不甚嚴，卽清真、白石、夢窗亦或不免。彼精通聲律，或自有說，吾人不知節拍，乃覺徬徨。例如清真《拜星月慢》之『眷戀』、屯田《戚氏》之『孤館』，有他家不叶者，尚可謂其未避撞韻。而如清真《綺寮怨》之『歌聲』、梅溪《壽樓春》之『未忘』、夢窗《秋思》之『路隔』，及草窗《倚風嬌近》之『淺素』，是韻非韻，與《倚風嬌近》城、屏、婷三字可以斷句，是否夾協三平韻，同一不敢臆測。既避專輒，又恐失叶，遂成懸案。凡屬孤調，遇此卽窮。因審慎而照填一韻，愚與邵次公倡之，吳瞿安、喬大壯從而和之，然終未敢信爲定論也。

作者以四聲有定爲苦，固也。然慎思明辨，治學者應有之本能，否則任何學業皆不能有所得，況尚有簡捷之法自得之樂乎？萬氏曰：『照古詞填之，亦非甚難。但熟吟之，久則口吻之間有此調聲響，其拗字必格格不相入，而意中亦不想及此不入調之字。』況蕙風晚年語人嚴守四聲，往往獲佳句佳意，爲苦吟中之樂事。不似熟調，輕心以掉，反不能精警。以愚所親歷，覺兩氏之言實不我欺。凡工詩工文者，簡練揣摩，困心衡慮，甘苦所得，當亦謂其先得我心也。抑愚更有進者，諷籀之時，先觀律譜所言，再參以善本之總集、別集並及校本，考其異同，辨其得失，則一調之聲律，具在我心目中，熟讀百回，不啻己有，不獨入萬氏之境。且獲思悟之一適，竹垞、樊榭有開必先，彊村、樵風遂成專詣，至足法矣。

及依律填詞，尤有取於張炎《詞源》製曲之論，句意、字面、音聲，一觀再觀，勿憚屢改，必無瑕乃已。白石所謂過旬塗稿乃定，不能自已者。彈丸脫手，操縱自如，讀者視爲天然合拍，實皆從千錘百鍊來。況氏之樂，卽左右逢原之境，成如容易卻艱辛，彊村先生謂之人籟，且曰勿以詞爲天籟，自恃天資，不盡人力，可乎哉？特以艱深文淺陋，不足語於研鍊，且當切戒耳。（以上三則，陳匪石《聲執》卷上，《詞話叢編》本）

東瀛有所謂觀櫻節者，舊制，春三花發，公卿百官皆給假賞春。今則士女徵逐，舉國嬰嬰。墨江左右隄有櫻數百樹，爛如霞錦，相率笙歌轟飲花下，或以櫻和飯，曰櫻飯；或團花爲饘，煎蒸參用，曰櫻餅；又或點櫻爲湯，下以鹽，可醒酒，曰櫻茶。游客折花，或插帽，或裹袖綰帶，歲久成俗，號以花王。東人云：朱舜水居東酷愛之，庭植數十株，花開恣賞，曰：『使中土有之，亦當弁冕羣芳。』其在日本，客於水戶義公。義公於其歿，環植櫻樹於祠堂之旁，存遺愛焉。其花多深紅淺絳，有白與綠者，以罕尤珍。況夔笙東游，賦櫻詞最多。其賦綠櫻《沁園春》句云：『縱然葱蒨，忍教結子，如此娉婷。』謂其華而不實也。又有《減字浣溪紗》多闋，悉用櫻典，擇錄之云：『萬里移春海上香。五雲扶艦渡花王。從教彩筆費平章。　萼綠華尤標俊賞，藐姑射不競濃妝。偏繙芳譜只尋常。』又云：『何止神州無此花。西方爲問美人家。也應惆悵望雲涯。　風味似聞櫻飯好，天台容易戀胡麻。玉纖更索點新茶。』又云：『畫省三休佇玉珂。峨冠寶帶惹香多。錦雲仙路簇青娥。　似此春華能愛惜，有人芳節付蹉跎。隔花猶唱《定風波》。』又云：『舜水祠堂璨雪霞。廣平鐵石賦梅花。葛薇身世一枯槎。　紅樹仙源仍世外，綵旛春色換鄰家。過牆蜂蝶近紛拏。』又云：『何處樓臺罨畫中。瑤林瓊樹絢春空。但論香國亦仙蓬。　未必移根成悵惘，祇今顧影越妍濃。怕無芳意與人同。』又有《戚氏》一闋，檃括所作，末云：『甚醉鄉、容易韶華送。（中略）』傷春異地，舉目危欄，正非尋常吟玩，芳詞一讀，

吾腸九迴矣。（郭則澐《清詞玉屑》卷十，民國丙子蟄園校刊）

況夔笙少習繪事，太夫人以妨治經爲戒，乃棄去不復爲。晚歲偶爾遣興，絶不示人。其門人蒙庵、巨來各得所繪梅花一幅，蒙庵以其畫無款，乞古微侍郎補題詞，侍郎卒，畫不可復覓。幸尚藏便面二事，因填《漢宫春》寫感云：『蠹墨盈牋，把春風詞筆，點染丹青。傷心馬塍花事，清淚如傾。幽香重覓，省遺恨、咽到無聲。腸斷紫霞一曲，詞仙又賦騎鯨。　占取隴頭芳訊，只怕聞鄰笛，難叩玄亭。漫誇幾生脩到，總付飄零。江山滿目，忍夜臺、碎語堪聽。歸來鶴，天寒獨守，何時爲證香盟。』沈乙庵丈亦工畫，不輕出手，侍母疾時，嘗畫以娱母，與夔笙適異。夏吷盦有《齊天樂》詞題所畫山水云：『一峯孤拄斜陽外，超然故人神理。看倒三松，難移片石，遺墨刳肝爲紙。藏舟夜徙，賸填壑清塵，委波哀涕。未要人知，畫成何用署名字。　鄰牆曾聽小海，叩關呼唤我，樓檻同倚。夢繞河橋，行經埭角，頻覺韶光彈指。雲居縱美，但甌脱浮家，老來留滯。硯食生涯，候門貧畫史。』吷盦嘗與乙庵丈結鄰於車埭角，其贈吷庵詩有云：『吷广詩思清到骨，古愁冥冥非世間。散髮能爲小海唱，服芝夢謁商顔山。』即用其詩中語也。乙庵丈畫亦不署名，余於蒼虯閣嘗見之，異日補輯畫徵者，當有取於是。

冷曹清況，惟買花訪書爲樂，冷市荒攤，百涉不厭。魏挺生駕部《長安樂》絶句所謂『廠市纔過花市近，尋常行處有春風』也，況夔笙久官内閣，其《蕙影詞》爲出都後所作，有憶宣武城西北市《殢人嬌》詞云：『豔早蜂疑，（中略）』又憶都門琉璃廠廟肆《繞佛閣》詞云：『梵鐘頓杳。（中略）』廠肆每歲自初正至元夕，陳列百貨。其東有火神廟，羅列金石書畫，爲雅流所萃。又廊房頭巷燈肆銜連，游人於逛廠餘興，必兼選燈。夔笙見安定講堂懸紗燈數事，爲京都物，感賦《戀繡衾》詞有云：『春明回首惜夢華。

海王村、東去駐車。有如玉，人年少，試春燈，紅翠畫紗。』蓋廊房巷卽在廠市之東，猶憶童時侍先太保春游，屢經其地，攤塵燈影，回首茫茫，豈僅夔笙鳳泊鸞飄之恨？（以上二則，同前書卷十二）

然脂餘韻三則

臨桂況夔笙近刊《二雲詞》，有詠六三園綠櫻花數首，其《南浦》第一詠序云：『日商某氏寓園，在寶山縣境天通庵東北。園中櫻花，深紅、淺紅、白色各不下十數株，惟綠色祇二本，殆亦艱致。曩見綠菊、綠茉莉，花仍白色，微含碧暈而已，此花竟花葉同色，誠異品矣。如髫年碧玉，鞾袖含情；又如萬點垂楊雨，和烟欲滴。自有花以來，未有若斯芳倩者也。倚樹無言，令人作天外飛瓊想。』後附其夫人吳縣卜女史娛和作，《玉樓春》第四詠云：『春波照影亭亭立。妒煞垂楊幽徑側。翠紅相映越精神，回首扶桑初日出。　宮眉淺黛羅衣碧。比似丰姿渾未及。膽瓶誰插最繁枝，雨過遙天同一色。』瑤想瓊思，爲綠櫻花生色不少。（王蘊章《然脂餘韻》卷二，《民國詩話叢編》本）

近余輯錄邑人詞爲《梁溪詞徵》三十卷，宋、元間作者絕少，明亦無多，至清初顧梁汾貞觀出而此道大章。《彈指》一編調高響逸，況夔笙以『清剛』二字評之，可爲確論。

顧春，字子春，貝勒奕繪之側福晉，才色雙絕。貝勒自號太素道人，春自號太清，又常自舉其族望曰西林，自署名曰太清西林春。貝勒詞曰《南谷樵唱》，太清詞曰《東海漁歌》，皆取其相配也。昔王幼遐侍御畢生專力於詞，論詞至滿洲人，常曰：『滿洲詞人，男有成容若，女有太清春而已。』然太清所著

《天游閣詩集》流傳於世，而詞集不可多得。王氏又常以不得《漁》、《樵》二歌爲恨事，蓋謂朱希真《樵歌》及此也。後卒得《樵歌》付梓，而《漁歌》杳然。又閱數年，黄陂陳士可始得之於廠肆，冒鶴亭、況夔笙爲之校刊而其傳始廣，其詞極合宋人消息，不墮入庸俗一派，集中和宋人詞甚多，不備録，録其小令數首，以見一斑。（以上二則，同前書卷六）

秋平雲室詞話一則

朱彊村先生六十覽揆時，余偕春音社同人假長浜路周氏學圃奉觴上壽。先生旋屬高君野侯繪《霜花腴吟卷》，徧徵題詠。沈寐叟、王静安、張孟劬、況蕙風、陳倦鶴各譜《霜花腴》一解，寐叟詞不多見，録之，以見灰囊一迹：『碧瀾霽色，斂新寒、秋山爲整妝容。鼻孔禪撩，顛毛病禿，還來落帽西風。人間斷蓬，著淚痕、染遍江楓。度關山、萬里雲陰，傷禽不是楚人弓。　古往今來多事，盡牛山坐看，哀樂無窮。壞井蛙聲，危柯蟻夢，臺邊戲馬悤悤。騎兵老公，莫青袍、誤了吴儂。仗萸觴、祓惡滌愁，愁來還蕩胷。』（王藴章《秋平雲室詞話》，浙江古籍出版社版《詞話叢編二編》本）

惆簃詞話二則

夔笙稱：『詞須實，實則易佳。』此語誠然。蓋實則意真，意真則辭易好也。昔人稱北宋人有詞而後有題，南宋人有題而後有詞，亦卽此意。至於今日，則俗陋之子爭以風流自命，于是矯揉造作，謅爲歌離弔影之詞，春怨秋愁之什，實則所爲伊人者，皆一篇虛話也。意旣若是，詞復安得而佳？（一日）

朱古微刻《彊邨詞》，以王半塘一書爲弁，微特有別於酬酢之文，且見其膺服之重。書中言：『昨況夔笙渡江見訪，出大集，共讀之，以目空一世之況舍人，讀至《梅州送春》、《人境樓話舊》諸作，亦復降心低首已，吾不能不畏之矣。夔笙素不滿某某，嘗與吾兩人異趣。至公作則且以獨步江東相推，非過譽也。』又云：『公詞，庚辛之際，是一大界限。自辛丑夏與公別後，詞境日趨於渾，氣息亦益靜，而格調之高簡，詞境之矜莊，不惟他人不能及，卽視彊村已亥以前詞，亦頗有天機人事之別。』又云：『自世之人知學夢窗，知尊夢窗，皆所謂「但學蘭亭面」者。六百年來，得真髓者，非公更有誰耶？夔笙喜自詑，讀大集，竟浩然曰：「此道作者固難，知之者，並世能有幾人？」』書中並言刻集之體例分次，彊村悉從之。故按語有云：『余素不解倚聲，歲丙申，重至京師，半塘翁詞社，强邀同作。翁喜獎借後進，於余則繩檢不少貸。微叩之，則曰：「君於兩宋途徑，固未深涉，亦幸不睹明以後詞耳。」貽余《四印齋所刻詞》十許家，復約校《夢窗四稿》，時時語以原流正變之故。旁皇求索爲之，且三寒暑。則又曰：「可以視今人詞矣。」』統觀兩人所記，相知有在交情外者。故論詞，半塘自是不逮彊村，然知彊村者，要推半塘爲真。若以夔笙者，雖趨異途，猶能傾倒。所屬知己知彼者，此也。（廿六日）（以上二則，聞野鶴《惘簃詞話》，人民文學出版社《詞話叢編續編》本）

篋中詞一則

譚獻《篋中詞》續卷四『况周儀夔笙《新鶯詞》』：往者陽湖張仲遠敘錄嘉慶詞人爲《同聲集》，以繼宛鄰《詞選》，深美閎約之旨未隊，而佻巧奮末者自熄，顧有以平鈍雷同相訾者。近歲中書諸君子有《薇省同聲集》，作者四人，人各有格，而衿裒同栖于大雅。幼遐絜精，夔笙隱秀，將冶南北宋而一之，正恐前賢畏後生也。（《續修四庫叢書》影印清光緒八年刻本）

詩話

道咸同光四朝詩史一則

劉世珩《丙申六月廿一日江陰繆筱珊上元顧石公閩縣鄭蘇龕臨桂况夔笙南陵徐積餘丹徒茅肺山江寧傅苕生長沙章曼仙同集愚園作歐公生日分賦》：藕花襍雨吹空廊，影娥池上薰風香。雲中詩伯嬉水鄉，翩然來下君子堂。石城舊架朱雀航，盧循蘇峻訌蜩螗。慢藏誨盜在遊逸，六朝代謝終南唐。馮宋詞人送亡國，繫年保大資評量。廬陵椽筆作新史，嗚呼抒論常徬徨。意以鯉魚續昔讖，昇州統紹中原疆。李昇自謂唐憲宗後，歐史予之，近人有作書以江南比蜀漢者，本歐也。析薪不能自負荷，割地先使淮南亡。世宗曩與修城約，父子譬誦王言臧。公爲宋臣理應爾，惜哉熙載忘劬勤。他日宋人陷河北，封章一例攄激昂。事大豈爲勢得已，從來立國貴自强。公出作守滁與揚，隔江憑弔舒蒼茫。豐樂亭中曾作記，惟暉與鳳嗟夷傷。斥言李景張國體，俯仰建業吁滄桑。吾輩補公舊遊跡，屬以攬揆稱壺觴。烏龍之潭清且沚，祠堂丞相遙相望。兩公中朝古人傑，咨以近事應慨慷。酒酣不用多淒愴，奇謀突作綏瀛荒。異端闢盡讀本論歐集有《本論篇》，手挈赤子還炎黃。（孫雄《道咸同光四朝詩史·乙集》卷六，《續修四庫全書》影印清宣統二年刻本）

光宣詩壇點將錄斠註一則

天敗星活閻羅阮小七——況周儀（字夔笙，後改名周頤，號蕙風，廣西臨桂人，原籍湖南寶慶，光緒己卯舉人，官內閣中書）。

註：蕙風記醜學博，尤精倚聲，流布詞集筆記，傳誦一時，可謂拚命著書者矣。況夔笙爲倚聲大家，著有《第一生修梅華館詞》，與王幼霞、朱古微相友善，其官秩亞於幼霞、古微，而聲望實與相埒。嘗自述其填詞之所歷曰：『余自同治壬申、癸酉間，卽學填詞，所作多性靈語，有今日萬不能道者，而尖豔之譏，在所不免。光緒己丑，薄遊京師，與半塘共晨夕。半塘詞風尚體格，於余詞多所規誡，又以所刻宋元人詞屬爲斠讎。余自是得闚詞學門徑，所謂重、拙、大，所謂自然從追琢中

出，積心領神會之，而體格爲之一變，半塘亟獎藉之，而其它無責焉。夫聲律與體格並重也，余詞廑能平側無誤，或某調某句有一定之四聲。昔人名作皆然，則亦謹守弗失而已，未能一聲一字剖析無遺，如方千里之和清真也。如是者二十餘年。繼與漚尹以詞相切劘。漚尹守律綦嚴，余亦恍然嚮者之失，斷斷不敢自放。乃悉根據宋、元舊譜，四聲相依，一字不易，其得力於漚尹，與得力半塘同。人不可無良師友，不信然歟？大雅不作，同調甚稀，如吾半塘，如吾漚尹，寧可多得！半塘長已矣，於吾漚尹雖小別，亦依黯，吾漚尹有同情焉，豈過情哉，豈過情哉！』（高拜石校注《光宣詩壇點將錄斠註》之七五，臺灣明文書局《清代傳記叢刊》影印本）

粟香隨筆五則

臨桂況夔笙舍人名周儀，與端木子疇、許鶴巢、王幼霞三君並以詞名，有薇省四君詞。今年遊羊城過訪，出示其近作《新鶯詞》，《江南好·詠梅》云：『娉婷甚。不受點塵侵。隨意影斜都入畫，自來香好不須尋。人在綺窗深。』《齊天樂·秋雨》云：『沈郎已自拚顦顇，驚心又聞秋雨。做冷欺燈，將愁續夢，越是宵深難住。千絲萬縷。更攙入蟲聲，攪人情緒。一片蕭騷，細聽不作平是故園樹。沈沈更漏漸咽，只簷前鐵馬，幽怨如訴。儻是殘春，明朝怕有，無數飛花飛絮。天涯倦旅。記滴向篷窗，更加淒苦。欲譜瀟湘，黯愁生玉柱。』

夔笙錄示其鄉先生朱君昆仲詞云，僅存二首，備載之，以闡幽隱。朱春岑名依程，《滿江紅·春雪》

云：『春雨連朝，怪一夜、清寒驟生。驚飄瞥、暫停檐溜，偷拂簾旌。瓦際初抛珠的皪，牆根時弄玉玎玲。向漏聲、深處轉無聞，盈謝庭。　晨光內，凝素瑛。夕陽外，冶春仌。惹踏枝烏鵲，頻繞疏櫺。無復鳴珂迷曲巷，漫拈飛絮倚圍屏。笑茶鐺、難共党家姬，誰埽烹。』朱小岑依真《念奴嬌·漂帛塘觀荷》云：『涉江路遠，望田田何處，裂帛光中。欲折青蘆渾意孏，碧雲消息難通。鷺外霞輕，鷗邊涼重，依約見么紅。夕陽低盡，杖藜扶過橋東。　懷想石帚當年，花迎曲送，人在水晶宮。多癖多情都未滅，芳國無限惺忪。十里潭香，一聲菱唱，吹斷藕絲風。爭生消受，隔城催趁疏鐘。』

夔笙復持贈其祖母朱靜媛夫人《澮如軒詩草》，蓋文福兼備者，五古有云：『言念閨中人，詎必乏英俊。若教誦習勤，彌足昭淑慎。』亦見閨幃中德必兼才。《過石期溪》云：『地漸吾鄉近，關心節序催。遠山微露塔，枯樹半生苔。帆影隨雲落，灘聲挾雨來。湘江今夜月，歸思更徘徊。』《灘江雨後》云：『雨後春光點染工，更無雲影礙晴空。東風吹暖灘江水，碧樹紅橋入鏡中。』其他摘句如：『花氣入窗來，和風與之俱』、『簾影捲霜寒，笛聲吹月落』、『微風鶯坐柳，細雨蝶藏花』、『靜院無風花自落，空林欲雨鳥先啼』、『閒裏偶忙因學畫，靜中多悟每焚香』，皆清新之句也。（以上，金武祥《粟香隨筆·四筆》卷四，《續修四庫叢書》影印清光緒刻本）

況夔笙舍人以其世父雨人太史所著《東齋詩偶存》一帙見示，《重陽集陶然亭和韻》云：『縱目凭臨百尺樓，軟紅塵外見清秋。客爭選勝來何速，詩爲登高興更遒。老樹霜催寒葉下，遙天雨洗澹雲收。今朝莫放佳時去，醉把黃花插滿頭。』『勝事欣逢詠與觴，寒山坐對轉青蒼。愛閒難得心如水，行樂須乘鬢未霜。儘有烟霞供嘯傲，漫從歲月感炎涼。拍肩笑問高吟侶，天地能容幾輩狂。』五古句云：『素心神與交，何異數晨夕。』又云：『於世靡爭逐，於人何恩讐。』七律斷句云：『幾輩英雄沈宦海，千秋志業在名山。』『歲月消磨書卷裏，乾坤笑傲酒杯中。』皆有蕭然自得之致。

況夔笙舍人出示《紫胡蝶花館詩》一卷，并云：『賓州爲粵西僻壤，閨閣中尤鮮以翰墨名者，此詩爲陸媛所作，傳本已稀，盍載之以闡幽隱。』余觀卷首王笠舫大令所爲《陸小姑傳》，其處境與《西青散記》所載雙卿略同。其詩怨誹而不怒，亦多可紀者。《傳》云：陸小姑，賓州人，故儒家女也。適同里覃六六家，操農業，甫三日，卽脫簪珥易龍具，烏衣隨雜作往，若負弩前驅者。小姑苦之，願以鍼黹紡績代耡犂之役，不許。炙酷日，淋暴雨中，少委頓，則執撲隨之，小姑涕泣求死。未幾，紿以母疾遣歸。闔家疑駭詗，得其狀，輿請復還。覃故別議門戶相當者，已有成約，力爭不獲，銜憤而返。踰年，往偵之，則夫己氏在堂，而呱呱者[illegible]且育矣。母恚甚，戚鄰助之，將鳴於官，小姑慨然曰：『是奚以蟲臂鼠肝者爲也？且古之遭流離放廢而鬱鬱不自得者，造物者將假之以千載之名而不必屑屑於是也。』小姑故嫺吟詠，至是鍵戶下帷，與弟讀招社中，總角數小童嘔鴉其間，供母甘旨焉。滕司訓者，拈紫蝴蝶花爲題課士，小姑寄呈一絕，滕大稱賞，親往詣之，如劉、柳之造謝夫人者。滕故有霜媳，雅好弄筆墨，乃卽滕爲師，往來學署者六年，而詩日益工。然葉晚花初，秋陰春暖，未始不悁悁以悲。蓋決絕十二年而瘵作，彌留，戒其家人持生平所爲詩及滕先生所更定者，走大雅以博泉壤光。時同年盱眙汪君孟棠權篆思，恩賓，思屬也。姑之猶子瀛洲秀才登太守之堂而親炙焉，君一一丹黃之。而余適以事留滯桂林，君方乞疾將歸，相見，道其顛末甚悉，遂預斯事，成一卷，存詩如干首，而剞劂以傳之。嗟夫！余觀古詩之詠棄婦者，或隱約其事，或徑直其詞，大率憫其窮而抒其憤，而非有所假借而回護之也。小姑以勿任給使重違所天，遂至淪棄矣。而造次顛沛，處之恬然，非有得罪於其父母鄉鄙者也，而卒之夭其天年以死，悲夫！蓋有數焉，不可强也。抑天固將玉成之，與騷人佚士輝映今古，是又未可知者也。公治長在縲絏中，夫子以其子妻之南容，三復白圭，妻以其兄之子，妃匹之際，風化之基，蓋可忽乎哉！（以上，同前書四筆卷七）

晚晴簃詩匯一則

詩話：八旗論詞有男中成容若、女中太清春之語。臨桂况夔笙舍人周頤於光緒己丑得《天游閣詩》寫本，其詞名《東海漁歌》。夔笙初未求得。宣統己酉黄陂陳士可毅得詩五卷，闕第四卷；詞四卷，闕第二卷。詩在四十前多偕游之作，及稱未亡，家難旋起，攜子女移居邸外，有詩紀事。嗣是撫孤感逝，涉筆皆哀。其《論陳雲伯詩》有云：『綺語永沈黑闇獄，端嚴可想詩注述。』《南谷墓廬事》云：『主人皆有詩，載《明善堂流水編》第十五卷。』太清有《金縷曲》爲阮相國題宋本《金石錄》，其後半云：『南渡君臣荒唐甚，誰寫亂離懷抱。抱遺憾、訛言顛倒。賴有先生爲昭雪，算生年特紀伊人老。』自注：『相傳易安改適事，相國及靜春居劉夫人辨之最詳』云云。仁和吳伯宛謂『才媛不幸，大抵如斯』，異代相憐，端在同病。《松鄰遺集》有《天游閣詩集》、《詞集》、《宋詞選跋》。（徐世昌《晚晴簃詩匯》卷一百八十八『顧太清』，《續修四庫叢書》影印民國退耕堂刻本）

雪橋詩話一則

臨桂女史朱鎮靜媛，伯韓侍御從姊也。故靖藩裔，笄歲嫺吟詠。歸況孝廉祥麟，有《澹如軒詩》。子澄以壬午，澍以己丑，先後館選。《示二子》詩云：『鄉里年豐寄汝知，燠涼天氣總相宜。市廛米賤人情樂，菽水家貧老志怡。夜靜機聲留月色，秋期蔬味入風詩。倚閭懷遠書應到，正是瀟湘雁度時。』馬平王定甫早孤，依姊氏，姊孀，家綦貧。有廢圃數弓，梧桐一，石二。姊課之讀，定甫展卷，姊搗衣，各據一石。後官京朝，憶姊鄉居，繪《戛碪課誦圖》，多題詠者，皆嶠西之閨英而舊家之詩事也。（楊鍾羲《雪橋詩話·三集》卷十一，一九九一年北京古籍出版社出版）

天游閣集一則

鈍宧曰：余錄《天游閣集》竟，復從《國朝閨秀正始集》得其詩六首，皆集中所無者，不知編集時手自刪去，抑在原闕之第四卷中耶？臨桂況夔笙舍人周儀曾云：在京師地攤買得此集。夔笙頃流寓江南，無從借勘，《正始集》小傳稱太清字子春，有《子春集》，其集名亦與此異。（顧春《天遊閣集·詩補》，《續修四庫叢書》影印清宣統二年風雨樓本）

附録七　書目　日記　信札

書目

書林清話一則

古今藏書家紀板本：　古今私家藏書必自撰目録，今世所傳：　宋晁公武《郡齋讀書志》，（中略）繆荃孫有《藝風堂藏書記》八卷，光緒辛丑家刻本；　《續紀》八卷，癸丑家刻本。　此外傅沅叔增湘、況夔笙周頤、何厚甫培元收藏與過眼頗多，均有存目，尚未編定，蓋自乾、嘉至光、宣，百年以來談此學者，咸視爲身心性命之事，斯豈長恩有靈，與何沆瀣相承不絶如是也。　外此諸家文集、日記、雜志亦多涉之。

（葉德輝《書林清話》卷一，民國葉氏觀古堂刻本）

清續文獻通考一則

《第一生修梅花館詞》四卷，況周頤撰。

周頤，字夔笙，廣西臨桂人。光緒己卯舉人，浙江候補知府。

《粵西詞見》二卷，況周頤編，周頤見上詞集。

《蕙風詞話》五卷，況周頤撰，周頤見上詞集。（劉錦藻《皇朝續文獻通考》卷二百八十一，《續修四庫叢書》本）

碑傳集補 一則

尹炎武《李祥傳》：託活絡忠敏公移督兩江，聘先生充江楚編譯局分纂，兼與臨桂況周頤分撰《陶齋藏石記》。（閔爾昌《碑傳集補》卷五十三，上海書店影印《碑傳集合集》本）

八千卷樓書目 一則

丁丙《八千卷樓書目》卷二十：《第一生修梅花館詞》四卷，國朝況周儀撰，刊本。（《續修四庫叢書》影印民國十二年排印本）

冶麓山房藏書跋尾 一則

《粵西詞見跋》：臨桂況夔笙內翰周儀以《粵西詞見》相贈，所錄者龍啓瑞、王拯、蘇汝謙、周尚文四君爲多。蓋道光中葉實嶺嶠人文極盛時也，而乾、嘉以前人倚聲寥落若此，文獻無徵，豈不深可慨哉！書止一册。（清陳作霖《冶麓山房藏書跋尾》『丁部·總集選本類』，一九七六年臺北聯經出版事業公司影印《明清未刊稿彙編》本）

梁氏飲冰室藏書目録一則

《斷腸詞》一卷，清光緒十五年況周儀校刻本，與李清照撰《漱玉詞》一卷、元陸輔之撰《山中白雲詞》二卷補録二卷、《詞旨》一卷合刻，一册。（《梁氏飲冰室藏書目録》『集部·詞曲類』，一九三三年國立北平圖書館鉛印本）

新昌胡氏問影樓藏書目一則

《薇省同聲集》六卷：江寧端木埰、吳縣許玉琢、臨桂況周儀、臨桂王鵬運。（胡桐庵《新昌胡氏問影樓藏書目》『續編卷下集部·詞曲類』，民國十七年鉛印本）

大雲書庫藏書目一則

《新鶯詞》一卷、《玉梅詞》一卷、《錦錢詞》一卷、《蕙風詞》一卷、《蔆景詞》一卷、《存悔詞》一卷、

《香海棠館詞》一卷，況周儀。（王國維編《大雲書庫藏書目》卷中「詞曲類」，二〇〇三年遼寧教育出版社《雪堂類稿》本）

西諦書目

《第一生修梅花館詞》六卷、《存悔詞》一卷、《香海棠館詞話》一卷，況周頤撰，清末刊本，一册。

《第一生修梅花館詞》五卷、《存悔詞》一卷、《香海棠館詞話》一卷，況周頤撰，清末刊本，一册。

《蕙風詞》二卷，況周頤撰，惜陰堂叢書本，一册。

《薇省詞鈔》十卷附録一卷，況周頤輯，清光緒二十四年刊本，四册。

《蕙風詞話》五卷，況周頤撰，惜陰堂叢書本，二册。

《詞話叢抄》存四種，況周頤編，清刊本，一册。

《七頌堂詞繹》一卷，清劉體仁撰；《金粟詞話》一卷，清彭孫遹撰；《皺水軒詞筌》一卷，清賀裳撰；《花草蒙拾》一卷，清王士禛撰。（鄭振鐸《西諦書目》，一九六三年文物出版社）

陶齋臧石記五則

要離墓殘碣

殘石高二尺，寬一尺四寸五分，厚三寸二分。二行，行三字，字徑四寸彊至六寸不等，正書。

漢梁伯

烈士要

梁修要離墓碣，乾隆時出土于吳門専諸巷後城下，光緒十二年丙戌歲朝春石門李嘉福笙魚得石誌之。題字刻石右方，分書。

要離墓殘碣，高二尺，寬一尺四寸五分，厚三寸二分。文曰『烈士要漢梁伯』，二行，行三字，字徑六寸至四寸彊不等，正書。乾隆時蘇州專諸巷後城下出土。李氏定爲梁修要離墓碣，惜無佐證。桉：范成大《吳郡志》：『要離墓在閶門外金昌亭。』旁又云：『宋少帝廢爲營陽王，幽於吳郡，徐羨之等使邢安泰弑帝於金昌亭。帝突走出昌門，追者以門關踣之。』此云『走出昌門』，則亭尚在城中，范氏兩說後先自異。就令城有遷徙，亦當先狹後廣，決無趙宋時城反狹於劉宋時城之理。專諸巷在閶門內，要離墓既在金昌亭旁，今此殘碣出專諸巷後城下，則是墓在城中，卽爲亭在城中碻據。而舊說兩歧，可折衷一是矣。《吳地記》云：『梁鴻墓，在太伯廟南，與要離墳竝。』以今地段攷之，專諸巷適在太伯廟

南，亦合。況周頤《選巷叢譚》（端方《陶齋藏石記》卷五，清宣統元年石印本）

王明造像

佛座高一寸三分，寬三寸三分，六行。前三行行三字，後三行行二字，字徑三四分，正書，上鐫佛象一軀。

光大二年四月十五日王明造像一區

南朝石刻傳世甚稀，造像見箸錄者，齊永明六年吳郡造維衛尊佛。在浙江會稽妙相寺。趙之謙《補寰宇訪碑錄》、阮元《兩浙金石志》、杜春生《越中金石記》、王懿榮《南北朝存石目》竝著錄。梁天監八年蕭景造王觀音象繆荃孫《藝風堂收藏金石目著錄》，中大通三年許菩薩造象，又宋念章昌等造象四段。在四川緜州北山，同上著錄。中大同元年釋慧影造像。石門李嘉福藏《南北朝存石目》、況周頤《選巷叢談》並著錄。太清丁卯朱异造像。江寧甘元煥藏《江寧府志》、況周頤《江寧金石記補》竝著錄。陳永定三年趙和造四面碩象《南北朝存石目》著錄。此外殆不多覯，其箸錄者或亦求一朾本而不可得，卽如梁蕭景、陳趙和二種雖金石嫥家得而見者或寡矣。余舊藏宋元嘉、梁大同兩造像，又得陳光大造像，縣黎垂棘，遜茲瑰[illegible]已。齊梁人書多疏古宕逸之致，絕無結構之迹可尋。入隨唐而漸就範圍，信本伯施已還，規矩多而神韵孅矣。登善稍神明變化之欲，夐古而未能也。此造象才十許字，翫其書執，由疏秀入峻整，上承齊梁，下啓隨唐，風會所趨，確虖不易。以是決其爲至真至精之品，非唯以時代見珍也。（同前）

蔡儁斷碑有陰　節錄

石下半斷缺，見存高三尺二寸，寬二尺七寸五分。二十五行，行三十二字，字徑六七分。碑陰三十一行，行九字至十七字不等，字徑五六分。竝正書，額廑存下截。『中』字、『蔡』字及『碑』字右偏之下半字，徑二寸六分，篆書，陽文。約計應高九寸，寬一尺彊。

東魏蔡儁碑：『□山白波之類，所在互起。』桉《漢書》：『黄巾餘黨復起西河曰白波，賊衆十餘萬』，碑蓋用此。況周頤《香東漫筆》

右碑不具姓氏，而碑額中一行『蔡』字尚存，定爲蔡儁碑。儁，《北亝書》有傳，而稍與碑不同。碑云字彥安，傳云字景彥。碑云陳留圉人，傳云廣寧石門人。（下略）（同前書卷八）

米氏九娘墓誌節錄

石高寬各一尺一寸，十五行，行十四、十五字不等，字徑五六分。蓋高寬各八寸彊，二行，行三字，字徑一寸二分至一寸七分不等，竝正書。

右墓誌磨泐已甚，唯蓋尚精整。元和韓先生跋稱爲米氏貞女，按誌云『□家孝行』，又云『孝行無比』，蓋貞、孝兩全者。斷碣廑存，彌用珍惜。張丙炎，字竹山，號午橋，咸豐己未翰林，官廣東廉州知府，刻《榕園叢書》。耆金石書畫，尤留心鄉邦掌固，工倚聲，精研宮律，有《仌甌館詞》。其唐石軒藏石自唐迄楊吴最十五種，編目見況周頤《選巷叢談》。（同前書卷三十一）

戎仁詡夫人劉氏墓誌

石高寬各一尺四寸六分，全文二十一行，序十六行，第十二行二十一字，第十三、十四行，行二十三字，餘俱二十二字，銘三行，行二十一字，字徑六分，正書。

唐故樂安戎處士故夫人墓誌銘并序

鄉貢進士王頠述

夫人姓劉氏，女弟中第三，其先彭城人也。芳苗出自漢楚元王交之後，先世因官江南，遂徙家於金陵，迺爲縣人矣。祖梅，考沼，皆以清淳履行儒素。承家爵服，不羈丘園，自賁皇妣隴西李氏而生夫人，天資韶婉，性蘊貞柔，幼習織紝組紃之妙，夙明籩豆助奠之禮。樂安遂采其門，鳳兆既叶，笄而歸于戎氏。處士諱仁詡，器扃高爽，道義周贍。夫人僶俛同德，一與之齊而成厚於家肥也。毓五子：長求，年五十餘而卒。其二儆，敦閱詩禮尚，鄉貢明經。其三倰，職考功，不幸沒於上都。其四儔，朝議郎，前行宋州下邑縣尉，曹務尹理，聲猷洽聞。其五偕，風規淑茂，氣調寬融，襲紹門風，夤遲賓旅。女二人：長耦樂安蔣從質，俱先朝露，藐者早亡。夫人所天雖當偕老，何期咸通六年先殞。暮齒嫠居，整訓孤幼，天不慭遺，遽嬰沇薾。越十一年二月廿二日，廢牀於鵲巢所居，春秋七十五，以其年三月廿一日癸酉葬于欽賢鄉脩山東北原，祔于先塋庚首，禮也。諸哀顧余文彩，泣請神道，旌誌幽隧，庶同『滕公佳城見白日』之義也。銘曰：

古楚王孫，分苗郁郁。夫人繼芳，其德令淑。常珎未年，奄歸何速。官庾南陲，脩山北麓。馬鬣封茲，千秋拱木。

右墓誌，光緒丁未六月，句容縣倉頭鎮鐵路工次出土。時匋齋尚書方督兩江，聞之，亟命舁致，并以精拓見詒，命作跋尾。宷釋全文，無一字剝蝕，南省唐石無多，良用珤貴。跋曰：右墓誌，標題『唐故樂安戎處士』，樂安，唐縣，屬江南道台州。謹桉《大清一統志》：樂安故城，在今浙江台州府仙居縣西。《元和志》：縣東去台州一百五里，東晉永和三年分始豐、南鄉，置樂安縣，屬臨海郡。隋開皇九年廢，唐上元元年復置於孟溪之側。戎處士本樂安人，其卜居句容，其先蓋游寓後，迺占數爲句容人矣。攷《鄞縣志》：明戎洵，宣德九年，鄉貢湖廣黄州府推官。戎深，宣德十年舉人，官學正。戎來：賓嘉靖二十二年舉人，鄞縣之域舊亦有與樂安同屬臨海郡者，晉永和三年分鄞縣，置寧海縣，屬臨海郡。則鄞縣戎卽樂安戎矣。桉：唐德宗建中朝，戎昱任處州刺史，樂安戎氏疑卽昱之後，或子孫因官遂家淛東也。句容舊志：明儒士戎簡，爲太祖所賞拔，孝子戎憲刲臂療親，邑人徐欽有詩贈之詩見句容新志，則戎處士之苗裔矣。戎氏至今爲句容卲族云。誌云『廢牀於鵲巢所居，葬於欽賢鄉脩山東北原』，攷《乾隆句容志》卽舊志《輿地志》：鄉里一門内分十七鄉，而無欽賢之名，蓋鄉名多改其舊。有云舊曰某鄉者，亦溯至周應合《景定建康志》而止，更上則弗詳矣。脩山亦無攷，唯鳳壇鄉下里名凡十有二，其四爲鵲巢里，與墓誌合，此則唐地名，迄今未改者。邨名凡二十九，其十三曰戎墅，當卽戎氏所居遺址。宋王象之《輿地碑記目》『建康府碑記』：《唐禮部侍郎劉君神道碑》，裴度撰，今在飲賢亭，在溧水縣界。溧水與句容接壤，亭與鄉或相因而得名，地形分割靡常，此鄉此亭，或今屬溧水。而唐隸句容，未可知矣。銘云『官廁南陲』，《建康志》：下蜀鎮在句容縣北六十里，唐世置鹽鐵轉運使，在揚州。宋發運使在真州，皆於江南岸置倉轉般，今下蜀鎮北有倉城基并鹽倉遺址，尚存倉城基，即倉頭鎮所謂官庾，即指鹽倉而言。又誌稱『皇妣隴西李氏，而生夫人』。梁廷枏《金石稱例》：父亦有稱皇父者。《處士包公夫人墓誌》：『皇父諱鄰也。』取皇大之義。馮登府《金石綜例》：唐、宋人碑誌，稱其父曰皇考。李翺述其大父，題曰《皇祖實錄》，尤無忌諱。宋徽宗時始禁之，南渡後無復此稱。此云皇妣，與稱皇父、皇考例同。又云：夫人僶俛同德，即黽勉，與隋姚辯墓誌『僶俛王事』、劉公幹詩『僶俛安能追』、殷仲文表『僶俛從事』竝同。又云『祔于先塋庚首，禮也』，用青烏家言羅經山嚮以箸葬地。《隸釋》：郎中馬江碑：『先君之庚地』，漢已來有之矣。唐湯華墓誌：『歸葬于明州鄮縣龍山鄉江上里庚嚮之原。』庚首，猶言庚嚮也。郭思訓墓誌：『陪葬于先塋之壬地。』亦與此例同。此墓誌無一字剝蝕，唯五子長俅，俅字左偏泐，以儆、倰、儔、偕例之，知其爲亻旁無疑。又『滕公佳城見白日』，滕字右偏刻未竟，此用漢夏侯嬰馬冢事，非僻典，不可攷，遂無不完之字矣。各省鐵路工次石刻出土必多，安得一一護惜而表章之？况周頤跋

丁未春夏間，余方爲臧石記，孳孳攷證，昕夕弗遑。而此誌適出於句容，既輦致署中，因屬况子爲文跋尾，援據翔實，固已略無漏義矣。余復何言。（同前書卷三十五）

武林金石記一則

丙辰夏五排印丁龍泓先生《武林金石記》成，是書源委及其由隱而見，先後事蹟具詳臨桂蕙風太守所譔跋語中，不復贅。嘗攷吾越記載金石之書，以揚州阮氏《兩浙金石志》爲裒然鉅帙。是編所錄有阮

志失載者，有阮志缺字可據此增補、阮志舛譌可據此訂正者。惜缺佚之卷無從訪求，後人從事補輯，求其完善精審，亦無或過元書範圍，詩有之：『先民有作，貽我高矩。』修學好古之士所當家置一編，奉爲圭臬者矣。元鈔書眉有先生喆嗣魯齋先生識語如干條，兹録坿各刻後，作夾行小注一二，管屣之見亦僭綴焉。自餘悉依元鈔，不敢增損一字，雖跋語不完具者，亦仍其舊，慎之至也。山陰後學吴隱濳泉識，中伏後一日。（《武林金石記》，民國五年吴隱西泠印社活字印《遯盦金石叢書》本）

日記

藝風老人日記（一八九二—一九一九，摘録）

繆荃孫

光緒十八年壬辰（一八九二）

八月： 二十九日，詣伯温、況夔笙談。

十一月： 廿六日，況夔笙、孫君裴同康、劉寶良、左笏卿來。 又： 夔笙假《傳硯堂蕺書》、《鶴徵録》去，假夔笙《水雲樓詞》一册。

十二月： 五日，況夔笙送《四名臣詞》一册來，又還《鶴徵録》，又假《靈芬館全集》去。 又： 送《蕺書》於夔笙。 十一日，況夔笙來，假舊鈔《貞居詞》去。 十三日，詣況夔笙談，夔笙借《南菁録藝》去。　十五日，況夔笙來，借《雙溪集》去。　二十一日，姚芷湘、況夔笙、莊福基來。　二十五日，夔笙還《牆東類藁》、《陳定宇集》來，又借《盤洲集》去。　二十七日：　況夔笙來，假《秋崖小藁》去。

二十八日，況夔笙送自著詞，假《立方詞》去。　二十九日，還況夔笙《水雲樓詞》。

光緒十九年癸巳（一八九三）

正月：　四日，況夔笙來。　五日，夔笙來，假《臨川集》、《覆瓿集》、《四庫總目》一冊去，又還《盤洲集》一冊。　又：　假夔笙《梁溪詞選》。　七日，夔笙來，假夔笙《涵通樓師友文鈔》。　十二日，還《涵通樓師友文鈔》於夔笙。　十三日，夔笙還《秋崖小藁》來。　十四日，況夔笙來。　元宵節，曠當作況夔笙來，假《陵陽集》去，還《四庫總目》、《覆瓿集》來。　十八日，梁濬泉、孫君裴、況夔笙來。　二十二日，王幼霞、況夔笙來談。　二十四日，馮夢華招至湖南館觀小丹桂班，周子迪、徐仲虎、況夔笙、葉湄如同座。　二十八日，況夔笙來，還《冰壺集》、《蜕學亝詞》。

二月：　朔，夔笙借《湘真集》、《鳳樓填詞》，又借來宋詞四冊。　十一日，還況夔笙宋詞四冊。

二十四日，況夔笙來，借《雪山集》、《盤洲集》、《龍川集》去。

三月：　五日，王幼霞、況夔笙來。　十二日，詣況夔笙談，晤勒少仲年丈之子。　十四日，約劉葉堂桐封、周筱青涵光、況夔笙、李子丹、陸稚芰、徐子靖、瞿雪亝小飲廣和居。　又：　詣夔笙談。　二十日，詣況夔笙談。　二十三日，況夔生來。　二十九日，約丁汀鷺、陳崧山、況夔笙、陸純伯、沈子培、子封、馮仲芷、惲薇孫小飲。

四月：　朔，以摹本雲郎象贈況夔生。　八日，詣謝鶴笙、況夔生談。　又：　借夔笙《百家詞》，又假洪、陸兩刻《白石道人詞》云。　九日，夔笙來索《閩詞鈔》去。　十七日，況夔生來。　廿九日，晚夔生來，贈《詞雅》半部。　又：　夔笙來，言有大不如意事，須往天津避之，求三四信，擬作函與呂、盛、傅三觀察。

五月：　朔，夔生來，並假楊夔生《真松閣詞》、左輔《念宛𠫭詞》、顧梁汾《彈指詞》、顧翎《茝香詞鈔》、楊芸《琴清閣詞》。　六日，梁子元錦奎、況夔笙來。　七日，晚詣夔生、小村談。　八日，劉台樹音、況夔生來。　十四日，況夔生來，還夔笙《孫無言選詞》、《棊畫樓詞選》、《孫月波詞》。　十五日，況夔笙來，又借其《國朝續詞綜》四十卷。　十六日，還夔笙《梁溪詞選》。　十七日，偕夔笙仝詣王幼霞談，看宋刻《花間集》五卷，十行十七字，背有宋人印信，蓋公牘紙印也。　卷首短五葉，影寫，有『崑山徐仲子』、『查有圻』等印，海源閣藏。　廿日，夔生來。　廿三日，約張公東、王佑遐、唐春卿、何頌眉、況夔生、葉鞠裳、江建覩小飲江蘇館。　廿四日，唐春卿招飲，歐陽節甫、駱仰山、劉□□、楊□□、夔生仝席。　廿五日，況夔笙招飲廣和館，純伯在坐。　又：　偕夔生、純伯遊慈仁寺，破瓦頹垣，蓬蒿滿徑，四松已斷一株，殿缺一角。　瞓夫四五席地作葉子戲。　客堂所懸查聲山、孫岳頒字條，及祁文端、孔繡谷、何子貞墨跡，一概不存。　山僧蠢如山麋，見人不能應對。　七年不到，頹敗如此，感慨久之。　廿七日，雨。　夔生來。　廿九日，夔笙來。

六月：　四日，梁杭叔、況夔生來。　五日，詣夔生談，還《名家詞鈔》，又假黃《詞綜續編》。　六日，夔生、純伯來。　八日，黃秦生國瑄、陸純伯、況夔生來。　十日，借夔笙《昭代詞選》。　十三日，夔生寄書箱來。　二十日，拜吳伯蓀、莊小尹、王佑霞、況夔笙。　廿四日，況夔笙來借《眾香詞》去，還兩《白石集》。　廿七日，陸純伯招飲景芬堂，王佑遐、況夔生仝席。

七月：　朔，孫晉蕃聯貴、蒯禮卿、莊小尹、俞揩三、況夔笙來。　五日，王幼霞約松筠庵小酌，張玉珊、李蒓客、陸純伯、況夔笙仝席。　七日，況夔生來，以陽湖楊士凝《燕香詞》一卷見眎。　九日，詣況夔笙、王佑遐談。還夔笙《燕香詞》、《賭棋山莊詞話》，又新鈔《迦陵詞》。　十四日，況夔生來，借《湘烟小錄》、《江南畫舫錄》去。　十五日，借夔笙《名媛詩話》，箸撰既謬，刻尤惡劣。　十六日，還夔笙《名媛詩話》、《真松閣詞》。　廿八日，拜沈子培、龍伯鑾、江劍霞、黃慎之、況夔生。

八月：　朔，夔笙還《眾香集》一冊來。　三日，上琉璃廠，晤佑遐、夔笙。　六日，況夔笙來。　十日，夔生借《讀書脞錄》去。　十一日，況夔笙來。　十六日，夔笙借《貯素樓詞》去。　十九日，奚錫三、況夔笙來。　廿六日，夔生索《陳慕青集》去。　卅日，詣夔笙談，還丁杏舲《詞綜續編》四十卷，又借來《西青散記》。

九月：　三日，況夔笙來，借《敬亝古今黈》、《瘦雀軒詞》、《函竹亝稿》、《知止亝詩詞》。　十日，詣況夔笙、王佑遐談，仝過琉璃廠，偕至美勝居小酌。　十七日，夔笙借《響山詞》去。　廿日，況夔笙來。

十月：　三日，況夔笙來，借《太平廣記》首函去。　六日，夔笙還《響山詞》回。　九日，題查蔭階《綠天草庵瀹茗圖》，交夔笙。　十日，拜況夔笙，借黃雲孫《溪南詞》一冊歸。　十一日，況夔笙來。　十八日，鮑印亭、況夔笙、王□□來。　又：　夔笙借《萍聚詞》去。　二十一日，約徐稚蘅、高誠亝、陸純伯、況夔生、韓星垣、碩逸小飲聚寶堂。　二十三日，葉鞠裳、況夔笙來。

十一月：二日，江劍霞送《雙紅豆圖》卷子來，轉交況周儀中翰索題。又：夔笙送《炊聞詞》來，又還《玉井山館詞》。又：假夔笙《邃懷堂駢文》。五日，還夔生《溪南詞》一冊。九日，夔笙借《四家詞》去。十二日，詣況夔笙談。十四日，詣況夔生談。十五日，詣況夔生談。十九日，拜陸蔚亭、況夔笙、孫問青廷鑣、林贊虞。二十二日，詣況夔生、王幼霞談。又：謝方山囑題《歲寒圖》，題《蝶戀花》一闋交夔生。又：夔笙索《荀子集解》去。廿四日，詣王幼遐、況夔生談。廿六日，夔笙借《亦有生亝詞》去。廿九日，夔生送陸靜夫詞來。卅日，詣夔笙談。又：夔笙還趙詞。

十二月：二日，夔笙借沈殅庚詞去。四日，夔笙還《雙紅豆圖》卷子。五日，夔生還沈詞，並以晏氏父子詞、《邃懷堂四六》，易《荀子集解》去。八日，夔生來，借《春融堂集》、《泰雲堂集》去。十日，詣次遠、嵩山、建瑕、夔笙談。十一日，夔笙來，取《畿輔詩傳》去。十二日，夔笙還《畿輔詩傳》來。又：詣柚岑、夔笙談。十四日，詣況夔笙、王佑遐談。十五日，還況夔笙《涵通樓師友文鈔》，又假《黃雁山人詞》去。廿六日，詣況夔生談，並晤王佑遐。

光緒二十年甲午（一八九四）

正月：人日，送陸靜夫詞，交夔笙再選。八日，況夔笙、夏閏枝來。十一日，夔笙來，借《萍心詞》去。又：夔笙見眎《小羅浮館別錄》，錄得常州詞四家。十五日，還夔笙《小羅浮館別錄》，又贈以《留雲借月詞》一冊。夔笙還《黃雁山人詞》、《萍心詞》來。十六日，惲次遠、王佑遐、況夔笙來。

又：　夔笙借《元公姬氏志》石拓本去。　十八日，拜徐致礻+芊、王佑遐、況夔笙。　二十日，拜葉鞠裳、陸蔚亭、費屺懷、況夔生、李新梧、夏彥保。　二十一日，惲次遠、徐致靜、況夔笙、葉鞠裳來。　又：　夔笙借《石門集》去，又交《常州詞》首冊，請勘訂。　廿二日，徐梧生、況夔笙來。　又：　交夔笙《常州詞》二、三、四卷。　廿四日，吳柚岑、湯伯溫、況夔笙來。

二月：　四日，況夔笙來。　又：　送《泥雪堂詞》並《癸巳稿》送夔笙。　十一日，詣況夔笙談。　十四日，況夔笙、王佑遐、喬茂諼、吳昌石俊來。　廿日，詣況夔笙、王佑遐談。　廿一日，還夔笙《江蘇詩徵》四十冊。　廿二日，淩東甫、況夔笙、周燮墀、張子遠、徐積餘、謝南川。　廿六日，拜趙均修、仲晟、王懋卿英冕、惲次遠、薇孫、方啓南、顧輔、瞿保之、況夔笙、王佑遐。

三月：　五日，夔笙來，借《永定河志》去。　十七日，送《政和五禮新儀》三冊與況夔生初校。

四月：　朔，拜張子蒓、陸純伯、丁修甫、趙均修仲晟、況夔生。　又：　夔生借銀拾兩。　二日，屠靜三、況夔笙來。　又：　詣夔笙、閏枝談。　八日，詣靜三、夔生談。　十二日，效曾、夔笙來。　十七日，王茀卿、況夔笙來。　十八日，拜張少原元普、高燮堂維嶽、王菊生頤、況夔笙、董景蘇、王佑遐、馮仲芷、趙仲固。　廿八日，拜徐叔鴻、馮聯棠、心藍、況夔笙、屠靜三。　廿九日，況夔笙、屠靜三來。

五月：　十日，詣次遠、陳崧山、恆裕、況夔笙、董效曾談。　十三日，夔笙、佑遐招飲廣和居，劍翶、叔嶠同席。　又：　夔笙還來銀壹拾兩。　十六日，夔笙還《常州閨閣詞》、《燈窗瑣話》來。　十七日，取夔笙《五禮新儀》歸。

六月：廿六日，發家信、況夔笙信。

九月：十二日，詣吳柚麓、況夔笙來談。十四日，李荀師、況夔笙來。又：夔笙取《荊溪詞》、《仲修日記》去。又：拜夔笙、閏枝。十八日，詣況夔笙，交還《古今詞話》，索《讀書脞錄》歸。

十月：四日，訪況夔笙。九日，夔笙借《荊溪集》去。

光緒二十一年乙未（一八九五）

七月：廿八日，況夔笙到漢口。廿九日，況夔笙來，偕至經心，晤仲修、高仿青。卅日，檢舊書舊搨碑版交夔生代售。

八月：朔，送帖片一百八十種交夔生代售。三日，唐薇卿、況夔生、費冠英來。又：夔生在寓早飦。四日，況夔生來。六日，況夔生來，售出《南》、《北史》、《廣陵集》、《索隱》、《北夢瑣言》、《蘇子美集》、《墨妙亭碑目攷》、六書、舊搨麓山碑、馮緄碑、無憂王碑，共價七十五元。又：贈夔生七名家詞一部，少《金石存》一部、小墓志三種。七日，拜唐維卿、況夔生、惲松雲，在松雲處早飦。九日，夔生送還帖片三大捆。廿三日，發金陵陳善餘信、梁節盦信、況夔生信。

九月：十八日，夔生、積餘來。二十日，拜吳吉甫炳祥、劉季青、王木厽、惲小雲、鄒沅帆、況夔生。廿一日，徐積餘招飲，柯愻庵、況夔生、蒯履卿、王木厽、茅子貞謙，丹徒人、劉聚卿同席。廿二日，斌卿世緯、聚卿世絎招飲於畫舫，康長素、梁心海、況夔生、蒯履卿、王木厽、茅子貞、徐積餘同席。

廿三日，晚，心海招飲，宋芸子、黄仲弢、陳百年、況夔生、蒯禮卿、劉聚卿、徐積餘、王木㕍同席。　又：送三十元與夔生。　廿四日，王木㕍招飲於畫舫，陳百年、康長素、況夔生、沈艾蒼、蒯禮卿、徐積餘、劉聚卿仝席。　廿七日，夔生送點定詞藁來。　又：沈艾蒼招飲，長素、夔生、禮卿、心海、積餘、愻庵、己周。

十一月：十九日，詣況夔生、劉聚卿、莫仲武、蒯履卿談。　廿二日，劉聚卿招飲劉園，夔生、仲武、禮卿、積餘、茅子貞同席。

光緒二十二年丙申（一八九六）

二月：十一日，拜李太尊小軒、況中翰夔生。　十六日，況夔生贈《蕙風詞》。　十七日，夔生來。十八日，託夔笙校詞，又借《詞綜補》五册。　十九日，夔生校詞送回，共八十葉。　又送《丹陽詞》及第十三卷往校。　廿一日，夔生送《丹陽詞》及《詞錄》十三卷來，共四十二葉。　廿二日，夔生借《江寧金石記》，又送《清閟閣全集》託校。　廿三日，夔生約至靜海寺，訪三宿岩，乘馬車，拉打碑人聶姓往於函岩左洞，剗蘚剔苔，得題字六段，因天將雨，急驅車回，過冷灘，得慶元銅錢一枚。　廿六日，況夔生、陳善餘、蒯履卿來。　廿八日，況夔生送三宿岩題名來，代打碑人支三元另六百文去。

三月：八日，拜戴子和、倪萊山世熙、顧子鵬雲、鄒少枚先舉、況夔笙、盛杏生、馬子直。　九日，借夔生《丹陽詞》，補足《大典》本十八首。　十日，夔生送《清閟閣》兩册來，共一百零九葉。　十二日，夔笙支五元去校脩。　十三日，檢《詞錄》廿一卷至廿六卷寫本交況夔生校。　又：夔生取北史碑去。　十五日，況夔生、陳善餘來。　又：　夔生借《江左石刻文編》去。　又：　夔生送句容學宮碑搨本來。　廿六日，夔生來借《宋詩紀事補遺》二冊、《寶刻叢編》一冊、《昭陽三錄》去。　廿七日，況夔生來。

四月：　朔，況夔生、程鼎丞來。　七日，宣仲飛兆熊、胡壽卿廷琛，丁卯、吳蓉生、沈艾蒼、朱鳳儀啓梧、況夔生來。　又：　贈夔生《世說新語》校本。　九日，夔生薦老苟來。　十二日，朱鳳儀、朱古微祖謀、郭筱石受楨，全椒、況夔生來。　十七日，夔笙借一元去。　十九日，禮卿招飲史海屏公館，朱古微、況夔生、章曼仙、顧石公、海屏同席。　廿一日，徐積餘、況夔生來。　廿三日，借況夔生《碧雲盦詞》。　廿七日，詣況夔生賀喜，章西園、徐積餘、茅子貞、劉聚卿仝席。　廿九日，夔生來。

五月：　七日，送夔生校脩五元。　十日，夔生來。　十一日，拜戴子和、周椿浦、傅苕生、況夔生、劉聚卿、徐積餘、惲與九。　廿八日，劉聚卿、況夔生來。　廿九日，拜程慎庵、況夔生。

六月：　朔，向夔生借《茶餘客話》原本廿二卷來。　三日，顧石公、況夔生來。　八日，以《碧雲盦詞》送夔生校。　十四日，周春浦、況夔生、徐積餘來，偕夔生、積餘到一枝春喫大菜。　又：　取金溎生信及書交夔生。　十五日，檢强萼圃上當事三書交夔生。　十八日，還夔生《茶餘客話》，索還《江左石刻文編》一冊、强萼圃上當事三書一冊。　十九日，夔生送《鴻慶集》壹冊來。　廿一日，赴芝園，園以水勝，又有張乖崖碑石，紹興丁丑劉季高題名，偕石公、夔生、蘇龕、章縵仙、茅子貞、積餘、苕生、聚卿同局，醉而歸矣。　廿二日，夔笙來，借四元去。　廿三日，積餘、夔笙來。　廿四日，約心海、夔生、蘇龕、積餘來小飲池側。

七月： 六日，分《時務報》四十分與積餘，十分與禮卿，廿分與聚卿，十六送各典（追回三分）、十分與蘇盦，自留一分，夔笙一分。仲我一分，可園一分，吳彬蓀一分。 八日，況夔生來。 十七日，章希瑗約小飲，龍松岑，鄭蘇堪、況夔生、傅苕生、茅子貞、江紹修、徐積餘、劉聚卿同席。 廿一日，還況夔生、楊荔裳、宋于庭詞。

八月： 十六日，出拜李少軒、甘心恕、況夔生、劉聚卿。 又： 夔生送李芥夫詩補鈔一帙來。 十七日，劉聚卿、況夔生來。 二十日，周春浦、況夔生來。 又： 夔生支脩四元去。 廿九日，約莫仲武、蕭敬甫、龍松岑、傅苕生、況夔生、劉聚卿、張季直小飲雲自在龕。

九月： 三日，倪萊山、莫仲武、洪魯軒、況夔生來。 十六日，詣況夔生。 廿日，夔生支二元去。 廿九日，程鼎丞、況夔生來。

十月： 三日，又送《宋志》乙分與夔生。 又： 夔生支兩元去。 十六日，拜李少峯、王旭莊、柯蓀庵、況夔生、瞿習之六舅、徐積餘、張夢楨（頤慶，河南段保甲）。 十八日，又詣況夔生談。 十九日，還夔生《碧雲盦詞》。

十一月： 七日，詣洪殅川（恩波）、丁友雲（乃文）、潘清畏、章雲洲、況夔生談。 又： 讀夔生《粵西詞》，交常州先輩論詞與夔生。 十二日，章雲洲、張爾常、況夔生、陳子受來。

十二月： 廿二日，詣況夔生、鄭蘇龕談。 廿六日，況夔生來。 除夕，夔生還嚴記道《韻語陽秋》廿卷備。

光緒二十三年丁酉（一八九七）

正月：十四日，拜陳蓉曙、況夔生。　廿二日，夔生來，借《宋詩紀事》首冊去。　廿三日，送《戒庵漫筆》二冊與況夔生，又借《宋詩紀事》三冊去。

二月：三日，拜顧石公、江運台人鏡、況夔生、劉聚卿。　五日，況夔生來，所談皆極可笑，亦妄人也。　廿六日，況夔生、楊少麓、方燮尹來，少麓借《提要》二函去。　廿七日，拜桂薌亭觀察嵩慶、徐積餘、況夔生。

三月：七日，徐積餘、況夔生、曹巽甫來。　又：夔生贈《粵西詞見》一冊。四月：廿五日，況夔生自揚州來。

五月：朔，況夔生來，偕至徐積餘處晚飰。　二日，出拜王杏甫、沈遂伊、顧石公、況夔生、劉聚卿。　十二日，出拜譚復生、況夔生。　廿一日，拜魏季子、劉嘉彬、況夔生，贈夔生《歸思集》。

六月：望日，敖和翁、張受之、徐積餘、傅復孫、況夔生來。　十七日，拜況夔生。　廿一日，詣況夔生賀喜。

七月：六日，夔生來取《常州詞録》一部。

八月：廿一日，況夔生幼子殤，報喪，咄咄怪事。　廿七日，拜蔣莘甫、張爾常、況夔生、劉聚卿。

九月：十一日，況夔生來同早飯，又約徐積餘來小敘。　又：夔生索《戒庵漫筆》去。　十二日，夔生送馬璘新廟碑來。　十九日，詣劉聚卿、況夔生談。　託聚卿寫屏，夔生將行矣。　廿日，夔笙送《冰蠶詞》來。

十一月： 朔，況夔笙來，送揚州碑五種易《隸釋》一部去，又索致心海一函，還《冰甌詞》與彼。

光緒二十五年己亥（一八九九）

三月： 十五日，況周儀來，贈揚州石墨。　二十日，況周儀來。　廿二日，況周儀送揚州磚來，卻之。　廿八日，拜金小軒、馮惇五、甘伯英、況夔笙、柯愻庵。

四月： 七日，劉嘉澍、胡芸臺、況夔生、黃玠夫、李洛才來。　八日，飦後偕茗生詣詞源閣看書，途遇夔生，同至得月樓品茶。

光緒三十年甲辰（一九〇四）

五月： 廿五日，接金湝生信、況夔生信。　廿九日，發金湝生信、況夔生信，並文集、《全遼文》、《日遊彙編》、《藕香簃零拾》，託丁孟輿帶。

八月： 十日，況夔生帶來唐學使信。　十三日，況夔生來函訴苦。　十六日，況夔生借四元去。　廿二日，夔笙以明板《花草粹編》、《詞統》押卅元。

九月： 朔，接況夔生信。　廿八日，況夔生來，更名芸臺。

十月： 二日，況夔生來，見眎《選巷蕺譚》。　九日，送《山右石刻文略》與夔生。　借湘刻宋元詞。　十二日，夔生送龍魚題名來，奇品也。　廿二日，夔生送天生城題名來。　卅日，贈況夔生十二元，借其手記。

十一月：二日，況夔生來訴苦。十五日，況夔生來，面交伍十兩。十六日，《元遺山新樂府》五卷刻本送況校。十七日，《和清真詞》送況校。十九日，又送《明秀集》與夔生校。

十二月：二日，夔生來。十四日，況夔生、潘壽培、陶秉南來。廿二日，代況夔生領正月脩金，即送去。廿七日，詣況夔生談。廿八日，還夔生明板書。

光緒三十一年乙巳（一九〇五）

正月：三日，送《儒學》上卷與夔生。四日，送《金石錄》兩冊連底本與夔生。十六日，拜陳少梧、何鏡海、徐叔鴻、黃芝生、況夔生。

二月：六日，況夔生來。十二日，江鄂生、張子虞、侯健伯、楊熙昌、況夔生來。二十日，徐積餘、俞恪士、況夔生來。廿二日，夔生來。卅日，校《金石錄》廿二卷，送第一冊與夔生，第二冊與玉屏。

三月：二日，與況夔生長談。六日，茅春台、況夔生索去奏疏。四年，茅。五年，況。又：況桂生來談。十一日，約廉仲平、惠卿、孫叔方揆均、況夔生、魏季慈、殷亦平、子銓、子齡小飲金陵春。廿三日，況夔生來。廿五日，況夔生來。

五月：三日，勘況夔生小品。五日，送夔生十元。十一日，況夔生來。十四日，黃玠夫、梁慕韓、況夔生來。十六日，拜孫孝藹、況夔生。十七日，況夔生來。十八日，夔生借《炙硯蔎談》去。廿三日，借《龔文恭年譜》、己丑會試卷與夔生。到堂。夏挺垒自江陰來，約挺垒、亦屏、子齡小飲江南春，並約夔生。　廿四日，借夔生《西軺日記》、《蔗塘外集》、《偶憶編》。

六月：　六日，況夔生來。　七日，還夔生《衆香集》、《花影庵雜記》，又借《淥水亭雜識》。　八日，夔生送還《有不爲亝隨筆》、《海虞妖亂志》、《史案》三書，又借《碧聲吟館談麈》來。　十二日，到堂，詣況夔生談。　十三日，送《鐘鼎款識》於況夔生，孫本、田本、阮刻本三種。　十六日，晚，夔生來。

七月：　四日，況夔生來。　十一日，況校《五燈會元》全部交彼。　十二日，況交《五燈會元》校本來。　廿日，況夔生來，借《重論文亝筆記》去，隨送《茶餘客話》足本來。　廿五日，拜況夔生、陳季同、侯健伯、萬馨陶。　又：　一梧師寄《金石文字目》，卽交四卷與夔生。

八月：　朔，夔生送校好碑目來。　十一日，送況眉生十元，書屏脩金廿元。　十二日，程鼎丞、況夔生來。　十七日，聚卿致廿元與夔生。　廿三日，況夔生來。　廿七日，況夔生送《金石目》來。

十月：　四日，況夔生、陳雨生來舍。　十五日，茅子貞、況夔生來。　廿一日，況夔生、楊秋圃、陳吟鉢送大帥發還章程來。　廿二日，夔生以碑帖求售。　廿三日，還夔生碑帖。　廿四日，送夔生十元，夔生送《古今詞話》、《林下詞選》來。　廿六日，莫仲武、況夔生來。　廿八日，送《金石目》及《林下詞》與夔生。

十一月：　朔，況夔生來。　十五日，送夔生廿元。

十二月：　四日，況夔生來。　六日，況夔生、蕭少甫來。　七日，夔生來，送《韓非子》八冊。　十八日，孝堅、夔生來。　十九日，夔生送《夢窗詞》來，佑遐再刻也。　廿三日，徐固卿招飲，嚴孚、俞恪士、況夔生、陳孝堅等同席。　廿六日，送夔生十元。　廿七日，送夔生、仲琳各二十元，代聚卿也。

光緒三十二年丙午（一九〇六）

正月：　二日，送《劉賓客集》與夔生校，送《金石目》與書屏校，均初次。　三日，題《秦淮雪後放舟圖》卷子，並夔生撰《五鐙會元》跋，還劉聚卿。　八日，劉聚卿招飲，張次山、況夔生、陳百年、傅竹厓、顧石公同席。　十一日，約劉聚卿、陳百年、況夔生、顧石公、陳小山、孫孝藹、章西頂、傅竹厓小飲雲自在龕。　元夕，秦伯虞、柳翼謀、況夔生來談。　廿二日，夔生借《升庵全集》、《雷塘盦主弟子記》去。　廿七日，索《普通歌括》二冊與況夔生。　廿九日，況夔生送《湖樓請業圖》來。

二月：　廿九日，送況夔生《中土地理歌訣》。

三月：　六日，書局送還況、陳撰著。　十九日，約孟輿、亦坪、夔生同閱卷。

四月：　二日，送夔生朱氏蓺書、明刻《風俗通》。　十五日，送夔生石印石鼓文。　廿一日，況夔生借《廣西名勝志》去。　廿四日，夔生眎我徐北溟鈔《鬼谷子》，極佳。

閏四月：　廿一日，約吳蘭坡、萬梅岩、吳劍華、詹友石、況夔生、丁秉衡小飲雲自在龕。　廿二日，夔生代撰壽詞成。　廿四日，夔生借《南村草堂詩文集》去。　廿九日，借《劉伯山稿》於況桂生。卅日，夔生還《湘皋詩文集》，又借《山樵書外紀》去。

五月：　二日，約何邕威、秉衡、夔生、公約小飲金陵春。　又：　還《伯山稿》與夔生，借《涵通樓》還。　八日，夔生借《康伯山詩話》、《焠掌錄》去。　十日，夔山還《康伯山詩話》、《焠掌錄》來。　十八日，夔生借《西山寺功德記》去，并送阿二、阿三義求改。　廿四日，致秦伯虞、況夔生、書屏、袁幼庵各一束。

六月：十日，送二家詞與夔生。　十六日，況夔生來。　十八日，況夔生來。　廿四日，陳雨生、況夔生來。　廿八日，還夔生《茶餘客話》。

七月：十二日，況夔生來取《桂勝》、《桂故》去。　十三日，夔生易小蕺書去。　十七日，詹文石、潘受培、況夔生、鄧傅若、柳亦梅、文樹屏來。　廿日，況夔生來。　廿八日，偕金湝生、況夔生游靈岩寺，歸途遇雨，再上半山寺。

八月：廿四日，拜況夔生、莫仲武。　又：送《對雨樓》四種與夔生。　廿六日，況夔生來。　廿七日，爲況先生存二百元於慶福，息月五釐。

九月：朔，況夔生代購暉福寺碑。　五日，送《今詞選》與夔生。

十月：七日，接況夔生信，言阿二未愈，甚可焦急。　十二日，丁德洲送毛邊紙印《金石目》三十部，送夔生、翼謀各一部。　十七日，張晘三、況夔生、侯劍伯來。

十一月：十五日，況夔生來早飰。　廿五日，夔生借《典雅詞》去，借來龔定庵詩一冊。　廿七日，拜郭月樓、武仲平、董小浦、況夔生。

十二月：二日，交夔生釋魏碑。　七日，況夔生釋魏碑來。　九日，夔生借《養素堂全集》去。　十六日，午帥招飲，李方伯、程祖福、俞恪士、況夔生同席。　廿三日，題魏承平碑，卽送況夔生。　廿八日，借夔生《紅雨樓題跋》來。　廿九日，夔生來。

光緒三十三年丁未（一九〇七）

正月：三日，夔生還《山海經箋疏》。五日，發徐積餘信，寄夔生十六元帳、葛刻廿六元帳、書屏校帳六元，均報出。八日，約程樂庵、楊子姓、吳康伯、王邵禹、王漢輔、倪萊山、況夔生小飲雲自在龕。九日，詣況夔生、李仁甫談。廿七日，陳仕可、況夔生來早飰。

二月：五日，夔生來。九日，夔生借《有正味齋文集》去。十三日，況夔生來交壽文，極認真。十八日，許東翁送夔生潤筆六十元來，又交借用物件手摺，卽交商。十九日，約潘錦洲、方玉山、龔子重、況夔生、黃熙亭、蘇毓宗、李仁甫小飲金陵村。廿五日，張篁樓、況夔生來。

三月：二日，況夔生、瞿元生來。四日，王□□頤、吳春翁、李審言、陳宜甫、況夔生來。九日，況夔生來。廿一日，又取夔生《五鐙會元》交書屏覆籤。廿三日，偕傅苕生、況夔生請午帥、瑞莘儒、楊惺吾、子姓、吳康伯、程樂庵、宗子岱小飲藪鈔堂。廿六日，開帳與傅、況兩處。又：借夔生《事林廣記》。廿七日，送《五鐙會元》於夔生。

四月：朔，陶帥招飲莫愁湖，鄭蘇盦、楊惺吾、傅苕生、梅子肇、陳百年、宗子岱、吳康伯、楊子姓、況夔生仝席。六日，況夔生來。八日，繼蓮溪招飲陪匋帥，百年、樂庵、子晴、苕生、康伯、夔生、子岱同席。十日，方燮尹、況夔生來，還《事林韻會》與夔生。十一日，以《鐵網珊瑚》贈夔生。廿三日，吳蘭坡招飲，菜甚佳，夔生、孝藹、受培、涌穆、樹屏仝席。廿五日，讀甘肅碑畢，餘者送況夔生。廿八日，況夔生來。

五月：朔，夔生借胡、洪兩駢文去。二日，還吐番會盟碑與況夔生。又：夔生還《典雅詞》

來。　九日，傅筑岩、談篤生、潘壽培、況夔生來，論賠款未妥。　廿一日，拜武仲平、況夔生、秦伯虞。　廿三，拜魏枚升、況夔生。　廿五日，況夔生來。　廿七日，得夔生信，言吳風又運動，不肯出洋，學堂愈不能辨矣。

六月：　二日，拜趙湘圃、況夔生。　三日，檢同諦造象兩種送夔生，借其《西清劄紀》來。　五日，況夔生招飲，壽培、蘭坡、樸園同席。　六日，況夔生、吉鳳墀來。　八日，潘受培招飲，孫孝藹、吳蘭坡、況夔生仝席。　九日，送孫雲鳳詞與夔生校。　十一日，況夔生來。　十五日，拜章式之，贈以《南渡十將傳》、蕭集，陶桂青、況夔生、龔藹堂、孫孝藹、陳善餘。　十六日，況夔生帶致善餘信去。　十七日，夔生、受培、篤生來。　十九日，送夔生《憶雲詞》原本。　廿日，梁慕韓、況夔生來，夔又借《宋詩紀事補遺》去。　廿二日，訪夔生，不晤。　廿五日，與況阮盦訂證《方遺行碑跋》，勘書畫。　卅日，況夔生來。

七月：　三日，入署晤禮卿、積餘、夔生、子姓。　五日，侯健伯、況夔生來。　八日，夔生來。

八月：　十六日，晚，蒯禮卿、況夔生來。　十八日，況夔生、潘受培來，夔生在此早飦。　十九日，晚入署，詣陶帥談，李仲仙、陳百年、善餘、景樸孫、況夔生同座。　廿三日，陳善餘、況夔生、孫孝藹來。廿四日，致孫孝藹、況夔生各一椷。　又：　詣陳善餘、況夔生、丁季琴、侯健伯談。　廿五日，陳善餘、況夔生、侯健伯、惲履伯來。　廿七日，又看阮盦。　廿八日，況夔生、潘壽培、孫孝藹來。

九月：　四日，夔生送還蛻石文、劉燕庭《金石雜鈔》。　十四日，晤王少延、況夔生，見瑤華道人立軸，極佳。　十七日，況夔生來。　十八日，出署，赴掃葉樓，沈佑彦、況夔生、程樂庵、匋厽亦到。

十月：廿三日，代夔生購《蘇詩編年大成》。

十一月：十二日，況夔生來取《兩罍軒金石》及《齊侯罍通釋》去。又：取百元，還夔生八十元。廿六日，拜趙惠卿、琦珊、榮心莊、王文炳、況夔生、許午樓。又：夔生座上見《中州樂府》，極佳。廿七日，夔生來，還來金石書三種。

十二月：二日，匋帥招飲，彭青藜、況夔生、桂東垣、楊子姓、李文石、宋子岱同席。十一日，拜秦伯卿、況夔生。十二日，送夔生筆記與劉蘧六。十八日，況夔生來。廿一日，瞿六舅、況夔生、吳蘭陂來。廿八日，丁善之、秦伯虞、況夔生來。夔生借廿五元去。廿九日，夔生來，借湖北志二種。

光緒三十四年戊申（一九〇八）

正月：元日，送《紅雨樓題跋》與夔生。六日，約況夔生、丁善之、方燮尹小酌。八日，晚入署，與午帥談，阮莽、樸孫同點心。十九日，惲老六與九、繆少卿、茅子貞、況夔生、吳蘭坡來。廿三日，晚況夔生、許午慶來。廿九日，潘受培招飲金陵春，蘭坡、阮盦、玉山同席

二月：朔，夔生招飲，孟輿、翼謀、蘭坡仝席。五日，孫孝藹招飲金陵春，況夔生、殷亦坪、吳蘭坡同席。十四日，夔生、雨生、陳仕可來。十五日，夔生借《古今合璧事類前集》去。廿五日，向夔生索《合璧事類》十冊回。廿九日，拜況夔生、程鼎臣、武仲平、花季遠、吳倉石、陳善餘。

三月：八日，況夔生來。

四月： 六日，況夔生借《宜州鐵城頌記》去。 十一日，況夔生來，所言皆可笑。 十七日，殷亦坪、況夔生來。 十九日，約李蘭甫、袁回回、丁紹裘、況夔生同飲坤園。 廿五日，張玉甫、梁慕韓、吳溫叟、況夔生來談。

五月： 三日，送況夔生《王周士詞》。 二十日，石書舫、況夔生來。 廿四日，詒夔生，《長隨福》一冊書，極佳。

六月： 六日，況夔生來。 八日，況夔生、潘受培來。 十一日，況夔生、吳蘭坡、沈仲安、丁善之、魏梅村來談。 十五日，《蕙櫋叢話》送阮龕。 十七日，況夔生來。 十八日，夔生來。 廿二日，況夔生來。 廿四日，況夔生來。

七月： 朔，夔生來。 九日，章式之、況夔生來，夔生借去卅元，又詞一本《倚聲集》。 十日，還夔生《秋室集》一冊。 十一日，章爾爵之太翁挈爾爵之子來寧，因爾爵爲縣押起，求設法，爲作函與琴若，並求夔生與之一函，點心畢，卽去。 又： 夔生來，借《壬申文刻》去。 廿四日，王旭莊、徐積餘、況夔生來。 又： 夔生還卅元來。 廿九日，潘受培、丁孟輿、況夔生、殷亦坪、陳伯雨來。

八月： 六日，送洛京一分與夔生。 十二日，況夔生來。 十四日，還夔生《長隨福》一冊。 十九日，夔生盡還鈔刻《花草粹編》。 廿七日，況夔生、孫孝藹來。

九月： 二日，況先生來。 十一日，夔生來。 十二日，與梅斐漪、梁慕韓、況阮龕各一柬。 十七日，夔生來還粵西碑。 卅日，拜惲心雲、況夔生。

十月： 三日，況夔生來。 八日，陶丝招飲掃葉樓，程樂庵、李文石、徐積餘、萬世兄、徐固卿、況夔生、陳善餘、金文山、景樸孫同席。　九日，況夔生來。　十四日，況夔生借卅元去。　十八日，況夔生、陳籲生來。　廿二日，又詣夔生談。　廿六日，潘受培、殷亦平、況夔生、徐敏夫來。　廿八日，況先生取《古今詞話》去，又借《臨川夢》去。

十一月：　五日，況夔生來。　十九日，許午樓、況夔生、吳蘭坡、王少延來。　廿四日，送河南二賦與積翁，又送一分與夔生。　廿六日，吳糧道葑、程鼎臣、況夔生、李曉暾來。　廿八日，況夔生、殷亦坪、瞿元生、湯權燮來。

十二月：　八日，積餘、夔生來。　十三日，許午樓招飲萬全，梅生、昜生、子逸、夔生仝席。　十五日，詣夔生談。　廿八日，況夔生、徐厚餘來。

宣統元年己酉（一九〇九）

正月：　二日，詣況夔生談。　三日，況夔生來。　廿二日，瞿元生、張秀孫揆肅、張少卿、程鼎臣、丁文琥、季琴、龔子中、況夔生來。　廿五日，況夔生來。　廿九日，約積餘、閬生、漢輔、枚庵、夔生、蘧六、巽甫小飲。

二月：　七日，況夔生來。　十七日，匋盫約晚飵，朱桂卿、余壽平、蔡伯浩、章式之、宗子岱、伍蘭生、況夔生、沈佑彥同席。

閏二月：　三日，拜況夔生、章式之、書屏。　五日，夔生招飲金陵春，借《江左石刻文編》去。　七日，況夔生來。　十五日，況夔生來，送其兩唐墓志。　十八日，夔生借《木夫年譜》去。

三月：四日，拜惲心雲、章式之、況夔生，書屏。　二十日，傅竺岩、孫孝藹、況夔生來。　廿六日，劉伯順、況夔生來。　廿九日，拜華仲怡、劉栢潤、徐聖秋、連荷生、趙少卿、況夔生。

四月：朔，況夔生、徐積餘來。夔生拉至篋街看書。　四日，況夔生來。　十八日，孫孝藹、況夔生來。　十九日，匋帥約游船，樊山、旭莊、孝禹、夔生、雒庵、子姓同席。　廿一日，晚，匋帥招陪伯希和，王孝禹、章式之、況夔生、景樸孫、劉笙叔、陳善餘仝席。　廿五日，費子貽、惲心雲、況夔生來。

五月：四日，送石先生五十元，不受。送況先生四十元，亦不受，況先生來。　六日，況夔生來。　廿九日，況夔生來。　廿八日，拜陳善餘、況夔生。

六月：九日，孟樸又送《越縵文集》與況夔生。　十二日，況先生已行。　廿一日，況先生來。　廿二日，詣況夔生談。

七月：七日，李審言、曉暾、梁慕韓、況夔生來。　十三日，拜夔生、伯嚴、純伯，即留飲。　十四日，詣夔生談。　廿五日，致箋陳逸庵、況先生。　廿六日，況夔生來，贈《鳳陽府志·金石》一本，全鈔李中耆《鳳臺志》，無新得者。

八月：六日，況夔生來，借王壬秋尺牘去。　十七日，拜姚子良、況夔生、陳善餘。

十一月：廿四日，接夔生信，痛詆葛幹庭。　廿七日，發寧城況夔生信。

十二月：十日，況夔生專人來送禮，可笑。　十二日，收況夔生信并《野古集》、《甯華集》。　廿三日，到李貽和取況夔生書四分。　小除夕，接況夔生信並蘇書《如意呪》。　除夕，發宣城㳽珠塘街況夔生信。

宣統二年庚戌（一九一〇）

二月：　六日，夔生專人來送信，卽覆之，留其《續紀》一册。　八日，晚與善餘往復，知夔生薪水尚在。　十四日，發況夔生信。

三月：　五日，接興業銀行信、沈子惇信、孫興汝信、石逸信、新署鄂縣況夔生信。

五月：　二十日，發蘇州錢伯英信、寧國況夔生信，又接夔生電。　廿一日，夔生專人來送韓瓶寧連宣連宣紙拓本。　廿二日，發夔生信交其家人帶回。　卅日，接夔生寧國信。

六月：　二日，發寧國況夔生信。　十一日，接夔生回信云留差。

七月：　九日，接長沙師信、夔生信，寄十元。　十日，發陝西碩逸信、宣城夔生信。

宣統三年辛亥（一九一一）

三月：　六日，況夔生專人黃鏡蓉送禮並信。

五月：　二日，發況夔生信。　十六日，閱王師信、況夔翁信。

六月：　七日，發碩逸、況夔生信。

七月：　廿五日，接夔生信，卽復之。

八月：　二十日，發況夔生信。

民國元年壬子（一九一二）

二月：　十九日，接夔生信。　二十日，復夔生信宣州珍珠塘街。

四月：　七日，況阮盦自寧國來。　八日，致況夔生一柬。　十一日，詣況夔生談。又到汲修齋，晚到半齋，鄧秋湄約也，李審言、況夔生、袁承業、李曉暾、王壽軒同席。　十七日，訪夔生，未得。　十九日，詣沈子培、況夔生談。　廿四日，以《花草粹編》還，夔生交來卅元，李壬甫送二百元來。　廿八日，詣夔生談。　廿九日，接夔生、心如各一條。

五月：　六日，夔生來，未晤。　八日，夔生借《倚聲初集》、朱竹垞詞去。　十一日，又送姚梅伯詞與夔生，取回二十元。　十七日，況夔生來。　又：　況還《曝書亭詞》、《三十六夫蓉行館詞》、《留雲借月龕詞》。　廿一日，又至況夔生處面交《西山功德記》。　廿二日，借夔生《秦淮感舊集》，談近事頗有用。　廿五日，詣況夔生談，借《藝苑筆記》歸。　廿六日，夔生招飲，辭之，取《藝苑筆記》去。

六月：　十二日，錢梅、夔生來。　十五日，送板及《小叢書》與況夔生。　十九日，夔生取寄賣書去。

七月：　十七日，接閱況先生來條，言同病。　廿六日，致夔生一柬。　廿八日，致夔生一柬。

八月：　六日，夔生來一條，復之兩柬。　十二日，況夔生交石本，價七元六角。　十四日，致龐中丞一柬，況夔生、趙學南各一柬。　十六日，收夔生書，價十元。　又：　致學南一柬、夔生一柬。　又：　取夔生《常州詞錄》一部回。　又：　還《繪芳記》與夔生。　十九日，閱夔生來條，仍一想（當作廂）情願之談，似不該乃爾，亦即復之，并示以西泠印社目。　廿六日，送《唐開路記》、《廣靈王廟碑》與夔生。　廿八日，出詣劉光珊、汪子淵……況夔生。　廿九日，夔生取眎《西畇厲目編》、《滇雲歷年傳》去。

九月：　六日，夔生還《滇雲繫年錄》。　十三日，借夔生金石文清稾二百四十葉。　十四日，校夔生金石文畢，卽還之。　廿二日，送書與夔生，回信直非人類語，怒甚。　又：　致乙厂、夔生各一束。廿四日，夔生還冓《倚聲集》、《種水詞》、《綠雪軒詞》、《疏影樓詞》、《敏求記》、《西畇厲目編》。

十月：　四日，致沈子培柬、徐積餘、況夔生等柬。　五日，夔生來。　六日，閱夔生來條。　九日，與夔生一柬，取二元回。　又：　覆夔生一柬。　十五日，發印信臣、學南一柬、夔生一柬。　廿五日，送《金石目》兩部與夔生，換《零拾》兩部回。

十一月：　廿八日，拜徐積餘、夏閏枝、沈子培、況夔生。

民國二年癸丑（一九一三）

正月：　人日，拜藍雲屏、惲瑾叔……況夔生、程炳全。　十八日，況夔生來。　二十日，況夔生來。

二月：　二日，詣夔生談。　三日，陳翰章來，搶去況夔生信，似非善類。　八日，書客來，得《栟櫚先生集》十六卷，取寄況處書歸。

三月：　四日，詣夔生談購《西堂集》及《小字錄》。　十二日，況夔生來。　十四日，詣況夔生、葉鞠裳談。　十七日，致況夔生一柬，亦得覆信。

六月：　十日，詣夔生談。

八月：　十三日，詣樊雲門、況夔生談。

九月：　四日，李藝淵、徐積餘、況夔生、吳石潛來。

十月：　十二日，況夔生來。　十三日，詣夔生談。　十四日，交夔生《千頃堂目》刻本兩卷，又《易疏》一冊。　十五日，況先生送《千頃堂書目》來。　十八日，交況夔生《說文》二冊，《千頃書目》一冊，取回《內閣書目》兩冊。　二十日，況夔生來交《千頃堂》一卷。　又：　夔生取明本《草堂詞》二冊去。　廿五日，發沈龜溪兩冊、張金吾年譜，傅與礪詩一冊與夔生。　廿七日，夔生亦來，送傅集。　廿八日，夔生來，以元版《爾雅》、《金蘭集》、明刻《范文正集》求售。　廿九日，詣況夔生，面交五十元。

十一月：　二日，夔生來，帶《玉堂薈記》、《周易正義》三四五六、《豐草庵詩》。　四日，拜朱曼伯、章一山、況夔生。　七日，況夔生來。　又：　接宋言，夔生來條。　八日，送百元與況夔生購《金蘭集》、《范文正集》、元版《爾雅》。　十一日，送書還夔生。　十三日，送《唐書·藝文志》與況夔生。　十七日，送《地形志》、《千頃堂目》與夔生。　廿一日，詣況夔生談。　廿二日，況夔生來，還文集一冊。又：　夔生借《五雜俎》去。　廿七日，詣況夔生談，送交范集及《耕漁藁》，購其杜詩。　廿九日，夔生來取廿元去。

十二月：　十日，夔生來。　十二日，夔生來。　廿八日，送《言舊錄》藁本與夔生。

民國三年甲寅（一九一四）

正月：　三日，致震載廷一柬、況夔生一柬。　五日，況夔生來。　人日，聚卿招飲，王雪丞、趙伯藏、王旭莊、程子大、況夔生、沈艾瑲、張黃樓、傅苕生、吳絅齋、林貽書仝席。十二日，況夔生借十八元，交《吳興掌故集》十七卷。十五日，況夔生來，索《薇省詞鈔》、《粤西詞見》並自撰詞去。二十日，拜許午樓……況夔生。廿五日，送還《玉井樵唱》二冊，致況夔生，取回《吳興掌故集》。廿六日，致夔生一柬，取回《易注疏》。

二月：二日，詣況夔生談，取魏《地形志》歸。四日，送《易注疏》與況夔生。六日，況先生來。十一日，並寄夔生文一冊。十三日，楊心吾、況夔生、孫益庵來。十六日，詣況夔生，取來洪武本《草堂詩餘》二冊，又嘉靖本四冊。十八日，況夔生來。

三月：十三日，請羅叔藴、范偉君、章一山、李審言、況夔生、程名孫、吳石潛小飲悦賓樓，菜可。二十二日，況夔生來，取《廣川書跋》去。二十四日，況夔生來。二十五日，拜惲老八、周瀚如、況夔生。

四月：二日，況夔生來，同至積餘處，李寀言、王雪橙前後來。十七日，況夔生來，借《五雜俎》去。二十二日，拜積餘、光珊、翰怡、夔生。二十八日，況夔生、許午樓來，夔生支十一元去。

五月：三日，送信與聚卿、幼舲、子敬、夔生。八日，拜劉聚卿、沈子培……況夔生。十一日，曹君直來，借況先生《蕘圃集》。十五日，夔生支十元去。十七日，詣夔生談。二十七日，詣夔生談。

閏五月：六日，詣夔生取書。十日，況夔生來。十三日，拜莊心安、況夔生、劉光珊。十九日，況夔生來。

六月：十六日，詣況夔生、張石銘談。　廿七日，致況夔生一柬，無回信，又絕交矣。

七月：七日，詣瞿中堂、王旭莊、況夔生。　八日，況夔生來。　二十七日，況夔生、丁福保談，交翰怡《聞過垒集》一冊、《太樸集跋》一篇。　二十八日，發閏枝信、祿保、介可信、況夔生信。

八月：朔，得況夔生一柬。　九日，況夔生、李紫東、瞿中堂來。　十六日，詣吳子脩、楊子姓、戴子開、況夔生談。　十八日，以《周易校勘記》及《草堂詩餘》與況夔生校。　十九日，況夔生來。　廿一日，請況先生、殷亦平、羅子敬、張爾常、王繼生、趙浣蓀、履吉小飲悅賓樓。　廿四日，羅子敬、況夔生、傅梅庚、趙浣生、雷君曜來。　二十六日，致況夔生兩柬。　二十七日，拜宗子岱、周湘舲、況夔生、吳子脩、樊山、瞿中堂。

十月：廿五日，況夔生來。　廿九日，拜王聘珊……況夔生……。

十一月：六日，吳石潛、況夔生來。　十五日，況夔生來。　十七日，拜況夔生、李橘農。　二十日，拜瞿中堂、況夔生、程雨亭、劉光珊。　廿三日，況夔生來。　廿七日，況夔生以《鬼谷子》售十二元。

十二月：三日，又拜況夔生、陳小石、陳瑤圃。　二十日，況夔生來，古微來。

民國四年乙卯（一九一五）

正月：七日，詣況夔生談。　十日，拜盛宮保、葉葵初、況夔生。　廿四日，于晦若、王書佑、況夔生、沈穎來。　又：夔生索《宋代小說》去。

二月：二日，況夔生、鄧和甫來。十五日，況夔生來。十八日，拜王病山、徐積餘、況夔生。廿六日，況夔生來。廿九日，看況夔生，跌甚重。

五月：六日，詣況夔生、王屏珊、夏敬觀、徐積餘、吳石潛談。

六月：六日，再拜況夔生、錢壽甫、徐積餘、王雪丞。十九日，況夔生來送其新刻書。

七月：十七日，況夔生託做樊山壽詞，贈以廿元，借《桂勝》一冊歸。廿五日，致積餘一信、夔生一信，並《樊山續集》四冊。廿六日，積餘、夔生、景韓來。

八月：廿九日，王升回，取到議單并丁秉衡信、劉光珊、況夔生信。

九月：三日，發夔生信。五日，拜錢聽邠、劉光珊、況夔生、沈子培。又：取夔生代作詞。八日，朱古微、況夔生來。十二日，絅叁、夔生來談，夔生索《周易正義》去。十八日，晤況夔生。

十一月：七日，積餘、夔生來。十七日，拜久恆戚老板……況夔生、劉翰怡。廿二日，送廿五元與況夔生，并墨拓，囑辦《江蘇金石記》。廿四日，送虎丘題名與夔生。

十二月：三日，詣菊農、夔生、二田，詞蔚、幼舲，均長談。十二日，況夔生來，還金石，云不能編。十五日，詣古微、夔生、篁樓、子培談。十八日，況夔生來。十九日，夔生來。廿六日，拜周湘舲、徐積餘、況夔生。廿七日，況夔生來，與之《爾雅》價百元。

民國五年丙辰（一九一六）

正月：四日，拜徐積餘、王雪丞……況夔生……又：夔生來。八日，接況夔生來條，即復之。　十一日，拜瞿中堂、況夔生……　十六日，接夔生、光珊來條。　廿一日，閲夔生一條。　廿四日，致夔生一柬。　廿六日，詣夔生談，取回《爾雅注疏》。　廿八日，又拜夔生，交《尚書注疏》。

二月：　朔，慶善招飲都益處，況夔生、莊哲卿、亦平、介軒、阿三同座。　廿四日，借夔生《桂故》一冊來。

三月：　三日，拜姚億如、宗子岱、況夔生。　九日，接夔生、光珊兩片。　十九日，況夔生來。　二十二日，致夔生一柬。

五月：　十二日，拜張篁樓、沈子培、況夔生、劉寶梁、呂幼舲。　十四日，接夔生、光珊明片。　十五日，索夔生《書經注疏》，止還一本。　廿二日，拜吳炯垒、劉翰怡、葉菊裳、況夔生。

六月：　十四日，又取夔生《尚書》一卷歸，可謂難矣。　十九日，孫莘如、況夔生、沈蕙田企僑來。

又：　夔生處取《書經》回。

九月：　廿五日，況夔生來。　廿八日，拜張石銘、王旭莊……況夔生……。

十二月：　九日，拜蔣孟平、沈子培、況夔生。　二十日，況夔生來，索《吳興掌故集》去。　廿一日，詣劉光珊、況夔生、沈子培談。

民國六年丁巳（一九一七）

正月：　十二日，拜哈同、姬覺彌、況夔生、朱桂卿。　卅日，拜宋澄之……況夔生……

六月：　二十日，拜丁仲裕、況夔生、楊子㚦、劉翰怡、王病山。　二十六日，況夔生、葉奂彬來，並送《六書古微》並詩。

七月：十一日，詣況夔生、張二田，均未見。　廿二日，況夔生來。

八月：十七日，詣況夔生、劉翰怡談。

十一月：廿七日，況夔生來。　廿九日，詣況夔生談，並晤朱古微。

民國七年戊午（一九一八）

正月：三日，況夔生、羅子敬來。

二月：二日，況夔生來。　六日，拜況夔生，以龍脊石寫本與之，借張奕志考來。　九日，拜宗子岱、楊子姓、況夔生，又遇朱古微，同至哈園。　十日，致況夔生一柬，託印《玉笥》。

三月：朔，拜張子開、劉澤源、況夔生。

四月：八日，拜金湱生、徐積餘、況夔生、陳三立。　九日，金湱生、徐積餘、況葵生、洪友琴、饒心舫來。　十日，拜洪友琴、呂幼舲、況夔生、李子冬。

五月：十日，接夔生來柬。　十一日，拜況夔生、余堯衢。　十三日，還《定峯樂府》與夔生。二十四日，況夔生來。

六月：卅日，拜況夔生、錢履樛、徐積餘。

七月：十九日，拜惲季申、錢履樛、況夔生。

八月：十六日，拜袁伯逵、翁弢夫、況夔生、馮夢華。　廿一日，拜李振唐、況夔生、陶拙存、吳石潛。

民國八年己未（一九一九）

正月：四日，出拜年，在況夔生家小坐，又遇古微。　又：贈況夔生：『心緒萬緣攢，謀生只筆端。閉門甘寂寞，拊几嘆孤寒。舊夢京華雨，新詞學海瀾。乾坤無限事，都作過雲看。』　十二日，況夔生來談。　十三日，詣況夔生談。　十五日，致況夔生一信。

二月：十日，況夔生來問病。

閏七月：廿六日，詣況夔生談，出示《芥隱筆記》，多兩跋，謂之宋本，亦無不可。　廿七日，況夔生來，借劉韜《志》去。　廿九日，況夔生來。

八月：廿二日，詣楊子姓、沈子培、況夔生談。　又：交《重分碑》與況夔生。

九月：二十一日，拜翁之秀……況夔生……

（《藝風老人日記》，一九八六年北京大學出版社）

紉芳簃日記（一九二五）

陳運彰

乙丑六月初三日，晴。午後驟雨乍晴。謁蕙風師，中途遇雨。乃抵師寓，彼處並未有雨也，奇哉！

初五日，晴。九華堂買扇面。謁蕙師，并餽二百金，時蕙師擬赴蘇州。□蕙師寓，適又韓兄作畫方竟，畫意未撤，因有以扇面匄師作畫。師本不工書畫，嘗自謙遜，所有一切酬應題記，疑倩人代書，因自號手盲。今日適梁至，爲摹巨然《泛月圖》真本，畫作兩岸雜樹，長橋如虹，一人泛舟微波間，竟甚奇闢。畫畢，自□改題爲『桃源無雜樹，何處泛吾舟』。畫本不二，饒有士氣。昔李蒓客作山水，屋高於山，人高於屋，不害其爲名士畫也，今日之畫當與之異曲同工也。曩年□求師作書，非不肯。今年三月間得書畫紈扇一，今又得此箑，緣分不淺也。

初八日，晴。蕙師來，又韓拉陳巨來。巨來，蕙師壻也。蕙師定明日赴蘇，鐙下爲書近詞二闋。

十二日，晴熱。到蕙師家，詢蕙師歸期。遇又韓兄，詢陳巨來住址。

（十五日）月食。與又韓□詢蕙師歸期。

（十七日）蕙師於十四日已回滬宅上下九，移家吳門，寓張廣橋下塘潤＊經里第一家。

（十九日）謁蕙師，攜兩稿就改，即改田晚詩一首。適□次叟攜一小冊訪師，冊寫朱竹君和昌黎、東野諸詩。讀之，稱其詩極奇，妙在澹；又曰詞筆亦可用奇。劉須溪詞先已，詩奇要結實，詞奇空靈。題□載□三安□屋圖詞改畢攜歸，師贈蕙風詞二冊。

廿六日，晴。謁蕙風師，適蕙風師□定明日赴蘇，正在料理行裝，頗忙碌。而小宋以畫板寄存可□家，彼此相左，比歸，而小宋行矣。

（七月）初一日，晴又熱，涼已數日矣，今日復熱。寄蕙師蘇州□索改壽詞，并寄題《巖居水飲圖》詞去。

七月十五日，晴，稱涼。臨東坡書《養生論》，今日開始。況小宋自蘇州來，攜蕙師手函至。

八月初二日，接小宋□蕙師定初三日來申。晚又接一函，乃改定初五來申。
初五日，蕙師來申，并爲題《雲窻授課圖》，蕙師、又韓、巨來曰來。
初六日，晚宴蕙師聲益處。
初七日，午刻，叔雍約蕙師消閒別墅，與蕙師、古微同去，徐碧雲亦在座，索詞。
（《紉芳簃日記》，中華書局二〇一六年影印稿本）

天風閣學詞日記（一九三四年）

夏承燾

一九三四年十一月三十日：　晚六時，瞿安來，邀往松鶴樓。同席雲眉、松岑及佩諍、魏成四人。瞿安談叔問、蕙風遺事。謂叔問自誇其丫婢能歌其詞，瞿安嘗請其譜，叔問色然曰：『此予飾辭也。』意大不滿，自此遂鮮往還。蕙風晚年，嘗倩彊村介于劉翰怡編《詞人徵略》，恐其嬾于屬筆，乃仿商務書館例，以千字五元計酬金。所鈔泛濫，遂極詳，瞿安謂可名《詞人徵詳》。蕙風謂其貧不得已也。翰怡嘗宴蕙風，而誤書『況』爲『况』，蕙風大不悅，曰：『勇士不忘喪其元，是喪予元也。』彊村强邀之，始去，終席悒悒，其狷狹如此。瞿安自謂欲爲娛老計，盡貨所藏曲五百種，標價二萬金，庶不可僕僕講壇；佩諍謂所藏清詞，亦幾五百種，同託予覓主顧。瞿安謂非戲言，未知確否也。九時宴散歸。（《天風閣學詞日記》，浙江古籍出版社一九八四年版）

信札

趙鳳昌致況周頤五則

一

連日腹瀉，頗不支，晚飯後，略早爲妙，十鐘必須休息也。枉臨一談爲盻。既有事奉商，且別有優著，委執事一卷，且知執事决不辭也。敬上蕙公況大人座右。弟臧頓首。十五日。

望均按卷，能卽落墨否？孟蕢託爲婉詢也。又及。

二

小别，甚馳念。玉體必無恙，但不可强起，以蘄速效耳。櫻花詞寫呈，大教命意，未免唐突。竊意綠櫻花如靜女，誠當寶護珍重。落紅白者，繁縟太過，未免有談士道之風，不必一律看承，使我國碧雞坊不容短氣也。敬問阮盦先生起居，弟臧頓首，十六日。

三

《花犯・櫻花產東瀛，滬上諸園喜植之，雨中同倉石、蘭史遊六三園，花已向盡，憮然賦之》：『彈輕長，娥娥媚粉，嫣然似沈醉。靚妝成隊，渾未譜羣芳，驚賦多麗。倚天照海揔花氣，仙雲臨鏡起。間檻曲，移春淮間，鈿車去似水。　東風駐顏恨無方，蓬山外，眼望千紅前地。香夢醒，空贏就、繡黃鉛淚。無言恨、玉窗幾尺，蛾黛斂、東鄰妍笑裏。紝賺與、天魔狂舞，荒闌愁再倚。』

阮盦詞宗吾師削正。臧槀甫脫手，疵纇甚多。嚴削，叩之。

四

多日未晤，已得讀頌梅宋詩有此語，大箸何心花怒發如此？所謂中毒之謔其作然耶？頃非園主人來，屬轉改，欲以梅觴訂期事專託於公（其意視賞雪欲加厚也），能早便，尤佳。其『伴梅應有幾，并希代酌』云云。潛廿二夜須趂江輪赴鄂如期，在此前，則亦得共醉一觴也。此上夔笙先生，潛頓首。十八。

附非園一片：

《題香南雅集圖》：『宛轉珠喉宛轉身，態能摹古曲翻新。可憐蕭瑟乾坤裏，添得清歌妙舞人。』

『纔詠名謳賞雪緣，真如聖諦得禪觀。道人不作平章語，顧使天生併二難。』

五

大箸小子已代錄上專□，卽登入。陳伯嚴昨晚來滬，冒雨得病，命先衢，觀流年去矣。伯嚴尚術，一觀散花，望商叔雍轉達□□。伯嚴時年有壽詩祝畹華祖母也。南海今日赴茅山二陳之局，□□卽無□矣。惜陰堂□□兩局須早規定，便定酒席，此望。卽頌秀盦先生吟祉，弟翕頓首，立夏。（《趙鳳昌藏札》，國家圖書館出版社二〇〇九年出版）

王國維致羅振玉四則

一 一九一六年二月二十一日節錄

昨日寄一書，想達左右。是晚赴姬君招飲，坐中尚有況夔笙等，不及言學報事。歸時詢景叔，每期頁數大約需八十頁，則附印古書殆三四十頁足矣。夔笙恐須在此報中作文，又兼金石美術事，因其人乃景叔所延，又藝風所薦，而境現復奇窘故也。乙老言其人性氣極不佳，楊子勤則無暇爲此云。故詢之。

二　一九一六年九月十四日節録

此數月中成績甚無可觀，自四月下旬起作《魏石經考》，直至今日始將全稿及碑圖寫定。此次改寫二十紙左右，憚於全寫，故《經文考》及《古文考》中尚多罅漏。餘惟作《漢魏博士考》，上卷已寫出初稿，下卷尚未寫出，不知月杪能竣事否。《學術叢編》第三期尚未裝成，不知何時可寄？昨日於書肆遇況夔笙，謂河南新出漢《王根碑》，云卽王莽之族，五侯中之王根。乃顧鼎梅所訪得，渠在藝風處見拓本，不知公有所聞否？在滬半載餘，惟過乙老談，孤陋可想。今日得讀陳氏《印舉》，又爲見世人所未見矣。

三　一九一七年八月二十七日節録

近來哈園又因做壽大熱鬧。七夕孫益庵招往作夜談，坐有況夔笙、張孟劬。夔笙在滬頗不理於人口，然其人尚志節，議論亦平。其追述涇陽知遇，幾至涕零，文彩亦遠在繆種諸人之上，近爲翰怡編《歷代詞人徵略》，僅可自了耳。孫君硜硜鄉黨自好之士，張君則學問才氣勝於況、孫，而心事殊不可知。近翰怡爲其刻《玉谿生年譜》四卷，索永爲之序。

四　一九一七年十月二十日、二十一日、二十二日節録

頃裱肆送一石刻，其文如左（略）。其文甚劣，爲後刻無疑。永於金石豪無所知，不知此是何碑？但上鈐『柳州府』、『柳城縣』、『柳州府經歷』三印，自係廣西所刻，亮是常見之品，因其值二角，故明知

其僞而收之，欲以贈夔笙也。况贈一東坡書《陀羅尼咒》刻本。景叔送虎符拓本，上有六國古文。此器似不僞，其物當在伊處，今以寄公，請鑒定。如公已得此拓本，仍祈寄還。此器若真，亦奇品也。（《王國維全集》第十五卷，浙江教育出版社、廣東教育出版社二〇一〇年出版）

後記

王國維《人間詞話》有『天以百凶成就一詞人』云云，況周頤一生致力於詞的創作和學術研究，晚年處境尷尬，拙於謀生，窘態百生。以鬻文爲生，筆耕不輟，撰述頗豐。其中結集出版較多者，是以《蕙風叢書》爲代表，《蕙風叢書總目》末況氏題識民國十四年云：『海寧陳乃乾先生博洽方聞，深於目錄斠勘之學，談次，每及拙刻，廑注甚深，謂宜編爲叢書，藉資流傳，竝免散佚。竊自晚臥滄江，益復顛頷，形骸土木，敝帚詎珍？重以陳君勸勉之殷，彙次曩所譔述已鍥行者，得如干種，編目如右。謹以先祖母朱太夫人《澹如軒詩》坿焉。』此爲清光緒中刊刻、民國時上海中國書店印本，《叢書》彙輯筆記金石、詞集詩文、詞選詞話等著作，凡二十餘種。龍沐勛《清季四大詞人》云：『未刊稿有《文集》△△卷、《論詞詩輯》一卷稿藏武進趙氏、《餐櫻廡漫筆》△△卷。』《餐櫻廡漫筆》見載於《申報》，已輯錄整理，而《文集》、《論詞詩輯》原藏趙尊嶽處，今未見。據粗略統計，況周頤編著的各類著作多達六十多種，少數爲殘存，也有個別今已失傳。況氏撰述，其中不少是連載於晚清民國中出版的報刊雜誌上，多屬筆記雜纂，未見《蕙風叢書》中收錄。

況周頤全集的編纂，始於二〇一一年左右，學友鄭納新先生提出動議，遂有搜集彙編之舉，至全書編輯初成規模，已有四五個年頭了。其間得到了王水照師的關心與支持，同時還得到了南京圖書館沈燮元先生、臺灣『中央研究院』林玫儀先生、南開大學孫克强先生、杭州大學沈松勤先生、香港大學鄭煒明先生、浙江大學陶然先生、溫州大學楊萬里先生、浙江圖書館古籍部陳誼先生、江蘇第二師範學院張响兄等人的指點和帮助。二〇一四年，此書有幸被列爲國家古籍整理出版資助項目，責任編輯葛雲波先生在全書的編排及體例、校勘與拾遺補闕等方面提出了不少有益的建議，使得書稿得以不斷地完善。在此均一一深表謝意！

此書打磨多年，但因爲況周頤集存在較爲複雜的情況，相信整理仍有不少不足，敬請學者批評指正。

鄧子勉

二〇二四年十月三日